CHARLOTTE McGREGOR

HIGHLAND
Happiness

DAS HERRENHAUS VON KIRKBY

ROMAN

Charlotte McGregor
Highland Happiness – Das Herrenhaus von Kirkby

Carin Müller
c/o Die Bücherfee Karina Reiß,
Heiligenhöfe 15 c, 37345 Am Ohmberg

www.charlottemcgregor.de
www.carinmueller.de

1. Auflage, Juli 2023

ISBN 978-3985953783

Umschlaggestaltung: Sabine Albrecht, www.benisa-werbung.de
Unter Verwendung von:
©Depositphotos.com/andrewroland
©Depositphotos.com/dpp2012
©Depositphotos.com/Shaiith79
©Depositphotos.com/FotoJagodka
©Depositphotos.com/lifeonwhite
©Freepik/tirachard

Lektorat/Korrektorat: Julia Funcke

Druck und Bindung:
Smilkov Print Ltd, Blagoevgrad

Bestellung und Vertrieb:
NovaMD GmbH, Vachendorf

INHALT

Anhang

WETTERLEUCHTEN AUF MONROE MANOR

»WAS FÜR EINE MAGISCHE STIMMUNG!«, entfuhr es Ainslee. Sie stand am geöffneten Fenster ihres Schneiderateliers und blickte hinunter auf den gekiesten Vorplatz von Monroe Manor, hinter dem sich der wunderschöne Garten des Herrenhauses erstreckte. Er hatte bis auf ein paar wenige klassische Elemente, wie den großen Springbrunnen und einige darum herum gruppierte ornamentale Beete, nichts von einem Schlosspark. Was vermutlich daran lag, dass Monroe Manor nach formaler Definition nicht als Schloss galt, auch wenn es Ainslees Meinung nach eindeutig nach einem aussah.

Der Garten war jedoch genauso unkonventionell wie die Familie Stewart, die das Haus bewohnte. Der Übergang vom »offiziellen« Garten zur wilden, rauen Landschaft ringsum war jedenfalls fließend. Und gerade hing über dieser Highland-Szenerie ein prächtiger Regenbogen, denn vor wenigen Minuten war ein kurzes, aber heftiges Gewitter über sie hinweggezogen.

»Du findest das Getöse der Spedition magisch?«, fragte ihre Freundin und Geschäftspartnerin Harriet, die gerade den Raum betreten und Ainslees freudigen Ausruf offensichtlich mitbekommen hatte.

Tatsächlich war auf dem Vorplatz einiges los. Am Wochenende hatte es im Ballsaal im Erdgeschoss mal wieder eine Hochzeit gegeben, wie eigentlich an jedem Wochenende, doch dieses Event war augenscheinlich sehr materialintensiv ausgefallen. Unten wurden mannshohe Gipsstatuen, mobile Wasserspeier und gigantische Kandelaber aus dem Ballsaal geschafft und in einem Transporter verstaut. Ein weiterer Lkw fuhr gerade vor, und ein halbes Dutzend kräftiger Männer von einer Klaviertransportfirma stieg aus, um den Konzertflügel, der für die Feier ebenfalls benötigt worden war, fachgerecht wieder wegzubefördern. Heather Stewart, die Hausherrin, stand, flankiert von ihren beiden Airedale-Terrier-Hündinnen Abby und Joy, mit einem Klemmbrett herum und kontrollierte zweifellos, dass die fleißigen Helfer nur die Dinge mitnahmen, die sie hergebracht hatten, und nicht etwa auch Inventar, das zum Haus gehörte.

»Darauf habe ich gar nicht geachtet«, entgegnete Ainslee und drehte sich lächelnd zu Harriet um. »Ich habe nur den Regenbogen bewundert. So einen intensiv leuchtenden habe ich schon lange nicht mehr gesehen.«

»Ich bestaune dein Talent, dich auf einzelne Dinge zu fokussieren und alles andere auszublenden. Bei mir klappt das einfach nicht.«

»Das schaffe ich auch längst nicht immer«, gab Ainslee zu, aber eher um ihre Freundin zu beruhigen. Sie war nämlich wirklich sehr gut darin, sich auf eine Sache zu konzentrieren, allerdings wusste sie nicht, ob sie darauf stolz sein sollte. Sie hatte diese Technik in einem Selbstverteidigungskurs gelernt, den sie vor fast zehn Jahren besucht hatte, nachdem sie eines Nachts auf dem Heimweg von einem Historienfestival von zwei betrunkenen Männern überfallen worden war. Die hatten zwar glücklicherweise nur ihr Geld, ihr Telefon und ihr Selbstwertgefühl geraubt und sie nicht etwa auch noch vergewaltigt, doch von dem Gefühl der totalen Hilflosigkeit hatte sie sich lange nicht erholen können. Irgendwann war ihr dann per Zufall ein Flugblatt in die Hände gefallen, in dem ein Selbstverteidigungskurs für Frauen beworben worden war. Sie hatte daran teilgenommen, genau wie an den beiden Aufbaukursen, und hatte anschließend sogar noch drei Jahre lang in verschiedenen Martial-Arts-Schulen diverse Kampftechniken erlernt.

Ainslee war Pazifistin durch und durch, aber nach dieser einen traumatischen Nacht hatte sie sich geschworen, nie wieder zum Opfer zu werden. Die Kurse hatten sie nicht nur die nötigen Verteidigungstechniken gelehrt, sondern vor allem auch die wichtigste Erfolgsstrategie: gezieltes Fokussieren auf eine Sache. Diese Fähigkeit war auch im Alltag praktisch, denn so konnte sie sehr effizient arbeiten. Doch das war nichts, was sie Harriet im Detail auf die Nase binden wollte.

»Ich hab doch in mehreren Schauwebereien gearbeitet und häufig Auftritte bei Historienfestivals gehabt«, versuchte sie es stattdessen mit einer anderen Erklärung. »Wenn ich mich da ständig von den nicht immer charmanten Kommentaren der Zuschauer hätte ablenken lassen, wäre das nicht lange gut gegangen.«

»Das kann ich mir vorstellen«, entgegnete Harriet. »Trotzdem wünschte ich, ich hätte auch ein bisschen was davon. Damit wäre ich bei meinen Jobs in der Modebranche vielleicht nicht unter die Räder gekommen.« Sie seufzte, doch dann hellte sich ihr hübsches Gesicht gleich wieder auf. »Aber andererseits wäre ich dann womöglich nicht in Kirkby gelandet, hätte dich nicht kennengelernt, und wir hätten am Ende niemals die *Kirkby Tartan Mill* gegründet. Und das wäre ja richtig schade.«

»Unfassbar schade sogar.« Ainslee lächelte und schaute sich in ihrem Atelier um. Sie lebte nun seit gut drei Monaten in Kirkby. Manchmal kam es ihr viel länger vor, weil sie sich in der kurzen Zeit schon so gut eingelebt und viele neue Freunde gefunden hatte – vom erfüllten Traum der Selbstständigkeit ganz zu schweigen. In anderen Momenten erschien es ihr jedoch wirklich wie ein süßer Traum, aus dem sie jederzeit aufzuwachen drohte. Aber die *Kirkby Tartan Mill* war real. Ihr Schneideratelier war real. Ihre Auftragslage war erfreulich real.

»Mir kommt es manchmal immer noch surreal vor«, sprach Harriet exakt das aus, was sie selbst dachte.

»Wir haben jetzt Anfang Juni, und es sind gerade mal fünf Monate vergangen, seit ich vollkommen planlos und frustriert bei Tante Heather und Onkel George aufgeschlagen bin. Und jetzt?« Sie drehte sich mit ausgebreiteten Armen und einem glücklichen Lachen um die eigene Achse.

»Und jetzt bist du eine erfolgreiche Geschäftsfrau und hast sogar noch die Liebe deines Lebens gefunden«, beendete Ainslee mit einem leisen Lächeln den Satz ihrer Freundin, die ein paar Jahre jünger war als sie selbst. Sie gönnte Harriet ihr Glück von ganzem Herzen. Collum, der umtriebige, leicht nerdige Bürgermeister von Kirkby, betete die zierliche, quirlige Blondine regelrecht an – und sie ihn. So sollte eine harmonische Beziehung wohl idealerweise aussehen – auf Augenhöhe, ausgewogen und voll uneingeschränkter Zuneigung und Bewunderung füreinander. Sie selbst hatte so etwas bislang nie erlebt und hegte offen gestanden keine Hoffnung mehr, dass sich daran etwas ändern würde. Männer und sie, das hatte noch nie funktioniert, und mittlerweile hatte sie von den Vertretern dieser Spezies die Nase gestrichen voll. Zumindest von denen, die sich erst heftig für sie interessierten und sich dann als tumbe Trottel herausstellten.

»Das wird dir sicherlich auch bald passieren«, prophezeite Harriet mit einem derart verliebten Strahlen im Gesicht, dass fast schon Herzchen aus ihren Augen sprühten.

»Ich hab die Liebe meines Lebens doch schon längst gefunden«, gab Ainslee zurück und deutete auf das rote Fellbündel, das zusammengerollt auf seinem Hundebett schlummerte. Jules war seit drei Jahren ihr treuester Begleiter – ein durchaus stattlicher Königspudel, jedenfalls dann, wenn er seine langen Beine auseinandergefaltet hatte und mit stolzer Haltung neben ihr stand. Momentan zuckte er im Schlaf mit einer Vorderpfote und gab seltsame fiepsende Geräusche von sich.

»Jules ist großartig«, befand Harriet. »Aber sorgt er auch für Herzklopfen?«

»Wenn er einen Hasen jagt und nicht auf mich hört, dann schon.« Sie grinste.

»Du weißt, was ich meine.« Harriet kniff ihre blauen Kulleraugen zusammen und versuchte sich an einem prüfenden Blick. Doch da sie ein gutes Stück kleiner war als Ainslee, wirkte es nicht besonders beeindruckend.

»Manchmal ist Herzklopfen nicht alles im Leben«, gab Ainslee ausweichend zurück. Harriet, ihre Mitbewohnerinnen Kristie und Hailey, Ärztin und Yogalehrerin Anna sowie einige andere ihrer neuen Freundinnen in Kirkby hatten immer wieder nachgefragt, wie es um Ainslees Liebesleben bestellt war. Mal mehr, mal weniger dezent. Sie selbst hatte nicht viel dazu gesagt – vor allem, weil es nicht viel Berichtenswertes gab und die Vergangenheit glücklicherweise vergangen war. Harriet öffnete schon wieder den Mund, zweifellos um eine passende Replik in die Welt zu schicken, doch Ainslee kam ihr zuvor: »Mein Leben ist im Moment so aufregend und voll genug, dass ich überhaupt keinen Platz für eine Beziehung hätte. Ich habe das alles hier immer noch nicht ganz begriffen, und ich muss für mich erst sortieren, dass meine Zukunft hier in Kirkby liegt. Erschwerend kommt dazu, dass ich mich vor Arbeit kaum retten kann. Wie soll ich da noch auf Partnersuche gehen? Nein, gerade ist es gut so, wie es ist.«

»Wenn du meinst.« Harriet klang nicht überzeugt, bohrte aber dankenswerterweise nicht weiter. »Apropos Arbeit, Jon hat vorhin angerufen und drei Kilts für sich und zwei seiner Mitarbeiter bestellt.«

Ainslee unterdrückte ein Seufzen. Momentan nähte sie kaum etwas anderes als Kilts. Das war kein Problem, schließlich hatte sie diese Kunst von der Pike auf gelernt und bereits in ihrer Jugend zur Meisterschaft gebracht. Aber ein wenig Abwechslung wäre schon schön. »Ich dachte, Jon und seine Jungs tragen im Pub ausschließlich Kilts im Grant-Tartan?«, gab sie zurück. *The Wise Pelican*, die Kneipe des ehemaligen Werbeprofis, war konsequent in den Farben seines Clans gehalten, was Ainslee sehr beeindruckend fand. Wände, Sitzkissen, Stoffservietten, Handtücher, Schürzen und die Outfits der Mitarbeitenden waren optisch aufeinander abgestimmt.

»Im Pub schon, aber bei Dorfveranstaltungen und großen Partys, wo Jon für das Catering und den Barbetrieb sorgt, will er im Kirkby-Tartan auftreten. Die drei Kilts sind erst der Anfang. Ich wette, dass demnächst noch Röcke oder wenigstens Schärpen für seine Mitarbeiterinnen dazukommen. Und Collum träumt von Tischdecken und Wandbehängen für die alte Schule.«

»So viel Stoff, wie er dafür bräuchte, können wir gar nicht produzieren«, entgegnete Ainslee mit einem leichten Stirnrunzeln. »Mal abgesehen davon, dass es eigentlich auch viel zu teuer sein dürfte.«

»Das habe ich ihm auch erklärt und ihm vorgeschlagen, dass neutrale Stoffe und einzelne Akzente im Kirkby-Tartan besser wären. Allerdings bauen Jon und Alex derzeit ja die Scheune hinter der alten Schule zu einem weiteren Gästehaus aus. Weil es ein Gemeinschaftsprojekt von Pub und Bed & Breakfast ist, haben sie sich auf eine Farbgestaltung im Kirkby-Tartan geeinigt. Da wird also noch einiges auf uns zukommen.«

»Ich bin gespannt«, sagte Ainslee und ging zurück zu ihrem Arbeitstisch, wo sie vorhin mit einem weiteren Kilt angefangen hatte. Die Faltenlegung war dabei der entscheidende Schritt. Diesmal hatte sie die Knicke an einer etwas anderen Stelle im Muster gesetzt, sodass der optische Effekt ganz anders ausfiel. So konnten zwei Kilts aus demselben Stoff völlig unterschiedlich wirken. Unwillkürlich lächelte sie. Das waren die Momente, die ihr großen Spaß machten und ihr wieder bewiesen, dass sie den besten Job der Welt hatte – selbst wenn sie bis ans Ende ihrer Tage nichts anderes als Kilts nähen dürfte.

»Das ist ja mal ein cooler Effekt«, befand Harriet und deutete auf die in Falten gelegte Stoffbahn.

»Finde ich auch. Und ich frage mich ehrlich gesagt, warum ich nicht schon früher darauf gekommen bin, schließlich bietet der Kirkby-Tartan viel mehr Möglichkeiten als andere Muster. Da kann ich noch reichlich experimentieren.«

»Wir könnten es ja auch mal mit einer diagonalen Faltung versuchen«, überlegte Harriet, die offensichtlich Feuer und Flamme war. »Also nicht für einen Kilt natürlich, dafür bräuchten wir viel zu viel Stoff, aber vielleicht für ein Kleid?«

»Ja, das könnten wir mal ausprobieren. Aber jetzt mach ich mich wohl besser wieder an die Arbeit, damit wir mit unseren Aufträgen hinterherkommen.«

»Ich helf dir gleich«, kündigte Harriet an. »Ich muss noch zwei Setts weben, dann bin ich durch für heute.« Sie ließ ihre Schultern kreisen, die offensichtlich schmerzten.

Ainslee kannte das Gefühl. Der historische Webstuhl, den sie bei einer Auktion gemeinsam ersteigert hatten, forderte vollen Körpereinsatz. Sie hatte vor vielen Jahren selbst an dem Gerät gearbeitet, als es noch im Museum von Aberdeen gestanden und sie dort einen Nebenjob gehabt hatte. Manchmal vermisste sie das Weben, denn im Moment kam sie kaum dazu. Zu viele Schneideraufträge lagen an, für die hauptsächlich sie verantwortlich war. »Musst du nicht«, sagte sie daher. »Mach ruhig Feierabend, wenn du fertig bist. Ich muss die Faltung gleich noch dämpfen. Danach mache ich nur noch die Sicherheitssteppnaht, und das war es dann auch für mich. Aber wenn wir die Maße für die drei neuen Kilts für Jon haben, können wir morgen damit anfangen. Zu zweit geht das Falten dann doch ein bisschen fixer.«

»Klar, das kriegen wir hin.« Harriet grinste. »Dann muss Gordon wohl mal wieder eine Nachtschicht einlegen, damit uns der Stoff nicht ausgeht.«

»Gut, dass Gordon kein Gewerkschaftsmitglied ist, sonst würden wir echt Ärger bekommen.« Ainslee lachte. Ihren großen, zuverlässigen computergesteuerten Webstuhl hatten sie Gordon getauft, und das gute Stück lief beinahe durchgängig Tag und Nacht. Nur an den Wochenenden, wenn im Erdgeschoss die Hochzeiten stattfanden, blieb er abgestellt, damit die Brautpaare in den Suiten im ersten Stock nicht durch das Rattern gestört wurden. Ainslee selbst hatte sich derart an das Geräusch gewöhnt, dass sie es kaum noch wahrnahm. Es fiel ihr eher auf, wenn Gordon mal stillstand und sich totale Ruhe in den Räumen ausbreitete.

»Haha, da hast du recht.« Harriet kicherte vergnügt. »Stell dir mal vor, er würde mit einem Protestschild auf die Straße gehen.«

»Das wär's.« Ainslee sah durch die halb geöffnete Flügeltür in den angrenzenden Raum, in dem Gordon seine Wirkungsstätte hatte. »Das würdest du uns niemals antun, was?«, rief sie dem fleißigen Webstuhl zu, der unermüdlich Meter für Meter feinsten Wollstoff im Kirkby-Tartan produzierte, den sie dann zu Kilts verarbeitete.

»Das würde er sicher nicht tun. Aber ich habe mir schon überlegt, ob wir eventuell mal bei anderen Webereien nachfragen sollten, ob wir Kapazitäten mieten könnten, um mehr Stoff zu produzieren. Momentan sind wir ja ausschließlich vom Kirkby-Tartan belegt, und sosehr ich das Muster liebe, ich würde gerne auch mal was anderes umsetzen.«

In diesem Moment fuhr eine so scharfe Windböe durch das geöffnete Fenster in den Raum, dass die sorgfältig gelegten Falten des zukünftigen Kilts aufsprangen und sogar Jules aus dem Schlaf hochschreckte. Er wuffte leicht irritiert, stand auf und streckte sich umständlich, während Harriet zum Fenster eilte und es schloss.

»Sieht so aus, als würde gleich der nächste Gewitterschauer kommen«, kündigte sie stirnrunzelnd an.

»Oder der Wettergott hat etwas gegen deine Expansionspläne«, entgegnete Ainslee und glättete sorgfältig die durch den Windstoß aufgefächerten Falten.

»Und, wie siehst du das?«, wollte Harriet wissen.

Ainslee zuckte mit den Schultern. »Ich weiß es ehrlich gesagt nicht. Einerseits ist es ja Teil unseres Konzepts, dass alles ›made in Kirkby‹ ist, was wir herstellen, andererseits wären wir blöd, wenn wir unseren Erfolg nicht nutzen würden. Und ich kann total gut verstehen, dass du auch andere Muster und Stoffe entwickeln möchtest als nur Varianten des Kirkby-Tartans. Mir geht es mit den Kilts ganz ähnlich.«

»Also hättest du nichts Grundlegendes dagegen?« Harriet kraulte Jules, der sie auffordernd anstupste.

»Nein. Nicht wirklich. Wir würden ja einfach nur die Produktion auslagern, und das ganz sicher nicht ins Ausland, sondern innerhalb der Region. Es wären trotzdem unsere Stoffe. Und ich denke, dass der Run auf den Kirkby-Tartan spätestens nach den Highland Games abebben wird. Bis dahin haben sich alle Dorfbewohner ausgestattet, und wir haben hoffentlich genügend Souvenirs für die Besucher hergestellt. Danach sollte erst einmal etwas Ruhe einkehren, und wir können uns auf die anderen Dinge konzentrieren.« Sie sah zu den Schneiderpuppen, die in einer Ecke standen. Eine trug ein fast fertiges Hochzeitskleid, das Harriet gerade für ihre Zwillingsschwester Lila anfertigte, die ihrem Liebsten in wenigen Wochen hier auf Monroe Manor das Jawort geben würde. Was Ainslee nähen wollte, müssten nicht unbedingt Brautkleider sein, nur irgendwas, das nichts mit Kilts zu tun hatte.

»Gut, dann sind wir uns einig. Ich telefoniere die Tage mal herum, ob überhaupt jemand Kapazitäten auf den passenden Webstühlen hat. Aber jetzt kümmere ich mich um die letzten Zentimeter Stoff für heute.« Harriet tätschelte Jules ein letztes Mal den Kopf und wandte sich dann um. Sie war noch nicht weit gekommen, als ihr Handy klingelte.

Ainslee konzentrierte sich wieder völlig auf ihre Arbeit und blendete alles andere um sich herum aus. Daher bekam sie nur ganz am Rande mit, wie Harriet mehrfach halb entsetzte, halb sensationslüsterne Töne ausstieß.

»Oh mein Gott, das glaubst du nicht!« Harriet hatte sich wieder vor Ainslee aufgebaut und fuchtelte mit dem Handy herum, um ihre Aufmerksamkeit zu wecken.

»Was glaube ich nicht?« Ainslee platzierte die letzten Stecknadeln und sah dann mit hochgezogener Braue zu ihrer Kollegin.

»Collum hat mich gerade angerufen. Bei den Umbauarbeiten in der Scheune wurde offensichtlich eine alte Metallkassette gefunden. Jon hat sie geöffnet und ist dann sofort damit ins Rathaus gelaufen. In der Kassette sind Dokumente drin, die darauf hindeuten, dass Monroe Manor gar nicht rechtmäßig den Stewarts gehört, sondern jemand anderem.« Sie bebte fast, was Ainslee etwas übertrieben fand. Harriet war zwar entfernt mit den Stewarts verwandt – ihre Großmutter väterlicherseits war die Schwester von George Stewarts Vater Angus –, aber irgendein Anrecht auf das Herrenhaus konnte man daraus sicher nicht ableiten.

»Okay …«, sagte sie daher lediglich gedehnt, weil sich ihr die Wucht der Neuigkeit nicht wirklich erschloss.

»Wenn das Haus nicht meiner Familie gehört, dann stellen sich gleich mehrere Fragen«, half ihr Harriet auf die Sprünge. »Erstens, wem gehört es dann? Zweitens, was hat dieser Jemand damit vor? Wird drittens meine Verwandtschaft ihr Zuhause verlieren? Was wird viertens aus den Highland Games, die ja auf den Ländereien stattfinden?« Ainslee nahm an, dass dieser Punkt vor allem von Collum ins Spiel gebracht worden war, der im Moment all seine Energie für diesen schottischen Sportwettbewerb ins Rennen warf. »Fünftens«, zählte Harriet weiter auf, und in diesem Moment fiel es auch Ainslee wie Schuppen von den Augen.

»Was wird aus der *Kirkby Tartan Mill*?«, rief sie, nun ebenfalls alarmiert.

• • •

»Ganz ruhig und bitte noch einmal von vorn«, bat Paul Starling seinen aufgeregten Anrufer. »Ich verstehe gerade nur noch Bahnhof.«

Marlin Fraser, sein leiblicher Vater – eine Tatsache, die er selbst nach einem halben Jahr noch nicht ganz begriffen, geschweige denn akzeptiert hatte –, redete auch im zweiten Durchgang ohne Punkt und Komma. Offenbar ging es um irgendwelche ungeklärten Besitzverhältnisse.

»Moment, ganz langsam«, grätschte Paul erneut dazwischen und versuchte, irgendeinen Sinn hinter Marlins Worten auszumachen. »Es geht um das Herrenhaus, in dem deine Schwester Heather lebt. Der Vater ihres Schwiegervaters hat das Gebäude samt Ländereien vor über fünfundsiebzig Jahren bei einem

Kartenspiel oder einer Wette vom damaligen Besitzer gewonnen.« Er notierte sich all die Stichpunkte, die Marlin bestätigte. »Laut dem Schwiegervater ist der Vertrag, der den Eigentumswechsel dokumentiert, aber absolut wasserfest?« Paul rieb sich die Schläfe, als ein neuer Schwall Erklärungen folgte. Warum um alles in der Welt sollte ausgerechnet er sich mit solchen Dingen befassen? Was interessierte es ihn, ob die Frau, die neuerdings seine Tante war, rechtmäßig in dem schlossartigen Anwesen lebte oder nicht?

»Eine Metallkassette?«, hakte er nun nach. »Es ist also irgendwo eine alte Metallkassette aufgetaucht, in der sich Dokumente befinden, die auf andere Besitzverhältnisse hindeuten?« Er seufzte. »Und warum erzählst du mir das alles?«

»Weil du der einzige Mensch bist, der Klarheit in die Sache bringen kann!«, schrie Marlin so laut ins Telefon, dass Paul den Hörer von seinem Ohr weghalten musste und selbst seine Hündin Ivy, die ein paar Meter entfernt in ihrem Bett geschlummert hatte, alarmiert die Ohren spitzte.

»Warum ich? Was habe ich damit zu schaffen?«, fragte er und streichelte Ivy, die aufgestanden war und sich nun an seine Seite schmiegte, den dunklen Lockenschopf. Paul war immer wieder fasziniert davon, wie sensibel die Pudelhündin auf seine Stimmungslagen reagierte.

»Weil du doch ein erwiesener Experte des schottischen Clanwesens bist, seit Jahren zu Kultur und Erbe der schottischen Highlands forschst und fließend Gälisch sprichst«, zählte Marlin stolz auf, was für Paul gleichermaßen Expertise und Leidenschaft war.

Er war führend auf seinem Forschungsgebiet, das zugegebenermaßen nicht sonderlich groß war, und versuchte seit Jahren, seine Studenten für ihre schottische Heimat zu begeistern. Ein Unterfangen, das längst nicht so gut gelang, wie er es sich wünschte, was womöglich an seinem eher spröden Charme lag, wie es die Leiterin der historischen Fakultät einmal süffisant ausgedrückt hatte. Doch es war ihm relativ egal, ob sein Charme spröde, geschmeidig oder nicht existent war, ihm ging es um die Sache. Um die Forschung und um die Bücher, die er schrieb. Aber was das alles mit dem Haus in Kirkby zu tun haben sollte, erschloss sich ihm immer noch nicht, und das sagte er Marlin auch. »Ich schätze, Anwälte wären die besseren Ansprechpartner«, fügte er noch hinzu.

»Die Stewarts *sind* Anwälte!«, gab Marlin in ungeduldigem Tonfall zurück. »Angus ist natürlich an der Sache dran, obwohl er sich nach seinem Herzinfarkt neulich dringend schonen sollte. Deine Cousine Robin, seine Enkelin, die die Führung der Kanzlei übernommen hat, hat ebenfalls ein Team auf die Klärung angesetzt.«

»Aber das ist doch prima, dann geht doch alles seinen Weg«, entgegnete Paul betont munter und hoffte, das Gespräch rasch beenden zu können. Vor allem, weil schon wieder so viele Namen von Verwandten genannt wurden, die er zwar alle schon mal getroffen hatte, aber nicht wirklich einordnen konnte. Er musste noch ein paar Seminararbeiten korrigieren, und dann konnte er endlich in seine langen Sommerferien starten, in denen er sein neuestes Buch schreiben wollte. Über die Rolle der Frauen während der großen Clan-Aufstände. Da hatte er einiges an interessantem Recherchematerial gefunden und konnte es kaum erwarten, so richtig tief zu graben.

»Auf juristischer Ebene mag alles seinen Weg gehen, aber wir brauchen dringend einen fähigen Historiker, der diese alten Dokumente analysiert und in den richtigen Kontext einordnet«, beharrte Marlin und seufzte schwer. »Ich dachte, so etwas würde dich interessieren.«

Tat es durchaus, aber das Timing war ungünstig. Paul wusste allerdings nicht, wie er Marlin das alles verklickern sollte, ohne unhöflich zu klingen. Doch der nutzte den kurzen Schweigemoment für einen erneuten Vorstoß.

»Du hast doch jetzt monatelang Ferien und endlich etwas mehr Zeit«, begann er, und Paul ahnte, wohin die Reise ging. »Seit Wochen vertröstest du uns mit dem Versprechen, dass du ab Juni Zeit dafür hast, uns wirklich kennenzulernen. Jetzt bietet sich eine gute Gelegenheit für einen ausgedehnten Aufenthalt in Kirkby. Dabei lernst du nicht nur deine ganze große Familie kennen, sondern hast sogar noch ein kleines Forschungsprojekt, das garantiert deine Neugier weckt.«

Paul gab einen undefinierbaren Laut von sich, weil er erkannte, dass er auf verlorenem Posten stand. Er hatte Besuche in Kirkby bislang tatsächlich auf ein Minimum reduziert und sich mit den langen Semesterferien herausgeredet, obwohl es von Inverness aus nur ein Katzensprung nach Kirkby war. Warum er so zögerlich damit war, seinen Vater, seine vier Halbgeschwister und den Rest der schier unüberschaubaren Verwandtschaft kennenzulernen, wusste er selbst nicht. Vielleicht weil die ganze Sache dann viel realer wäre? Es erschien ihm ohnehin wie ein Betrug an seiner eigentlichen Familie, an Duncan und Maura Starling, den Menschen, die er jahrelang als seine Eltern wahrgenommen hatte.

Er hatte immer gewusst, dass Maura seine Stiefmutter war, die sein Vater ein Jahr nach dem Tod seiner leiblichen Mutter Carolyn geheiratet hatte. An seine Mum hatte er überhaupt keine echten Erinnerungen mehr, nur ein paar Fotos. Er war zwei Jahre alt gewesen, als sie bei einem Flugzeugabsturz ums Leben gekommen war. Für ihn war Maura immer seine Mum gewesen, und er hatte nie an ihrer aufrichtigen Liebe zu ihm gezweifelt. Irgendwann in seiner Teenagerzeit hatte er jedoch alte Tagebücher seiner Mutter gefunden, und ihre Aufzeichnungen legten nahe, dass nicht sein Dad sein leiblicher Vater war, sondern ihr Bandkollege Lin. Darauf angesprochen, hatte Duncan zwar zugegeben, dass er es gewusst hatte, hatte aber versichert, dass er Paul trotzdem genauso liebte wie den erstgeborenen Sohn Oliver.

Paul war damals in einer schwierigen Phase gewesen. Wie die meisten Teenager hatte er gegen sein

Elternhaus rebelliert und das Gefühl gepflegt, dass er nicht wirklich dazugehörte. Die Erkenntnis, dass es in seinem Fall sogar stimmte, war Wasser auf diese Mühle gewesen. Die Wogen hatten sich schließlich wieder geglättet – auch weil es keine familiäre Alternative für ihn gegeben hatte, denn Lin war ja vermeintlich ebenfalls bei dem Flugzeugabsturz ums Leben gekommen. Bis sich vor ungefähr neun Monaten herausgestellt hatte, dass das gar nicht stimmte. Das war ein fast noch größerer Schock gewesen als der vor zwanzig Jahren, als er die Tagebücher seiner Mutter gelesen hatte. Wochenlang hatte er darüber gegrübelt, ob er Marlin Fraser zur Rede stellen oder es einfach vergessen sollte.

An Weihnachten hatte er es schließlich nicht mehr ertragen. Zum ersten Mal in seinem Leben war er für die Feiertage nicht auf seine Heimatinsel Lewis gereist, weil er sich in seiner Familie plötzlich noch fremder gefühlt hatte als während seiner rebellischen Phase. Stattdessen war er am Weihnachtsmorgen unangekündigt bei den Frasers aufgetaucht und hatte auch deren Welt aus den Angeln gehoben.

Seine neue Familie hatte den Schock jedoch recht schnell überwunden und ihn mit offenen Armen willkommen geheißen, was ihn komplett überwältigt und überfordert hatte. Seitdem gab es Kontakte nur noch stark dosiert.

»Gut, ich komme vorbei und sehe mir die Unterlagen mal an«, sagte er schließlich. »Ich muss noch

Arbeiten korrigieren, aber Ende der Woche habe ich ein paar Stunden Zeit dafür.«

»Ein paar Stunden?«, schnaubte Marlin. »Du machst wohl Witze. Das erfordert eine gründliche Vor-Ort-Recherche.«

Auch damit hatte er vermutlich recht, doch das wollte Paul nicht so einfach zugeben. »Inverness ist ja nicht weit. Ich kann regelmäßig hin- und herpendeln. Im Moment ist doch Hauptsaison, und so beliebt, wie Kirkby ist, bekomme ich sicher kein Fremdenzimmer mehr.«

»Ein Fremdenzimmer?« Diesmal klang Marlins Schnauben eher wie ein empörtes Grunzen. »Du könntest jederzeit in Harriswood House wohnen, das habe ich dir schon mehr als einmal angeboten. Aber da dir das ja zu eng ist, habe ich mit Heather vereinbart, dass du und dein Hund auf Monroe Manor ein Zimmer mit eigenem Bad beziehen könnt. So lange du willst – oder es für deine Recherche nötig ist. Am besten, du kommst sofort. Deine Arbeiten kannst du auch hier korrigieren.«

»Aber …«, begann Paul, komplett überrumpelt.

»Aber was? Hast du sonstige Verpflichtungen? Vielleicht eine Partnerin, von der wir nichts wissen? Oder einen Partner? Das wäre auch kein Problem. Im Herrenhaus ist genügend Platz. Bring sie oder ihn einfach mit.«

»Wie kommst du darauf, dass ich so einfach Zeit habe? Ich meine, ich könnte ja eine ausgedehnte

Urlaubsreise geplant haben und übermorgen nach Peru oder Australien fliegen wollen.«

»Hast du?«

Paul atmete geräuschvoll aus und gab zähneknirschend zu: »Nein, hab ich nicht. Aber trotzdem kannst du nicht einfach so über mich und meine Zeit verfügen.«

»Warum nicht?« Marlin klang aufrichtig verwundert. »Du bist Familie, und in einer Familie hilft man sich. Haben dir das deine Eltern nicht beigebracht?«

»Doch. Haben sie. Nur dass sie nicht meine Eltern sind.«

»Nun ja, sie waren deine Erziehungsberechtigten, und nach allem, was ich bisher von dir weiß – was wenig genug ist –, haben sie ihren Job recht ordentlich gemacht. Also gib dir einen Ruck, und nimm den Stier bei den Hörnern.«

Paul fand diesen Vergleich total schräg und unangemessen, genau wie Marlins ganze Argumentationskette, und doch fühlte er sich bei seiner Ehre gepackt. Die Frasers und Stewarts brauchten seine Hilfe, und wer war er, ihnen diese Bitte abzuschlagen? Er hatte bei seinen wenigen Besuchen immer den Eindruck gehabt, dass alle aus der Sippe zusammenhielten und sich, so gut es ging, gegenseitig unterstützten. Vermutlich würden sie sich auch um ihn kümmern, wenn er darum bat. Was nicht passieren würde, da war er sich sicher, aber allein die Möglichkeit gab ihm ein gutes Gefühl. Er hielt es zwar nicht für ausgeschlossen, dass Marlin den Stunt mit der Metallkassette und den ominösen Dokumenten am Ende selbst inszeniert hatte, um Zeit mit seinem Sohn verbringen zu können. Doch selbst das wäre ja irgendwie bewundernswert. Er schüttelte vehement den Kopf bei diesem Gedanken. Welchen Floh hatte ihm der alte Zausel ins Ohr gesetzt, dass ihm so ein Verhalten plötzlich okay vorkam? Oder nicht wirklich okay, aber eben auch nicht völlig verwerflich.

»Dein Schweigen ist sehr interessant«, behauptete Marlin. »Ich wüsste gerne, worüber du gerade so intensiv nachdenkst.«

»Ich denke darüber nach, ob du das alles inszeniert hast, um mich nach Kirkby zu locken«, gab Paul resigniert zu.

»Und wenn – funktioniert es?« Marlin fand das wohl höchst amüsant, denn Paul konnte eindeutig Belustigung im Tonfall seines Erzeugers hören.

»Ich fürchte ja.«

»Gut, dann pack deine Sachen zusammen, und komm hierher. Ich erwarte dich zum Abendessen. Morgen kannst du dir dann ein Bild machen, ob ich so durchtrieben bin, wie du mich einschätzt. Und ich kann herausfinden, wie viel von mir in dir steckt.« Marlin lachte leise.

»Ist das eine Drohung?«, wollte Paul wissen.

»Eher ein Versprechen. Ich freu mich auf dich, mein Sohn. Wird Zeit, dass wir uns endlich richtig kennenlernen – und du nebenbei ein großes Mysterium löst.«

EIN PUZZLE MIT VIELEN TEILEN

»SEHEN WIR UNS HEUTE ABEND beim Yoga?«, fragte Kristie, als sie Ainslee ihren Thermobecher mit Tee sowie eine Tüte mit zwei Rosinenscones über die Theke reichte und mit einem energischen Kopfschütteln die Bezahlung zurückwies.

»Auf jeden Fall, das ist das Highlight meiner Woche.« Ainslee steckte eine Fünf-Pfund-Note in das Trinkgeldsparschwein. Wenn ihre Mitbewohnerin schon die reguläre Entlohnung ihres Frühstücks verweigerte, dann wollte sie wenigstens auf diesem Weg einen kleinen Obolus bezahlen, auch wenn die Backfee dabei die Stirn runzelte. Sie wollte Kristies Großzügigkeit nicht ausnutzen, gerade dann nicht, wenn sie als normale Kundin in der Bäckerei war.

»Von meiner auch«, gab Kristie mit einem Seufzer zurück, und Ainslee wusste, woher der kam.

Vor einer Woche war Kristies Beziehung recht spektakulär in die Brüche gegangen, und auch wenn sie sich tapfer gab, ahnte Ainslee doch, wie tief sie getroffen sein musste. Sie selbst hatte einige Erfahrung mit unschönen Trennungen und unpassenden Partnern, und auch wenn ein Ende mit Schrecken eigentlich immer besser war als ein Schrecken ohne Ende, tat es doch sehr weh. Es dauerte, bis das Ego den Schock überwunden hatte. Aber Ainslee war froh, dass Kristie sich nicht abschottete, sondern unter die Leute ging. »Wir sollten das nicht so laut sagen«, entgegnete sie mit einem schelmischen Lächeln und deutete auf Ärztin Anna, die wie jeden Morgen zeitunglesend an ihrem Lieblingstisch saß und frühstückte. »Nicht, dass unsere Yoga-Domina auf böse Gedanken kommt.«

»Ich habe sehr gute Ohren«, bemerkte Anna prompt und ließ die Zeitung sinken. »Und ich kann euch versichern, dass ich mir für euer Wochenhighlight etwas Angemessenes ausdenken werde.«

»Das habe ich befürchtet«, erwiderte Ainslee, und Kristie lachte.

»Keine Sorge, wir werden heute Abend unsere inneren Göttinnen heraufbeschwören, dann gehen die Übungen ganz von allein«, behauptete Anna und faltete mit einem Blick auf die Uhr ihre Zeitung zusammen. »Ich muss jetzt in die Praxis.«

»Wo ist eigentlich Elvis?«, erkundigte sich Ainslee nach dem Kater der Ärztin. Normalerweise begleitete der große Maine-Coon-Kater seine Dosenöffnerin immer zum Frühstücken und schlich sich dann gerne heimlich an Jules heran, um ihn zu erschrecken.

»Keine Ahnung«, antwortete Anna schulterzuckend. »Er hat mit mir das Haus verlassen, sich dann aber schnurstracks in Richtung Wald aufgemacht.

Vermutlich will er Sean besuchen oder nachsehen, ob Lennox schon wach ist.«

»Hat Lennox wieder in seinem Studio geschlafen?«, wollte Kristie wissen.

»Er arbeitet gerade fieberhaft an neuen Songs, und offensichtlich küsst die Muse bevorzugt nachts.« Anna lächelte, und Ainslee fand es ganz erstaunlich, dass es ihrer Freundin nichts auszumachen schien, dass ihr Musikerfreund sich die Nächte in seinem Studio um die Ohren schlug, statt sie mit ihr zu verbringen. Aber die beiden wirkten rundum glücklich, wenn man sie zusammen erlebte. Es kam also nicht auf die Menge der gemeinsam verbrachten Zeit an, sondern auf die Qualität.

»Das klingt aufregend. Ich bin gespannt, wann wir sie mal zu hören bekommen«, sagte Ainslee und packte die Papiertüte mit den Scones in ihre Tasche. »Ich muss jetzt auch los. Habt einen schönen Tag. Wir sehen uns heute Abend.« Sie winkte den beiden Frauen zu und wandte sich zur Tür, doch Jules stand weiterhin wie angenagelt vor der Verkaufstheke. »Jules, na los, wir müssen zur Arbeit«, rief sie ihn, doch der Königspudel schaltete auf Durchzug.

»Mein Fehler, ich hab seinen Snack vergessen.« Kristie zog aus einer Keramikdose einen der selbst gebackenen Hundekekse hervor, die sie für ihre vierbeinigen Kunden jederzeit bereithielt. Jules nahm ihr die Leckerei vorsichtig ab und kaute krachend darauf herum. Dann war er endlich bereit, Ainslee zu folgen.

»Du hast dir in Kirkby reichlich schlechte Manieren angewöhnt«, tadelte Ainslee ihren Hund, als sie in Richtung Kirche liefen. »Du kannst nicht jeden anbetteln. Das macht man einfach nicht.«

Jules stupste sie spielerisch am Handgelenk an und wedelte vergnügt mit dem Schwanz. Er hatte ganz offensichtlich nicht das geringste Problem damit, die Umstände zu seinem Vorteil auszunutzen.

Ainslee hatte den Hund vor drei Jahren als zusätzliche Sicherheit angeschafft. Auch wenn sie dank ihrem Kampfsporttraining inzwischen in der Lage war, sich notfalls selbst zu verteidigen, war es doch besser, gar nicht erst in ungute Situationen zu geraten. Sie hatte sich für einen Großpudel entschieden, weil die einerseits genügend Kraft und körperliche Präsenz hatten, um ihren Menschen notfalls zu verteidigen, aber andererseits ausgesprochen freundlich und sehr gelehrig waren. Die beiden letzteren Qualitäten waren wichtig, weil sie Jules auch zur Arbeit mitbrachte. Sowohl in die Schauweberei in Edinburgh, in der sie gearbeitet hatte, als auch zu den diversen Historienmärkten, für die sie regelmäßig als Darstellerin gebucht worden war. Jules hatte sich sehr schnell in seine Rolle eingefunden und war ein unerschrockener und treuer Begleiter geworden, der alle Qualitäten in sich vereinte, die sie sich auch von Männern wünschte: Er war loyal, souverän, freundlich, liebevoll und gab ihr jeden Tag das Gefühl, dass sie der wichtigste Mensch auf der ganzen Welt war. Eine Kleinigkeit für einen Hund, eine Unmöglichkeit für einen Mann – zumindest nach Ainslees Erfahrung.

Doch sie wollte sich nicht beklagen. Immerhin hatte sie Jules und seit ein paar Monaten auch ein Leben, das sich richtiger anfühlte als alles Vorherige. Sie merkte, wie sie sich von Woche zu Woche mehr entspannte, und genoss es, Teil einer so wohlwollenden Gemeinschaft zu sein. Für Jules war Kirkby buchstäblich der Hundehimmel auf Erden. Hier durfte er eigentlich immer ohne Leine herumlaufen und hatte endlich ansatzweise so viel Bewegung, wie er es sich wünschte. Sie gingen fast jeden Tag zu Fuß zur Weberei und wieder nach Hause, und zwischendurch durfte er nach Herzenslust mit den Airedale-Hündinnen der Stewarts toben oder George mit den beiden in den Wald begleiten.

Auch Ainslee tat die Bewegung an der frischen Luft gut. In Edinburgh hatte sie bei den Gassirunden meistens Stöpsel in den Ohren gehabt und Musik oder Podcasts gehört. Doch hier genoss sie die Geräusche der Natur – das Rascheln der Blätter, den Gesang der Vögel, das Knirschen der Kiesel unter ihren Füßen. Sie mochte selbst den Wind, wenn er ihre langen Haare zerzauste, und den Regen. Vor allem aber war sie dankbar dafür, dass ihre Gedanken zur Ruhe kamen und ihr Blick ganz weit wurde, wenn sie die Strecke, für die man auf direktem Weg gut zwanzig Minuten brauchte, auf bis zu eine Stunde ausdehnte.

Sie trank einen Schluck Tee aus ihrer Thermotasse und entschloss sich dann spontan, noch eine Schleife durch das Waldstück zu laufen und sich Monroe Manor von hinten zu nähern. Jules trabte begeistert voran. »Nicht jagen«, schärfte sie ihm warnend ein. Eigentlich hörte er sehr gut, aber manchmal war ein flüchtendes Kaninchen einfach zu unwiderstehlich für ihn. Irgendwas musste er erspäht haben, denn plötzlich blieb er ungefähr fünfzig Meter vor ihr an einer Weggabelung stehen wie angewurzelt und starrte in geduckter Haltung in eine Richtung, in der sie noch nichts erkennen konnte. Mist. Hoffentlich kein Rotwild. George Stewart hatte ihr gesagt, dass Hirschkühe mit ihren Jungtieren im Sommer manchmal tiefer herunterkamen und sich gelegentlich sogar im Park des Herrenhauses gütlich taten. Ainslee hatte keine Ahnung, wie Jules auf diese Tiere reagieren würde, und betete, dass er nicht auf die Idee verfiel, ein Hirschkalb zu jagen. »Jules!«, rief sie ihn, doch der Pudel reagierte nicht. Er starrte immer noch fasziniert in dieselbe Richtung. Sie war nur noch etwa fünf Meter von der Weggabelung entfernt, als er plötzlich lossprintete. »Jules!«, brüllte sie. »Hierher!« Dann rannte sie selbst los – und stieß im nächsten Moment mit einem Mann zusammen. Durch den Aufprall löste sich der Deckel ihres Bechers, und der immer noch ziemlich heiße Tee ergoss sich über ihre Hand und vor allem über das Hemd ihres Gegenübers. »Autsch«, entfuhr es ihr, und der Becher fiel ihr aus der Hand.

»Haben Sie sich wehgetan?«, fragte der Unbekannte mit einer sehr angenehmen Stimme, und sie hob den Blick, um ihn anzusehen. Allein das war schon ein Ereignis für sich, denn die meisten Männer waren höchstens so groß wie sie selbst. Doch der dunkelhaarige Fremde, der den riesigen heißen Teefleck auf seiner Brust stoisch ertrug, war tatsächlich ein Stückchen größer als sie.

»Ähm, nein«, antwortete sie verlegen. Seine blaugrauen Augen verwirrten sie – und erinnerten sie an jemanden, doch sie kam nicht drauf, an wen. »Tut mir leid«, murmelte sie und deutete auf den unschönen Fleck auf seinem Hemd.

»Nicht so schlimm«, entgegnete er und starrte sie ebenfalls leicht geistesabwesend an.

Sie rätselte, ob sie sich schon einmal irgendwo begegnet waren. Womöglich auf einem der Festivals? »Kennen wir uns?«, fragte sie schließlich.

Er schüttelte den Kopf. »Ich denke nicht. Ich …« Er rang sichtlich mit sich, und Ainslee wappnete sich innerlich bereits. Sprüche wie »Daran könnte ich mich sicher erinnern« hatte sie schon Dutzende Male gehört. »Ich glaube, unsere Hunde sind gerade abgehauen«, fügte er schließlich hinzu und wandte den Blick von ihr ab.

»Oh.« Jules hatte sie vollkommen vergessen. Sie hörte ein Knacken in einiger Entfernung und sah gleich darauf einen rotbraunen Schatten, der von einem schwarzen in wilder Hatz verfolgt wurde. »Jules!«, rief sie energisch.

»Ivy!«, schallte es volltönend aus der Kehle des Fremden, und für einen kurzen, irrationalen Moment fragte sich Ainslee, ob dieser Mann wohl ein Sänger war. Dass der Wettlauf die beiden Hunde kurz darauf zu ihren Zweibeinern führte, war wohl eher dem Zufall zu verdanken als Gehorsam. Zumindest im Fall von Jules, der regelrecht Herzchen in den Augen hatte, wie Ainslee amüsiert feststellte. So ähnlich hatte Harriet gestern beim Gedanken an ihren Collum dreingeschaut. Verdenken konnte sie ihrem Hund seine plötzliche innige Zuneigung nicht, denn Ivy entpuppte sich bei näherem Hinsehen als sehr elegante Großpudeldame, die mit ihrem unternehmungslustigen Blick und dem kecken Wedeln vermutlich reihenweise Rüdenherzen brach.

»Das ist ja ein Zufall«, befand der Mann lächelnd und musterte Jules wohlwollend. »Andere Großpudel trifft man nicht so oft. Schicker Kerl.«

»Danke. Hübsches Mädchen«, entgegnete Ainslee. »Wie alt ist Ivy?«

»Vier.« Er räusperte sich. »Da sich unsere Hunde nun schon näher kennen …«

»Oh. Ja. Natürlich. Ich bin Ainslee Ferguson. Ich arbeite in der *Kirkby Tartan Mill.* Falls ich die Reinigung für das Hemd übernehmen soll oder so, finden Sie mich dort.« Sie streckte ihre Hand aus. »Es tut mir wirklich wahnsinnig leid.«

»Das kann man problemlos waschen. Ich heiße Paul Starling und bin seit gestern auf Monroe Manor zu Gast.« Er umfing ihre Hand mit seiner und sah sie dabei erwartungsvoll an.

»Müsste mir das etwas sagen?«, fragte sie leicht verunsichert, doch er schüttelte lachend den Kopf.

»Nein. Ganz und gar nicht. Offen gestanden bin ich sogar froh, dass dir mein Name nichts sagt«, erwiderte er und wirkte mit einem Mal regelrecht erleichtert. So erleichtert, dass er gleich zur vertraulichen Anrede umgeschwenkt war.

Er hielt immer noch ihre Hand. Sein Händedruck war kräftig, aber seine Haut fühlte sich weich und warm an. Niemand, der mit seinen Händen arbeitete, kam es Ainslee in den Sinn. Doch seine Aussage irritierte sie zunehmend. Sie zog ihre Hand weg. »Ich weiß nicht, was ich davon jetzt halten soll. Bist du prominent?«, wollte sie wissen. »Ein Sänger oder Schriftsteller vielleicht?« Oder ein Schwerverbrecher? Letzteres behielt sie jedoch für sich. Wobei es für sie und ihr Leben typisch wäre, wenn ihr selbst in den friedlichen Highlands seltsame Typen auflauerten. Andererseits machte er keinen besonders düsteren Eindruck, und wie viele Axtmörder gab es wohl, die sich einen Pudel hielten?

»Definitiv weder prominent noch Sänger, und ein Schriftsteller im klassischen Sinn bin ich auch nicht, obwohl ich Bücher schreibe und veröffentliche«, erklärte er und lächelte sie an. »Ich habe nur befürchtet, dass du ein Mitglied meiner umfangreichen Verwandtschaft bist und ich dich nicht erkannt habe.«

Langsam dämmerte es Ainslee. »Dann musst du Marlin Frasers neuer Sohn sein«, mutmaßte sie, und er nickte. »Ich kann dich beruhigen, wir sind nicht verwandt.«

»Das ist schön, es ist mir nämlich ausgesprochen peinlich, dass ich meine zahllosen Halbgeschwister, Cousinen und Cousins samt Anhängen, Tanten, Onkel und sonstige Sippenmitglieder immer noch nicht gut genug kenne, dass ich sie im Wald eindeutig identifizieren könnte.«

»Ich finde, das klingt eher nach Luxus als nach einem Problem«, stellte sie fest. »Ich wäre froh, wenn ich ein paar Verwandte hätte, aber außer meiner Mutter gibt es niemanden mehr.« Sie seufzte und fragte sich, warum sie das so freimütig ausplauderte. Sie kannte Paul Starling nicht. Vermutlich interessierte es ihn kein bisschen, und ganz sicher ging es ihn nichts an.

»Das tut mir leid«, ruderte er rasch zurück und wirkte ein wenig betroffen. »Es sollte auch nicht als Jammern rüberkommen, nur als leichte Überforderung. Aber ich arbeite daran, dass die sich in Wohlgefallen auflöst.«

»Und ich wollte nicht so kritisch klingen«, entschuldigte sie sich ebenfalls. »Da spricht ganz bestimmt nur der blanke Neid aus mir. Die Frasers und Stewarts sind nämlich alle sehr nett. Man kann bestimmt eine schlechtere Verwandtschaft haben.« Sie deutete in die Richtung, aus der er aufgetaucht war. »Ich müsste so langsam zur Arbeit.«

»Ich komm mit«, kündigte er an. »Ich habe versprochen, zum Frühstück wieder da zu sein.«

Ainslee sammelte ihren Teebecher ein, der immer noch auf dem Boden lag, und pfiff dann nach ihrem Hund, der gerade wieder Anstalten machte, sich mit Ivy über den nächsten Hügel abzusetzen. Zu ihrem großen Erstaunen kamen er und seine Angebetete gleich angerannt. »Guter Junge«, lobte sie ihn und tätschelte seinen Kopf.

Sie liefen ein paar Minuten schweigend nebeneinander her und tauschten nur das eine oder andere Lächeln aus, wenn die Hunde besonders drollig herumtollten. »Wie hast du das vorhin gemeint, dass du kein richtiger Schriftsteller bist?«, erkundigte sie sich schließlich.

»Ich bin Historiker und arbeite an der Uni in Inverness. Meine Forschungsgebiete sind die Geschichte der Highlands, das Clanwesen und die gälische Sprache. Dazu habe ich bereits einige Bücher veröffentlicht. Aber halt eher wissenschaftliche Abhandlungen und keine Unterhaltung. Ich glaube nicht, dass man mich Schriftsteller nennen kann.«

»Gibt es da so strenge Trennungen? Jemand, der Bücher schreibt und veröffentlicht, ist in meiner Welt jedenfalls ein Autor.« Sie lächelte. »Woran schreibst du denn gerade?«

»Ich wollte in diesem Sommer mit einem Buch über die Rolle der Frauen während der Clan-Aufstände beginnen. Dazu habe ich faszinierendes Recherchematerial gefunden. Tagebücher aus der Zeit, von Frauen aus den unterschiedlichsten Schichten. Sehr spannendes Thema. Aber ich fürchte, das muss ich erst mal auf Eis legen.« Er seufzte.

»Warum? Weil deine Verwandtschaft zu fordernd ist?« Sie lächelte ihm verschwörerisch zu.

»Ja. Genau deswegen«, sagte er und starrte in eine unbestimmte Ferne. »Es wurden wohl Dokumente gefunden, denen zufolge die Besitzverhältnisse in Bezug auf Monroe Manor nicht so eindeutig sind, wie die Familie Stewart das gern hätte. Deswegen hat mich gestern mein … ähm … Marlin nach Kirkby zitiert, damit ich einen Blick auf diese Unterlagen werfen und eine historische Einordnung vornehmen kann.«

»Verstehe«, murmelte sie, auch wenn das nicht ganz stimmte. Sie dachte an den unangenehmen Moment der Erkenntnis zurück, als ihr und Harriet die möglichen Konsequenzen in den Sinn gekommen waren. Würde die *Kirkby Tartan Mill* auf Monroe Manor bleiben können, sollte sich das Gerücht als wahr erweisen? Oder hätten die eigentlichen Eigentümer ganz andere Pläne mit dem Anwesen? »Da steht wohl sehr viel Erwartung im Raum, nicht wahr?«

»Mag sein«, gab er zu. »Doch das ist nicht mein Problem. Ich habe gestern schon zu Marlin gesagt, dass ich eine ganz neutrale Einordnung abgeben und sicher keine Recherche vertuschen werde.«

»Das klingt ehrenhaft, aber wohl nicht nach dem, was sich die Familie erhofft.«

»Ich kann keine Rücksicht darauf nehmen, was sich die Menschen erhoffen. Ich kann mir nur die Quellen ansehen und alles so gründlich recherchieren, wie es mir möglich ist. Im Idealfall ist das Ergebnis dann eindeutig.«

»Wie lange wird das ungefähr dauern?« Ainslee fand die Vorstellung mehr als erschreckend, dass ihr Unternehmen, in das sie und Harriet all ihr Geld und diverse Kredite gesteckt hatten, plötzlich obdachlos sein könnte.

»Das geht sicher nicht von heute auf morgen, aber warum interessiert es dich so sehr? Du gehörst ja nicht zur Familie.« Er warf ihr einen aufmerksamen Blick zu.

»Das nicht, aber ich habe mein Unternehmen in Räumlichkeiten von Monroe Manor, und wenn ich darüber nachdenke, dass uns ein möglicher anderer Besitzer auf die Straße setzen könnte, wird mir angst und bange.«

Er nickte. »Das verstehe ich. Ich weiß ehrlich gesagt nicht, wie lange es dauern wird. Ich muss erst einmal in Ruhe die Dokumente sichten, Quellen überprüfen und alte Verträge mit den Familienanwälten diskutieren. Aber es ist sicher eher eine Frage von Monaten als von Tagen oder Wochen. Außerdem haben wir es ja nicht mit einem konkreten Vorwurf von einer lebenden Person zu tun, die Ansprüche auf das Anwesen erhebt, sondern lediglich mit einigen alten Dokumenten. Sollte Monroe Manor also tatsächlich jemand anderem gehören, weiß er oder sie noch gar nichts davon.«

Das Herrenhaus kam nun in Sichtweite. Von dieser Seite aus wirkte es fast wie ein Märchenschloss, und Ainslee merkte, wie sehr sie dieses Gemäuer und seine Bewohner bereits ins Herz geschlossen hatte. Und wie sehr sie ihren Arbeitsplatz liebte. »Ich hoffe jedenfalls sehr, dass die Stewarts tatsächlich die rechtmäßigen Eigentümer sind und alles so bleiben kann wie bisher«, erklärte sie mit fester Stimme.

Ein kleines Lächeln zuckte in seinen Mundwinkeln, verschwand dann aber sogleich wieder. »Wir mögen zwar nicht verwandt sein, aber deine Argumentation zielt in die gleiche Richtung. Allerdings gilt weiterhin, dass ich mich in diesem Zusammenhang absolut neutral verhalten werde.«

»Schade.« Ainslee fühlte sich seltsam enttäuscht. »Neutralität mag nobel klingen, aber sie ist teuer, und Beliebtheitspreise gewinnt man damit auch nicht. Man denke da nur an die Schweiz.« Mit diesen Worten wandte sie sich abrupt in Richtung Westflügel, der die Weberei beherbergte. »Auf Wiedersehen, Paul, und eine erfolgreiche Recherche. Jules, komm mit.«

• • •

Paul schaute Ainslee hinterher, wie sie aufrecht und mit gestrafften Schultern davonschritt. Der spektakuläre Effekt wurde etwas dadurch geschmälert, dass sie ein paarmal energisch nach ihrem Hund rufen musste, der lieber noch etwas Zeit mit Ivy verbracht hätte.

Wäre Paul ein echter Schriftsteller gewesen, der keine präzisen, nüchternen wissenschaftlichen Texte verfasste, sondern süffige Abenteuergeschichten aus dem schottischen Hochland, dann hätte er sich ein Bild von Ainslee Ferguson auf dem Cover gewünscht. Sie sah aus wie die Hollywood-Version einer Highland-Prinzessin oder Clan-Fürstin: groß, elegant, lange dunkelrote Haare, blitzende grüne Augen, eine gerade Nase, der ein paar vorwitzige Sommersprossen die Strenge nahmen, und sinnlich geschwungene Lippen. Er konnte sie sich problemlos in einem langen, traditionellen Kleid samt Tartanschärpe vorstellen, auch wenn ihm das weiße Sommerkleid ausgesprochen gut an ihr gefallen hatte. Statt des Teebechers würde sie auf seinem Buchumschlag selbstverständlich ein Schwert in der Hand halten und mindestens so abschätzig dreinblicken wie in dem Moment, als sie ihn mit der Schweiz verglichen hatte.

Als sie schließlich vollständig aus seinem Sichtfeld verschwunden war, stupste ihn Ivy an und betrachtete ihn fragend. »Du hast ja recht«, sagte er zu ihr. »Wir sollten zusehen, dass wir zum Frühstück kommen, und uns dem Unvermeidlichen stellen. Aber vorher muss ich mich noch schnell umziehen.« Er verbannte seinen kruden Romantik-Anfall in die Tiefen seines Unterbewusstseins, dorthin, wo er keinen Schaden anrichten konnte. Dann lief er rasch zum Haupteingang von Monroe Manor und hoffte, dass er unbemerkt in sein Zimmer schlüpfen konnte.

Zwanzig Minuten später saß er mit einem frischen Hemd und gekämmten Haaren am Frühstückstisch, der im gemütlichen Wintergarten gedeckt worden war. Dieser Raum war deutlich anheimelnder als das formale Esszimmer, das ihm seine Gastgeber gestern bei einer ersten Führung durch das Haus gezeigt hatten. Am Tisch saßen George und Heather Stewart, Georges Vater Angus Stewart, Rosalynd Forrester, die Schwiegeroma seiner Cousine Robin, und sein Erzeuger Marlin Fraser. Robin war nur kurz aufgetaucht, um ihm Glück zu wünschen. Sie war auf dem Weg nach Edinburgh, um einige unaufschiebbare Termine im Stammhaus der Familienkanzlei wahrzunehmen. Ihr Mann Sky und die beiden Kinder frühstückten in der Küche, wo auch Ivy geblieben war – zusammen mit den Hündinnen Abby und Joy, mit denen sie sich bereits gestern angefreundet hatte. Momentan beneidete Paul seinen Hund glühend, denn so charmant und sonnig der Frühstücksraum wirkte, so angespannt war die Stimmung der Anwesenden. Zunächst tauschten sie lediglich Small Talk aus. Paul berichtete, wie gut es ihm in Kirkby gefiel und dass er beim morgendlichen Gassigang bereits Ainslee und ihren Jules kennengelernt hatte. »Was für ein witziger Zufall, dass sie auch einen Pudel hat«, sagte er und hätte sich für diesen unbeholfenen Kommentar am liebsten selbst geohrfeigt. Ging es denn noch dämlicher?

»Ich konnte mit Pudeln nie etwas anfangen, bis ich Jules kennengelernt habe«, berichtete George freimütig. »Und deine Ivy scheint auch Pfeffer im Hintern zu haben. Trotzdem sind das doch eher Hunde für alte Menschen, oder?«

Paul musste sich zusammennehmen, damit ihm kein unpassender Kommentar entschlüpfte, aber er war es gewohnt, spöttische Bemerkungen über seinen Hund zu hören. »Großpudel sind versierte Jagdhunde. Wie alle Pudel sind sie sehr vielseitig, extrem gelehrig und wahnsinnig ausdauernd. Ich bezweifle, dass sie die geeigneten Begleiter für Senioren sind. Sie sind immer gerne da, wo gerade Action ist.«

»So wie in der historischen Fakultät der Universität?«, bemerkte Marlin mit kaum verbrämtem Sarkasmus, doch Paul ließ sich nicht provozieren.

»Genau. Bei meinen zahlreichen Exkursionen hat sich Ivy schon als unschätzbare Hilfe erwiesen, und sie sorgt auch zwischen den Vorlesungen dafür, dass ich regelmäßig an die frische Luft komme.« Er atmete einmal tief ein und wieder aus. »Aber ich bin nicht hier, um über Hunderassen zu philosophieren, nicht wahr?«

»Schade«, schaltete sich die gut gelaunte Ms Forrester ein, deren weiße Löckchen bei jeder ihrer lebhaften Bewegungen um ihr stets lächelndes Gesicht tanzten. »Das würde die trübe Stimmung hier ganz sicher auflockern.«

»Es geht um unser Zuhause«, entgegnete Angus mit einem ungehaltenen Stirnrunzeln.

»Über das du bisher immer gesagt hast, dass es dir eher eine Last als eine Freude ist und du lieber in Edinburgh leben würdest«, gab die alte Amerikanerin fröhlich und unbeeindruckt von der düsteren Präsenz ihres Tischherrn zu bedenken. »Dieses Haus ist doch wahnsinnig teuer im Unterhalt und im Winter noch ungemütlicher als San Francisco im Dauernebel.«

»Das stimmt alles«, gab Angus zu. »Aber es ist eben nur die halbe Wahrheit. Mein Vater hat Monroe Manor rechtmäßig erworben, und ich kann nicht akzeptieren, dass man es uns nun streitig machen will«, knurrte er. »Und ich sorge mich nicht um mich, sondern um meine Familie, die hier tief verwurzelt ist, und um die ganze Gemeinde. Kirkby, die Familie Stewart und Monroe Manor sind untrennbar miteinander verbunden. Was soll werden, wenn sich an diesem Kräfteverhältnis etwas ändert?«

»Demokratie?«, schlug Rosalynd vor, und Paul musste sein unwillkürliches Auflachen mit einem Husten tarnen. Die alte Dame imponierte ihm.

»Wir leben in einer der ältesten Demokratien der Welt!«, dröhnte Angus.

»Man könnte da durchaus auf andere Gedanken kommen, wenn man sich euer Königshaus so ansieht«, kicherte Rosalynd. »Und George gibt doch einen fabelhaften Schlossherrn ab.« Sie streckte beide Arme aus und tätschelte Georges Schulter und die Hand von Angus, die sich gerade in einer ärgerlichen Faust um das Buttermesser schloss.

»Wenn hier in Kirkby jemand feudale Ambitionen hat, dann ist das sicher nicht George, sondern Collum, unser Bürgermeister«, mischte sich Marlin ein. »Und selbst der wurde demokratisch gewählt.«

»Allerdings gab es keinen Gegenkandidaten«, sagte Heather leise und kaschierte ihr Grinsen mit ihrer Serviette.

»Momentan erhebt ja niemand offiziell Ansprüche auf Monroe Manor«, sagte Paul rasch, ehe die Diskussion noch weiter ausuferte. »Es wurden lediglich Dokumente gefunden, die einen Anfangsverdacht nahelegen, dass das Anwesen nicht rechtmäßig im Besitz der Familie Stewart ist.« Er blickte in die Runde und sprach weiter, als er sich der uneingeschränkten Aufmerksamkeit aller sicher war: »Wenn ich es richtig verstanden habe, sollen diese Dokumente auf zwei Ebenen überprüft werden – juristisch und historisch. Für Ersteres gibt es in der Familie ja glücklicherweise genügend Profis, und um Letzteres werde ich mich kümmern. Ich werde mir die Papiere genau ansehen und dann anfangen, im Gemeinde- und im Kirchenarchiv zu recherchieren. Aber solange nicht klar ist, ob es Ansprüche von Dritten geben könnte, muss sich niemand um seinen Wohnort oder um seinen Arbeitsplatz sorgen.«

»Arbeitsplatz?«, fragte George.

»Nun ja, die *Kirkby Tartan Mill* beispielsweise«, erinnerte ihn Paul. »Und natürlich auch die Hausangestellten.« Butler Hamish, der gerade eine weitere Portion gebratene Würstchen brachte, zuckte erschrocken zusammen. »Wie gesagt, momentan besteht kein Grund zur Sorge.«

»Aber du hast gestern unmissverständlich klargemacht, dass du ›neutral‹ an die Arbeit gehen wirst«, knurrte ihn Marlin an und spuckte das Wörtchen »neutral« mit noch mehr Abscheu aus als Ainslee vorhin.

»Ich bin Wissenschaftler. Natürlich gehe ich unbeeinflusst von jedweder Seite an die Sache ran. Alles andere würde gegen meinen beruflichen Ehrenkodex verstoßen. Die Interpretation meiner Ergebnisse überlasse ich jedoch sehr gerne anderen.«

»Was haben wir gestern in Bezug auf Familie gesagt?«, fragte Marlin warnend.

»Ich helfe gerne, das habe ich versprochen. Aber ich habe auch deutlich gemacht, dass es nur zu meinen Bedingungen läuft. Zumindest was meinen Teil der Arbeit betrifft. Als Mensch und entferntes Familienmitglied sehe ich das möglicherweise anders, aber als Wissenschaftler muss ich mich an die Fakten halten.« Paul trank einen Schluck Tee, um seine Nerven zu beruhigen. Der Platz unter dem Brennglas der familiären Erwartungen war noch unangenehmer als befürchtet. Trotzdem war er nicht bereit, seine berufliche Integrität aufs Spiel zu setzen – für Menschen, die er kaum kannte. Familie hin oder her.

»Und was heißt hier überhaupt ›entferntes Familienmitglied‹?«, schimpfte Marlin weiter. »Heather ist deine Tante. Robin ist deine Cousine. Ihr seid Blutsverwandte. Und wie Angus schon erklärt hat, geht es noch um viel mehr. Es geht um Kirkbys Selbstverständnis.«

Paul nickte und verkniff sich den Kommentar, der ihm schon seit geraumer Zeit auf der Zunge lag: Kirkbys Selbstverständnis hätte ihm kaum gleichgültiger sein können. Kirkby hieß dieser kleine Ort bekanntermaßen erst seit rund fünfundsiebzig Jahren. Nämlich seit Malcolm Stewart nicht nur das Herrenhaus »erworben« hatte, sondern sich im selben Jahr auch zum Bürgermeister hatte wählen lassen. Im Zuge dieser doppelten Machtübernahme hatte Angus' Vater, der ein ausgesprochen listiger Fuchs gewesen sein musste, nicht nur das Anwesen von Montrose Manor zu Monroe Manor umgetauft, sondern auch das Dorf vom ursprünglichen Kirkgarroch zu Kirkby. Das alles wusste Paul längst – weil es Teil der Familien- und Dorffolklore war. So gesehen hatte Angus tatsächlich recht – das Herrenhaus, Kirkby und die Familie Stewart waren eng miteinander verknüpft. Doch war das eben erst in allerjüngster Vergangenheit passiert, in den Jahrhunderten zuvor hatte das alles zweifellos ganz anders ausgesehen. Und auch wenn er nicht daran glaubte, dass die Geschichte dieses Dörfchens viel Aufregendes bereithielt – das hätte er längst herausgefunden –, wurde er langsam immer neugieriger darauf, wer die eigentlichen Strippenzieher waren. Falls es die denn gab.

»Wie willst du bei deiner Arbeit denn genau vorgehen?«, erkundigte sich nun Heather und warf nacheinander ihrem Bruder Marlin und ihrem Schwiegervater Angus warnende Blicke zu.

»Wie gesagt, ich würde zunächst mit den gefundenen Dokumenten anfangen und mich dann gerne durch die anderen Aufzeichnungen arbeiten, die mit dem … ähm … Erwerb von Monroe Manor durch die Familie Stewart in Verbindung stehen. Damit will ich mir eine Basis schaffen. Gibt es hier vielleicht eine Art Haus-Chronik oder alte Schriftstücke, gerne auch solche, die sich mit ganz trivialen Dingen beschäftigen? Aufzeichnungen über Ernten beispielsweise. Ich fände es spannend, zu erfahren, warum das Anwesen überhaupt in dieser Form erbaut wurde. Die Anlage deutet darauf hin, dass es nie irgendwelchen Verteidigungszwecken gedient hat. Welche Funktion hat es dann aber gehabt? Warum die enorme Größe? Warum genau an diesem Ort? Solche Dinge«, erklärte Paul.

»Und was soll das bringen?«, brummte Marlin. »Es ist doch total egal, ob der Schuppen hier als Lustschlösschen für einen verwöhnten Regionalfürsten erbaut wurde oder als Clanresidenz. Das hat nichts mit dem aktuellen Problem zu tun.«

»Vielleicht nicht, aber sicher kann man sich nicht sein«, entgegnete Paul ruhig. »Es ist jedenfalls erstaunlich, dass die aktuellen Bewohner so gar keine Ahnung von der Geschichte ihres Hauses haben.«

»Das stimmt so nicht«, verteidigte sich George. »Die jüngere Geschichte ist lückenlos aufgezeichnet. Und die Tatsache, dass mein Großvater Malcolm ein Kino in den Keller hat einbauen lassen – Marilyn-Monroe-Schrein inklusive –, steht inzwischen sogar in einigen Reiseführern.«

»Das mag sein, aber dieser Teil der Geschichte, so schillernd er sein mag, ist für das aktuelle Problem leider auch nur von geringem Interesse. Nein, ich muss alles wissen. Wann war der Baubeginn? Was war der Zweck? Wer war der ursprüngliche Bauherr? Wie viele Besitzerwechsel gab es? Sind aufsehenerregende Dinge in diesen Mauern geschehen? Wenn ja, welche? Haben sie nur lokal Interesse erregt oder weitere Kreise gezogen?« Paul räusperte sich und goss sich noch etwas Tee ein. »Das sind doch vielleicht auch insgesamt ganz spannende Informationen, nicht wahr?« Er trank einen Schluck von dem kräftigen Assam. »Wenn ich dann auch die Gemeinde- und Kirchenarchive durchgearbeitet, aber immer noch nicht alle relevanten Faken beisammenhabe, werde ich in die Breite gehen. Also nachsehen, ob das Haus in anderen Schriften erwähnt wurde. Glücklicherweise haben wir in den letzten Jahren sehr viele alte Archive digitalisiert, sodass wir eine erste Suche am Computer durchführen können. Wenn wir da nicht weiterkommen, wird es etwas mühsamer. Dann müsste ich auf die alte Art recherchieren, sprich: alte Dokumente per Hand durchsuchen. Sollte das nötig werden, würde ich daraus gegebenenfalls ein Studienprojekt machen und meine Studierenden darauf ansetzen.«

»Das klingt …« Heather suchte nach den richtigen Worten.

»Komplex?«, half Paul ihr aus, und sie nickte. »Ja, das ist es. Aber genau das ist ja auch der Reiz daran. Es ist wie ein riesiges Puzzle, bei dem man vorher nicht weiß, wie viele Teile es hat und wie das Motiv aussehen wird.« Er lächelte über die leicht verständnislosen Gesichter der anderen Anwesenden. So ging es ihm oft. Die wenigsten Menschen konnten nachvollziehen, was ihn an seiner Tätigkeit so beglückte, doch er liebte diese Art der Detektivarbeit, denn dabei lernte man nicht nur eine Menge über die Vergangenheit, sondern auch über das Wesen der Menschen – die sich über die Jahrhunderte und Jahrtausende erschütternd wenig geändert hatten.

»Das Motiv des Puzzles ist glasklar«, schaltete sich nun Angus ein. »Die legitime Bestätigung der Besitzurkunde von Monroe Manor. Und je weniger Teile dafür nötig sind, desto besser.«

»Ich würde mich freuen, wenn das das Ergebnis meiner Recherche wäre«, entgegnete Paul diplomatisch. »Doch ich kann nichts versprechen. In diesem Punkt ähnelt meine Arbeit übrigens sehr der von Juristen. Wir müssen uns jedes Detail ansehen und dürfen keinen Aspekt zu früh verwerfen, nur weil er nicht ins gewünschte Bild passt.«

»Juristen haben Mittel und Wege, den Fokus so zu lenken, dass das Bild am Ende stimmt.« Angus warf ihm einen kühlen Blick aus seinen blauen Augen zu, doch Paul ließ sich nicht aus der Ruhe bringen.

»Es bleibt euch unbenommen, euch allein auf die juristische Expertise zu verlassen. Ich habe damit kein Problem, dann würde ich meinen Sommer nämlich wie geplant mit meinem neuen Buch verbringen.« Er faltete seine Serviette zusammen und legte sie neben seinen Teller.

Er sah, wie Marlin und Angus einen kurzen Blick wechselten, dann sagte Angus: »Uns liegt viel an einer vollständigen, lückenlosen und unanfechtbaren Aufklärung, daher würden wir auf deine Expertise nur ungern verzichten.«

Paul nickte und hob erwartungsvoll eine Braue.

»Zu deinen Bedingungen«, fügte der alte Patriarch grummelnd hinzu. »Und wir werden dich nach Kräften unterstützen.«

INNERES LEUCHTEN

»LASST NUN EURE INNERE GÖTTIN leuchten, und kommt langsam ins Hier und Jetzt zurück«, sagte Anna mit ihrer sanften Stimme am Ende der Yogastunde. Während der geführten Schlussmeditation hatte sie die ganze Zeit von den göttlich-weiblichen Kräften gesprochen, die ihnen helfen sollten, innere Blockaden zu lösen und den überkritischen Blick auf sich selbst zu ändern.

Ainslee mochte Annas Ansatz, und auch wenn sie vor Jahren aus ganz anderen Gründen mit Yoga angefangen hatte, ließ sich gerne auf die sportlich-spirituellen Abenteuer im dienstäglichen Kurs ein. Normalerweise. Heute wollte es ihr jedoch partout nicht gelingen, Zugang zu den inneren Kraftquellen zu finden. Was vermutlich vor allem daran lag, dass sie abgelenkt war. Den ganzen Tag war ihr die Begegnung mit Paul Starling nicht aus dem Kopf gegangen, was sie ziemlich irritierte. Dieser Mann faszinierte sie wie lange kein anderer. Das war ein Problem. Männer bedeuteten in ihrer Welt immer nur Ärger, und dafür hatte sie momentan keine Kapazitäten. Sie sollte sich ausschließlich auf die *Kirkby Tartan Mill* und ihre

Aufträge konzentrieren. Und doch ließ allein die Erinnerung an seine körperliche Präsenz, seine klaren Ansichten und seine Schwäche für Pudel ihre innere Göttin auf höchst unpassende Art und Weise leuchten.

»Innere Göttin, meine Güte«, murmelte Isla Fraser neben ihr und hievte sich von der Matte. Doch ihre geröteten Wangen und der ganz besondere Glanz in ihren Augen straften ihren ironischen Tonfall Lügen.

Die Augen! Jetzt wusste Ainslee auch, warum ihr Paul so bekannt vorgekommen war: Er hatte exakt die gleiche Augenfarbe wie Isla und Marlin Fraser.

»Alles klar?«, erkundigte sich Isla, und Ainslee wurde bewusst, dass sie ihre Freundin die ganze Zeit angestarrt hatte.

»Ähm …«

»Falls deine innere Göttin herausgefunden hat, dass sie auf mich steht, muss ich dich leider enttäuschen.« Isla grinste sie breit an, reichte ihr eine Hand und half ihr beim Aufstehen.

Ainslee schüttelte den Kopf. »Keine Sorge. Aber mir ist aufgefallen, dass Paul Starling exakt die gleichen Augen hat wie du und dein Vater.« Sie bückte sich und begann, ihre Yogamatte aufzurollen.

»Dann ist die Verwandtschaft wohl wirklich nicht zu leugnen, aber wie kommst du da jetzt drauf?«

»Ich habe ihn heute Morgen im Wald getroffen und hatte zunächst keine Ahnung, wer er ist«, berichtete Ainslee.

»Und warum wirst du dabei rot?« Islas Augen wurden ganz schmal.

»Ich werde nicht rot«, behauptete Ainslee, doch die Hitze in ihren Wangen war blöderweise nicht zu leugnen. »Und wenn, liegt es an der inneren Göttin oder dem schummrigen Licht.«

»Wer's glaubt … Kommst du mit in den Pub?«, wollte Isla wissen.

Nach der Yogastunde gingen die meisten von ihnen normalerweise noch auf einen Absacker oder manchmal auch für einen späten Snack in Jons Kneipe *The Wise Pelican*. Ainslee war sich zwar nicht sicher, ob diese Art Nachprogramm der positiven Wirkung der Yogastunde nicht abträglich war, doch da Anna fast immer mitkam, schien zumindest aus medizinischer Hinsicht nichts dagegenzusprechen. Ob es psychologisch so schlau war, stand allerdings auf einem anderen Blatt. So wie Isla sie fixierte, erwarteten sie bestimmt gleich einige indiskrete Fragen. Andererseits käme sie so vielleicht auch an ein paar Infos über Paul und dessen geheimnisvolle Mission. Allein schon aus beruflichen Gründen musste sie ja so früh wie möglich erfahren, wie es um Monroe Manor und damit um ihren Arbeitsplatz stand. Redete sie sich jedenfalls ein. »Na klar«, sagte sie daher lässig und sammelte dann die Korkklötze ein, die sie für einige Übungen verwendet hatten.

Im Pub schien es nur ein Gesprächsthema zu geben. Die Metallkassette mit den ominösen Dokumenten darin.

»Irgendwas Neues?«, erkundigte sich Isla bei Jon, nachdem sämtliche Yoginis ihren Stammplatz in der Kaminecke eingenommen hatten und der Wirt herbeigeeilt war.

»Wollt ihr vielleicht erst mal bestellen?«, fragte Jon und gab seiner Freundin einen kurzen, aber innigen Kuss. »Du strahlst vielleicht«, befand er lächelnd.

»Ich habe auch anderthalb Stunden lang meine innere Göttin zum Leuchten gebracht«, entgegnete Isla mit einem Augenzwinkern. »Aber jetzt braucht sie Treibstoff – in Form von Nahrung, Flüssigkeit und vor allem Informationen.«

»Mit den ersten beiden kann ich dienen, aber dass ich was Neues erzählen kann, glaube ich nicht.« Jon seufzte, und Ainslee nahm an, dass er schon den ganzen Tag deswegen belagert wurde. Schließlich hatten Alex Fraser und er die fraglichen Papiere gefunden. »Helen hat sich heute mit dem Cullen Skink, unserem legendären Fischeintopf, selbst übertroffen«, sprach er jedoch weiter. »Weil sie keinen Schellfisch bekommen hat, haben wir Forellen und Muscheln geräuchert. Das ist eine ziemlich leckere Kombi geworden. Kann ich euch dafür begeistern?«

Anna, Kristie, Hailey, Betty und Isla nickten enthusiastisch, und auch Ainslee merkte, dass ihr bei Jons Worten der Magen knurrte. Eigentlich hatte sie nicht vorgehabt, etwas zu essen, doch das klang zu verführerisch. »Für mich bitte auch eine Portion«, bestellte sie.

»Einmal Cullen Skink für die Yoga-Runde«, bestätigte Jon. »Und was darf's zum Trinken sein? Unser südafrikanischer Sauvignon blanc würde gut dazu passen oder natürlich ein süffiger Gin Tonic.«

Kristie, Hailey und Anna entschieden sich für den Gin Tonic, Isla, Betty und Ainslee beschlossen, sich eine Flasche Wein zu teilen. Und ehe noch jemand weitere Fragen stellen konnte, verschwand Jon rasch in Richtung Küche.

»Ich wette, dass Alex und Jon sich schon dafür verfluchen, dass sie in die Metallkassette reingeschaut haben, statt sie einfach mit dem anderen Müll in den Container zu werfen«, sagte Betty und streckte behaglich ihre langen Beine aus. »Die Stewarts verfluchen die beiden ganz sicher dafür.«

Isla zuckte mit den Schultern. »Ich glaube nicht, dass sie sich verfluchen, aber lieber wäre es ihnen, es hätte sich etwas anderes darin gefunden. Mein Vater ist bestimmt auch auf hundertachtzig, was?«, fragte sie Betty.

»Möchte man meinen, und offiziell tut er natürlich auch ganz empört, aber im Grunde seines Herzens scheint er sich vor allem darüber zu freuen, dass er damit Paul nach Kirkby locken konnte«, berichtete Betty mit einem schelmischen Lächeln. »Allerdings findet Marlin es natürlich unerträglich, dass Paul angekündigt hat, ergebnisoffen und unparteiisch zu recherchieren, um der Wahrheit auf die Spur zu kommen.«

»Pfff«, entfuhr es Ainslee, ehe sie sich bremsen konnte.

»Was?«, fragte Isla prompt.

»Nichts. Ich meine, dass es bei historischen Dokumenten immer reichlich Interpretationsspielraum gibt.« Ainslee wand sich unbehaglich. Den ganzen Tag hatte sie über Pauls Worte nachgedacht und darüber, was sie daran so gestört hatte. »Womöglich wird man nie alle Quellen lückenlos finden und alle Zusammenhänge zweifelsfrei aufklären können. Da empfinde ich die Ankündigung, dass er ›neutral‹ ans Werk gehen will, schon fast als Kampfansage gegen die Stewarts.«

»Ach?« Betty klang aufrichtig verblüfft – was eine Premiere für die hartgesottene Thrillerautorin und Lebensgefährtin von Marlin Fraser sein dürfte.

»Und gegen die *Kirkby Tartan Mill*«, sprach Ainslee weiter. »Was, wenn der mögliche rechtmäßige Besitzer Monroe Manor an chinesische Investoren verkauft, die daraus eine Art Vergnügungspark oder Luxushotel machen wollen?« Sie hatte sich zusammen mit Harriet den ganzen Tag lang die schauerlichsten Szenarien überlegt und war langsam davon überzeugt, dass dies die logische Konsequenz von Jons und Alex' Entdeckung und Pauls Arbeit sein würde.

»Wenn ich dich so reden höre, frage ich mich, ob nicht *du* Marlins Kind bist statt Paul.« Betty hatte sich wieder gefangen und grinste sie an. »Genau die gleichen Gedanken hat er nämlich auch in den Raum geworfen. Ehrlich, ich ärgere mich gerade schwarz, dass ich heute Morgen nicht mit zum Frühstück nach Monroe Manor gegangen bin. Das scheint interessant gewesen zu sein.«

»Krass ist die Situation auf jeden Fall«, mischte sich Hailey ein. »Ich meine, stellt euch doch nur mal vor, dass es wirklich so kommt. Wohin sollen Tante Heather und Onkel George denn ziehen? Und Robin, die doch gerade erst wieder da ist, mit ihrer Familie? Und Harriet und Ainslee? Und die Highland Games – wo sollen die denn stattfinden, wenn nicht auf den Ländereien von Monroe Manor?«

»Ihr klingt ja gerade so, als würde die unmittelbare Obdachlosigkeit drohen«, sagte Betty kopfschüttelnd. »So schnell wird das alles nicht gehen. Und außerdem muss man nicht grundsätzlich immer das Schlimmste annehmen. Es könnte ja auch sein, dass ich die rechtmäßige Erbin bin. Soweit ich weiß, habe ich irgendwo unter meinen Vorfahren auch Montrose-Blut. Und falls es so ist, kann ich allen versichern, dass sich nichts ändern wird.«

»Eben«, stieg Anna mit ein. »Es ist doch überhaupt nicht klar, wie sich die Situation entwickelt, da muss man sich wirklich nicht schon im Vorfeld aufregen. Außerdem finde ich es sehr gut von Paul, dass er sich nicht einschüchtern lässt, sondern seine Arbeit ganz korrekt angehen will. Es ist doch toll, dass er sich überhaupt darauf einlässt. Ich mag mir gar nicht ausmalen, mit welchen ›Argumenten‹ Marlin ihn dazu motiviert hat.«

»So sehe ich das auch«, befand Betty. »Zu den Argumenten kann ich nichts Konkretes sagen, aber ich schätze, er hat Paul bei der Familienehre gepackt. Das ist ja seine liebste Strategie.«

»Aber Paul hat doch eine Familie auf Lewis«, wandte Hailey ein. »Ich hab mich bei Colleens und Alex' Hochzeit länger mit ihm unterhalten. Da hat er mir erzählt, dass er sich seinen Eltern und seinem Bruder viel näher fühlt als uns.«

»Mag sein, doch mit seinen vermeintlichen Eltern ist er nicht verwandt, und sein Bruder ist auch nur sein Halbbruder. Womöglich ist ihm in den letzten Wochen klar geworden, dass er hier viel mehr über sich selbst herausfinden kann. Hier in Kirkby hat er vier Halbgeschwister statt nur einen Bruder. Er hat etliche Cousinen und einen Cousin, und vor allem hat er hier seinen leiblichen Vater. Auch wenn er jahrzehntelang nichts von dieser Familie wusste, wird er neugierig sein und die Chance nutzen wollen.« Anna schien laut nachzudenken. »Ich jedenfalls würde es tun. Insofern hast du sicher recht«, meinte sie an Betty gewandt.

»Aber wenn es ihm um die Familie geht, sollte er doch wissen, wie er seine Prioritäten zu setzen hat«, brummte Hailey und verschränkte die Arme vor der Brust. »Ich glaube, ich muss ihn mir noch mal vorknöpfen, so von Cousine zu Cousin.«

»Und ich glaube, du solltest den armen Kerl seine Arbeit machen lassen«, bemerkte Kristie. »Betty hat recht, so schnell wird das alles gar nicht gehen – und vielleicht ist sie ja tatsächlich die echte Eigentümerin von Monroe Manor?«

»Sagt bloß, ihr habt die wahren Erben des Herrenhauses auch schon identifiziert?«, fragte Jon, der soeben mit dem Getränketablett zurückkam. »Wer ist es eurer Meinung nach? Ich hätte nämlich schon ein halbes Dutzend anderer Kandidaten.«

»Betty macht sich Hoffnungen.« Isla grinste und half beim Servieren der Getränke.

»Echt? Das finde ich cool. Wäre mir jedenfalls lieber als Donald Trump, der ebenfalls schon erwähnt wurde.«

»Wie bitte soll Donald Trump der Erbe sein?« Ainslee schüttelte sich.

»Das willst du gar nicht wissen, aber nach genügend Bier und Cider finden sich Zusammenhänge, von denen man im nüchternen Zustand gar nichts ahnt.« Jon lachte. »Aber im Ernst, Betty, du wärst eine formidable Schlossherrin. Doch die Konkurrenz schläft nicht. Angeblich haben auch Prinzessin Kate und Daniel Craig beste Chancen.«

»Kate braucht keine weitere Hütte mehr. Die Royals haben genug Schlösser und Burgen«, bemerkte Hailey. »Aber Daniel Craig …«

»Du hattest einen spannenden Tag, was?« Isla schenkte ihrem Freund einen mitfühlenden Blick.

»Du hast ja keine Ahnung, und es war erst Tag eins. Ich mag mir gar nicht ausmalen, wie es in den nächsten Wochen weitergeht.« Er verzog sein Gesicht zu einer gespielt dramatischen Fratze. »Ich werde jetzt mal euer Essen holen. Womöglich treffe ich dabei noch auf weitere Erben.«

Ainslee war sich nicht sicher, was sie von diesem Schlagabtausch halten sollte. Bestimmt hatten Betty und Anna recht damit, dass es nicht so schnell gehen würde mit der Wahrheitsfindung. Das hatte Paul heute Morgen ja auch schon gesagt. Trotzdem machte sie die Vorstellung nervös, ihr Unternehmen und damit ihr gesamtes Geld auf Treibsand gesetzt zu haben. Allein schon die Möglichkeit machte ihr Angst. Natürlich musste nicht immer gleich das Schlimmste eintreten – andererseits hatte sie es bisher selten anders erlebt. Wenn sich eine Gelegenheit für Desaster bot, nutzte das Schicksal seine Chance in der Regel weidlich aus. Der Eintopf, den Jon nun servierte, roch verführerisch, doch irgendwie war ihr der Appetit vergangen.

»Alles in Ordnung?«, erkundigte sich Isla, der nach Minuten des gefräßigen Schweigens offenbar aufgefallen war, dass Ainslee ihren Löffel lediglich ziellos durch die Schüssel schob, statt ihn auch zum Mund zu führen.

»Ich hab eigentlich keinen Hunger mehr«, murmelte sie und trank stattdessen einen Schluck Wein.

Isla streckte ihre Hand aus und legte sie auf Ainslees. »Du musst dir wirklich keine Sorgen um die *Kirkby Tartan Mill* machen«, beschwor sie sie eindringlich. »Selbst wenn der denkbar schlimmste Fall eintreten sollte, wovon im Moment niemand ausgehen kann, wird euer Unternehmen in Kirkby bleiben. Schon allein Collum würde niemals zulassen, dass seine Harriet unter die Räder kommt, und mein Vater ist bekannt dafür, Dinge möglich zu machen. Hab keine Angst, alles wird gut.«

Ainslee rang sich ein Lächeln ab. Sie war ehrlich dankbar für Islas Worte, doch den Optimismus ihrer Freundin konnte sie nicht teilen. »Ich habe einfach die Erfahrung gemacht, dass Dinge in der Regel auch tatsächlich schiefgehen, wenn sich Schwierigkeiten anbieten«, erwiderte sie tonlos.

»Aber gerade läuft es doch super für euch«, sagte nun auch Kristie tröstend. »Du erzählst mir jeden Tag, dass ihr euch vor Arbeit kaum noch retten könnt. Gestern habt ihr doch sogar schon über eine Auslagerung der Produktion nachgedacht. Ich sehe es wie Isla, der Weberei kann gar nichts passieren.«

»Schon gar nicht, wenn ich die Erbin bin«, scherzte Betty in dem Versuch, die Stimmung aufzulockern.

»Eben. Aber um diese ganzen Überlegungen mal außen vor zu lassen: Du hast vorhin erwähnt, dass du Paul heute Morgen im Wald getroffen hast. Und dabei bist du ordentlich rot geworden«, lenkte Isla das Gespräch auf ein kaum weniger verstörendes Thema.

»Ich bin nicht rot geworden«, beharrte Ainslee und merkte, wie sich ihre Wangen schon wieder erhitzten.

»Du wirst schon wieder rot«, rief Isla triumphierend. »An der Suppe kann's nicht liegen, die hast du ja noch kaum probiert. Also raus mit der Sprache, wie war die Begegnung mit meinem Bruder?« Sie lachte auf. »Ich hab mich irgendwie immer noch nicht daran gewöhnt, dass ich einen weiteren Bruder habe. Verrückt.«

Um Zeit zu gewinnen, schob sich Ainslee einen Löffel Suppe in den Mund. Unfassbar lecker, stellte sie fest, und auch ihr Appetit kehrte prompt zurück.

»Ist die Frage wirklich so indiskret, dass du lieber doch die Suppe löffelst, statt mir zu antworten?« Isla fixierte sie mit einem Blick aus diesen Augen, die sie wieder sehr an die von Paul erinnerten. »Falls du mich damit ablenken willst, kann ich dir versichern, dass das nicht funktioniert. Ganz im Gegenteil. Jetzt stelle ich mir nämlich gerade die schmutzigsten Szenen vor.«

Unwillkürlich musste Ainslee kichern. »›Schmutzig‹ trifft es ganz gut. Ich bin mit ihm zusammengestoßen und hab ihm meinen Tee aufs Hemd geschüttet.«

»Ich brauche mehr Kontext«, forderte Isla grinsend und prostete ihr mit ihrem Weinglas zu.

»Es war eigentlich total harmlos. Jules ist plötzlich losgesprintet, und ich habe gedacht, dass er etwas jagen will, und bin ihm hinterhergelaufen. An einer Weggabelung bin ich dann in Paul hineingerannt, und dabei ist es passiert.«

»Paul ist jetzt vielleicht nicht gerade der auffälligste Mensch auf dem Planeten, aber so unscheinbar ist er auch wieder nicht«, befand Isla.

»Ich hab halt nicht damit gerechnet, dass hinter der Kurve jemand steht. Außerdem habe ich nur auf Jules geachtet. Der hat übrigens kein Wild gejagt, sondern mit Pauls Pudelhündin Ivy gespielt.« Sie lächelte bei der Erinnerung. »So ein hübsches Mädchen. Jules ist total verknallt.«

»Verstehe, Jules ist in Ivy verknallt«, fasste Isla lakonisch zusammen und sah in die Runde.

»Bei Hunden gibt es Liebe auf den ersten Blick«, verteidigte sich Ainslee.

»Bei Menschen auch«, entgegnete Anna, und die anderen Frauen nickten bestätigend.

»Allerdings kann man sich dabei manchmal auch täuschen«, fügte Kristie mit einem traurigen Seufzer hinzu.

»Ich glaube nicht, dass es bei dir wahre Liebe war«, sagte Hailey zu ihrer Schwester. »Das fühlt sich dann doch ganz anders an.«

Isla machte eine ungeduldige Handbewegung, um diese Diskussion zu beenden, die vom eigentlichen Thema ablenkte. Dabei hätte Ainslee nichts dagegen gehabt, über andere Dinge zu sprechen. »Abgesehen von einem teegetränkten Hemd und zwei verliebten Hunden, was ist sonst noch passiert?«, wollte sie wissen.

»Nichts«, behauptete Ainslee, weitgehend wahrheitsgemäß. »Wir haben uns unterhalten. Es war ein bisschen seltsam, weil ich zuerst dachte, dass wir uns schon mal begegnet wären, aber dann haben wir ganz normal geredet. Also, relativ normal, bis mir nämlich klar geworden ist, dass er am Ende dafür sorgen wird, dass ich meinen Job verliere.«

»Kann es sein, dass du ein klitzekleines bisschen überreagierst?«, fragte Isla sachte. »Es wird nichts geschehen, wirklich!«

Blöd nur, dass ein Teil von Ainslee sich ganz dringend wünschte, dass etwas geschah. Mit Paul.

• • •

Paul hatte die halbe Nacht lang wach gelegen, immer wieder aufgeschreckt von verwirrenden Träumen und düsteren Gedanken. Er hatte sich nach dem Frühstück mit den Stewarts und seinem Erzeuger die Dokumente angesehen. Besonders eindeutig waren sie nicht, um es vorsichtig zu formulieren. Aber aussagekräftig genug, um die Familien Stewart und Fraser sowie offenbar ganz Kirkby in helle Aufregung zu versetzen.

Am Nachmittag war er ins Pfarrhaus gegangen, wo er Pfarrer Jack McTavish gebeten hatte, ihm Zugang zum Kirchenarchiv zu geben. Der rundliche Gottesmann mit den fröhlichen Lachfältchen um die Augen hatte ernsthaft versucht, ihn einzuschüchtern – als Marlin Frasers verlängerter Arm. Offenbar waren die beiden Männer seit ihrer Kindheit beste Freunde. Irgendwann hatte Paul ihm klargemacht, dass er nur die allerehrenhaftesten Absichten hatte, und hatte schließlich das staubige Archiv begutachten dürfen. Der erste Blick in die Aufzeichnungen war ernüchternd gewesen, denn die Dokumentation von Geburten, Hochzeiten und Todesfällen stellte sich als äußerst kreativ heraus. Anscheinend hatte jeder Kirchenvorsteher der letzten dreihundert Jahre ein eigenes System einführen wollen. Da würde eine Menge Arbeit auf ihn warten.

Danach war er in den Pub gegangen, um sich ein frühes Abendessen zu gönnen und mit Jon zu reden. Doch blöderweise hatte der Wirt nicht viel Zeit gehabt, um mit ihm über den genauen Fundort der Metallkassette zu sprechen. Solche Details konnten entscheidend sein. Stattdessen hatten Paul nacheinander vier oder fünf Dorfbewohner angequatscht und ihn mit ihren eigenen Thesen konfrontiert – und ihn nebenbei auf unzählige Drinks eingeladen. Als er mit Ivy gegen halb zehn den Pub verlassen hatte, war er eindeutig nicht mehr nüchtern gewesen und hatte die These, dass Donald Trump der rechtmäßige Erbe von Monroe Manor sein könnte, nur noch minimal abwegig gefunden. Mannomann. So viel Körpereinsatz hatte er bei einem Auftrag schon lange nicht mehr liefern müssen.

Gegen vier Uhr morgens war er von seinen wirren Träumen derart groggy gewesen, dass er kurz davor gewesen war, aufzustehen und sich erneut an die Arbeit zu machen. Doch natürlich war er genau da richtig eingeschlafen und erst wieder aufgewacht, als ihm Ivy gegen halb neun das Gesicht ableckte. So lange hatte er ewig nicht mehr geschlafen.

Mühsam kämpfte er sich hoch und ging zum Fenster. Die Junisonne beschien den Garten des Herrenhauses, und aus den Augenwinkeln nahm er wahr, wie Ainslee und ihr Pudel Jules sich aus seiner Sichtachse in Richtung Westflügel bewegten. Die beiden hatten einige Starauftritte in seinen Träumen gehabt, und er hätte sie sehr gerne wieder rein zufällig beim Gassigehen getroffen. »Du hättest mich mindestens eine Stunde früher wecken müssen«, sagte er tadelnd zu Ivy, die neben ihm am Fensterbrett stand und einmal kurz bellte, als sie Jules sah. »Vergiss es, für heute ist die Chance vertan.«

Zumindest für heute Morgen. Irgendwann würden Ainslee und ihr Hund ja auch wieder nach Hause gehen, vielleicht konnten sie sich dann noch einmal ungezwungen treffen? Er wollte ihr nämlich sehr gern klarmachen, dass von ihm keine Gefahr für sie und ihr Unternehmen drohte. Der Stachel ihres Schweiz-Kommentars saß immer noch tief, doch er ahnte, dass sie wirklich Angst um ihren Arbeitsplatz hatte.

»Hältst du noch ein bisschen durch?«, fragte er seine Hündin und schielte zur Badezimmertür. »Ich würde nämlich gerne schnell duschen und mich fertig machen und dann direkt zur Gemeinde gehen.« Ivy warf ihm einen Blick zu, der eindeutig klarmachte, was sie von der Spezies Mensch hielt – wenig –, und rollte sich dann seufzend auf ihrer Decke zusammen.

Als er zwanzig Minuten später mit Ivy die Treppen hinunterlief, fühlte er sich deutlich besser. Der Nebel war aus seinem Kopf verschwunden und seine Zuversicht zurückgekehrt.

»Guten Morgen«, sprach Heather ihn an, als er in der großen Halle im Erdgeschoss ankam. »Wir haben dich beim Frühstück vermisst.«

»Tut mir leid«, entgegnete er bedauernd. »Ich habe tatsächlich zum ersten Mal seit Jahren verschlafen. Aber ich war auf die alkoholgeschwängerte Überzeugungsarbeit von Kirkbys Bewohnern im Pub nicht vorbereitet.«

Heather verzog das Gesicht. »Ich kann's mir vorstellen. Da waren bestimmt die krudesten Thesen dabei, wem Monroe Manor wirklich gehört, was?«

»Prinzessin Kate, Daniel Craig und Donald Trump waren nur die Spitze des Eisbergs«, sagte er lachend. »Ich will meiner Arbeit nicht vorgreifen, aber diese drei Möglichkeiten halte ich allesamt für höchst unwahrscheinlich.«

»Das beruhigt mich sehr.« Heather lächelte. »Möchtest du noch Frühstück? Molly bereitet dir gerne etwas zu.«

»Nicht nötig. Ich wollte in den Pub gehen und dort frühstücken. Jon meinte, dass er morgens mehr Zeit zum Reden hat. Gestern Abend hatte er kaum eine freie Minute. Danach bin ich mit dem Bürgermeister im Rathaus verabredet.«

»Du nimmst das hier wirklich sehr ernst«, befand sie, und Paul war sich nicht sicher, ob ihr Tonfall bewundernd oder abwertend war.

»Nun ja, ich habe den Eindruck, dass euch allen die Sache sehr wichtig ist und ihr gerne Klarheit hättet«, entgegnete er vorsichtig. »Oder habe ich das falsch verstanden?«

Heather seufzte. »Nein, hast du nicht. Es ist nur … Ach, ich weiß auch nicht.«

»Was?«, bohrte er nach.

»Es ist vielleicht nicht supereilig mit den glasklaren Ergebnissen. Vielleicht solltest du dir auch ein bisschen Zeit dafür gönnen, die Gegend zu erforschen, die Menschen kennenzulernen?« Sie zögerte, und Paul sah sie erwartungsvoll an. »Deine Familie richtig kennenzulernen«, fügte sie schließlich hinzu. »Bitte glaub nicht, dass das eine Verzögerungstaktik sein soll. Unter uns, im Gegensatz zu George und meinem Schwiegervater kann ich mir ein Leben außerhalb von Monroe Manor sehr gut vorstellen. Wobei Angus das auch kann, schließlich hat er das die meiste Zeit seines Lebens über praktiziert, aber ihm geht's jetzt ums Prinzip.«

»Und worum geht es dir?«, fragte Paul mit milder Neugier. Irgendwie glaubte er nicht, dass ihn seine Tante wie Angus, der Pfarrer, Ainslee und vor allem sein Vater Marlin dazu bringen wollte, im Sinne der Familie zu recherchieren.

»Es klingt womöglich unglaubwürdig, aber mir geht es vor allem um dich«, sagte sie mit einem fast scheuen Lächeln. »Ich bin immer noch bewegt davon, einen weiteren Neffen zu haben. Ich will alles über dich und dein Leben erfahren, und ich würde mir wünschen, dass auch mein Bruder, dein Vater, sich ein wenig öffnet und über seine Zeit in der Band spricht. Über seine Beziehung zu deiner Mutter. In unserer Familie gibt es genügend Geheimnisse, die es wert wären, aufgedeckt zu werden. Vor allem aber wünsche ich mir, dass du dich nicht unter Druck gesetzt fühlst. Egal, wie das mit dem Haus am Ende ausgeht, du bist ein Teil dieser Sippe, und ich hoffe, dass du dich angenommen und wertgeschätzt fühlst. Und dass du vielleicht irgendwann familiäre Gefühle für uns entwickelst. Ein Haus besteht nur aus Steinen und Dingen, Menschen sind viel wichtiger – und Familie ist am wichtigsten.«

»Das bedeutet mir viel, Heather«, sagte er und räusperte die überraschende Rührung weg. »Du hast sicher recht, was den Wert von Familie betrifft. Es ist nur immer noch ziemlich überwältigend für mich, aber ich will und werde mich auf jeden Fall darauf einlassen. Allerdings muss ich dir in Bezug auf das Haus widersprechen. Monroe Manor ist viel mehr als nur Steine und Dinge. Es hat eine Seele. Und es lebt und atmet durch die Menschen, die hier wohnen. Das Haus wäre nicht dasselbe ohne euch, und ihr wärt nicht dieselben ohne das Haus. Glaub mir, ich bin mir der Verantwortung vollkommen bewusst, und als Teil dieser Familie wünsche ich mir sehr, dass alles so bleiben kann, wie es ist.«

»Aber du wirst die Fakten nicht zu unseren Gunsten interpretieren«, begann sie, doch er unterbrach sie sofort.

»Nicht, wenn die Beweislage eine andere ist. Aber sei versichert, ich werde sehr gründlich recherchieren und mir auch Zeit für all die anderen Dinge nehmen. Große Eile herrscht ja nun wirklich nicht.«

»Danke«, erwiderte sie. »Mehr wollte ich nicht hören.« Dann umarmte sie ihn kurz, aber herzlich und eilte in Richtung Küche.

»Oh, Ivy«, sagte er leise. »Worauf haben wir uns da bloß eingelassen?«

»Wuff!«, bellte sie einmal und stupste ihn an.

»Ich weiß, dir ist das alles egal, du willst jetzt einfach nur raus. Komm mit.«

Er lief heute nicht durch den Wald, sondern hielt sich eher in Richtung Harriswood House, wo Marlin, Alex, Colleen und die beiden Kinder lebten. Sein Neffe und seine Nichte, wie er sich wieder bewusst machte. Außerdem war es das Hauptgebäude des Bed & Breakfast *The Cosy Thistle*. Kurz zögerte er, ob er statt in den Pub lieber zu seinem Bruder gehen sollte. Frühstück bekäme er dort sicher ebenfalls, aber nein, das hob er sich lieber für einen späteren Zeitpunkt auf. Besonders scharf auf eine weitere intensive Begegnung mit seinem Vater – er hatte immer noch Schwierigkeiten, an Marlin in dieser Funktion zu denken – war er im Augenblick nicht. Da war es einfacher, sich mit den entfernteren Familienmitgliedern zu befassen. Mit Jon, der mit seiner Schwester Isla verlobt war. Das war gleichzeitig nahe genug, um sich als Familie zu qualifizieren, und weit genug weg, dass er einen etwas neutraleren Standpunkt einnehmen konnte. Er musste grinsen. Da war wieder das gefürchtete Wörtchen »neutral«, das ihm schon so viel Ärger eingebracht hatte.

Ivy trabte fröhlich voran und näherte sich wedelnd einer Handvoll Schafe, die wie hingetupft auf der blühenden Sommerwiese grasten. Seine Hündin war aufgeschlossen und zu allen Tieren freundlich, aber da Paul nicht wusste, ob die Schafe an Hunde gewöhnt waren, pfiff er Ivy energisch zurück. »Braves Mädchen«, lobte er sie, als sie ein wenig enttäuscht zu ihm zurückgetrottet kam.

»Die Schafe haben keine Angst vor Hunden. Genauer gesagt ist das sogar meine Trainings-Crew«, hörte er die Stimme des Mannes, dem er heute am liebsten aus dem Weg gegangen wäre. Marlin tauchte gefühlt aus dem Nichts hinter einem Busch auf.

»Trainings-Crew?«, fragte Paul nach.

»Mit diesen Tieren gewöhne ich unerfahrene Hunde an Schafe«, erklärte Marlin. »Deine Ivy scheint aber freundlich zu sein. Du kannst sie also ruhig laufen lassen.«

Paul gab ihr wortlos ein Handsignal, und die Pudeldame lief begeistert zu den flauschigen Wolllieferanten. Er war unschlüssig, was er nun tun sollte. Große Lust auf eine weitere Diskussion über Familienehre, Sippenhaft und Clanverpflichtungen mit seinem Vater hatte er nicht, zumal der ziemlich eigenwillige Vorstellungen davon hatte. Andererseits wäre es wohl unhöflich, einfach so weiterzulaufen. »Ich wusste nicht, dass du auch Hunde trainierst«, bemerkte er schließlich, um ein unverfängliches Thema bemüht.

»Du weißt vieles noch nicht, mein Sohn«, entgegnete Marlin vielsagend.

Paul musste sich zusammennehmen, um bei dem Wort »Sohn« nicht das Gesicht zu verziehen. Er fand es irritierend, dass Marlin Fraser so wenig Probleme zu haben schien, ihn als sein Fleisch und Blut zu akzeptieren. Das war einerseits irgendwie schmeichelhaft, kam aber andererseits mit Verpflichtungen daher. »Das wird sich in den nächsten Tagen sicher ändern«, antwortete er diplomatisch.

»Tage?« Marlin lachte leise auf. »Denkst du wirklich, du brauchst nur ein paar Tage, um das Rätsel zu lösen? An diesem Punkt waren wir doch schon. Das wird Wochen dauern. Mindestens.«

»Hm. Man wird sehen.« Paul blieb absichtlich vage und fragte sich gleichzeitig, warum er seinen Erzeuger bewusst oder unbewusst provozieren wollte. Er war ja tatsächlich neugierig darauf, seine Familie besser kennenzulernen. Mit der Familie, die er kannte, war er nicht verwandt – nur mit seinem älteren Bruder Oliver –, und hier gab es zahllose Menschen, mit denen er Gene teilte und womöglich auch einiges an Eigenschaften und Vorlieben. Vermutlich würde er eine Menge über sich selbst herausfinden können, wenn er sich mit seinem Vater, seinen Geschwistern und dem Rest der Sippe auseinandersetzte. Er sah

Marlins Stirnrunzeln und gab sich einen Ruck: »Ich will euch wirklich kennenlernen. Und ich will, dass ihr mich kennenlernt – in aller Ruhe und ohne Zeitdruck.« Er hielt dem Blick seines Vaters stand, der dem seinen so sehr glich.

»Das hört sich schon besser an«, befand Marlin und lächelte ihn dann an. »Wir können zweifellos voneinander profitieren.«

Paul fragte lieber nicht nach, was genau er damit meinte, sondern brummte nur eine Zustimmung.

»Was ist dein Plan für heute?«

»Ich wollte im Pub frühstücken und dabei mit Jon sprechen. Anschließend bin ich lose mit dem Bürgermeister verabredet und werde im Rathaus vielleicht einen ersten Blick ins Gemeindearchiv werfen können«, berichtete Paul und hoffte, dass das vergnügte Glitzern in Marlins Augen kein böses Omen war.

DES PUDELS KERN

ALS PAUL KURZ DARAUF IM PUB eintraf, war erfreulich wenig los, und er hoffte auf ein ausgiebiges Frühstück und ein entspanntes Gespräch mit Jon. Doch der verabschiedete sich hastig, nachdem er das »Full Scottish Breakfast« serviert hatte. Offenbar war eine Warenlieferung für Islas Restaurant nicht angekommen, und er musste nun für Ersatz sorgen.

»Tut mir echt leid, Mann«, rief er noch voller Bedauern über die Schulter, als er seinen Pub verließ.

»Mir auch«, murmelte Paul und lehnte sich seufzend zurück. Das konnte wohl keine Finte von Marlin sein, oder? Er traute seinem Erzeuger einiges zu, aber eigentlich nicht, dass er einen Restaurantnotfall bei seiner Tochter provozierte, um zu verhindern, dass Jon mit ihm sprach. Er schüttelte über seine kruden Gedankengänge den Kopf. Das war auf so vielen Ebenen idiotisch, denn was sollte Marlin dagegen haben, dass Paul mit Jon redete? Eben. Er beschloss, sich stattdessen auf das üppige Frühstück zu konzentrieren.

In den meisten Hotels oder Pubs wurde das traditionelle schottische Frühstück als Buffet aufgetischt, mit Bergen von gebratenen Würstchen, Speck und

Blutwurst, Rührei, gekochten Bohnen und gegrillten Tomaten. Es war immer zu viel und für Pauls Geschmack die totale Verschwendung. In *The Wise Pelican* handhabte man das anders. Sämtliche Zutaten waren in kleinen Schüsselchen auf einem Tablett angerichtet, frisch zubereitet für den Gast und von der Menge her gerade richtig. Trotzdem fühlte er sich ein bisschen schläfrig, als er alles vertilgt hatte. Er war halt kein hart schuftender Landarbeiter, sondern ein Sesseldompteur und Schreiberling, der die meisten Kalorien beim Denken verbrannte und nicht durch körperliche Tätigkeit.

»Noch einen Tee?«, erkundigte sich die nette junge Kellnerin, die Jons Aufgaben übernommen hatte. »Und vielleicht ein Stückchen Rinderhaut für den braven Hund?«

Ivy, die unterm Tisch gedöst hatte, richtete sich bei der Erwähnung einer ihrer Lieblingsleckereien abrupt auf und sah die junge Frau erwartungsvoll an.

»Du bist ja süß«, befand die und hielt dem Hund ihre Hand hin, damit er daran schnuppern konnte. Schließlich kraulte sie die weichen dunklen Locken.

»Das ist Ivy«, stellte Paul seine Hündin vor.

»Im Ernst?« Die Kellnerin kreischte fast. »Ich heiße auch Ivy! Das ist ja ein Zufall.«

Pudel-Ivy leckte ihrer menschlichen Namensschwester die Hand ab – ob als Begrüßung oder zur Motivation, damit sie die versprochene Rinderhaut rausrückte, konnte Paul nicht sagen.

»Die Welt ist voller Zufälle«, erwiderte er und fügte hinzu: »Ich nehme gerne noch einen Tee, und Ivy freut sich zweifellos über einen Snack.«

»Bin sofort wieder da!«, versprach Menschen-Ivy und nahm einige der leer gefutterten Schüsselchen mit.

Paul lehnte sich vollgefressen, aber erstaunlich entspannt zurück. Warum sollte er nicht noch Tee trinken? Einen konkreten Termin mit Bürgermeister Collum McDonald hatte er nicht, und ob er eine halbe Stunde früher oder später im Rathaus aufschlug, spielte wohl kaum eine Rolle.

Ehe Pub-Ivy zurückkehrte, öffnete sich die Tür, und ein bunter Trupp kam lachend und diskutierend herein.

»Super-GAU im Rathaus«, rief ein rotblonder Mann, von dem sich Paul fast sicher war, dass er der Bürgermeister war. Er hatte Collum bislang erst ein- oder zweimal getroffen und kaum mehr als eine kurze Begrüßung mit ihm ausgetauscht. »Unsere Kaffeemaschine ist kaputtgegangen. Können wir unsere Besprechung hier weiterführen?«

»Klar doch«, sagte Ivy lächelnd und deutete auf die vielen freien Tische. »Platz ist genug. Ich komm gleich zu euch, muss vorher nur noch einen Tee und ein Stück Rinderhaut servieren.«

»Neue Spezialität?«, wollte Collum wissen.

»Nur für Hunde, die so heißen wie ich«, entgegnete Ivy und ging dann mit der Teekanne zu Paul.

»Hallo, Paul!«, rief Colleen, die ebenfalls zu der Gruppe gehörte und ihn gerade erspäht hatte. »Schön, dich zu sehen.«

Paul winkte ihr freundlich zu. Er mochte die Frau seines Bruders Alex. Die hübsche Amerikanerin hatte offensichtlich keine Mühe, Marlin, Alex und Aidan, den pubertierenden Sohn von Alex, zu zähmen, und war dabei immer unglaublich warmherzig und hilfsbereit. Wenn er darüber nachdachte, hatten alle seine Geschwister ein gutes Händchen bei der Partnerwahl bewiesen – auch Oliver, der seit Jahren mit Felix, einem Schaf-Farmer, auf der Insel Lewis glücklich war. Warum nur war er selbst in Liebesdingen so blockiert? Für einen kurzen Moment flackerte das Bild von Ainslee vor seinem inneren Auge auf, der stolzen Highland-Prinzessin, die ihn seit ihrer gestrigen Begegnung regelrecht verfolgte.

»Du bist Paul Starling?« Eine Frau in den Fünfzigern mit dunklen Dauerwellen-Löckchen wandte sich zu ihm. »Ich bin Leslie Turner, die Gemeindesekretärin. Wir haben gestern telefoniert, weil du im Rathaus vorbeikommen wolltest.«

Er nickte. »Ja, weil ich gerne einen Blick ins Archiv werfen würde, aber wenn ihr gerade beschäftigt seid …«

»Wir besprechen nur noch die kleine Landwirtschaftsmesse, die in anderthalb Wochen zum ersten Mal in Kirkby stattfinden wird«, sagte nun Collum und trat an Pauls Tisch. »Die haben wir uns als

Vorpremiere für die Highland Games Ende August ausgedacht, damit wir schon mal die Abläufe testen können. Sarah von VisitScotland ist da, und wir diskutieren gerade noch die letzten Ideen. Komm doch zu uns an den Tisch.«

»Das ist sehr nett, aber ich will nicht stören.«

»Das ist keine Störung«, beharrte Collum jedoch. »Wenn ich es richtig verstanden habe, bist du doch nicht nur hier, um in irgendwelchen alten Dokumenten herumzuwühlen, sondern auch um Kirkby besser kennenzulernen. Ich wüsste keine bessere Gelegenheit als eine Gemeindesitzung, bei der wir eine unserer berühmten Veranstaltungen planen.«

Paul hatte zwar keine Ahnung, was das eine mit dem anderen zu tun hatte, doch da ihn Collum erwartungsvoll anschaute und Colleen demonstrativ auf den freien Platz neben sich deutete, erhob er sich und trug seine Tasche und die neue Kanne Tee an den Nebentisch. Er nickte den anderen Anwesenden zu und nahm dann neben Colleen Platz.

»Auch wenn es so aussieht, das ist keine Falle«, raunte sie ihm mit einem verschwörerischen Zwinkern zu.

»Da bin ich mir nicht so sicher«, entgegnete er und grinste. Das alles konnte kein Zufall sein. Ganz offensichtlich tat irgendjemand alles dafür, seine Recherchen zu blockieren oder zumindest dafür zu sorgen, dass er nicht so schnell vorankam, wie es vielleicht möglich wäre. Paul hatte so eine Ahnung, wer dieser

Saboteur sein könnte, doch erstaunlicherweise regte es ihn im Moment kein bisschen auf, denn irgendwie fand er die Vorstellung ganz schön, nicht immer supereffizient und präzise zu sein. Er hatte Semesterferien und so gesehen jedes Recht der Welt, die Zeit einfach zu genießen.

»Wo waren wir?«, lenkte ihn Collum ab.

»Bei den Tierschauen«, half ihm Leslie auf die Sprünge. »Wir wollten festlegen, für welche Rassen wir offizielle Richter bestellen sollen.«

Paul hörte nur mit halbem Ohr zu. Diese kleinen landwirtschaftlichen Leistungsschauen in der schottischen Provinz waren in den Sommermonaten sehr beliebt. Als Kind hatte er es geliebt, derartige Veranstaltungen zu besuchen, und er erinnerte sich lebhaft daran, wie er einmal als ungefähr Siebenjähriger mit einem besonders hübschen Lamm einen Preis gewonnen hatte. Genau wie zwei oder drei Jahre später mit seinem damaligen Hund. Der war zwar ein Mischling gewesen und daher lediglich in der offenen Klasse angetreten, hatte dabei aber mit lustigen Tricks punkten können. Irgendwie fand er es charmant und fast schon tröstlich, dass diese altmodischen Traditionen auch heutzutage noch hochgehalten wurden, in einer Zeit, in der alles immer schneller und digitaler sein musste. Dass Kirkby sich auf seine ländlichen Wurzeln besann und nach Jahrzehnten erstmals wieder eine solche Veranstaltung ausrichtete, gefiel ihm. Manche mochten das als reaktionär bezeichnen, er fand es clever, denn es bot den Menschen ein harmloses, analoges Vergnügen in diesen schwierigen Zeiten. Außerdem schien es eine weitere Touristenattraktion für den kleinen Ort zu werden, wie Collum nicht müde wurde zu erwähnen.

»Das wäre doch auch was für dich«, sagte Colleen und sah ihn erwartungsvoll an.

»Was wäre was für mich?« Paul war bei der Diskussion, ob man zwischen Kälbern, Kühen und Bullen unterscheiden oder einfach eine einzige Schönheitsklasse für Highland-Rinder anbieten sollte, aus- und in seine eigene Gedankenwelt eingestiegen.

»Deine Hündin ist doch so hübsch und hat garantiert einen tollen Stammbaum. Mit ihr solltest du auf jeden Fall antreten«, erläuterte Colleen lächelnd.

»Ähm …« Er wusste nicht so recht, was er dazu sagen sollte.

»Das wird ein Riesenspaß«, beharrte sie. »So gut wie alle Hundebesitzer in Kirkby nehmen daran teil. Jon tritt mit Polly an, Aidan mit Tito, Shona mit ihren riesigen Wolfshunden, Ainslee mit ihrem Pudel Jules …«

»Ainslee macht auch mit?«, unterbrach er sie und fühlte sich wie elektrisiert.

»Ja. Wie gesagt, praktisch *jeder* im Ort macht mit.« Colleen lächelte. »Collum wird sogar seine Seidenhühner Thelma und Louise vorstellen. Natürlich wird es auch eine Alpaka-Klasse geben und diverse Pferdeshows. Hailey hat versprochen, die Clydesdales mit all ihren Anwendungsmöglichkeiten zu präsentieren. Ebenfalls als kleinen Vorgeschmack auf die Highland Games.«

Pferde, Hühner und Alpakas waren Paul absolut gleichgültig. Entscheidend war die Information, dass Ainslee bei dieser Hundeschau antrat. Das war die Gelegenheit, unverbindlich erneut mit ihr ins Gespräch zu kommen – sollte er trottelig genug sein, um das in den nächsten Tagen nicht hinzukriegen. Was nicht so unwahrscheinlich war, wenn er seine diversen Flirt-Katastrophen aus der Vergangenheit als Maßstab nahm.

»Überredet, ich mach mit!«, kündigte er mit so viel Enthusiasmus an, dass er mitbekam, wie Leslie und die Tourismusbüro-Frau vielsagende Blicke wechselten. Doch das war ihm egal, sollten sie doch denken, was sie wollten. Und Colleen blieb unverändert freundlich.

»Das ist toll«, freute sie sich und notierte seinen Namen auf der Liste.

Das Gespräch drehte sich nun um das geplante Cèilidh, das am Samstagabend stattfinden sollte, und Paul driftete wieder ab. Wenn er mit Ivy tatsächlich bei dieser Hundeshow antreten wollte, musste er dafür sorgen, dass sie richtig gut aussah. Ihr letzter Friseurtermin lag schon gut zwei Monate in der Vergangenheit, und sie war gerade arg wollig. Hoffentlich bekam er so kurzfristig noch einen Termin, damit seine Hündin nicht nur mit ihren inneren Werten punkten musste, sondern sich auch auf ihr hübsches Äußeres verlassen durfte.

Ob Ainslee mit ihrem Jules auch zum Friseur ging oder selbst Hand anlegte, damit er schick und schnittig wirkte? Oder war das alles komplett übertrieben, und es drehte sich einfach nur um den Spaß? Er hatte keine Ahnung, merkte aber zu seinem eigenen Erstaunen, wie sehr er es genoss, sich über derart unwichtige Dinge den Kopf zu zerbrechen und seinem inneren Geschichtsprofessor ausnahmsweise eine kleine Pause zu gönnen.

• • •

»Du siehst wirklich todschick aus«, befand Ainslee zehn Tage später, nachdem sie Jules' Fell in Form gezupft hatte. Viel zu tun gab es dabei nicht, denn der Pudelmann hatte sich gestern in die versierten Hände einer erfahrenen Groomerin in Inverness begeben, die sich rühmte, schon etliche Landessieger frisiert zu haben. Ainslee war froh, dass sich hierzulande bei Hundeschauen der natürliche Sportlook für Pudel durchgesetzt hatte und nicht mehr wie früher die albern auftoupierten Pompons an Kopf, Schwanz und Beinen üblich waren, während der restliche Hund fast nackt rasiert war. Jules sah aus wie ein schlankes rotbraunes Schäfchen, mit langen Beinen und stolzer Körperhaltung.

»So sieht ein Sieger aus«, befand Hailey, die nach mehreren Stunden im Stall, wo sie ihre Pferde vorbereitet hatte, noch einmal nach Hause gekommen war, um sich umzuziehen.

»Keine Ahnung, für mich ist er jedenfalls der schönste Hund weit und breit«, sagte Ainslee und drückte Jules einen Kuss auf die lockige Stirn.

»Warst du mit ihm schon mal bei einer Hundeschau?«, wollte Hailey wissen und schlang sich gekonnt die Tartanschärpe um, die natürlich in den Kirkby-Farben leuchtete.

»Vor ein paar Jahren. Aber nur als Zuschauerin. Das war noch mal eine ganz andere Liga als das, was ich hier in Kirkby erwarte. Das scheint mir ja doch eher eine Spaßveranstaltung zu sein. Und für hochklassige Ausstellungen werden die Pudel immer noch ziemlich albern frisiert. Darauf habe ich keine Lust. Jules ist perfekt, so wie er ist.«

»Das ist er. Aber er hat natürlich harte Konkurrenz. Pauls Pudeldame ist ja auch ganz apart.«

»Paul Starling macht auch mit?« Ainslee starrte Hailey verblüfft an. Damit hätte sie im Leben nicht gerechnet, aber irgendwie sorgte diese Ankündigung für ein heftiges Flattern in ihrer Magengrube. Sie hatte Paul seit ihrem ersten Zusammenstoß im Wald vor anderthalb Wochen nur noch von Weitem gesehen. Vor vier Tagen war er dann anscheinend abgereist. Zumindest hatte sie beobachtet, wie er seine Reisetasche ins Auto gepackt hatte und mit Ivy davongefahren war. Seitdem hatte sie weder seinen Wagen noch ihn selbst mehr zu Gesicht bekommen. Weil im Ort die

Gespräche von den ungeklärten Besitzverhältnissen an Monroe Manor wieder zum alltäglichen Wahnsinn in Kirkby gewechselt waren, hatte sie angenommen, dass seine Mission beendet war. Ein kleiner, irrationaler Teil von ihr war enttäuscht gewesen, weil sie sich wohl insgeheim ein Wiedersehen im Wald erhofft hatte. Aber seine Abreise konnte ja wohl nur bedeuten, dass Monroe Manor definitiv Familie Stewart gehörte und der Firmenstandort der *Kirkby Tartan Mill* und damit auch ihr Arbeitsplatz sicher war.

»Soweit ich weiß, ja«, sagte Hailey. »Colleen hat es erwähnt.«

»Aber er ist doch vor ein paar Tagen wieder abgereist.«

»Laut Tante Heather nur deswegen, weil er noch was an der Uni erledigen musste. Irgendwelche Arbeiten von Studenten oder Recherche oder so. Keine Ahnung. Jedenfalls ist er wieder da. Ich hab ihn vorhin durch den Ort fahren sehen.«

»Oh«, murmelte Ainslee, und das innere Flattern verstärkte sich.

»Du findest ihn richtig gut, was?« Hailey musterte sie mit einem immer breiteren Grinsen. »Wir haben das ja neulich nach der Yogastunde nicht mehr abschließend klären können, aber dein Blick spricht Bände.«

»Quatsch, ich kenn ihn doch gar nicht. Ich hab ihn nur ein einziges Mal getroffen, und dabei habe ich mich nicht gerade mit Ruhm bekleckert. Ich sag nur Tee auf dem Hemd und so. Aber Jules wird sich freuen, wenn er Ivy wiedersieht.«

»Ich hätte jedenfalls nichts dagegen, wenn du ihn dir angelst. Er ist zwar ein Voll-Nerd, der sich nicht groß für Pferde interessiert, aber ansonsten ist mein werter Cousin sehr nett. Und optisch wärt ihr ein hübsches Paar.«

Ainslee schüttelte vehement den Kopf. »Das ist so ziemlich das Letzte, wonach mir der Sinn steht. Männer bedeuten nur Stress und Ärger. Also menschliche Männer. Jules ist natürlich ein Traum.«

»Natürlich.« Die Ironie in Haileys Stimme war unüberhörbar. »Aus nagelneuer Erfahrung kann ich jedoch sagen, dass auch gebrannte Kinder einen Feuerlöscher finden, wenn sie offen dafür sind.«

»Was ist das denn für ein schräges Bild?« Ainslee kicherte. »Gebranntes Kind und Feuerlöscher – das habe ich auch noch nie gehört.«

»Da siehste mal. Ich kann eben nicht nur gut mit Pferden, sondern auch mit Worten.« Hailey lachte nun lauthals.

»Du bist vor allem frisch verliebt, da sieht man alles durch eine rosarote Brille.«

»So rosarot ist die nicht. Ich kenne Seans Makel genau – und er meine. Aber das macht es auch so besonders schön und wertvoll. Was ich aber eigentlich damit sagen wollte: Ich habe auch nicht damit gerechnet, dass ich mich verlieben könnte. Dass ich mein Herz an einen Mann verlieren und es ertragen könnte, zurückgeliebt zu werden. Ich war mir sicher, dass ich das nicht kann.«

Ainslee seufzte. »Das ist nicht mein Problem. Ich verliebe mich leicht und meine immer, dass es der Richtige ist – doch dann werde ich regelmäßig bitter enttäuscht.«

»Das klingt nicht gut«, gab Hailey zu und schaute sie betroffen an. »Hast du da irgendein Muster, oder woran könnte es liegen?«

Ainslee zuckte mit den Schultern. »Ich schätze, es liegt daran, dass ich nie ein gutes Beziehungsvorbild hatte. Mein Vater ist sehr früh gestorben, da war ich gerade vier, und meine Mutter hatte nicht gerade ein glückliches Händchen bei ihren weiteren Partnern. Um es vorsichtig zu formulieren.« Sie seufzte. »Lass uns jetzt nicht darüber reden, das verdirbt uns nur die Stimmung an diesem schönen Tag. Und was deine Frage nach einem Muster betrifft, das gab es: Alle meine Männer waren egoistische Idioten.«

Hailey sah sie einen Moment lang unschlüssig an und schien zu überlegen, ob es sich lohnte, nachzubohren – entschied sich aber glücklicherweise dagegen. Stattdessen sagte sie: »Dann bist du mit Paul auf der sicheren Seite. Ich kenne ihn zwar noch nicht besonders lange, aber ich bin mir sehr sicher, dass er weder egoistisch noch ein Idiot ist.« Sie grinste. »Und für einen Professor ist er ziemlich heiß.«

»Ist er wirklich Professor?«, wollte Ainslee wissen. Vorwiegend, um nicht über den Hotness-Faktor von

Paul nachdenken zu müssen, der wirklich ausgesprochen stark ausgeprägt war.

»Ich glaub schon. Jedenfalls unterrichtet er an der Uni in Inverness, und Onkel Marlin gibt überall damit an, dass sein Sohn einer der führenden Historiker in seinem Fachgebiet ist. Professor Starling – ich finde, das hat einen ziemlich sexy Klang, oder?«

Ainslee hatte plötzlich eine Vision davon, wie ein Haufen junger Studentinnen um Paul herumschwirrte und ihn anhimmelte, doch diesen Gedanken schob sie energisch beiseite. Das konnte ihr alles komplett schnuppe sein. »Hm«, brummte sie. »Ich werde mich jedenfalls nicht unter seine Groupies einreihen.«

»Groupies?« Hailey lachte laut auf. »Ich glaube, bei deinem persönlichen Kopfkino hast du mich jetzt abgehängt. Vermutlich ist er nur deshalb Professor, weil es niemanden sonst gibt, der sich für Gälisch und Clangeschichte interessiert und worauf er sich sonst noch spezialisiert hat. Außerdem sieht er zwar super aus, ist aber ein ziemlicher Nerd, und das kommt bei den meisten Frauen nicht so gut an.«

Ainslee wollte widersprechen, denn sie fand zurückhaltende Nerds deutlich interessanter als überforsche Pragmatiker, doch sie hielt die Klappe, um Hailey nicht noch mehr anzustacheln. Außerdem kam ihr gerade ein unangenehmer Gedanke. Wenn Paul wirklich so gebildet und verkopft war, würde er sich garantiert nicht für sie interessieren. Sie hatte keine Universität besucht, sondern nach der Schule eine Lehre als Damen- und

Kiltschneiderin gemacht. Nichts, womit man intellektuell angeben konnte. Sie hatte sich zwar durchaus mit der Geschichte der Highlands auseinandergesetzt und fand sie wahnsinnig spannend. Doch das hatte sie eigentlich nur gemacht, um als Darstellerin bei den Historienmärkten authentisch rüberzukommen. Damit konnte man einen echten Experten kaum beeindrucken. »Wie auch immer«, sagte sie zu Hailey, die offenbar einen Kommentar von ihr erwartete. »Ich bin nicht interessiert. Ich will mich hier auf meine Arbeit konzentrieren und mich nicht durch irgendwelche Männergeschichten ablenken lassen.« Auch wenn der betreffende Kerl wirklich sehr attraktiv war.

»Schade, aber du bist alt genug, um zu wissen, was du willst und tust. Ich muss jetzt los. Wir sehen uns gleich bei der Veranstaltung.« Hailey winkte ihr noch einmal kurz zu und flitzte dann davon.

Ihre Worte jedoch hingen noch in der Luft.

Wusste sie wirklich, was sie wollte und tat? Ainslee war sich da nicht so sicher. Gar nicht sicher. Zumindest nicht in Bezug auf Männer. Wohl aber, was ihre Rolle als Einwohnerin und Unternehmerin in Kirkby betraf. Da engagierte sie sich bei örtlichen Veranstaltungen, um mehr Menschen und potenzielle Kunden kennenzulernen. »Außerdem werden wir der Welt beweisen, dass du der schönste Hund in den Highlands bist«, sagte sie zu Jules und band ihm ein Halsband um, das sie aus dem Kirkby-Tartan genäht hatte und das ihm ausgesprochen gut stand. Sie selbst hatte momentan lediglich einen Tartan-Gürtel um die Taille. Heute Abend beim Cèilidh würde sie dann ein wenig dicker auftragen, aber für die Tierschauen war sie mit Jeans und Bluse bestimmt bestens gekleidet.

Jules stupste ihr wie zur Bestätigung gegen die Hand und sah sie erwartungsvoll an. Offensichtlich war er aufbruchbereit.

»Dann lass uns mal die Welt erobern!«

Als sie das Cottage verließen, war sie überrascht, wie trubelig es an diesem Samstagvormittag in Kirkby war. Am Dorfplatz, wo der Wochenmarkt stattfand, gab es kaum ein Durchkommen. Trotzdem stellte sie sich am Stand von Kristies Bäckerei an, denn gefrühstückt hatte sie noch nicht.

»Jules hat sich aber sehr schick gemacht«, erklang plötzlich eine bekannte Stimme hinter ihr, und Ainslee drehte sich lächelnd zu Anna um.

»Sagen wir's so, er hat das Prozedere mannhaft ertragen, wie der Gentleman, der er ist.«

»Ich bin mir sicher, er wird die Herzen der Preisrichter erobern. Das Halsband ist ja ganz zauberhaft. Ist das der berühmte Kirkby-Tartan?«

»Ja, das habe ich aus ein paar Resten genäht. Genau wie meinen Gürtel. Wir kommen mit der Produktion ja kaum hinterher. Hailey musste ich schwer enttäuschen. Sie wollte Satteldecken im neuen Tartan, aber dafür brauchen wir viel zu viel Stoff und den idealerweise auch in einer schwereren Qualität. Das haben wir verschoben.«

»Freut mich sehr, dass ihr so gut im Geschäft seid«, entgegnete Anna lächelnd und schob Ainslee sanft weiter. Sie hatte gar nicht bemerkt, dass sich die Schlange deutlich verkürzt hatte.

»Ich hoffe, es bleibt so.« Ainslee biss sich auf die Lippe. »Ich habe mir in den letzten Tagen erfolgreich eingeredet, dass die Sache mit Monroe Manor geklärt sein müsste, weil Paul abgereist ist. Doch laut Hailey ist er wieder zurück und tritt mit seiner Hündin sogar bei der Hundeschau an.« Sie wusste nicht genau, wie sie ihre widerstreitenden Gefühle einordnen sollte. Einerseits fand sie die Aussicht, Paul gleich wieder zu begegnen, ausgesprochen erfreulich, andererseits sorgte sie sich nach wie vor um die *Kirkby Tartan Mill* – auch wenn ihr alle versicherten, dass es dafür keinen Anlass gab. Selbst wenn ein möglicher neuer Besitzer ihnen den Mietvertrag für die Räume kündigen würde. Dieses unangenehme Gefühl konnte sie nicht abschütteln – und es hing genauso an Paul wie das Flattern in ihrem Magen.

Anna schenkte ihr einen mitfühlenden und irgendwie wissenden Blick. »Warum nimmst du nicht einen Tag nach dem anderen? Niemand weiß, was morgen sein wird – geschweige denn in drei Wochen oder Monaten. Heute ist jedenfalls ein schöner Tag, und Jules wird bei der Hundeschau zweifellos für Furore sorgen. Und vielleicht ergibt sich ja die Gelegenheit für ein Gespräch mit Paul.«

Ainslee nickte nur. Bis zu einem gewissen Grad hatte Anna recht. Es brachte nichts, sich den Kopf über ungelegte Eier zu zerbrechen, allerdings war sie an einem Punkt in ihrem Leben, an dem sie sich nichts mehr wünschte als Sicherheit. Sie hatte ihr unstetes Nomadenleben so satt. Wie oft war sie in den letzten fünfzehn Jahren umgezogen? Wie viele Jobs hatte sie gehabt? In wie vielen Wohngemeinschaften hatte sie gelebt, ohne jemals ernsthaft Wurzeln zu schlagen? Sie wollte sich endlich irgendwo zu Hause fühlen, angekommen sein. Doch jetzt war sicher nicht der richtige Zeitpunkt dafür, das mit Anna oder irgendjemandem sonst zu diskutieren. Außerdem war sie jetzt an der Reihe, und Ella, Kristies resolute Mitarbeiterin, lächelte sie erwartungsvoll an.

»Wonach steht euch der Sinn?«, erkundigte sie sich. »Wir haben noch ein paar Sommerquiches mit Wildkräutern und Cocktailtomaten, außerdem herzhafte Cheddar-Oliven-Scones und ansonsten die üblichen süßen Sachen.«

»Die Sommerquiche klingt toll«, befand Ainslee und orderte zusätzlich noch ein Schokocroissant als Dessert. »Wo ist eigentlich Kristie? Sie betreut den Stand doch normalerweise an Markttagen. Ist sie im Café?«

»Nein, da hält heute Vormittag Betty die Stellung. Kristie ist schon auf dem Festivalgelände. Es gibt ja auch einen Kuchen-Wettbewerb, und sie ist die Preisrichterin.«

»Stimmt, das hatte ich ganz vergessen. Dann sehe ich sie ja gleich.« Ainslee bezahlte ihr Frühstück und wartete noch, bis Anna ebenfalls bestellt hatte. »Kommst du mit nach Monroe Manor?«

»Selbstverständlich. Das werde ich mir auf keinen Fall entgehen lassen.« Anna lächelte breit. »Und am tollsten ist, dass ich ganz privat da sein kann. Collum hat einen Sanitätsdienst engagiert, der sich um die anfallenden Wehwehchen kümmern wird.« Sie biss genüsslich in das erste ihrer beiden Schokocroissants.

»Mau!« Annas Kater Elvis war wie aus dem Nichts aufgetaucht und baute sich vor den beiden Frauen und Jules auf, den buschigen Schwanz hoch aufgerichtet.

»Na, wo hast du dich denn rumgetrieben?«, fragte Anna das Tier und erklärte dann an Ainslee gewandt: »Er ist heute Nacht irgendwann durch die Katzenklappe verschwunden – offensichtlich hatte er eine wichtige Mission.«

»Machst du dir keine Sorgen um ihn, wenn er immer auf Extratouren geht?« Für Ainslee war es unvorstellbar, mit einem derartigen Freigeist zusammenzuleben. Egal ob zwei- oder vierbeinig. Sie brauchte die Zuverlässigkeit, die ihr nur ein Hund bot.

Anna zuckte mit den Schultern. »In Edinburgh war Elvis eine reine Wohnungskatze, doch hier blüht er regelrecht auf. Er macht sein Ding und hat seine festen Anlaufstellen, die er regelmäßig besucht. Er würde wohl total verkümmern, wenn er nicht mehr unterwegs sein dürfte. Glücklicherweise ist er ziemlich clever und achtet auf den Verkehr.«

»Mau!«

»Und was will er jetzt?« Ainslee fand das Verhalten des Katers merkwürdig.

»Keine Ahnung. Unterhaltung vielleicht? Futter?« Anna schüttelte den Kopf. »Wenn du Hunger hast, musst du nach Hause gehen, da wartet ein Napf auf dich«, sagte sie zu dem großen, grau getigerten Tier. »Du kannst uns aber auch nach Monroe Manor begleiten. Da erbarmt sich sicherlich jemand und wird dir was zustecken.«

»Mau.« Er rieb seinen Kopf an Annas Waden, schien aber insgesamt noch unentschlossen zu sein.

»Deine Entscheidung. Du kannst natürlich immer auch Lennox besuchen. Ich schätze, der probt heute den ganzen Tag in seiner Musikscheune. Oder zu Sean, der hat ja ebenfalls Futter für dich.«

»Glaubst du, er versteht dich?« Ainslee betrachtete den Kater zweifelnd.

»Du glaubst doch auch, dass Jules dich versteht«, konterte die Ärztin vergnügt. »Aber um der Wahrheit die Ehre zu geben – ich habe keine Ahnung. Ich weiß nicht, was in seinem hübschen grauen Köpfchen vor sich geht, aber ich will ihm das Gefühl vermitteln, dass ich mich für ihn interessiere und mich um seine Belange sorge.«

»Wuff«, mischte sich nun Jules ein, der die Diskussion offenbar komplett sinnlos fand, aber zu gut erzogen war, um einfach abzuhauen.

»Ich bin mir jedenfalls ziemlich sicher, dass Jules nun gerne weitermöchte. Zweifellos will er vor dem

Schönheitswettbewerb noch etwas Ballast abwerfen.« Ainslee streichelte liebevoll den kurz geschorenen Kopf ihres Pudels.

»Dann lass uns losziehen. Elvis kann ja gerne mitkommen, wenn er will«, schlug Anna vor. »Gehen wir durch den Wald?«

»Lieber auf dem direkten Weg. Nicht dass Jules auf seltsame Ideen verfällt und jagen möchte.« Sie dachte, wie so oft, an die Begegnung mit Paul und Ivy, die nun schon ein ganzes Weilchen her war, die sie aber nicht vergessen konnte. Jules wohl ebenso wenig, denn er hielt im Wald stets Ausschau nach der kohlschwarzen Schönheit. Zumindest nahm sie das an.

»Dass der perfekte Jules auch kleinere Abgründe hat, finde ich fast beruhigend«, spottete Anna liebevoll.

»Vor allem will ich verhindern, dass er in irgendein Schlammloch springt und seinen Look ruiniert. Die Hundeschau ist zwar vor allem ein Spaß, aber ...« Ainslee klappte den Mund zu, weil sie sich ertappt fühlte.

»Schon klar.« Anna kicherte, und Ainslee war sich nicht sicher, was genau die Ärztin mit ihrer Aussage meinte. Aber sie zog es vor, nicht nachzufragen.

Sie biss in ihre Quiche, um nichts erwidern zu müssen, und gemeinsam verließen sie den Marktplatz und liefen den schmalen Feldweg entlang, der parallel zur Zufahrtsstraße nach Monroe Manor führte. Auf der Straße herrschte viel Betrieb. Tiertransporter und ein Auto nach dem anderen fuhren in Richtung Herrenhaus, und auch auf dem Fußweg waren etliche Menschen unterwegs.

»Ist das Marlin?«, fragte Anna und deutete auf eine Gestalt, die sich in einiger Entfernung von Harriswood House her näherte und die von mehreren Schafen umringt war, um die wiederum ein kläffender kleiner Terrier herumsprang.

»Kann sein«, entgegnete Ainslee und gab Jules mit einem klaren »Bleib« zu verstehen, dass er sich nicht in dieses Getümmel zu stürzen brauchte.

»Ich hätte nicht gedacht, dass er mit seinen Schafen bei der Landwirtschaftsausstellung mitmacht«, sagte Anna verwundert.

»Warum? Mir hat man gesagt, dass praktisch jeder Bewohner von Kirkby mitmacht.« Ainslee fand es eher bemerkenswert, dass die sonst so abgeklärte Anna derart baff war.

»Ja, schon, aber für Marlin Fraser gelten normalerweise eigene Regeln. Er nimmt eigentlich nie bei irgendwelchen Wettbewerben teil.«

»Wieso? Weil das unter seiner Würde ist?« Ainslee verstand nicht, warum das so eine große Sache zu sein schien. Sie hatte Marlin Fraser als geradlinigen und großzügigen Menschen kennengelernt, der eine nicht unerhebliche Summe Geld in die *Kirkby Tartan Mill* investiert hatte, sich aber kein bisschen ins Tagesgeschäft einmischte. Natürlich kannte sie etliche der Geschichten und Anekdoten, die sich um ihn rankten, und wusste von seiner früheren, jahrzehntelang geheim gehaltenen Popstar-Karriere. Aber er engagierte sich offenbar sehr für Kirkby, da war es aus ihrer Perspektive doch fast logisch, dass er auch bei Events wie dem heutigen mitmachte.

»So ungefähr«, sagte Anna jedoch zu ihrer Überraschung. »Marlin ist ein sehr spezieller Charakter. Versteh mich nicht falsch, ich mag ihn und komme gut mit ihm aus. Aber er ist ausgesprochen eigen und hätte diese Veranstaltung noch vor einem Jahr bestenfalls mit Nichtachtung, vermutlich aber vor allem mit Spott und Häme bedacht. Ich schätze, er will Paul beeindrucken.«

»Und das klappt mit Schafen und einem kläffenden Terrier?« Ainslee überlegte, ob sie ihre eigene Strategie ändern sollte. Aber warum dachte sie überhaupt darüber nach, Paul zu beeindrucken?

»Keine Ahnung, wir werden es sehen. Ich finde es jedenfalls ausgesprochen bemerkenswert.«

»Warum sollte Marlin überhaupt das Bedürfnis haben, Paul zu beeindrucken?«, wollte Ainslee wissen.

»Ich glaube, es macht ihm sehr zu schaffen, dass er einen Sohn hat, von dessen Existenz er so viele Jahre lang keine Ahnung hatte. Marlin ist ein Familienmensch durch und durch, auch wenn es nicht immer leicht mit ihm ist. Lennox kann davon ein Lied singen. Ich bin mir sicher, wenn er geahnt hätte, dass er mit seiner früheren Bandkollegin ein Kind gezeugt hat, dann hätte er sich auch kümmern wollen. Jedenfalls, denke ich, möchte er Paul nun beweisen, dass er ein umgänglicher Mensch und ein guter Vater ist.«

Ainslee empfand das als reichlich abenteuerliche These. »Ich sehe ehrlich gesagt nicht, wie man das mit einer Schafherde bewerkstelligen kann.«

»Die ist doch nur ein Symbol. Ich schätze, er will damit einfach zeigen, wie engagiert, nahbar und volkstümlich er ist – und damit ganz anders als das Image, das Paul mutmaßlich von ihm hat. Du hast den Aufruhr im letzten Herbst vielleicht mitbekommen, als rausgekommen ist, was Marlin seiner Familie und der ganzen Welt jahrzehntelang verheimlicht hat. Das war ein Schock für alle hier, ganz besonders aber für Lennox. Und kaum waren diese Wogen geglättet, kam an Weihnachten der nächste Klopper, nämlich dass Marlin ein uneheliches Kind hatte. Ich mag mir gar nicht ausmalen, wie es sich für Paul angefühlt haben muss, der sich das alles allein zusammengepuzzelt hat und von Marlin eben nur das wusste, was einerseits in den Tagebüchern seiner Mutter stand und andererseits in den Medien über ihn verbreitet wurde. Ich kann also schon verstehen, dass Marlin da eine gewisse Imagekorrektur vornehmen möchte.« Ihr Blick fiel auf Jules, und ihr Gesicht erhellte sich mit einem triumphierenden Lächeln. »Ich schätze, das ist des Pudels Kern!«

SCHÖNSTE IM GANZEN LAND

PAUL KONNTE SICH KAUM ERINNERN, wann er das letzte Mal einen derart bizarren Tag erlebt und gleichzeitig so viel Spaß gehabt hatte. Es war mitreißend, mit welcher Ernsthaftigkeit und mit welch großem Vergnügen sich die Menschen hier den diversen Leistungsschauen widmeten. Sei es innerhalb des Showrings oder außerhalb. Die Tiere wurden allesamt mit Kennerblick gemustert und kommentiert – Ahnung musste man dafür offensichtlich nicht haben, nur Herz und Interesse. Mit am rührendsten fand er den Auftritt der kleinen Willow, die mit einer jungen Highland-Kuh den Ring betrat, mehrfach vor dem Publikum knickste und dabei übers ganze Gesicht strahlte.

»Dagegen können wir alle einpacken«, sagte Jon, der mit seiner Neufundländer-Hündin Polly neben ihm stand.

»Ich weiß nicht, wen ich niedlicher finde, das Mädchen oder die Kuh«, gab Paul lächelnd zu. Das junge Rind war gründlich gebürstet worden, sodass das rotbraune Fell fast schon seidig wirkte. Den Schopf hatte ihm das Mädchen mit einer pinkfarbenen Schleife zusammengebunden, was absolut lächerlich hätte aussehen müssen, aber einfach nur zauberhaft war.

»Der Partnerlook ist jedenfalls großartig«, befand Jon und deutete auf die identische pinkfarbene Schleife im Haar des Mädchens, die wiederum perfekt zu ihren gleichfarbigen Gummistiefeln passte.

»Wer ist die Kleine denn?«, wollte Paul wissen.

»Das ist Willow MacAlpine, die Tochter von Adley MacAlpine, die eine Highland-Rinder-Zucht betreibt und mit Michael Cunningham liiert ist. Der ist Biobauer und arbeitet außerdem als Maître d' in Islas Restaurant. Adley hat doch vorhin auch schon ein paar Tiere präsentiert, die zum Verkauf stehen.«

Das hatte Paul nur am Rande mitbekommen. Er hatte sich zunächst im Zelt mit den Kuchen getummelt, die hoffentlich bald prämiert und anschließend verkauft werden würden. Sie sahen nämlich verdammt lecker aus, und ihm lief allein bei der Erinnerung daran schon wieder das Wasser im Mund zusammen. Danach war er bei der Kleintier-Ausstellung gewesen, wo Collum tatsächlich seine Seidenhühner Thelma und Louise präsentiert hatte. »Verlierer gibt's hier keine, was?«, kommentierte er nun die dunkelgrüne Rosette, die der Preisrichter ans Halfter der jungen Kuh heftete, die auf den schönen Namen Poppy hörte.

»Natürlich nicht. Willow und Poppy sind sowieso die Superstars, aber auch alle anderen sollen sich wie Gewinner fühlen. Hier geht es heute vor allem um den Spaß.« Er zwinkerte Paul zu. »Das ist Kirkby. Ein wenig durchgeknallt, aber sehr herzlich. Und es hat den Vorteil, dass wir nachher auch mit Rosetten nach Hause ziehen werden, egal wie sich unsere vierbeinigen Grazien anstellen.«

»Das macht Mut. Schwarze Hunde schneiden sonst ja eher schlecht ab, weil sich die Menschen unerklärlicherweise vor ihnen fürchten.« Paul blickte auf Ivy und Polly hinunter, die das Spektakel im Ring ebenso interessiert beobachteten wie die Zweibeiner.

»Machen wir uns nichts vor, gegen Ainslee und ihren Jules haben wir ohnehin keine Chance. Hast du sie schon gesehen?«

Pauls Kehle wurde schlagartig trocken, denn natürlich hatte er die beiden schon erspäht, und er wusste genau, was Jon meinte. Jules war ebenso frisch frisiert wie seine Ivy – mit demselben sportlich-kurzen Haarschnitt. Aber sein Fell leuchtete rot, genau wie die üppigen langen Wellen von Ainslee. Und obwohl sie in Jeans und Bluse absolut schlicht gekleidet war, hatte er sofort wieder Visionen von ihr als Highland-Prinzessin gehabt. »Ja«, antwortete er einsilbig.

»Sie hat die gleiche Partnerlook-Taktik gewählt wie Willow mit ihrer Kuh. Das wird bei den Leuten bombig ankommen«, sprach Jon weiter und schien von Pauls plötzlicher Beklemmung nichts zu bemerken. Oder war es eher eine *Ver*klemmung?

Paul wollte über diese Feinheiten lieber nicht nachdenken, aber natürlich war ihm aufgefallen, dass das Hundehalsband im selben Tartanmuster gearbeitet war wie der Gürtel um Ainslees schmale Taille. Es waren subtile Details, die aber zweifellos den Unterschied machten.

»Ainslee ist überhaupt eine tolle Frau, finde ich«, sprach Jon weiter, und nun war sich Paul sicher, dass der andere versuchte, ihn aus der Reserve zu locken. Blöderweise funktionierte es auch prompt.

»Absolut«, krächzte er – und wollte sich am liebsten dafür ohrfeigen. Himmel, warum war er derart unsouverän, wenn es um Frauen ging – und ganz besonders um eine Frau wie Ainslee Ferguson?

»Du hast einen Blick drauf wie ich, nachdem ich Isla zum ersten Mal begegnet war.« Jon lachte. »Die beiden sehen sich zwar oberflächlich ähnlich, sind aber vom Charakter her ganz unterschiedlich. Doch das sind wir beide ja auch, insofern …«

Paul war diesmal klüger und hielt den Mund. Herausgekommen wäre ohnehin nur sinnloses Gebrabbel. Im Übrigen konnte er überhaupt keine Ähnlichkeiten zwischen seiner Schwester und Ainslee feststellen – außer dass beide lange rote Haare hatten. Er fand seine Schwester toll, aber die temperamentvolle und ein wenig herbe Köchin hatte wirklich nichts gemein mit der großen, eleganten und irgendwie unnahbaren Ainslee, die schlicht durch und durch königlich wirkte. Glücklicherweise verabschiedete der Moderator nun unter lautem Jubel Willow und Poppy aus dem Ring und kündigte Marlin Fraser mit seinen Merinoschafen und dem Hund Tito an.

»Ich fasse es nicht, dass sich Marlin hier zum Affen macht«, wechselte Jon das Thema.

»Warum? Weil er einen Jack Russell Terrier mit einem Hütehund verwechselt?« Paul war froh, dass er wieder normal sprechen konnte, sobald sich das Gespräch nicht um Ainslee drehte. »Das entspricht doch wohl ganz dem Geist dieser Veranstaltung, oder?«

»Ja, schon, aber das hier ist Marlin Fraser, und Marlin Fraser hasst solche Events. Eigentlich.«

»Echt?« Paul starrte ihn überrascht an. »Ich finde ihn zwar recht kauzig, aber ich habe den Eindruck, dass ihm Kirkby und alle Bewohner sehr am Herzen liegen – und er sich entsprechend dafür engagiert.«

»Kauzig ja ...« Jon sah so aus, als würde er gern noch etwas hinzufügen, doch offensichtlich überlegte er es sich anders. »Jedenfalls finde ich es toll, dass er mitmacht, und wir sollten ihn anfeuern. Er wird es brauchen.«

Im Vorführring wurden nun zwei kleine Gatterverschläge aufgestellt. Paul nahm an, dass der Hund die Schafe eigenständig von einem zum anderen lotsen sollte. Polly wurde beim Anblick der Arbeiten immer aufgeregter und schien dringend auf den Platz zu wollen.

»Ruhig, Polly, du bist jetzt noch nicht dran«, sagte Jon und fasste sicherheitshalber die Leine kürzer. »Marlin ist der Meinung, dass in jedem Hund ein Schafhüter steckt«, erklärte er Paul. »Und Polly war ebenfalls bei ihm in der Lehre.«

»Okaaaaay …« Mehr fiel Paul dazu nicht ein, aber das machte auch nichts, denn in diesem Moment übernahm Marlin das Mikrofon.

»Liebe Freunde, liebe Gäste«, begrüßte er die Zuschauer. »Es ist großartig, dass so viele den Weg hierher gefunden haben. In Kirkby sind wir nicht nur stolz auf unser schönes Dorf und unseren einzigartigen Zusammenhalt, sondern auch auf unsere Tiere. Und obwohl es unwahrscheinlich ist, dass sich irgendjemand ernsthaft mit Willow und Poppy wird messen können, will ich heute meine seit Jahren propagierte These beweisen, dass in jedem Hund ein Schäferhund steckt. Egal wofür eine Rasse einst gezüchtet wurde, alle Haushunde haben den Impuls, ihr Rudel zu verteidigen und zusammenzuhalten. Und während Vollprofis wie Border Collies es buchstäblich in den Genen haben, wie sie mit Schafen umgehen müssen, muss man bei anderen Hunden einen anderen Ansatz wählen«, sprach er weiter.

»Kann es sein, dass er zu häufig den Film *Ein Schweinchen namens Babe* gesehen hat?«, mutmaßte Paul leise. »Es ist doch ähnlich absurd, anzunehmen, dass ein Jagdhund Schafe hüten kann, wie ein Schwein.«

»Was soll ich sagen?« Jon grinste und hielt Polly am Halsband fest, weil sie verzweifelt fiepte und offenbar dringend zu Marlin wollte.

»Tito hier ist ein waschechter Jack Russell Terrier und wie die meisten Vertreter seiner Rasse ausgesprochen quirlig, temperamentvoll und laut. Und scheinbar vollkommen ungeeignet für den Umgang mit Schafen. Doch ich werde nun beweisen, dass auch er es schafft, sechs Merinoschafe von einem Auslauf in den anderen zu lotsen, ohne dass sie in Panik geraten oder abhauen.« Die fraglichen Schafe standen entspannt in einem Paddock und machten den Eindruck, als würde sie das alles nichts angehen.

Paul hatte auf dem Schafhof, den Oliver mit seinem Partner Felix auf der Insel Lewis betrieb, ein paarmal bei der Schur geholfen. Da waren die gut ausgebildeten Border Collies eine enorme Hilfe dabei gewesen, die Tiere zusammen- und in die Schurpferche zu treiben. Die Schafe waren dabei längst nicht so tiefenentspannt gewesen wie der Trupp seines Vaters. »Hat er die unter Drogen gesetzt, oder was?«, raunte er Jon zu.

»Warte es ab«, riet Jon, der zunehmend Mühe hatte, die stattliche Polly zur Räson zu bringen.

Nun öffnete Marlin den zweiten Pferch und pfiff Tito herbei, der sich die Wartezeit damit vertrieben hatte, durch die Beine der Wartenden zu wuseln und den Boden nach Fressbarem abzusuchen. »Tito, go!«, befahl Marlin knapp und öffnete gleichzeitig das Tor des ersten Paddocks. Tito bellte schrill und rannte in den Auslauf hinein, was die Schafe stoisch ertrugen. Gemächlich setzten sie sich eines nach dem anderen in Bewegung.

Niemals würden die Schafe bei Oliver und Felix auf so einen kleinen Krawallköter reagieren, da war sich Paul sicher. Doch unter dem Jubel der Zuschauer liefen die Schafe wie an einer Perlenschnur aufgereiht in den zweiten Pferch. »Ich fass es nicht«, murmelte er, aber sein Kommentar ging im donnernden Applaus unter.

»Wie gesagt, das ist alles Trainingssache!«, tönte Marlins Stimme triumphierend aus den Lautsprechern. »Und weil es sicher Skeptiker gibt, bin ich gerne bereit, den Live-Beweis dafür anzutreten, dass es tatsächlich mit allen Hunden funktioniert. Ich habe im Publikum Polly entdeckt. Neufundländer sind ebenfalls nicht als Hütehunde bekannt, sondern wurden von kanadischen Fischern dafür gezüchtet, die Fischnetze aus dem eiskalten Wasser zu ziehen. Also eine ganz andere Aufgabe, als Schafe von A nach B zu dirigieren. Doch auch Polly hat es gelernt. Willst du es uns allen beweisen, meine Schöne?«

Polly heulte als Antwort laut auf, und die Zuschauer lachten. Jon schüttelte resigniert den Kopf und löste die Leine. Daraufhin robbte die große Hündin erstaunlich behände unter der Umzäunung durch und rannte voller Begeisterung zu Marlin, nur um auf ein Handsignal hin eine Vollbremsung hinzulegen und sich wie eine Statue mit durchgedrücktem Rücken vor ihn zu setzen.

»Wahnsinn«, entfuhr es Paul, und er war sich nicht sicher, ob er das Spektakel beeindruckend oder absurd finden sollte.

»Das kannst du laut sagen«, entgegnete Jon. »Siehst du ihren hingebungsvollen Blick? Sie betet ihn an, als sei er ihr persönlicher Gott. Mich guckt sie nie so an.«

Paul linste zu Ivy, die brav neben ihm saß und von der ganzen Show ziemlich unbeeindruckt zu sein schien. Sie schenkte ihm einen Blick aus ihren seelenvollen Augen, der dem von Polly in nichts nachstand. *Ich bin ein verdammter Hundeflüsterer*, dachte er bei sich. *Und ich habe das von meinem Vater geerbt.* Ihm entfuhr ein leicht erstickter Laut – halb Entsetzen, halb Überraschung –, den Jon jedoch glücklicherweise falsch verstand.

»Ja, genau so fühlt sich das an. Diese kleine Verräterin.«

»Polly wird die Schafe jetzt wieder in den ursprünglichen Paddock treiben«, kündigte Marlin an und öffnete wieder das Tor. Tito wollte ebenfalls loslegen, doch Marlin klemmte ihn sich kurzerhand unter den Arm, ignorierte den Protest des kleinen Terriers und schickte Polly an die Arbeit.

Der Pferch war ziemlich eng, und die massige Neufundländerin hatte kaum Bewegungsfreiheit zwischen den Schafen. Trotzdem drängte sie sich hinein, stieß ein sonores »Wuff« aus, und ganz geordnet wie vorhin liefen die Schafe wieder zurück. Polly bildete schwanzwedelnd und sichtlich stolz die Nachhut. Erneut erschallte stürmischer Applaus, und Marlin grinste zufrieden in die Runde und entließ schließlich auch den strampelnden Tito wieder auf den Boden der Tatsachen.

»Das geht nicht mit rechten Dingen zu«, sagte Paul mit einem Stirnrunzeln. »Dafür habe ich zu oft echte

Hütehunde bei der Arbeit erlebt. Ich wette, dass Marlin in Wirklichkeit die Schafe so trainiert hat, dass sie notfalls auch von allein vom einen Auslauf in den anderen gehen würden.«

»Kann sein, aber wäre das nicht eigentlich noch spektakulärer?«, konterte Jon vergnügt und lobte Polly überschwänglich, als sie zu ihm zurückgelaufen kam. »Ich meine, Hunde sind ja clever und lernwillig. Aber Schafe? Ich habe keine Ahnung, was sein Trick ist, aber irgendwie hat er es drauf. Und die Hunde lieben ihn alle. Die beiden Fraser-Brüder haben ein besonderes Händchen für Tiere. Rupert vor allem für Pferde, Marlin für Hunde und Schafe – und all ihre Kinder haben es geerbt. Du zweifellos auch.« Er deutete auf Ivy, die Paul nicht aus den Augen ließ und bereit war, auf den kleinsten Fingerzeig zu reagieren.

»Hm«, brummte Paul. Da war eindeutig was dran an Jons Worten. Also, an allen. Wenn Marlin tatsächlich eher die Schafe als die Hunde trainiert haben sollte, wäre das wirklich noch bemerkenswerter. Trotzdem fühlte er sich irgendwie wie ein Zuschauer bei einer Show, die sein Vater nur für ihn inszeniert hatte. Was zweifellos der totale Irrsinn war.

Der Moderator kündigte nun eine kleine Umbau-Pause an und versprach, im Anschluss mit den Hundewettbewerben zu starten. Es würde mehrere Klassen geben, die für Paul allesamt überhaupt keinen Sinn ergaben, doch das war auch schon egal. Schließlich ging es nur um den Spaß. Starten würde man mit Welpen aller Rassen und Geschlechter bis zu einem Alter von sechs Monaten. Gefolgt von den Junghunden bis anderthalb Jahre – ebenfalls aller Rassen und Geschlechter. Schließlich kamen Hündinnen bis vier Jahre dran, dann Rüden in derselben Altersklasse, gefolgt zunächst von älteren Hündinnen und dann von den reiferen Rüden. Am Ende gab es noch ein paar Rassewettbewerbe. Wenn pro Rasse mehr als drei Exemplare im Teilnehmerfeld gemeldet waren, bekamen sie einen eigenen Wettbewerb. Wobei man den Rassebegriff durchaus großzügig interpretierte. So traten sämtliche Terrier gegeneinander an, Schäferhunde aller Art, Windhunde jeder Größen- und Gewichtsklasse und schließlich noch »Lockenhunde«. Unter dieser Überschrift waren Pudel und sämtliche Doodles, also Pudelmischlinge aller Größen, zugelassen.

Die Welpen- und die Junghundeklasse waren natürlich besonders niedlich, und gerade die tapsigen Knäuel wurden vom Publikum frenetisch abgefeiert. Jeder Teilnehmer erhielt seine bunte Rosette, doch längst nicht alle Abzeichen überlebten die spitzen Zähnchen, und viele wurden unter großem Gelächter noch an Ort und Stelle zerfetzt. Dann waren die Hündinnen bis vier Jahre dran, und Jon und Paul zogen mit Polly und Ivy in den Ring. Ebenfalls mit dabei war Shona mit ihrer imposanten Irischen Wolfshündin Orla, gegen die selbst Polly handlich wirkte und Ivy wie ein Schoßhündchen. Obwohl Paul das System längst durchschaut hatte, freute er sich wahnsinnig, als der Preisrichter für Ivy besonders lobende Worte fand und ihr eine prächtige rote Rosette ans Halsband heftete, was seine Hündin würdevoll ertrug. Sie war eindeutig die Schönste im ganzen Land.

In der Jungsklasse trat dann neben Orlas Bruder Higgins auch der schicke Jules an, doch Paul hatte nur Augen für Ainslee. Sie machte einen etwas aufgeregten Eindruck, als sie mit ihrem Hund an der dünnen Leine in schwungvollem Tempo den Ring betrat und eine Runde drehte, damit jeder der Zuschauenden Jules bewundern konnte. Paul war sich sicher, dass die meisten Leute, genau wie er, nur die schöne Ainslee wahrnahmen. Erstaunlich, dass eine Frau wie sie Single war. Das hatten ihm inzwischen mehrere Menschen ungefragt mitgeteilt, als könne er etwas mit dieser bemerkenswerten Info anfangen.

»Alles klar?«, erkundigte sich Jon und rüttelte ihn leicht am Arm.

»Ähm. Ja?« Er fühlte sich etwas benommen. »Warum?«

»Weil du minutenlang vollkommen weggetreten warst.« Jon musterte ihn besorgt. »Hast du zu viel Sonne abbekommen? Brauchst du was zu trinken? Oder soll ich die Sanitäter rufen?«

Paul schüttelte den Kopf.

»Oder hat dich eher die Sonne in Form von Ainslee Ferguson geblendet?«, mutmaßte Jon, diesmal deutlich präziser.

»So ungefähr.« Paul seufzte. »Aber vielleicht sollten wir wirklich etwas trinken, ehe wir nachher noch bei den Rassewettbewerben antreten müssen.«

»Da bin ich raus. Neufundländer passen in keine der Kategorien.« Jon grinste. »Aber ich feuere dich gerne an. Lass uns zum Getränkestand gehen. Ich kenne den Wirt, da kriegen wir schneller was.« Er zwinkerte Paul kameradschaftlich zu und lotste ihn vom Vorführring weg, sodass sie nicht mehr mitbekamen, welche salbungsvollen Worte der Preisrichter für Jules fand.

»Was magst du?«, wollte Jon wissen, als sie den gut besuchten Barwagen des Pubs erreichten.

»Überrasch mich. Aber bitte nichts, was meine Sinne noch mehr benebelt«, rief Paul zurück und hoffte, dass der zweite Teil der Botschaft Jon erreichte. Er traute es dem trinkfesten Volk hier jederzeit zu, dass sie sich schon am frühen Nachmittag mit Gin Tonic oder noch härteren Sachen in Stimmung brachten.

»Na, was sagst du zu unserer landwirtschaftlichen Leistungsschau?«, wollte Marlin gut gelaunt wissen, der plötzlich neben Paul und Ivy aufgetaucht war.

»Es ist herrlich retro«, gab Paul mit einem leichten Lächeln zu. »Irgendwie komplett aus der Zeit gefallen, doch die Menschen scheinen es zu mögen.«

»Du auch.« Es war eher eine Feststellung als eine Frage, so als sei Marlin sich seiner Sache ziemlich sicher.

»Ich auch. Und Ivy ganz besonders, denn nun ist es amtlich, dass sie die Schönste im ganzen Land ist.«

Marlin lachte leise und sagte dann erstaunlich ironiefrei: »Das ist sie zweifellos. Aber um das zu erfahren, hättest du keinen Wettbewerb gebraucht. Es gefällt mir, wie du mit deinem Hund umgehst.«

Das war ein seltsames Lob, aber eines, das ein merkwürdig warmes Gefühl in Pauls Brust auslöste. Für seinen Umgang mit Tieren war er noch nie gepriesen worden. »Danke, sie macht es einem aber auch ganz leicht. Es gibt wohl nicht viele Hunde, die so lernwillig und clever sind wie Ivy. Ich bin mir sicher, sie ließe sich auch im Handumdrehen zur Schäferhündin umschulen. Zumindest mit deinen Showschafen.«

»Showschafe?« Marlin tat ganz ahnungslos, doch in seinen Augen blitzte es.

»Tu nicht so. Irgendwas hast du mit diesen Tieren gemacht. Die verhalten sich eindeutig nicht wie normale Schafe, die von inkompetenten Hunden durch die Gegend getrieben werden.«

»Willst du damit andeuten, dass Tito und Polly inkompetent sind?« Marlin stieß ein empörtes Schnauben aus, von dem Paul nicht hätte sagen können, ob es gespielt oder ernst gemeint war.

»Ich will damit andeuten, dass die beiden voller Begeisterung sind, aber nicht ganz so versiert wie echte Hütehunde«, entgegnete er daher diplomatisch. »Trotzdem eine beeindruckende Leistung. Vermutlich ist es viel schwieriger, die Schafe zu trainieren, als die Hunde, nicht wahr?«

Marlin winkte ihn mit einer Handbewegung näher, und Paul beugte sich leicht nach vorn, sodass sein Vater ihm die nächsten Sätze ins Ohr raunen konnte. »Diese Schafe sind allesamt Handaufzuchten. Sie waren schon als kleine Lämmer ständig mit Hunden zusammen und fürchten sich nicht vor ihnen. Das hilft enorm. Aber pssst, außer dir und mir weiß das keiner.«

»Meine Lippen sind versiegelt«, versprach Paul lächelnd und richtete sich wieder auf. Das kuriose Gespräch mit Marlin tat ihm seltsamerweise gut. Er fühlte sich … irgendwie angekommen.

»Keine Geheimnisse vorm Wirt«, forderte Jon, der ein Tablett mit drei großen Longdrink-Gläsern balancierte und den letzten Satz offensichtlich gehört hatte.

»Du wüsstest mit dieser Information ohnehin nichts anzufangen«, behauptete Marlin nonchalant. »Außerdem ist das ein Vater-Sohn-Ding.«

»Hey, ich bin immerhin praktisch dein Schwiegersohn«, entgegnete Jon mit gespielter Gekränktheit in der Stimme.

»Sobald Isla einen Ehering trägt, weihe ich dich ein«, versprach Marlin und deutete dann auf die Gläser. »Was haben wir da?«

»Probiert es«, forderte Jon sie auf und reichte den beiden Männern je ein Glas. »Und was den fehlenden

Ring an ihrem Finger betrifft, liegt das nur an Isla. Ich hätte sie längst geheiratet.«

Paul roch an der gelblichen Flüssigkeit, in der ein paar Fruchtstücke schwammen. »Sieht aus wie ein Pimm's-Cocktail«, stellte er fest und wagte einen kleinen Schluck. Es schmeckte auch wie der süffige Drink. Sehr erfrischend, und er floss die Kehle hinunter wie Limonade. Was ihn wiederum verdammt gefährlich machte.

»Es ist ein Pimm's, aber alkoholfrei!«, entgegnete Jon triumphierend. »Ich versuche ja schon eine ganze Weile, Isla und Shona dafür zu begeistern, auch eine alkoholfreie Cocktail-Basis zu kreieren. Doch bislang stellen sich die Schnapsdrosseln quer, daher musste ich auf ein Konkurrenzprodukt ausweichen. Ich finde das wirklich nicht schlecht.«

»Es ist ein Sakrileg«, brummte Marlin misstrauisch und probierte einen kleinen Schluck. »Hm.«

»Gar nicht so übel, was?« Jon grinste.

»Man kann es trinken«, gab Marlin zu. »Trotzdem verstehe ich den Sinn nicht. Wenn ich alkoholfrei bleiben will, kann ich ja Wasser trinken. Oder Tee. Oder meinetwegen eine Cola. Diese Fake-Drinks sind doch albern.«

»Die sind der Trend«, beharrte Jon. »Es gibt tausend Gelegenheiten, bei denen man keinen Alkohol trinken kann oder will, da sollte es doch eine angemessene Auswahl an Getränken geben – jenseits von Wasser, Cola und Tee.«

»Ich bin froh, dass Shona und Isla das anders sehen. Meine Töchter sind eben Traditionalistinnen wie ihr Vater.« Marlins Brust schien stolz zu schwellen.

»Darauf würde ich nicht wetten. Wenn sie erst einmal verstanden haben, wie groß und attraktiv der Markt ist, werden sie garantiert an vorderster Front mitspielen. Spätestens wenn die Erste von beiden schwanger ist.«

Paul war sich fast sicher, einen Hauch von Sehnsucht in Jons Stimme wahrgenommen zu haben, doch er konnte sich täuschen.

»Wird mir etwa was verschwiegen?«, bohrte Marlin prompt nach. »Es wird wirklich Zeit, dass es enkeltechnisch vorangeht. Heather liegt mit drei Enkeln immer noch in Führung, und man munkelt, dass Ian und Luci bereits am vierten arbeiten. Ich dagegen habe fünf Kinder und ganze zwei Enkel. Da läuft doch etwas schief!«, echauffierte er sich.

Diesmal war es eher Anspannung, die Paul bei Jon wahrnahm, doch er hatte sich gleich wieder gefangen und antwortete betont lässig: »Wenn es etwas zu berichten gibt, werden deine Töchter es bestimmt nicht für sich behalten.«

»Was heißt denn bitte schön ›meine Töchter‹? Ich habe ja schließlich auch Söhne. Und Schwiegersöhne. Also jedenfalls einen offiziellen und einen inoffiziellen. Die können auch etwas sagen.« Marlin sah, fast eine Spur angriffslustig, zwischen Jon und Paul hin und her.

Paul schüttelte den Kopf. »Ich habe jedenfalls nichts zu berichten. Keine Enkel.« Wie war er noch mal in dieses Gespräch geraten? Das Thema berührte einen ausgesprochen wunden Punkt bei ihm. Früher hatte er sich immer vorgestellt, selbst mal eine Familie zu haben. Aber das war zu einem Zeitpunkt gewesen, als er noch dachte, in einer harmonischen, glücklichen Familie zu leben. Spätestens seit er erfahren hatte, dass sein vermeintlicher Vater gar nicht sein Erzeuger war, hatte das Konzept für ihn an Reiz verloren. An dieser Einstellung hatte sich sein ganzes Erwachsenenleben lang nichts geändert. Wie konnte man ernsthaft Kinder in diese verrückte, traurige Welt setzen? Wie konnte man einer neuen Generation all den Müll zumuten, den die vorangegangenen aufgetürmt hatten? Gesamtgesellschaftlich gesehen, aber auch im Kleinen. Wie konnte er persönlich einem unschuldigen Menschlein die nötige Sicherheit und Wärme vermitteln, wo in ihm selbst doch nur Fragezeichen waren, was seine Herkunft betraf?

Womöglich war diese Verunsicherung auch der Grund für seine Berufswahl gewesen. Die Vergangenheit war irgendwie ein sicherer Hafen und hatte gleich mehrere Vorteile: Erstens war sie abgeschlossen, und seine Forschungen hatten keinerlei Konsequenzen für die Menschen, mit denen er sich beschäftigte. Und zweitens hatte man die Chance, aus vergangenen Ereignissen zu lernen. Theoretisch jedenfalls, denn zutiefst menschlich war auch der

Unwille, aus historischen Meilensteinen Schlüsse für die Gegenwart und die Zukunft zu ziehen. Paul empfand diesbezüglich wirklich keinerlei Optimismus – was wiederum ein weiterer Punkt war, der gegen eine eigene Familie sprach.

Diese Einstellung war es allerdings leider auch, die seine bisherigen Beziehungen, meist nach kürzester Zeit, hatte scheitern lassen. Womöglich gab es irgendwo Frauen, die ebenfalls nicht zwangsläufig Kinder haben wollten – nur war ihm bislang keine begegnet. Prompt fiel ihm wieder Ainslee ein. Wie sie wohl zur K-Frage stand? Er würde es wohl nie erfahren, denn vermutlich sorgte schon sein unbeholfenes Nerd-Verhalten dafür, dass sich ihre Bekanntschaft niemals vertiefen würde. Dass er in gewissen Kreisen bereits als »undatebar« galt, kam nämlich noch erschwerend hinzu.

Irgendwas hatten Marlin und Jon gesagt, doch Paul war derart in seine eigenen Gedanken versunken, dass er es nicht mitgekriegt hatte. Nun starrten ihn beide Männer mit leicht irritierten Mienen an. »Ähm …«

»Ich glaube langsam wirklich, dass du einen Sonnenstich hast«, bemerkte Jon stirnrunzelnd. »Du warst schon wieder wie weggetreten.«

»Ich war nur in Gedanken. Sorry. Ist ein Berufsrisiko«, behauptete er hastig. »Im Kollegenkreis gelte ich schon als verhaltensauffällig.« Er lachte, doch es klang gekünstelt.

»Ich glaub dir kein Wort.« Marlins Augen waren zu schmalen Schlitzen geworden. »Du willst nur ablenken, weil du nicht auf unsere Fragen antworten willst.«

»Deine Fragen«, stellte Jon energisch klar. »Ich würde so etwas niemals fragen.«

»Dann hat mir mein Unterbewusstsein offensichtlich einen Gefallen getan«, gab Paul zurück. »Ich habe nämlich keine Frage gehört. Und wenn ich Jons Reaktion richtig interpretiere, war das auch besser so.«

Marlin schnaubte. »Ich verstehe wirklich nicht, warum euch jungen Leuten eure Privatsphäre so wichtig ist, dass man keine Fragen mehr stellen darf, ohne als indiskret oder unangemessen zu gelten.«

Nun lachte Jon lauthals auf und konnte sich kaum noch beruhigen.

»Was?«, knurrte Marlin.

»Sorry, aber der Gag war einfach zu gut«, japste Jon und wischte sich nun sogar eine Lachträne aus dem Augenwinkel. »Uns *jungen* Menschen ist unsere Privatsphäre wichtig? Du bist der weltgrößte Geheimniskrämer und gibst ohne Not überhaupt nichts von dir preis. Darf ich dich an …«

»Darfst du nicht«, unterbrach ihn Marlin unwirsch. »Meine Entscheidung vor fünfunddreißig Jahren war sicher nicht die beste. Womöglich würde ich heute ganz anders handeln. Aber ich verstehe nicht, was daran verwerflich ist, meine Kinder zu fragen, wann ich mit weiteren Enkeln rechnen darf. Das ist etwas vollkommen anderes. Da gibt es keinen Grund, derart empfindlich zu reagieren.«

»Niemand reagiert empfindlich.« Jon klang nun wieder vollkommen sachlich und ernüchtert. »Ich habe lediglich gesagt, dass es nichts zu berichten gibt, und Paul hat sich gar nicht zum Thema geäußert. Das ist unser gutes Recht.«

»Aber die Frage wird doch wohl erlaubt sein, warum ein derart gut aussehender Mittdreißiger wie Paul Single ist«, versuchte es Marlin weiter.

»Die Frage ist erlaubt, und ich wäre auch an einer Antwort interessiert. Also falls du sie kennst, lass es mich wissen«, versuchte es Paul flapsig und trank noch einen Schluck von dem Pseudo-Pimm's. Langsam wünschte er sich doch etwas Alkohol.

»Ich gehe davon aus, dass die Antwort der Klassiker ist: Du hast die Richtige einfach noch nicht gefunden«, grummelte Marlin. »Oder den Richtigen.«

»Möglich«, entgegnete Paul vage, und in diesem Moment fiel sein Blick auf Ainslee, die mit Jules an der Leine und in Begleitung von Ärztin Anna in Richtung Getränkestand geschlendert kam. In einigem Abstand hinter dem Trio lief ein großer grauer Kater mit buschigem Schwanz, doch für diesen außergewöhnlichen Anblick hatte Paul gerade keinen Sinn. Ihm war eben schlagartig und ohne den geringsten Zweifel klar geworden, dass Ainslee die Richtige für ihn war. Nun musste er sie nur noch davon überzeugen.

• • •

»Ach, schau mal, da sind Marlin, Jon und Paul«, sagte Anna freudig und stupste Ainslee an. »Wollen wir zu ihnen gehen?«

»Hm. Aber was, wenn wir sie stören?« Ainslee hatte die drei Männer auch schon entdeckt, wäre aber selbst nie auf die Idee gekommen, sich einfach zu ihnen zu gesellen.

»Warum sollten wir sie stören?« Anna klang verblüfft. »Sie wären wohl eher verwundert, wenn wir sie ignorieren.« Sie winkte lächelnd in Richtung der Männer und steigerte ihr Tempo.

Genau wie Jules, der sein würdevolles Posieren mit der dunkelgrünen Rosette am Halsband vergaß und sich in die Leine warf, um zu Ivy zu gelangen, die ihm kokette Blicke schenkte, aber ansonsten ganz cool und lässig tat. Jons Polly dagegen lief ihnen enthusiastisch wedelnd entgegen und begrüßte Jules mit einem aufdringlichen Zungenkuss.

»Du bist ja stürmisch«, sagte Ainslee lachend zu der Neufundländer-Hündin, die Jules' kalte Schulter mit noch mehr Zuwendung quittierte.

»Polly, kapier es! Er steht einfach nicht auf dich«, stellte Jon belustigt fest und fing seine Hündin wieder ein. »Er hat nur Augen für Ivy.«

Polly winselte frustriert und suchte dann bei Marlin Trost.

»Das war sehr beeindruckend, wie Polly und Tito die Schafe getrieben haben«, wandte sich Ainslee an ihn.

»Ach, das ist eine Kleinigkeit«, winkte er ab, doch Ainslee erkannte, dass er sich geschmeichelt fühlte und sich ein Stückchen aufrichtete. »Jules würde das sicher auch ganz hervorragend machen. Herzlichen Glückwunsch übrigens.« Er deutete auf die grüne Rosette. »Er ist bestimmt der Schönste im ganzen Land.«

»Ja, wie alle anderen Hunde auch.« Ainslee amüsierte sich immer noch über das Konzept, fand es aber irgendwie auch ganz charmant, dass es keine Verlierer gab und die Preisrichter für jeden einzelnen Teilnehmer freundliche und halbwegs individuelle Worte fanden.

»Jules hat eine grüne Schleife, während Polly und Ivy rote bekommen haben«, sagte Jon lächelnd. »Ich bin mir sicher, das hat etwas zu bedeuten. Und in den Rassewettbewerben nachher wird es bestimmt eine ernsthafte Platzierung geben.«

»Wenn nicht, fände ich es auch nicht schlimm. Ich weiß ja, dass Jules der schönste Pudel …«

Paul räusperte sich vernehmlich und deutete vielsagend auf Ivy.

»Der schönste *Pudelmann* der Welt ist«, sprach sie weiter und schenkte Paul ein Lächeln. »Ivy ist natürlich die schönste Pudeldame.«

»Das ist ja auch passend, wenn zwei so attraktive Menschen die schönsten Pudel der Welt besitzen«, befand Anna und schaute vielsagend zwischen Paul und Ainslee hin und her.

»Mau!«, mischte sich Elvis ein.

»Und du bist natürlich der allerschönste Kater der Welt.« Anna hob den flauschigen Riesen hoch und drückte ihm einen Kuss auf den Kopf, doch der Tiger war nicht in Stimmung für Zärtlichkeiten und strampelte sich laut maunzend gleich wieder frei. »Und ein wenig unausgeglichen heute«, fügte Anna mit einem leichten Stirnrunzeln hinzu.

»Vielleicht ist er enttäuscht, weil es keine Katzenwettbewerbe gibt«, mutmaßte Jon. »Kann ich euch vielleicht etwas zu trinken bringen?«

»Sehr gerne«, sagte Ainslee und sah zu den Getränken der Männer.

»Ist das ein Pimm's-Cocktail?«, fragte Anna freudig. »Dann will ich unbedingt einen haben.«

»Also auch da kein Enkelkind«, brummte Marlin unwirsch.

»Bitte?« Anna hob überrascht eine Braue und fixierte ihren zukünftigen Schwiegervater mit einem bohrenden Blick. »Was haben wir zu diesem Thema vereinbart?«

»Ich habe mich auf gar keine Vereinbarung eingelassen«, nuschelte Marlin, wich ihrem Blick aber aus.

Jon verdrehte die Augen und verschwand in Richtung Barwagen, und Ainslee fragte sich, ob sie etwas verpasst hatte.

»Marlin sehnt sich nach weiteren Enkelkindern und scheut sich nicht vor indiskreten Fragen«, klärte Paul sie auf.

»Warum?«, rutschte es Ainslee heraus, ehe sie sich bremsen konnte.

»Was warum? Warum ich Enkelkinder möchte oder warum ich angeblich indiskret bin?«

»Warum sollte man noch mehr Kinder in diese schreckliche Welt setzen?« Ainslee wusste, dass sie sich mit dieser Einstellung in der Regel keine Freunde machte. Für die meisten Frauen in ihrer Generation gehörten Kinder immer noch zum großen Glück dazu. Sie selbst hatte früh beschlossen, dass sie keine Kinder haben wollte – nicht nur wegen der globalen Schwierigkeiten, sondern weil sie überzeugt war, einem Kind nichts bieten zu können. Am wenigsten die nötige Geborgenheit und Zuversicht für ein glückliches Leben.

»Magst du etwa keine Kinder?«, hakte Marlin prompt einigermaßen schockiert nach.

»Doch. Ich mag sie sogar sehr. Ich will nur keine eigenen haben.«

»Es ist wohl wieder indiskret, nach dem Warum zu fragen.« Marlin kratzte sich am Bart, und sie nickte nur. »Es gibt sicher viele gute Gründe dafür, keine Kinder zu haben, aber es liegt auch in der Natur des Menschen, sich fortpflanzen zu wollen. Kinder sind der pure Optimismus, und in jedem neuen Erdenbürger liegt das Versprechen einer besseren Zukunft für unseren Planeten.«

»Vielleicht. Aber wie viele Versprechen werden schon gehalten?« Ainslee schüttelte den Kopf. Diskussionen wie diese hatte sie schon oft geführt. Vor allem mit ihrer Mutter, die sich ebenfalls nach Enkeln sehnte und schwer mit der Einstellung ihrer einzigen Tochter zu diesem Thema zu kämpfen hatte.

»Ich finde, das ist eine Entscheidung, die uns nichts angeht und die wir respektieren müssen«, sagte Anna mit fester Stimme und einem stählernen Blick in Richtung Marlin. »Lennox und ich wissen auch noch nicht, ob wir wirklich Kinder haben wollen.«

»Und ich weiß ganz sicher, dass ich keine haben möchte«, erklärte Paul und sah Ainslee mit einem merkwürdigen Blick an, den sie nicht ganz deuten konnte. Aus irgendeinem Grund schien darin eine Menge Hoffnung zu liegen.

MITTSOMMERNACHTSTRAUM

AINSLEE FÜHLTE SICH LEICHT und unbeschwert wie schon sehr lange nicht mehr. Genauer gesagt konnte sie sich gar nicht erinnern, wann sie zuletzt so heiter und entspannt gewesen war wie heute. Fröhlich vor sich hin summend stand sie im Bad und schminkte sich für das Cèilidh, auf das sie sich seit ein paar Stunden ungemein freute. Sie hatte in ihrer Zeit in Kirkby schon einige der legendären Dorfpartys erlebt, doch die heutige fühlte sich irgendwie anders an. Vielversprechend.

Vielleicht lag es an der Jahreszeit – der längste Tag des Jahres stand buchstäblich in den Startlöchern, und für Mitte Juni war es ungewöhnlich warm in den Highlands. Vielleicht lag es aber auch daran, dass sie heute Nachmittag eine Verbindung mit Paul gespürt hatte, die noch viel stärker war als die unbestreitbare Anziehung, die sie seit ihrem ersten Zusammentreffen empfunden hatte. Er war der erste Mann, den sie getroffen hatte, der ihre Einstellung zum Thema Kind verstand. Also richtig verstand. Sie hatte schon viele Typen kennengelernt, die sich nicht festlegen wollten und für die weder ernste Beziehungen noch Familie ein Thema waren, doch nur Paul hatte ausdrücklich und offensichtlich absolut reflektiert erklärt, dass er keine Kinder haben wollte. Sie war sich sicher, dass er das nicht einfach nur gesagt hatte, um bei ihr zu punkten, sondern aus einer echten Überzeugung heraus.

Und diese Erkenntnis hatte bei ihr tief drinnen einen Schalter umgelegt, so als sei der Weg plötzlich frei für mehr. Zumindest aber für ein erstes und besseres Kennenlernen. Anna hatte dies alles mit einem feinen Lächeln beobachtet, Marlin mit einem entsetzten Blick und fassungslosem Gemurmel. Deutlicher hatte er sich glücklicherweise nicht geäußert, doch selbst wenn, wäre es Ainslee einerlei gewesen. Marlin Frasers Meinung über ihre private Zukunftsplanung hätte ihr kaum gleichgültiger sein können. Ob das bei Paul genauso war, konnte sie jedoch nicht einschätzen. Immerhin war Marlin sein Vater – oder zumindest Erzeuger – und schien daher das Recht zu beanspruchen, Anteil an Pauls Leben zu nehmen.

Blieb die immer noch ungeklärte Frage, wem Monroe Manor nun wirklich gehörte, aber seltsamerweise bereitete ihr das mit einem Mal viel weniger Kopfschmerzen als noch vor wenigen Stunden. »Du hast echt einen Knall«, sagte sie zu ihrem Spiegelbild und streckte sich lachend die Zunge raus.

»Brauchst du noch lange?«, rief Hailey hinter der geschlossenen Tür. »Hier warten noch zwei Frauen auf Verschönerung, und glaub mir, da ist mehr zu tun als bei dir.«

Ainslee tupfte sich noch Lipgloss auf den Mund und schüttelte ihre Mähne aus, dann öffnete sie die Tür zum Flur, wo ihre beiden Mitbewohnerinnen warteten. »Ich bin schon fertig. Und nur fürs Protokoll, bei euch ist auch fast nichts zu machen. Ihr seid toll!«

»Ja, und die Erde ist eine Scheibe«, entgegnete Hailey mit einem ironischen Grinsen. »Du musst nicht so tun, als wüsstest du nicht, dass du in einer ganz anderen Liga spielst als wir. Oder der Rest von Kirkby.«

Das versetzte Ainslee nun doch wieder einen Dämpfer. Sie konnte nichts dafür, dass sie aussah, wie sie aussah. Und sie bildete sich ganz bestimmt nichts darauf ein. Wenn überhaupt, brachte ihre Schönheit ihr mehr Probleme ein als Vorteile. »Dann seid ihr alle blind«, entgegnete sie daher. »Mal abgesehen davon, dass …«

»Wenn du jetzt sagst, dass es eher auf die innere Schönheit ankommt, dann müssen wir dich leider knebeln und in den Keller sperren«, unterbrach Kristie sie mit für sie untypischer Vehemenz.

»Das Blöde ist nur, dass sie nicht nur schön ist, sondern auch verdammt wehrhaft«, gab Hailey zu bedenken, die das schon erlebt hatte. »Wir können also nur hoffen, dass etwas Glanz von ihr auf uns übergeht.«

Ainslee wusste, dass das alles nur gutmütige Neckereien waren. Zumindest Hailey war selbstbewusst genug, um sich nicht von den Äußerlichkeiten anderer in die Defensive bringen zu lassen. Ganz im

Gegensatz zu ihr selbst. Mit ihrem eigenen Selbstwertgefühl war es leider nicht so fürchterlich weit her, und sie wusste, dass ihre Unsicherheit nicht zuletzt mit ihrem Aussehen zusammenhing. Sie war schlicht nicht die Art Frau, die andere Leute hinter der Fassade vermuteten. Doch sie riss sich zusammen und sagte lächelnd: »Äußerer Glanz kann nicht mit innerem Leuchten mithalten. Und da bist zumindest du derzeit auf der Poleposition.«

Hailey strahlte tatsächlich vor Zuversicht und Liebe, und das fand Ainslee hundertmal attraktiver als ein ebenmäßiges Gesicht und eine perfekte Figur.

»Lasst uns nicht über inneres und äußeres Leuchten reden«, bat Kristie mit einem Seufzer. »Ich bin im Moment froh, wenn ich ordentlich gekämmte Haare und saubere Nägel habe.«

Hailey drückte ihre jüngere Schwester an sich. »Deine Zeit wird sehr bald kommen. Das weiß ich!«, beschwor sie Kristie, die immer noch mit Liebeskummer kämpfte.

»Ganz bestimmt«, bestätigte Ainslee. »Vielleicht sogar schon heute Abend?«

»Vielleicht.« Kristie rang sich ein Lächeln ab und schlüpfte dann ins Bad.

Zurück in ihrem Zimmer überlegte Ainslee, was sie anziehen sollte. Eigentlich wollte sie das neue Kleid tragen, das sie sich selbst genäht hatte. Ein knielanges, weit schwingendes Sommerkleid aus dunkelgrünem Taft mit einem äußerst raffinierten Ausschnitt und

Akzenten im Kirkby-Tartan. Auch Harriet hatte sich für diesen Abend ein ziemlich cooles Outfit geschneidert und dabei ebenfalls den Kirkby-Tartan integriert. Sie wollten damit sozusagen als lebende Litfaßsäulen auftreten und Werbung für ihr Unternehmen machen. Das alles hatte nach einer schlauen Idee geklungen, doch nun kamen Ainslee Zweifel. Mit dem Kleid wäre sie vielleicht eine Spur zu overdressed für den Abend und würde die Aufmerksamkeit womöglich zu sehr auf ihr Äußeres statt auf ihr Inneres lenken. Und eins war klar: Sie wollte Paul nicht mit ihrer Optik betören, sondern ihn für die wahre Ainslee begeistern.

»Dann sollte ich wohl besser einen grauen Rollkragenpulli und Baggy Jeans tragen«, murmelte sie.

Sie öffnete ihren Schrank und zog wahllos Kleidungsstücke heraus, aber nichts wollte ihr so richtig gefallen. Wo war die gute Stimmung von vorhin abgeblieben? Hatten sie die Kommentare von Kristie und Hailey wirklich so sehr aus dem Konzept gebracht?

Ob Paul einen Kilt trug? Die meisten Männer waren bei den Dorffesten mehr oder weniger traditionell gekleidet, und Paul würde im Kilt garantiert eine erstklassige Figur machen. Doch das half ihr bei ihrem aktuellen Problem auch nicht weiter. Sie hielt gerade ein fliederfarbenes Etuikleid vor sich, als Hailey ihren Kopf zur halb geöffneten Tür hereinsteckte.

»Das ist jetzt nicht dein Ernst!«, rief sie, und Ainslee fuhr herum.

»Warum? Was ist gegen das Kleid zu sagen?«

Hailey war inzwischen ausgehfein und trug ein schimmerndes Wickelkleid in Blautönen, das perfekt zu ihren Augen passte und ihre Kurven unterstrich. Ihre Haare hatte sie hochgesteckt, und der beneidenswerte Glow auf ihren Wangen war garantiert total natürlich und nicht durch einen Highlighter verstärkt wie bei ihr selbst. Ainslees Meinung nach sah Hailey absolut atemberaubend aus.

»Mit diesem Kleid bist du bei einer Taufe oder meinetwegen einem Geschäftsessen gut angezogen, aber doch nicht bei unserem Mittsommer-Cèilidh!«, behauptete Hailey.

»Das geht wirklich gar nicht«, stimmte Kristie ein, die ebenfalls ein blaues Kleid anhatte, aber in einem dunkleren Ton und mit einem bauschigen Rock. Im Gegensatz zu ihrer Schwester trug sie die langen dunklen Locken offen, und der ernste Blick und der blasse Teint gaben ihr etwas von einer verletzlichen Film-noir-Diva.

»Wofür hast du dir in den letzten Tagen die Finger blutig genäht?«, wollte Hailey wissen und deutete auf das grüne Kleid, das am Bügel hängend auf seinen Einsatz wartete.

»Ich weiß nicht«, gab Ainslee kleinlaut zu. »Irgendwie fühlt es sich nicht richtig an.«

Die Schwestern wechselten einen Blick, der offenbar reichlich Inhalt transportierte. Vor allem Unverständnis, so viel war klar. »Ainslee Ferguson, du schwingst deinen Astralleib jetzt auf der Stelle in dein neues Kleid und siehst zu, dass du mitkommst!«, sagte Hailey mit einer Bestimmtheit, die keine Widerworte zuließ.

»Aber …«, versuchte es Ainslee trotzdem.

»Kein Aber!«, schnitt ihr Kristie das Wort ab. »Tu es, sonst wirst du es bereuen.«

Ainslee fragte lieber nicht nach, wie genau sie es wohl bereuen würde. Stattdessen hängte sie das Etuikleid wieder in den Schrank und schlüpfte unter den Blicken ihrer Mitbewohnerinnen in den grünen Taft-Traum.

»Das Kleid ist der absolute Wahnsinn«, lobte Hailey begeistert, und auch Kristie nickte enthusiastisch.

»Es wäre eine Sünde, es nicht zu tragen. Jetzt noch Schuhe.«

Ainslee schielte auf das Schuhwerk der Schwestern. Kristie hatte ihre Tanzschuhe an, aber Hailey trug atemberaubend hohe Riemchensandaletten. Wie man damit unfallfrei auch nur einen Meter weit gehen konnte, war Ainslee schleierhaft. An Tanzen wollte sie gar erst nicht denken, doch die forsche Pferdefrau, die im Alltag immer sehr sportlich bis rustikal unterwegs war, war ein versiertes Partygirl, das sich auch in High Heels zu bewegen wusste. Ein Talent, von dem Ainslee nur träumen konnte. Sie selbst zog sich ihre wenig glamourösen, aber bequemen Lieblingsballerinas an.

»Dir ist schon klar, dass das …«, begann Hailey, unterbrach sich dann aber selbst.

»Dass das was?«, fragte Ainslee nach, ahnend, dass es um ihre Fußbekleidung ging.

»Nichts. Alles gut. Nicht einmal schwere Springerstiefel würden deinen Look ruinieren. Mal abgesehen davon, dass du selbst mit den flachen Ballerinas größer bist als die meisten.«

»Ich kann mit Absätzen einfach nicht gut laufen«, verteidigte sich Ainslee. »Und außerdem möchte ich auch gerne tanzen, das wäre vollkommen undenkbar.«

»Du könntest es mal mit Tanzschuhen probieren«, schlug Kristie vor. »Die sind wirklich viel bequemer, und man hat einen tollen Halt darin. Ich könnte dir welche leihen. Was hast du denn für eine Schuhgröße?«

»Zweiundvierzig«, nuschelte Ainslee. Ihre Riesenfüße waren ihr peinlich, aber andererseits mussten ihre eins dreiundachtzig ja auch einen stabilen Stand haben.

»Okay, da muss ich passen. Ich hab vierzig«, entgegnete Kristie und blickte interessiert auf Ainslees Füße.

»Wahrscheinlich gibt es in zweiundvierzig gar keine Tanzschuhe«, mutmaßte Ainslee. »Die meisten Tänzerinnen sind doch eher klein und zierlich.«

»Quatsch. Tanzschuhe gibt es in allen Größen. Ich schick dir morgen mal einen Link zu meinem liebsten Online-Shop. Aber für heute Abend hilft uns das nicht. Ich bezweifle sowieso, dass dir irgendjemand auf die Füße schauen wird.« Kristie musterte Ainslee mit einem Lächeln, in dem womöglich eine kleine Spur Bedauern lag. »Wir sollten jetzt auch mal los.«

Ainslee nickte nur, schnappte sich ihre Handtasche und einen Paschmina-Schal, falls es später kühler werden würde, und folgte den Schwestern nach unten. »Sei ein braver Junge, und pass gut auf unser Haus auf«, sagte sie zu Jules, der nach seinem aufregenden Tag bei der Landwirtschaftsschau müde auf dem Sofa lag und den Abgang der drei Frauen nur mit einem trägen Schwanzwedeln quittierte.

»Der Schönste im ganzen Land träumt zweifellos von seiner Angebeteten«, kommentierte Hailey amüsiert das Verhalten des Hundes. Jules und Ivy hatten auch bei der »Lockenhunde«-Schau triumphiert und die zahllosen knuffigen Doodles auf ihre Plätze verwiesen, und Ainslee war lächerlich stolz deswegen. Hailey hatte ein Foto von der Siegerehrung gemacht – Ainslee und Paul mit strahlendem Lächeln nebeneinander und vor ihnen die beiden Hunde, die ihre Sieger-Rosetten trugen. Ein wirklich schöner Schnappschuss …

Einträchtig liefen die drei Frauen in Richtung alte Schule, und wie schon heute Vormittag hatte Ainslee das Gefühl, dass ganz Kirkby auf den Beinen war und in Richtung der Party-Location strömte. Sie merkte, wie sich eine kaum erklärbare Vorfreude in ihr breitmachte. Erfreulicherweise war auch das Gefühl von Unbeschwertheit zurück, das ihr kurzfristig abhandengekommen war, und sie beschloss, den Abend einfach zu genießen, egal was kam.

»Oh, ist das hübsch geworden!«, rief Kristie verzückt, als sie sich der Schule näherten.

Dank des guten Wetters hatte man draußen auf dem ehemaligen Pausenhof kleine Pavillons aufbauen können, die die diversen Getränke- und Essensstände beherbergten. Auf einer Outdoor-Bühne waren Lennox und ein paar andere Musiker gerade mit dem Soundcheck beschäftigt. Es würde also wieder reichlich Livemusik geben. Noch war es sehr hell, aber Ainslee erkannte, dass zwischen den Bäumen und den Zelten Lichterketten befestigt worden waren, die später am Abend garantiert für eine magische Stimmung sorgen würden. »Wow«, entfuhr es ihr. »Wann haben sie denn das alles aufgebaut?« Das musste alles in den letzten zwei Stunden geschehen sein, denn einige der Pavillons und der Barwagen von Jons Pub hatten tagsüber noch auf dem Gelände von Monroe Manor gestanden.

»Wahrscheinlich hat Collum ein heimliches Helferheer rekrutiert«, mutmaßte Hailey, die ebenfalls überrascht wirkte.

»Auf jeden Fall war es eine logistische Meisterleistung«, lobte Kristie.

Ainslee dankte einfach im Stillen den guten Geistern, die dafür verantwortlich sein mussten. »Darf ich euch auf eine erste Runde einladen?«, fragte sie dann und lotste ihre Mitbewohnerinnen zu dem Bar-Trailer, vor dem sich bereits eine Schlange gebildet hatte.

Hailey zögerte einen Moment und schaute sich um. Zweifellos checkte sie, ob ihr Freund Sean schon hier war, doch von dem Keramikmeister war noch nichts zu sehen. »Gerne«, antwortete sie schließlich, und auch Kristie nickte zustimmend. Kurz darauf standen sie mit drei Longdrink-Gläsern an einem der vielen Tische und prosteten sich mit einer sommerlich-spritzigen Gin-Kreation zu.

»Auf einen schönen Abend voller Magie und Wunder«, sagte Ainslee.

Hailey schmunzelte. »Du hast ja große Pläne.«

»Pläne nicht, aber ich bin offen für Möglichkeiten.« Ainslee wunderte sich selbst ein bisschen über ihre Worte und fragte sich, woher genau sie gekommen waren. Doch irgendwie fühlten sie sich richtig an. »In Mittsommernächten ist schließlich alles möglich. Das wusste schon Shakespeare«, sprach sie weiter.

»Das wussten vor Shakespeare noch ganz andere«, raunte eine dunkle Stimme an ihrem Ohr. »Ich könnte euch jetzt mit einer geschichtlichen Einordnung langweilen, aber womöglich reicht es, dass in diesen Tagen oder vielmehr Nächten die Durchlässigkeit zwischen dem, was wir als Realität empfinden, und dem, was in vielen Legenden als magische Zwischenwelt bezeichnet wird, als besonders groß gilt.«

»Und das heißt konkret?« Hailey bedachte Paul mit einer hochgezogenen Braue und einem provozierenden Lächeln.

»Das heißt, dass Wunder nicht nur möglich, sondern sogar wahrscheinlich sind.«

• • •

Der Blick, mit dem Ainslee Paul nach diesem Satz bedachte, bohrte sich ungebremst in seine Seele. Er war nicht sonderlich gut darin, bei anderen Menschen Gefühlsregungen zu erkennen. Himmel, er war nicht einmal besonders gut darin, seine eigenen Empfindungen zu erkennen, aber in diesen grün schimmernden Augen lag so viel Sehnsucht, dass ihm der Atem stockte. Irgendwas war da heute Nachmittag geschehen. Bei ihnen beiden. Ihre klare Aussage, dass sie keine Kinder haben wollte, hatte Marlin sichtlich schockiert, die anderen womöglich etwas überrascht, aber in ihm eine Blockade gelöst. Ihr schien es ähnlich gegangen zu sein. Das sagten ihm ihr dankbares Lächeln, als er ihr zur Seite gesprungen war, und der kurze fragende Blick, als hätte sie sich vergewissern wollen, ob er seine Worte wirklich ernst meinte. Offenbar war seine nonverbale Antwort zufriedenstellend gewesen, denn seit diesem Zeitpunkt war sie in seiner Gegenwart viel entspannter. Neben der Vorliebe für Großpudel teilten sie nun eine weitere Gemeinsamkeit. Eine ziemlich ungewöhnliche Gemeinsamkeit, doch das machte es ja nicht weniger wertvoll. Ganz im Gegenteil. Er wurde immer neugieriger darauf, Ainslee richtig kennenzulernen – und mit ihr zusammen die Welt zu erobern.

»Wohin sind denn Hailey und Kristie verschwunden?«, wollte Ainslee plötzlich wissen. Sie hatten sich gefühlt minutenlang angestarrt, waren wie in einer Trance in den sehnsuchtsvollen Blicken ihres Gegenübers versunken und hatten – zumindest in Pauls Fall – über die Wahrscheinlichkeit von Wundern nachgedacht.

»Ich habe keine Ahnung«, entgegnete er und merkte, dass seine Stimme etwas belegt klang. »Vielleicht sind sie nicht bereit für Magie und Wunder?«

»Das kann gut sein …« Ainslee räusperte sich und sah sich leicht verlegen um. »Ich hätte auch nicht gedacht, dass ich es sein würde.«

»Und trotzdem hast du das Thema aufgebracht.«

»Ich weiß. Und glaub mir, das ist sehr untypisch für mich.« Sie nahm einen Schluck von ihrem Longdrink.

»Genau das ist doch der Beweis, dass es Wunder gibt«, behauptete er. »Möchtest du noch einen?« Er deutete auf ihr leeres Glas.

»Vielleicht sollte ich lieber erst was essen oder etwas Alkoholfreies trinken. Nicht, dass ich dann Magie nicht mehr von Rausch unterscheiden kann.« Ihr Lächeln bekam etwas Schelmisches, und Paul freute sich, dass sie offenbar durch und durch entspannt und locker war.

»Dann lass uns mal erforschen, was Kirkby bei Partys kulinarisch zu bieten hat«, schlug er vor und deutete auf ein Zelt, in dem ein Buffet aufgebaut war.

Daneben stand Jon hinter einem gigantischen Grill und wendete Würstchen, Steaks und Burger.

Paul war erstaunt darüber, wie wohl er sich fühlte. Das lag sicherlich zu einem großen Teil an der Frau, die so nah neben ihm ging, dass sich ihre Finger immer wieder berührten und aufregende kleine Blitze durch seinen Körper sandten. Zum anderen lag es an den Leuten, die sie trafen. Ständig wurden sie von Menschen gegrüßt, die er selbst bislang nur flüchtig kannte, mit denen Ainslee aber schon gut bekannt zu sein schien. Dafür, dass sie auch erst seit wenigen Monaten in Kirkby wohnte, hatte sie sich zweifellos schon sehr gut eingelebt. Immer wieder wurden sie auf ihre Hunde angesprochen, die sich tagsüber im Showring so gut geschlagen hatten, und drei Leute äußerten unabhängig voneinander Interesse an möglichen Welpen von Ivy und Jules.

»Ich habe nicht vor, mit ihr zu züchten«, informierte er eine junge Frau, die er noch nie gesehen hatte und die seine Antwort sehr zu bedauern schien.

»Das ist wirklich schade, denn die beiden würden zauberhafte Welpen produzieren. Ich suche schon länger nach einem jungen Großpudel, den ich gerne zum Therapiehund für Kinder ausbilden würde«, erklärte sie. »Ich leite den Kindergarten hier in Kirkby, und auch wenn wir derzeit keine Kinder betreuen, die besondere Bedürfnisse haben, profitieren auch die anderen vom Kontakt mit einem Hund. Also falls Sie es sich anders überlegen, lassen Sie es mich bitte wissen.«

»Das ist Kirkby«, sagte Ainslee amüsiert den Satz, den er schon so häufig in den unterschiedlichsten Zusammenhängen gehört hatte.

»Kirkby ist also distanzlos und übergriffig?«

»Nur wenn man es negativ betrachten will. Positiv könnte man es so ausdrücken, dass sich die Menschen füreinander interessieren und ihre Ideen und Visionen gern miteinander teilen«, entgegnete sie und winkte ihrer Geschäftspartnerin Harriet, die in einiger Entfernung gestenreich mit ein paar Frauen sprach.

»Ich verstehe nur nicht, warum der Kindergarten einen Therapiehund braucht«, wandte Paul kopfschüttelnd ein. »Ich meine, hier hat doch praktisch jede Familie einen Hund oder ein anderes Haustier. Das hat man heute in aller Ausführlichkeit bewundern können. Mal abgesehen davon, dass ein Welpe dafür sowieso nicht geeignet ist. Für so einen Job braucht man einen älteren, gut ausgebildeten Hund.«

»Ich wette, die Ausbildung würde Marlin mit seinen Wunderschafen übernehmen.« Ainslee lachte, und wie aufs Stichwort tauchte Pauls Vater auf und musterte sie mit einem unlesbaren Gesichtsausdruck.

»Hallo, Marlin«, begrüßte ihn Ainslee freundlich. »Wir haben gerade von dir gesprochen.«

»So?« Der alte Mann hob eine Braue.

»Ja, ich habe gesagt, dass du garantiert mit dem größten Vergnügen die Ausbildung des Welpen der

Kindergärtnerin zum Therapiehund übernehmen würdest.«

»Seit wann hat Susan einen Welpen?«, fragte er misstrauisch.

»Noch gar nicht. Aber sie hätte gerne einen Nachkommen von Ivy und Jules.«

Marlins Gesicht hellte sich merklich auf. »Ihr wollt mit den beiden züchten? Das ist eine großartige Idee! Und selbstverständlich würde ich bei der Ausbildung helfen.«

»Wir haben nichts Derartiges vor«, unterbrach ihn Paul. »Das sind reine Gedankenspiele von den Dörflern, die offenbar alle solche Kenner sind, dass sie von etwaigen Welpen Wunder erwarten.«

Bei dem Wörtchen »Wunder« gluckste Ainslee leise, doch Marlin hatte dafür gar keinen Sinn.

»Die Menschen haben einfach einen guten Instinkt«, behauptete er.

Paul zuckte mit den Schultern. »Mag sein, aber so weit wird es nicht kommen. Ivy wird keine Welpen haben.«

»Ihr wollt keine Kinder, und eure Hunde dürfen nicht?«, knurrte Marlin.

»Das eine hat nichts mit dem anderen zu tun.« Paul unterdrückte nur mit Mühe einen Seufzer. Das war sicher nicht die Art von Konversation, die er an diesem Abend führen wollte.

Marlin öffnete den Mund, um dagegenzuhalten, entschied sich aber im letzten Moment anders. »Wie kommt es, dass ein Mann, der sein ganzes Berufsleben den Traditionen Schottlands verschrieben hat, keinen Kilt trägt?«, fragte er stattdessen stirnrunzelnd.

Das war eine berechtigte Frage, musste Paul insgeheim zugeben, und keine, die er so einfach beantworten konnte. Tatsächlich hatte er vorhin gefühlt endlos über sein Party-Outfit nachgedacht – etwas, was sonst so gut wie nie passierte. Selbstverständlich trug er normalerweise gerne und voller Stolz seinen Kilt. Und heute wäre der perfekte Abend dafür gewesen. Allerdings fühlte sich der sonst so vertraute Starling-Tartan, den er sein ganzes Leben lang getragen hatte, irgendwie nicht mehr richtig an. Tatsächlich hatte er seinen Kilt seit fast neun Monaten nicht mehr angehabt. Seit er erfahren hatte, wer sein richtiger Vater war. Darüber wollte er jetzt allerdings ganz bestimmt auch nicht sprechen. »Ich habe meinen Kilt nicht dabei«, log er stattdessen mit einem bedauernden Schulterzucken und fühlte Marlins bohrenden Blick, genau wie den von Ainslee. Beide schienen ihm kein Wort zu glauben.

»Aha«, entgegnete Marlin jedoch nur und deutete dann in Richtung Bühne. »Ich würde dieses hochinteressante Gespräch gerne vertiefen, aber ich schätze, ich werde gebraucht. Wir sehen uns.« Damit drehte er sich um und stapfte resolut davon.

»Interessant, das Outfit von Marlin«, sagte Ainslee, um die Gesprächspause zu überbrücken.

Damit hatte sie recht, denn Pauls Vater trug zu seinem Kilt knöchelhohe Lederstiefel und ein altes

Bandshirt von Starlight Lin. Paul fand das gleichermaßen befremdlich wie bewundernswert. »Er kann es tragen«, brummte er, weil es die Wahrheit war. »Für sein Alter ist er erstaunlich gut in Form.«

»Ist das merkwürdig für dich?«, wollte sie wissen.

»Was? Dass mein Erzeuger noch so fit ist?« Er wusste, dass Ainslee ihre Frage so nicht gemeint hatte, doch dies war das einfachere Thema.

»Nein. Ich meine, dass er das Bandshirt anhat. Immerhin war deine Mutter ein Teil von Starlight Lin, und womöglich wird er nachher ein paar der alten Songs spielen.« Sie biss sich leicht verlegen auf die Unterlippe.

Darüber hatte Paul tatsächlich noch nicht nachgedacht. Würde Marlin wirklich so offensiv an seine Vergangenheit erinnern wollen? Und wie würde er selbst sich damit fühlen? Er kannte natürlich alle Alben von Starlight Lin, war mit den Liedern aufgewachsen. Schließlich waren sie alles, was ihm von seiner Mutter geblieben war. Ihre Stimme, ihre Texte und ihre Emotionen, die sie in den Songs transportierte. War er bereit dafür, sie live zu hören? Ohne die Stimme seiner Mutter und zweifellos in einer anderen Version?

Paul schluckte.

»Das hattest du nicht auf dem Schirm, was?« Ainslee klang ein wenig überrascht, aber vor allem sehr mitfühlend und legte ihm eine Hand auf den Arm. Diese Geste elektrisierte ihn regelrecht.

»Ehrlich gesagt nicht. Ich habe keine Sekunde darüber nachgedacht«, gab er zu. »Meinst du, er wird wirklich die alten Sachen spielen?«

»Ich weiß es nicht, aber ich halte das Bandshirt schon für ein starkes Indiz.« Sie hatte ihre Hand wieder weggenommen, was er außerordentlich bedauerte. »Ich habe ihn erst einmal auf der Bühne erlebt, da hat er nur ein paar neue Songs mit Lennox performt, aber ich habe gehört, dass er bei anderer Gelegenheit auch schon mal einen der Starlight-Lin-Songs gespielt hat.«

Paul riss sich mit aller Macht zusammen. Er würde es ohnehin nicht verhindern können – egal, was passierte. »Dann werden wir uns wohl überraschen lassen müssen«, entschied er und zwang ein Lächeln auf seine Lippen. »Wie war das noch mit Essen?« Er deutete auf die Essensstände.

»Das ist eine sehr gute Idee.« Sie hakte sich bei ihm unter, und schlagartig war Pauls Welt wieder in Ordnung. Mit Ainslee nah an seiner Seite würde er alles ertragen können.

• • •

Ainslee fühlte sich wie in einem emotionalen Schleudergang. Dieser Abend hatte es in sich – und brachte Wunder und Magie von ganz unterschiedlichen Seiten. Und in völlig unerwarteten Formen. Wieso waren plötzlich so viele Leute scharf auf Pudelwelpen von Jules und Ivy? Sie wäre im Leben nicht auf eine solche

Idee gekommen, doch Paul schien kategorisch dagegen zu sein. Verständlich. Sie selbst hätte auch keine Lust, einen Wurf Welpen großzuziehen. Sie hatte bei Jules' Züchtern miterlebt, wozu ein Rudel Babyhunde in der Lage war – das musste man wirklich wollen. Jedenfalls hatten diese Anfragen dem Abend zunächst eine seltsame Wendung verpasst. Gleich darauf gefolgt von der nächsten, als Marlin in Kilt und Bandshirt aufgekreuzt war.

Paul hatte regelrecht schockiert gewirkt, als sie die doch sehr offensichtliche Möglichkeit benannt hatte, dass sein Vater die alten Lieder spielen könnte. Damit hatte er wohl nicht gerechnet. Während sie sich einfach so auf die Oldies freuen konnte, mussten diese Songs für Paul eine ganz andere Bedeutung haben. Immerhin hatte seine Mutter, an die er sicher keine aktive Erinnerung hatte, diese Lieder gesungen. Ainslee hatte keine Vorstellung davon, was Paul mit ihnen verband, aber sie konnte nachvollziehen, dass es sich für ihn mindestens seltsam anfühlen musste. Insgeheim fragte sie sich, ob er wohl auch das musikalische Talent seiner Eltern geerbt hatte, doch sie wagte es nicht, ihn danach zu fragen.

Er hatte dann auch abrupt das Thema gewechselt und sie endgültig zu den Essensständen geführt, die mit allerlei Köstlichkeiten aufwarteten, sodass sie sich fast nicht hatte entscheiden können. Mit ein paar der leckeren Häppchen im Magen und einem weiteren Gin Tonic war dann auch die Leichtigkeit zurückgekehrt, und gerade hatte Bürgermeister Collum angekündigt, dass die Tanzfläche eröffnet sei. Auf der Bühne versammelten sich Lennox und die Musiker, die sie vorhin schon beim Soundcheck beobachtet hatte, doch von Marlin war nichts zu sehen.

»Magst du tanzen?«, raunte ihr Paul ins Ohr, als die ersten Töne erklangen, und lächelte sie an. Lag da Erleichterung in seinen Gesichtszügen?

»Liebend gerne.« Sie strahlte, als er sie galant und ausgesprochen gekonnt über die Tanzfläche führte. Auch wenn die Frage nach seinem musikalischen Talent noch ungeklärt war, Rhythmusgefühl hatte er auf jeden Fall. Und es fühlte sich verdammt gut an, immer wieder eng an seinen Oberkörper gedrückt zu werden. Leider waren es immer nur winzige Momente, denn die ersten Songs waren rasant und ihr gemeinsamer Tanzstil recht ausladend. Sie hatte keine Ahnung, ob es irgendein richtiger Tanz war, den sie da aufs Parkett legten, aber die Bewegungen und Figuren fühlten sich absolut natürlich an und so, als hätten sie bereits viele Jahre lang an einer gemeinsamen Choreografie geprobt.

Aus den Augenwinkeln nahm sie wahr, dass auch viele andere Paare sich mehr oder weniger gekonnt zu den mitreißenden Beats der Band bewegten, und sie bemerkte gelegentliche bewundernde Blicke in ihre Richtung. Doch im Grunde war ihr das alles egal. Sie war vollkommen auf Paul fixiert und auf ihr gemeinsames, elektrisierendes Wechselspiel aus Distanz und Nähe. Das aktuelle Stück endete und ging in eine sanfte Ballade über, die auf der Tanzfläche zu einem kollektiven Aufseufzen führte.

Paul zog sie nun deutlich enger an sich, und sie fühlte seinen rasenden Herzschlag – oder war es ihr eigner? – und seinen schweren Atem – oder war es ihr eigener? Unwichtig. Sie ließ ihren Kopf gegen seine Schulter sinken und schloss die Augen. Seine rechte Hand strich leicht über ihren Rücken, umschlang ihre Taille und blieb dann lässig und fast schon ein wenig besitzergreifend auf ihrer Hüfte liegen. Bei den meisten Männern hätte sie diese Geste als übergriffig empfunden und sich deutlich gewehrt, doch mit Paul fühlte es sich vollkommen natürlich und einfach nur gut an. Verheißungsvoll gut.

Ihre eigene Hand war ebenfalls auf Entdeckungsreise gegangen, war über seine breiten Schultern gefahren, über die sich ein schlichtes weißes Hemd spannte, das er zu seiner Jeans trug. Schließlich hatten sich ihre Finger in seinem Nacken in den tiefdunklen Haaren vergraben, die auch mal wieder einen Haarschnitt vertragen könnten. Für einen Besuch beim Hundefriseur hatte er sich in den letzten Tagen Zeit genommen, nicht aber für seine eigene Frisur. Sie gluckste leise, weil sie sich über ihre kruden Gedanken amüsierte, während sich ihr vom Tanzen erhitzter Leib von Sekunde zu Sekunde mehr der soliden Nähe von Pauls Körper bewusst wurde.

»Was ist?«, wollte er wissen.

»Ich amüsiere mich über meine bescheuerten Gedanken«, antwortete sie wahrheitsgemäß.

»Ach ja?« Seine Stimme klang ein wenig rau, aber vielleicht war er einfach immer noch etwas außer Atem. »Will ich wissen, wie bescheuert sie sind?«

»Ich habe mich gefragt, warum du Ivy einen Friseurtermin gegönnt hast, dir selbst aber nicht, und außerdem glaube ich, dass du wegen des Kilts geschwindelt hast«, entfuhr es ihr, ehe sie sich eine bessere Antwort ausdenken konnte. Eine erotischere, die zu mehr führen könnte als …

… zu einem abrupten Stopp. »Du machst dir Gedanken über meinen Haarschnitt und meine Klamotten?«, fragte er und klang einigermaßen fassungslos. Leider hatte er sie auch ein Stückchen von sich weggeschoben, um ihr in die Augen sehen zu können.

• • •

Paul verstand die Welt nicht mehr. Während er das Gefühl hatte, seinen ganz persönlichen, hocherotischen Mittsommernachtstraum zu leben, dachte Ainslee über Hundefriseure und fehlende Kilts nach?

Mit einem etwas ertappten Gesichtsausdruck, aber erstaunlich energisch schmiegte sie sich wieder an ihn. »Ich kann nichts dafür, dass in meinem Kopf so viel Unsinn passiert, aber glaub mir, der Rest von mir hat ganz anderes im Sinn«, raunte sie ihm ins Ohr, und ihr warmer Atem prickelte an seinem Hals.

Eine weitere Ballade begann. Mittlerweile war es dämmrig genug, dass die Lichterketten zwischen den Bäumen und den Pavillons angingen und für eine wirklich zauberhafte Stimmung sorgten. Er hörte die Verzückungslaute der Umstehenden und das überraschte Nach-Luft-Schnappen von Ainslee, die sich noch enger an ihn gepresst hatte und nun eindeutig die harte Beule in seiner Jeans spürte. »Sorry«, murmelte er, weil er idiotischerweise das Gefühl hatte, sich für seine Erregung entschuldigen zu müssen.

Sie antwortete zunächst nicht. Jedenfalls nicht verbal. Stattdessen rieb sie sich derart aufreizend an ihm, dass er nur mit größerer Mühe ein Aufstöhnen verhindern konnte. »Langsam wird die Frage nach dem Kiltverzicht noch spannender«, hauchte sie.

Aber womöglich hatte er sich das auch nur eingebildet. Nun war es seine Fantasie, die Amok lief und ihm ungefragt Bilder von hochgeschürzten Röcken einspielte. Die Schotten waren eben schon immer ausgesprochen pragmatisch veranlagt gewesen, und ein traditionell getragener Kilt versprach in allen Lebenslagen rasche … Erfolgserlebnisse. Im Gegensatz zu seiner Jeans, die immer enger wurde.

Glücklicherweise – oder tragischerweise? – endete die softe Engtanznummer, und sein Bruder Lennox trat ans Mikrofon.

»Mir scheint, meine Jungs und ich haben euch erst ordentlich eingeheizt und dann …« Er ließ seinen Blick mit einem breiten Grinsen über die Tanzfläche gleiten und fuhr fort: »… und dann noch mehr eingeheizt.« Er stieß ein kehliges Lachen aus. »Aber der Abend ist jung, und wir wollen ja nicht, dass ihr euer Pulver zu früh verschießt.«

Paul konnte nicht glauben, was sein Bruder da vor sich hin fabulierte, und schüttelte den Kopf.

»Was? Er hat doch absolut recht«, sagte Ainslee mit einem frechen Grinsen zu ihm.

»Jedenfalls lade ich euch nun zu einem Trip auf die *Memory Lane* ein und zu einem Besuch in *Another World*«, rief Lennox, und Jubel brandete auf, als die Partymeute den Bezug zu den beiden Starlight-Lin-Songtiteln begriff. »Dad, darf ich bitten?«

Paul fühlte sich plötzlich wie ein Reh, das vom Scheinwerferlicht eines heranbrausenden Fahrzeugs geblendet wurde. Geschockt und gelähmt. Marlin sprang dynamisch auf die Bühne, winkte souverän wie ein alter Popstar, der er ja streng genommen auch war, hängte sich seine Gitarre um und trat ans Mikro.

Als das vertraute Riff von *Memory Lane* erklang, rauschte es in Pauls Ohren. Nie hatte er diesen Song live gehört und nie von seinem Vater gesungen. Doch seltsamerweise passte Marlins melodiöse Stimme fast besser zu dem melancholischen Text, der in einem seltsamen Spannungsverhältnis zu dem mitreißenden Beat des Stücks stand. Und wie durch ein Wunder oder pure Magie löste sich das Gefühl von Schock und Lähmung in Paul. Er ergriff Ainslees Hand, wirbelte sie ein paar Takte lang herum, nur um sie dann wieder eng an sich zu ziehen und ihr tief in die Augen zu sehen. »Es mag vollkommen irre klingen, aber für mich ist das jetzt der erste Schritt auf unserer gemeinsamen Erinnerungsstraße.«

Das freudige Blitzen ihrer grünen Augen war Antwort genug, ehe er die Lider schloss und mit seinen Lippen die ihren fand.

WUNDERSAMER KONTROLLVERLUST

»HUCH, WAS MACHST DU DENN HIER?«, entfuhr es Ainslee, als sie am nächsten Tag um elf Uhr vormittags ihr Schneideratelier betrat und Harriet vorfand, die mit etlichen Stecknadeln im Mund vor der Schneiderpuppe mit dem Brautkleid ihrer Schwester stand und irgendwie schuldbewusst wirkte.

»Daff konnffe iff auff fffafen«, nuschelte sie und nahm dann die Nadeln aus dem Mund. »Das könnte ich auch fragen«, wiederholte sie.

»Ich wollte ein bisschen arbeiten«, sagte Ainslee und deutete auf ihren Tisch, auf dem ein weiterer angefangener Kilt auf Fertigstellung wartete.

»Am Sonntag? Nach der Party? Nach dem …«

»Ja, und?«, unterbrach Ainslee sie und bedeutete Jules mit einem Fingerschnippen, dass er sich auf sein Hundebett begeben und weder Harriet noch das Hochzeitskleid mit seiner Schnauze beschnuppern möge, die vor wenigen Minuten noch den Waldboden umgepflügt hatte. Sie unterdrückte mit aller Macht ein Gähnen, denn sie hatte nicht wirklich viel geschlafen heute Nacht. Genau genommen überhaupt nicht.

»Du siehst aus, als hättest du heute Nacht keine Minute geschlafen«, befand Harriet mit einem sensationslüsternen Grinsen. »Bedeutet das, dass …?«

»Das bedeutet gar nichts«, fiel ihr Ainslee wieder ins Wort. Harscher als beabsichtigt. Sie hatte keine Lust, über ihre schlaflose Nacht zu sprechen. Nicht die allergeringste, daher versuchte sie es mit einem Ablenkungsmanöver: »Aber warum bist du denn hier?«

»Irgendwann muss das Kleid mal fertig werden, und unter der Woche haben wir so viel zu tun, dass ich nicht dazu komme. Aber ich kann ja schlecht in drei Wochen zu Lila sagen, dass sie in einem halb fertigen Kleid heiraten muss, oder?«

»Nein, das wäre blöd. Ich kann dir gerne helfen«, bot sie zum wiederholten Male an. Das Kleid, das ihre Freundin und Geschäftspartnerin für ihre Zwillingsschwester nähte, war ein absoluter Traum aus etlichen Lagen zartem Seidenchiffon, der mit unzähligen aufwendigen Details verziert war. Kleine Stickereien, Spitze, vereinzelte Pailletten – alles in Handarbeit und alles mit derart geschickten Raffungen, dass der Effekt im fertigen Zustand atemberaubend sein würde.

»Ich weiß, und das ist total lieb, aber ich habe mir vorgenommen, dass ich es allein mache. Es ist mein Geschenk für sie und mein persönliches Meisterstück – da käme es mir wie Beschiss vor, wenn ich Hilfe annehme. Verstehst du das?«

»Ich verstehe vollkommen. Aber falls es eng wird, bin ich da, und ich schwöre, dass ich es mit keiner Silbe erwähnen werde. Bei niemandem.« Ainslee lächelte Harriet voller Zuneigung an. Irgendwie beneidete sie ihre Freundin um dieses Projekt. Also nicht zwangsläufig um die endlosen Arbeitsstunden am Kleid an sich, aber um die Tatsache, dass es in ihrem Leben einen Menschen gab, der ihr so wichtig war, dass sie diesen Liebesdienst gerne auf sich nahm. In Ainslees Leben gab es niemanden, der diese Rolle ausfüllen könnte.

»Das ist wirklich nett, und ich würde mich wahnsinnig freuen, wenn du mir bei meinem eigenen Brautkleid helfen würdest.« Harriet wurde urplötzlich bis unter die Haarspitzen rot.

»Heißt das, es wird jetzt richtig ernst bei dir und Collum?«

»Nicht direkt«, gab Harriet zu und wandte sich wieder dem Kleid zu. »Einerseits sind wir uns einig, dass wir die Richtigen füreinander sind, dass wir zusammengehören und uns niemand trennen kann. Aber andererseits …« Sie seufzte.

»Ja?«, fragte Ainslee sachte nach, froh, dass das Gespräch eine ganz andere Wendung genommen hatte. Das Liebesleben ihrer Mitmenschen war ein deutlich sichereres Thema als ihr eigenes.

»Andererseits hat er noch nicht wirklich gefragt, und ich schätze mal, dass er es vor den Highland Games auch nicht tun wird.« Noch ein Seufzer.

»Aber ihr seid doch auch erst wenige Monate zusammen«, gab Ainslee zu bedenken. »Und die Highland Games sind ja schon in ein paar Wochen. Da gibt's doch keinen Grund zur Panik.«

»Es sind noch fast zweieinhalb Monate«, beharrte Harriet. »Außerdem war ich mir sicher, dass er mich gestern fragen würde.«

»Wieso ausgerechnet gestern?«

»Na ja, weil es so ein besonderer Abend war. Die laue Nacht, die wunderschöne Deko, die Atmosphäre. Außerdem war ganz Kirkby da und das halbe Umland. Da hätte ich gewettet, dass er mir einen spektakulären Antrag macht.«

Ainslee musste sich mit aller Macht ein Augenrollen verkneifen. Die Vorstellung eines öffentlichen Heiratsantrags fand sie schauderhaft, aber sie durfte sich selbst nicht als Maßstab nehmen. »Hättest du es dir denn gewünscht?«, fragte sie trotzdem.

Harriet zuckte mit den Schultern. »Gewünscht? Nicht wirklich. Ich meine, ich will unbedingt mit Collum zusammen sein, und ich will ihn auch heiraten. Aber ich bräuchte keine große Show dabei. Ich weiß aber, dass er auf die ganz großen Gesten steht, und war mir halt sicher, dass er die Gelegenheit nutzen würde.«

Ainslee lächelte. »Vielleicht kennt er dich besser, als du glaubst, und macht dir demnächst mal in ganz intimem Rahmen einen Antrag.«

»Unwahrscheinlich«, brummte Harriet.

»Oder er wartet insgeheim darauf, dass du aktiv wirst? Vielleicht ist unser forscher Bürgermeister in Wahrheit schüchtern und wünscht sich, dass du ihn fragst?«, spekulierte Ainslee weiter.

»Hm.« Das schien Harriet zu denken zu geben. »Wenn ich mir das so überlege, könntest du recht haben. Denkst du, ich sollte ihn einfach fragen?«

»Was spricht dagegen? Ihr seid euch offensichtlich einig, und wir leben im einundzwanzigsten Jahrhundert. Da dürfen auch Frauen um die Hand ihrer Angebeteten anhalten.«

»Da ist was dran …«

»Sag ich doch. Aber jetzt mal im Ernst: Bist du wirklich wegen des Kleides hier oder weil du von Collum enttäuscht warst?«

»Irgendwie beides. Die Party war ja sehr wild und ausgelassen – und wie immer recht feuchtfröhlich. Als wir gegen vier Uhr morgens heimkamen, ist Collum ins Bett gekippt und sofort eingeschlafen. Ich hätte gerne noch mit ihm geredet, aber …« Harriet schüttelte den Kopf. »Ist total dämlich von mir. Ich meine, nur weil etwas nicht so läuft, wie ich mir das vorstelle …«

»Etwas, was noch nicht einmal deinem eigenen Wunsch entspricht«, gab Ainslee zu bedenken.

»Ich bin eine ziemlich dumme Nuss.«

»Nein, bist du nicht. Nur verliebt und unausgeschlafen«, tröstete Ainslee und hatte das Gefühl, ihren eigenen Zustand zu beschreiben.

»So wie du«, entgegnete Harriet prompt und mit erstaunlicher Scharfsicht.

»Wie kommst du darauf?«, fragte Ainslee wider besseres Wissen.

»Selbst deiner überirdischen Schönheit sieht man Schlafmangel an, und die Tanzflächenknutscherei mit Paul ist ebenfalls ein eindeutiges Indiz.«

Mist. Nun waren sie wieder genau an dem Punkt, den Ainslee mit aller Macht hatte umschiffen wollen.

»Willst du es etwa leugnen?«, bohrte Harriet weiter.

»Da gibt's nichts zu leugnen. Ich habe schlecht geschlafen, und wir haben gestern geknutscht.«

»Ich hätte ehrlich gesagt damit gerechnet, dass ihr euch nach wie vor in wilder Leidenschaft zwischen den Laken wälzt. Daher war ich ja auch so überrascht, als du eben hier aufgekreuzt bist.«

»Niemand hat sich zwischen irgendwelchen Laken gewälzt. Also jedenfalls nicht zusammen.« Nun entfuhr Ainslee ein tiefer Seufzer, obwohl sie immer noch nicht sagen konnte, ob sie froh war oder es bedauerte, dass es nicht zu gemeinsamem Gewälze gekommen war.

»Ich bräuchte mehr Kontext«, forderte Harriet.

»Und ich einen starken Tee oder Kaffee«, wich Ainslee aus und wandte sich zur Tür. Zwischen den drei großen Räumen der *Kirkby Tartan Mill* und den drei kleineren Büros, in denen gelegentlich Robin Stewart und ihr Mann Sky arbeiteten, gab es ein ehemaliges Wäschezimmer, das kürzlich von ihren

Vermietern in eine ziemlich schicke Teeküche umgewandelt worden war. Der hochmoderne Vollautomat zauberte jede denkbare Kaffeespezialität, und auch die Tee-Auswahl war beeindruckend.

»Weich mir nicht aus.« Harriet folgte ihr auf den Fersen.

»Ich weiche nicht aus, ich brauche nur eine kleine Stärkung. Huch!« Ainslee hatte mit Schwung die Teeküchentür geöffnet und war dabei gegen jemanden gestoßen. Konkret war dieser Jemand Robin Stewart, die ebenfalls etwas übernächtigt wirkte und nun einen unschönen Kaffeefleck auf ihrem T-Shirt hatte. »Oh Gott, das tut mir total leid«, rief Ainslee entsetzt und fühlte sich prompt an ihre erste Begegnung mit Paul im Wald zurückversetzt, als sie ihm versehentlich ihren Tee übers Hemd gekippt hatte.

»Ich werde es überleben«, sagte Robin und sah an sich hinunter. »Allerdings hätte ich den Kaffee lieber in mir statt auf mir gehabt. Was macht ihr hier eigentlich an einem Sonntagvormittag? Solltet ihr nicht mit euren Kerlen Dinge tun, die man mit kleinen Kindern vergessen kann?« Sie grinste.

»Mein Kerl ist noch im Koma«, berichtete Harriet, plötzlich erstaunlich vergnügt. »Und warum Ainslee hier ist und nicht in Pauls Armen liegt, habe ich noch nicht herausgefunden. Vielleicht ist deine anwaltliche Inquisitionstaktik erfolgreicher.«

»Das würde mich wirklich brennend interessieren«, erwiderte Robin. »Allerdings habe ich kaum Zeit für eine intensive Befragung. Sky und ich richten gerade noch das Zimmer her, das wir bisher vor allem als Abstellkammer genutzt haben. Morgen kommt seine brandneue Mitarbeiterin aus Äthiopien, und da soll es wenigstens so aussehen, als hätte STEADFAST eine wirkliche Zentrale. Bisher hat Sky ja meistens vom Sofa aus mit dem Laptop gearbeitet.«

Ainslee wusste, dass sich Skys Antikorruptionsorganisation STEADFAST für deutlich mehr Transparenz bei den Spendenflüssen von Hilfsorganisationen in Afrika einsetzte. Allerdings hatte er sein Büro hier tatsächlich kaum genutzt. Genauso wenig wie Robin. Die Anwältin leitete die Familienkanzlei Stewart & Sons und war in der Regel drei bis vier Tage pro Woche am Hauptsitz in Edinburgh tätig. Das Büro in Monroe Manor nutzte sie eigentlich nur, wenn sie von Kirkby aus Videokonferenzen mit den internationalen Standorten der Firma abhalten musste.

»Heißt das, dass hier dann endlich mehr Betrieb herrscht?«, erkundigte sich Harriet. »Das wäre ja cool.«

»Ja, das heißt es. Ich werde vermutlich auch noch eine Assistenz für mich einstellen, die hier die Stellung hält, wenn ich unterwegs bin«, berichtete Robin, während sie sich einen frischen Kaffee braute.

»Hoffentlich haben die dann nichts gegen Gordons Geratter«, sagte Ainslee.

»Wer ist Gordon?« Robin trank einen Schluck Kaffee.

»Unser Webstuhl. Der große, computergesteuerte«, erklärte Harriet.

»Ach so. Nein, das denke ich nicht.« Robin betrachtete die beiden Frauen lächelnd. »Gordon ist regelrecht anheimelnd. Aber zurück zu Ainslee. Kannst du mir in zwei Sätzen erklären, warum du nicht bei Paul bist?« Ihr Blick wurde bohrend, und Ainslee wurde klar, warum sie als Anwältin so erfolgreich war. Es gab wohl nur wenig Menschen, die bei Robin Stewart cool blieben.

»In zwei Sätzen? Keine Chance.« Ainslee schluckte. Vermutlich würden dafür nicht mal zwei Stunden reichen.

»Schade. Aber dann muss ich meine Neugier im Zaum halten. Ich muss los. Harriet, vielleicht findest du ja was heraus.« Damit schlüpfte sie zur Tür hinaus und ließ die beiden Frauen allein.

»Bei mir musst du dich nicht auf zwei Sätze beschränken«, fing Harriet gleich wieder an und kramte nach einem hohen Glas, um sich eine Latte macchiato zuzubereiten. Ainslee hatte gleichzeitig den Wasserkocher angestellt, weil sie lieber Tee trinken wollte als Kaffee. Das laute Mahlwerk des Vollautomaten und das Zischen des Wasserkochers gaben ihr ein paar Atemzüge lang Bedenkzeit. Natürlich könnte sie Harriet einfach in die Schranken weisen und ihr erklären, dass es sie nichts anging, aber wenn sie ehrlich war, wollte sie mit jemandem reden. Vielleicht würde es ihr sogar helfen, die Situation zu verstehen.

»Na schön«, sagte sie seufzend, als sie das kochende Wasser über die beiden Teebeutel in der Kanne goss. Nicht wirklich stilecht, aber viel praktischer als loser Tee.

»Ich bin ganz Ohr«, ermunterte Harriet sie und pustete auf ihren dampfenden Milchschaum. »Fang am besten ganz von vorne an.«

Ainslee schaute sie stirnrunzelnd an. »Was meinst du mit ›ganz von vorne‹?«

»Egal. Fang einfach mit dem Kuss an. Nachdem ihr bereits sehr sexy und lasziv getanzt habt. Küsst er vielleicht schlecht? Liegt es daran? Also ich glaube, ein mieser Küsser wäre für mich ein No-Go. Ich kann mir nicht vorstellen, dass man das lernen kann. Entweder man kann küssen, oder man kann es nicht«, plapperte Harriet weiter.

»Der Kuss war toll«, unterbrach Ainslee sie und schüttelte den Kopf. »Toll« war dramatisch untertrieben. Sie konnte sich nicht erinnern, dass unter den vielen Männern, vermeintlichen Prinzen und tatsächlichen Fröschen, die sie in ihrem Leben schon geküsst hatte, einer dabei gewesen war, der derartige Gefühle allein durch einen Kuss bei ihr ausgelöst hatte.

»Schön. Und wo liegt dann das Problem?« Harriet sah sie mit ihren großen blauen Augen an.

»Du bist doch nach dem ersten Kuss mit Collum auch nicht weiter gegangen«, erinnerte Ainslee sie.

»Ja, aber nur, weil ich nach Aberdeen fahren musste, um den alten Webstuhl zu ersteigern. Das ist ja wohl eine plausible Erklärung.«

»Ich erinnere mich lebhaft.« Ainslee lächelte matt. Bei dieser Auktion hatten sie sich kennengelernt, spontan beschlossen, sich zusammenzutun, und waren nach der erfolgreichen Ersteigerung zum Feiern in einen Pub gegangen. Dort hatten sie ihre Partnerschaft besiegelt, und Harriet hatte ihr auch von dem eindrucksvollen Kuss mit Collum erzählt. Ainslee zog die Teebeutel aus der Kanne und warf sie ins Spülbecken. Dann nahm sie eine Tasse aus dem Schrank. »Wollen wir vielleicht wieder ins Atelier?«

»Ich kann mich nicht erinnern, dass du gestern Abend zu einer Auktion fahren musstest«, sagte Harriet und setzte sich in einen der gemütlichen Sessel in ihrer Sitzecke.

»Musste ich auch nicht, aber …«

»Aber was? Das war purer Sex, was ihr da auf der Tanzfläche abgezogen habt. Ich habe selten zwei Menschen gesehen, die sich beim Tanzen so erotisch bewegt haben. Noch dazu bei ihrem allerersten Tanz. War es doch, oder?«

Ainslee nickte. Es war also auch anderen Leuten aufgefallen, nicht nur ihr. In ihrem Bauch flatterten bereits wieder die Schmetterlinge, wenn sie nur daran dachte, wie gut es sich angefühlt hatte, mit ihm zu tanzen.

»Die Knutscherei danach war ebenfalls recht eindrucksvoll – und gleich danach seid ihr ja verschwunden. Ihr habt nicht mal das komplette Set von Marlin gehört, dabei hat er die alten Starlight-Lin-Nummern nur wegen Paul gespielt«, behauptete Harriet, und Ainslee fragte sich, woher sie diese Info nun wieder hatte. »Jedenfalls haben alle gedacht, dass ihr zu dir nach Hause verschwunden seid und … nun ja … euch eurer ungezügelten Leidenschaft in einem etwas privateren Rahmen hingegeben habt.«

»Ungezügelte Leidenschaft«, murmelte Ainslee schwach. »Das hat man uns unterstellt?«

»Das und noch viel mehr«, bestätigte Harriet grinsend. »Also, was ist schiefgelaufen?«

»Ich kann es dir nicht wirklich sagen.« Ainslee rieb sich mit den Handballen über die Augen.

»Ja, aber du warst doch dabei, oder?«

»Schon. Aber … ach, ich weiß es wirklich nicht.« Sie seufzte. »Wir haben das Fest verlassen, total erregt und irgendwie auch aufgewühlt, und glaub mir, ich wollte nichts lieber, als ihn mit nach Hause zu nehmen. Aber mit jedem Schritt, den wir uns weiter von der Schule entfernt haben, ist es seltsamer geworden.«

»Was ist seltsamer geworden?« Harriet starrte sie vollkommen verständnislos an, und Ainslee konnte es ihr nicht verdenken. Sie begriff es ja selbst nicht.

»Es war so, als würden die Leichtigkeit, die Magie und alle wundervollen Empfindungen mit jedem Meter weniger werden. Als wir vor dem Cottage angekommen sind, war zumindest ich total ernüchtert.«

»Krass.«

»Ja. Irgendwie schon.«

»Und dann?«

»Dann hat Paul gesagt, er müsse sich um Ivy kümmern, und ist verschwunden.«

»Ernsthaft?«

»Ernsthaft! Ich hab kurz überlegt, ob ich noch mal zur Party zurücksollte, aber mir war die Lust darauf vergangen. Also bin ich ins Haus, habe Jules noch einmal in den Garten gelassen und mich ins Bett gelegt. Das war gegen elf. An Schlaf war allerdings nicht zu denken. Ich weiß einfach nicht, was schiefgelaufen ist. Aber ich bin mir sicher, es wird seinen Grund haben. Unterm Strich ist es bestimmt besser so, denn ich habe wirklich eine verheerende Männerbilanz vorzuweisen. Unwahrscheinlich, dass es ausgerechnet mit Paul Starling anders wäre. Insofern ist es vermutlich gut so, wie es ist.«

»Das glaubst du doch selbst nicht!« Harriet stellte ihr halb volles Kaffeeglas mit so viel Schwung auf das Tischchen, dass etwas Flüssigkeit über den Rand schwappte. Doch darauf achtete sie nicht.

»Es ist für mich die einzig logische Erklärung«, entgegnete Ainslee. »Ich habe die ganze Nacht darüber gegrübelt und kann mir keinen anderen Reim drauf machen. Vermutlich steht er einfach nicht auf mich.«

»Das kannst du unmöglich glauben!«, wiederholte Harriet, diesmal noch vehementer.

»Warum nicht?«

»Weil du für schätzungsweise jeden heterosexuellen Mann auf diesem Planeten der Inbegriff einer

Traumfrau sein dürftest, aber das muss ich dir wohl nicht erklären. Womöglich ist Paul schwul?«

»Keine Ahnung. Besonders schwul haben sich seine Reaktionen auf mich jedenfalls nicht angefühlt.«

»Sah auch nicht so aus.«

»Dann hat er einfach gemerkt, dass ich nicht die Richtige für ihn bin. Vermutlich sollte ich dankbar dafür sein. Ich selbst habe überhaupt kein Gefühl dafür, ob jemand passt oder nicht. Wobei eigentlich nie einer passt.«

»Mich überzeugt das immer noch nicht.« Harriet kratzte sich nachdenklich am Kinn. »Da muss etwas anderes dahinterstecken. Zwischen euch herrschte jedenfalls eine Chemie, die alle anderen auch gespürt haben. Das kann man sich nicht einbilden.«

»Glaub mir, ich bin absolute Meisterin darin, mir Dinge einzubilden. Ich kann dir gar nicht sagen, wie oft ich mir schon sicher war, den einzig Wahren gefunden zu haben«, entgegnete Ainslee resigniert. Dieses Eingeständnis hatte die Wirkung einer eiskalten Dusche auf sie. »Nein, es ist auf jeden Fall besser so. Und jetzt sollten wir wirklich arbeiten, damit dieser doofe Tag wenigstens noch ein bisschen zu was gut ist.«

»Wenn du meinst …« Harriet schien mit sich zu kämpfen, ob sie weiter bohren oder das Gespräch auf sich beruhen lassen sollte. Glücklicherweise entschied sie sich für Letzteres. »Ich mach dann mal mit dem Kleid weiter.« Sie kramte ein Papiertaschentuch aus ihrer Hosentasche, tupfte die Sauerei auf und trank ihren restlichen Kaffee. Dann stand sie auf und brachte das Glas weg.

Ainslee saß noch wie gelähmt auf ihrem Sessel. Ihre Analyse von eben machte total Sinn, aber warum fühlte es sich dann so grauenvoll an? Und was war mit der gemeinsamen *Memory Lane*, von der sie Harriet sicherheitshalber nichts erzählt hatte, weil sie sich darauf nun wirklich keinen Reim machen konnte?

• • •

»Oh Ivy, ich hab's mal wieder komplett verkackt!«, sagte Paul, als die Hündin tröstend ihren Kopf auf sein Knie legte. Obwohl ihr das selbstmitleidige Gestöhne, das er den ganzen Vormittag über von sich gegeben hatte, sichtlich auf die Nerven ging. Am frühen Morgen waren sie ausgiebig im Wald unterwegs gewesen, hatten gemeinsam mit Hamish und Molly in der Küche gefrühstückt und waren dann wieder in ihr Zimmer gegangen. Dort hatte sich Paul an den Schreibtisch gesetzt, mit der vagen Idee, ein wenig zu arbeiten, doch seine Gedanken waren immer wieder zum gestrigen Abend zurückgekehrt.

Zum Tanz mit Ainslee.

Zum Kuss mit Ainslee.

Zu seiner vollmundigen Ankündigung und seiner, in diesem Moment jedenfalls, absoluten Sicherheit, dass dies der erste Schritt auf einem gemeinsamen Erinnerungspfad war.

Zu ihren hocherotischen Bewegungen.

Zu dem verheißungsvollen Versprechen, das er in ihren Augen gelesen hatte.

Zum hastigen Verlassen der Party.

Zum gemeinsamen Weg zu ihrem Cottage.

Zu dem Moment, in dem alles schiefgelaufen war.

Zu der Erkenntnis, dass er ein hilfloser Narr war.

In der Rückschau kam es ihm vor, als hätte über der alten Schule und dem Festgelände eine Glocke aus Magie gehangen, die Ainslee und ihm die Sinne vernebelt hatte, während sie sich in ihrem Dunstkreis befanden. Doch je weiter sie sich davon entfernt hatten, desto mehr hatte die Wirkung nachgelassen.

Auf der Tanzfläche hatte er sich tatsächlich dafür verflucht, dass er keinen Kilt trug. Da hätte nicht viel gefehlt, und er hätte einen der heroisch verklärten Highlander-Krieger gegeben, die sich ihre Trophäen einfach vor Ort nahmen. Paul konnte sich kaum erinnern, wann er das letzte Mal so erregt gewesen war und so kurz vorm absoluten Kontrollverlust. Wenn er ehrlich war, wohl noch nie. Vermutlich weil es seine absolute Horrorvorstellung war, die Kontrolle zu verlieren – über sich und die Situation.

All diese Gedanken waren ihm in den Sinn gekommen, als sie die kurze Strecke von der Schule zu Ainslees Cottage zurückgelegt hatten. Mit einem Mal hatte er sich völlig ernüchtert gefühlt, und es war ihm schier undenkbar erschienen, da weiterzumachen, wo sie auf der Tanzfläche begonnen hatten. Aber das war nicht alles gewesen. In die ohnehin schon verwirrende Gemengelage hatten sich noch andere Dinge gemischt, Eindrücke, die er auch am nächsten Tag nicht wirklich greifen konnte. Sie hatten irgendwas mit dem Song zu tun, den Marlin gesungen hatte und den er selbst bislang nur in der Version seiner Mutter kannte. Die gestrige Version hatte sich seltsam richtig angefühlt, aber gleichzeitig auch verstörend.

»Ivy, ich tappe total im Nebel«, stöhnte er, doch seine Hündin quittierte diese Aussage nur mit einem Seufzer und zog sich resigniert auf ihr Hundebett zurück.

Etwas mehr Mitgefühl von ihrer Seite wäre schön, doch er konnte es ja wohl kaum seinem Hund vorwerfen, dass er nicht in der Lage war, sich einen Reim auf die Ereignisse des gestrigen Abends zu machen. Hatte er sich die gegenseitige Anziehung nur eingebildet? Es wäre nicht das erste Mal, dass seine Leidenschaft unerwidert blieb, aber eine kleine innere Stimme sagte ihm, dass das Unsinn war. Er wusste, was er gefühlt hatte, und Ainslees Signale waren so eindeutig gewesen, dass nicht einmal er sie falsch interpretieren konnte.

»Vielleicht sollte ich mit ihr reden?«, überlegte er laut, doch Ivy brummte nur.

Vermutlich hatte das Tier recht. Was sollte er ihr auch sagen? *Sorry, keine Ahnung, was gestern in mich gefahren ist, aber plötzlich war meine Erregung weg, und ich hatte eine Panikattacke*? Bestenfalls würde sie ihn für komplett bescheuert halten. Zumal es nicht einmal die Wahrheit war. Er hatte keine Panikattacke gehabt, er war einfach nur zutiefst verwirrt, ja regelrecht verstört gewesen. Da sein rationaler Verstand die Anwesenheit einer Magieglocke ausschließen konnte – so verführerisch die Idee an sich auch war –, hatte es womöglich an den Getränken gelegen. War der Gin Tonic am Ende mit irgendwelchen bewusstseinsverändernden Kräutern zubereitet worden? Auch das kam ihm einigermaßen weit hergeholt vor, und er wollte niemandem Absicht unterstellen, aber es könnte versehentlich geschehen sein. Vielleicht hatte Isla unwissentlich Substanzen hinzugefügt, die dort drin nichts zu suchen hatten? Oder wenn nicht Isla, dann vielleicht die Barfrau? Denkbar war es.

Paul hasste es, wenn er die Fakten nicht einordnen konnte. Genau genommen konnte er sie nicht einmal greifen, ja nicht mal richtig wahrnehmen. Das kannte er nicht. Sein nüchternes, wissenschaftliches Gehirn war darauf trainiert, analytisch zu arbeiten und sämtliche Informationen neutral zu bewerten – und erst dann eine Schlussfolgerung zu ziehen.

Doch Neutralität und Klarsicht waren ihm eindeutig abhandengekommen, und solange er nicht begriff, was sich da gestern zugetragen hatte, sollte er wohl keine unüberlegten Dinge tun. Wie mit Ainslee zu reden beispielsweise.

»Ivy, komm, wir machen einen Spaziergang!«, kündigte er entschlossen an und stand auf. Das großzügige

Zimmer erschien ihm plötzlich viel zu eng, und vielleicht würde ihm die frische Luft beim Nachdenken helfen.

Als er unten in der großen Halle von Monroe Manor ankam, tobte dort Ayana ausgelassen mit den beiden Airedale-Hündinnen Abby und Joy herum – unter der lächelnden Aufsicht von George Stewart, der Enkelin und Hunde gleichermaßen verliebt beobachtete. Ivy sah Paul fragend an, und er signalisierte ihr mit einem kleinen Handzeichen, dass sie sich der wilden Hatz anschließen durfte.

»Unglaublich, wie gut deine Hündin erzogen ist«, lobte George. »Ich bilde mir zwar immer ein, dass ich meine beiden auch gut im Griff habe, aber die würden nie auf die Idee kommen, mich erst um Erlaubnis zu bitten, wenn sich eine Gelegenheit zum Spielen bietet.«

»Das liegt vielleicht an ihrem Charakter. Ivy war schon von klein auf immer darum bemüht, alles richtig zu machen. Terrier sind wohl von Natur aus eher Freigeister, was?« Paul wusste, dass dies die diplomatische Antwort war, denn er selbst war der Meinung, dass jeder Hund so gut erzogen sein sollte wie seine Ivy. Gerade dann, wenn es sich um so große und kräftige Tiere handelte, die eine potenzielle Gefahr darstellen konnten. Aber er wusste auch, dass längst nicht jeder andere Hundebesitzer das so sah wie er und sich viele gerne auf die spezifischen Schwächen der jeweiligen Rasse rausredeten. In diesem Punkt war er seinem Vater womöglich ähnlicher als gedacht:

Marlin bildete sich ein, jeden Hund zum Hütehund ausbilden zu können, er, dass jeder Hund so gehorsam sein sollte wie Ivy.

»Oh, sie sind zweifellos Freigeister, aber vor allem war ich nicht konsequent genug«, bekannte George erstaunlich selbstkritisch, doch sein fröhliches Grinsen zeugte davon, dass es ihm auch egal war. »Marlin regt sich jedes Mal auf. Dabei sind die beiden bei der Jagd absolut zuverlässig. Sie wissen einfach, wann es drauf ankommt und wann nicht.«

»Hm.« Mehr wollte Paul zu dem Thema lieber nicht sagen, doch George verfügte offensichtlich über ein feines Gespür für unausgesprochene Worte, denn er schmunzelte schelmisch.

»Du erinnerst mich gerade sehr an deinen Vater. Wobei Marlin sich selten die Mühe macht, sich diplomatisch zu verhalten, und seine Thesen gleich herausposaunt.«

»Ich habe keine Thesen«, behauptete Paul und spürte, wie Irritation in ihm aufstieg. Die Leute wollten ständig irgendwelche Parallelen zwischen ihm und seinem Erzeuger sehen – selbst da, wo es keine gab. Er behielt seine Meinung generell lieber für sich und nicht nur, weil er höflich sein wollte, da er schließlich Gast in diesem Haus war.

»Nicht? Das überrascht mich. Ich hätte gewettet, dass du in ähnlicher Weise versuchst, die Dinge zu kontrollieren, wie Marlin. Deinen Hund, deine Gedanken … Nicht so wild, Abby!«

Die Hündin, die gerade wie ein durchgeknallter Kugelblitz und schauerliche Töne ausstoßend durch die riesige Halle gerast war, sah ihren Herrn frech an, tobte dann aber etwas gesitteter weiter. Paul nahm das nur am Rande wahr.

»Was ist problematisch daran, Dinge kontrollieren zu wollen?«

»Es kostet viel zu viel Energie und ist ohnehin meist eine sinnlose Übung, denn es gibt nicht viel, was wir Menschen wirklich kontrollieren können. Wenn es hart auf hart kommt, wird wahrscheinlich selbst die wohlerzogene Ivy eher ihr Ding machen, als auf dich zu hören.«

Daran zweifelte Paul ganz stark, doch das sagte er nicht, denn ihm war eine andere Sache eingefallen. »Ihr versucht doch auch, mich zu kontrollieren, damit meine Recherchen zu euren Gunsten ausfallen«, warf er ein und nahm aus den Augenwinkeln wahr, dass die kleine Ayana auf dem Boden lag und vor Vergnügen kreischte, als alle drei Hündinnen an ihr herumschnüffelten und -leckten.

»Mein Schwiegervater und mein Schwager haben ganz sicher versucht, dich zu beeinflussen. Und ich gehe davon aus, dass sie mit ihren Bemühungen auf mehr oder weniger subtile Weise weitermachen werden. Aber mir und Heather kannst du nichts in der Art vorwerfen. Unser Schicksal liegt buchstäblich in deinen Händen. Und selbst Angus und Marlin dürfte klar sein, dass sie dich nicht kontrollieren können.«

»Das stimmt auch.«

»Eben. Kontrolle ist eine Illusion. Immer. Auch in Gefühlsdingen.« George sah ihn so eindringlich an, als wolle er sichergehen, dass diese Info auch bei Paul ankam.

Doch der zuckte nur mit den Schultern. »Wie auch immer. Ich glaube, das ist alles längst kein so großes Thema bei mir, wie du es dir offensichtlich ausmalst«, sagte er. »Ich wollte mit Ivy eine Runde spazieren gehen. Soll ich deine Mädels mitnehmen?«

»Das ist lieb, aber wir waren gerade unterwegs. Bei uns ist heute Enkeltag, weil Robin und Sky das Büro im Westflügel herrichten. Morgen fängt ja Skys neue Mitarbeiterin aus Äthiopien an.«

Stimmt, das hatte er am Rande mitbekommen. »Brauchen sie Hilfe? Ich habe heute nichts vor.« Plötzlich erschien ihm das wie eine erfreuliche Ablenkung – vor allem von seinen eigenen Gedanken.

»Frag sie. Ich schätze, sie würden sich freuen.«

»Das mach ich. Einen schönen Tag euch. Komm, Ivy!« Paul wandte sich zur Tür, und seine Pudeldame lief ihm freudig hinterher.

»Es gibt im zweiten Stock auch einen Verbindungsgang zum Westflügel«, rief ihm George hinterher.

»Ein bisschen frische Luft schadet nicht«, entgegnete Paul jedoch und öffnete die Tür. Er war noch gar nicht im Westflügel gewesen, in dessen Keller das berühmte Kino untergebracht war, von dem er schon so viel gehört hatte. Dann gab es noch den Ballsaal im

Erdgeschoss, die Hochzeitssuiten eine Etage darüber und im zweiten Stock die Weberei und die Büroräume von Robin und Sky. Die Weberei hatte er längst mal besuchen wollen, aber … Nun ja, Ainslee war heute bestimmt nicht da, aber vielleicht würde ihn die Nähe zu ihrem Arbeitsplatz ja … Er schüttelte den Kopf und versuchte damit, die kruden Gedankenfetzen zu vertreiben. Das hatte ja schon vorhin nichts gebracht. Jetzt würde er sich ausschließlich darauf konzentrieren, seiner Cousine und deren Mann zu helfen.

KONZENTRATION AUFS WESENTLICHE

AINSLEE HATTE SCHWIERIGKEITEN, sich auf den Kilt zu konzentrieren, den sie gerade anfertigte. Handgriffe, die ihr seit vielen Jahren so in Fleisch und Blut übergegangen waren, dass sie normalerweise überhaupt nicht darüber nachdenken musste, wollten einfach nicht gelingen. Stattdessen kreisten ihre Gedanken immer weiter um den seltsamen Ausgang des gestrigen Abends.

Harriet dagegen schien gut voranzukommen, denn nach einer Weile rief sie freudig: »Ich bin eine verdammte Pailletten-Königin!«

»Das hat niemand in Zweifel gezogen«, entgegnete Ainslee und stand auf, froh, wieder aus ihrer Gedankenspirale herausgeholt zu werden.

»*Ich* habe es in Zweifel gezogen. Pailletten sind eine Erfindung aus der Hölle«, sagte Harriet, doch ihr strahlendes Lächeln strafte ihre Worte Lügen.

»Es ist wirklich toll geworden«, befand Ainslee und sah sich die mit Pailletten bestickte Chiffon-Lage des Hochzeitskleides an. »Ein Meilenstein erreicht.«

»Ja. Der härteste. Ich bin echt froh, dass ich das jetzt geschafft habe. Der Rest wird dann vergleichsweise einfach gehen. Schau mal, ich hab sogar die Namen der beiden mit Pailletten eingearbeitet.« Sie deutete auf die schwungvollen Namenszüge »Lorelai & Cameron«, die nur bei genauem Hinsehen erkennbar waren und, sobald die anderen Chiffon-Schichten darüberfielen, gar nicht mehr zu sehen sein würden.

»Ich liebe deine Detailversessenheit.« Ainslee fuhr fast ehrfürchtig mit einem Finger über die zarte Stickerei. »Das wird ein absolutes Meisterstück. Vermutlich kannst du dich danach vor Anfragen nicht mehr retten.«

Harriet schüttelte vehement den Kopf. »Das war mein erstes und mein letztes Brautkleid! Es macht Spaß, aber das ist nicht das, was ich dauerhaft machen möchte. Meine Leidenschaft liegt eindeutig bei der Stoffherstellung. Da habe ich so viele Ideen, dass …« Sie verstummte, als Ainslees Handy klingelte.

Ainslee ging zurück zu ihrem Arbeitsplatz, wo das Telefon lag. Ihr Herz klopfte plötzlich heftig in ihrer Brust. Ob es Paul war? Doch der hatte ihre Nummer gar nicht – zumindest nicht von ihr. Vermutlich war es ihre Mutter. Sie telefonierten an den meisten Sonntagen, aber heute hatte sie sich bisher nicht dazu aufraffen können. Doch als sie ihr Handy erreichte, blinkte dort eine ihr unbekannte Nummer. Die bedeuteten in der Regel schlechte Nachrichten. Nach einem weiteren Klingeln und einem fragenden Blick von Harriet, den sie in ihrem Nacken spürte, nahm sie das Gespräch an.

Es meldete sich die etwas aufgeregte Stimme einer Frau, die sich als Eileen vorstellte und verzweifelt auf der Suche nach Darstellerinnen für den Historienmarkt in Stirling in zwei Wochen war.

»Ich stehe für solche Veranstaltungen nicht mehr zur Verfügung«, unterbrach Ainslee den Redeschwall der Frau. Nach so vielen Jahren, in denen sie als Laiendarstellerin zu gefühlt jedem Mittelalter- und Highlander-Festival und sämtlichen Historienmärkten des Landes getingelt war, hatte sie für dieses Jahr alle Anfragen abgelehnt.

Doch Eileen war gut vorbereitet. »Es wäre doch auch eine tolle Werbung für die *Kirkby Tartan Mill*«, sprach sie weiter. »Wir haben einen alten Webstuhl aus dem Heimatmuseum. An dem könnten Sie arbeiten und den Besuchern zeigen, wie Tartans hergestellt werden. Das Muster können Sie frei wählen und selbstverständlich Flyer oder Postkarten verteilen und auch Stoffe verkaufen, wenn Sie wollen.« Außerdem bot sie fünfhundert Pfund Honorar plus Fahrtkosten und Übernachtung in einem hübschen Bed & Breakfast.

»Ich müsste allerdings meinen Hund mitbringen«, erklärte Ainslee mit einem Seitenblick auf den schlummernden Jules. Sie war kurz davor, zuzusagen, hatte aber noch die vage Hoffnung, dass der Pudel ein Ausschlusskriterium war.

»Kein Problem«, flötete Eileen jedoch. »Ich maile Ihnen alle Infos, und dann sehen wir uns übernächsten Freitag.«

»Oh Mann«, murmelte Ainslee, als sie das Gespräch beendet hatte.

»Was ist? Hat dir jemand ein unmoralisches Angebot gemacht?«, wollte Harriet wissen, die gerade ihre Sachen aufräumte und für heute Feierabend zu machen schien.

»So ungefähr. Ich wollte ja nie wieder auf irgendwelchen Historienmärkten auftreten, aber diese Eileen hat mich nach Stirling gelockt. Das Festival dort ist eines der schöneren und besseren, und sie meinte, dass ich hemmungslos Werbung für unsere *Kirkby Tartan Mill* machen und sogar Stoffe und passende Souvenirs verkaufen dürfte.«

»Das klingt nach einer ziemlich coolen Gelegenheit«, fand Harriet. »Und was müsstest du sonst tun?«

»Im Kostüm an einem historischen Webstuhl sitzen und den Leuten zeigen, wie Weben funktioniert. Das ist alles. Und dafür bekomme ich fünfhundert Pfund plus Spesen. Und natürlich die Erlöse der Verkäufe.«

»Ich denke, dafür kann man sich schon mal ein Wochenende außerhalb von Kirkby um die Ohren schlagen.« Harriet grinste.

»Ja, aber es ist ganz schön weit. Drei, vier Stunden Fahrtzeit. Und außerdem haben wir eigentlich nichts, was wir verkaufen könnten.« Sie schaute sich um. Im Materialregal neben ihrem Arbeitsplatz lagerten mehrere Ballen mit dem Kirkby-Tartan, die sie bislang fast ausschließlich zu Kilts verarbeitet hatte. »Wir müssen ohnehin zusehen, dass wir demnächst mal mit der Produktion von Waren für die Highland Games anfangen. Picknickdecken, Schals, Stolen, Ponchos und etwas Kleinkram. Ich wollte auch ein paar Teddybären aus dem Stoff nähen, aber das ist eine saumäßige Arbeit. Zeit habe ich dafür auch nicht, weil ja die Kilts fertig werden müssen.«

»Hm.« Harriet runzelte die Stirn. »Das stimmt natürlich alles, aber vielleicht sollten wir jetzt einfach mal eine unternehmerische Entscheidung treffen, statt uns von den Umständen und der wirklich irrationalen Nachfrage nach Kilts treiben zu lassen.«

»Wie meinst du das?«

»Ich denke, wir sind uns einig, dass dieses Event in Stirling eine tolle Gelegenheit wäre, mal auszutesten, wie wir außerhalb von Kirkby Fans und Kunden gewinnen könnten. Du hast ja selbst gesagt, dass der Markt für Kirkby-Kilts irgendwann gesättigt sein wird. Und die offenen Bestellungen haben echt noch ein bisschen Zeit. Ich finde also, dass wir Gordon in den nächsten Tagen ein paar andere Stoffe produzieren lassen sollten. Andere Muster, andere Stoffqualitäten. Und dann nähen wir im Akkord die Sachen. Auch dafür könnte der Markt in Stirling ein guter Test sein. Da erfahren wir, was bei den Leuten besonders gut ankommt. Was meinst du?«

»Macht Sinn«, gab Ainslee zu. »Die Verkaufsschlager in Edinburgh waren auf jeden Fall Schals, Stolen und Decken. Die haben den Vorteil, dass sie schnell und unkompliziert herzustellen sind.«

»Dann haben wir doch einen Plan.« Harriet rieb sich die Hände.

»Absolut. Aber ich finde, wir sollten uns trotzdem auf den Kirkby-Tartan beschränken. Dieses Muster ist einzigartig, und es wäre nicht nur für uns eine tolle Werbung, sondern auch für den Ort – was deinen zukünftigen Ehemann wohl ziemlich glücklich machen dürfte, nicht wahr?« Sie lächelte.

»Darauf kannst du wetten. Dann werde ich Gordon jetzt mal mit anderem Garn bestücken, damit wir einen weichen Stoff mit Volumen für die Schals und Stolen kriegen. Gut, dass ich letzte Woche mit der Weberei in Aviemore den Deal gemacht habe, dass sie für uns fünfzig Ballen in der robusten Qualität herstellen, die wir für Picknick- und Sofadecken verwenden könnten. Ich ruf da gleich morgen mal an und frage, wann wir die ersten Ballen haben können. Und ich finde, dass wir auch Kissen machen sollten.«

»Dann haben wir in den nächsten zwei Wochen auf jeden Fall keine Langeweile«, sagte Ainslee und fühlte sich beinahe erleichtert. Viel Arbeit bedeutete auch deutlich weniger Gelegenheit, sich über gewisse Männer Gedanken zu machen. »Aber für das Hochzeitskleid musst du dir trotzdem genügend Zeit nehmen«, fügte sie hinzu, als Harriet die Schneiderpuppe mit dem Kleid vorsichtig mit einem großen weißen Baumwolltuch verhüllte.

»Keine Sorge, das krieg ich hin. Jetzt, wo die Pailletten-Lage fertig ist, wird mir der Rest wie ein Spaziergang vorkommen.«

Von Feierabendstimmung war bei ihrer Kollegin keine Spur mehr zu sehen, und auch Ainslee machte sich nun wieder mit deutlich mehr Elan an die Arbeit. Dieser Kilt würde für die nächsten zwei Wochen der letzte sein, den sie anfertigte, und die Aussicht, etwas anderes tun zu können, gab ihr den nötigen Motivationsschub, um das Kleidungsstück endlich final in Angriff zu nehmen.

Harriet hatte sich inzwischen in den Nebenraum verzogen, in dem der große computergesteuerte Webstuhl namens Gordon stand, und war offensichtlich schon dabei, ihn mit dem anderen Garn auszustatten. Ainsley dämpfte die Kiltfalten in Form, als Jules plötzlich aus dem Schlaf hochschreckte, die Ohren spitzte, ein kurzes Bellen ausstieß und aus dem Raum lief.

Womöglich waren die Airedale-Hündinnen von Heather und George bei Robin und Sky zu Besuch? Doch statt mit den schwarz-braunen Terriern spazierte Jules kurz darauf in Begleitung von Ivy zurück ins Atelier und schien seiner Freundin alles zeigen zu wollen. Das Lächeln, das sich bei diesem Anblick spontan auf Ainslees Lippen bildete, erstarb im nächsten Moment wieder. Ivy war nämlich ganz sicher nicht allein hier. Was bedeutete, dass … Ein Klopfen ertönte an der geöffneten Tür.

»Stör ich?«, fragte Pauls dunkle, melodische Stimme.

»Ähm …« Ainslee konnte kaum in seine Richtung sehen, geschweige denn einen sinnvollen Satz formulieren. Falls er für eine Aussprache hergekommen war oder eine Erklärung für das Ende des gestrigen Abends liefern wollte, war jetzt jedenfalls der denkbar schlechteste Zeitpunkt.

»Ich helfe Robin und Sky beim Herrichten des Büros«, sprach er weiter. »Und da ist plötzlich Jules aufgetaucht und …« Sie bemerkte, dass auch er einen direkten Blickkontakt vermied und sich stattdessen neugierig im Raum umschaute.

»Ich …«, begann sie und wusste nicht wirklich, was sie sagen wollte. *Ich verstehe nicht, was gestern Abend passiert ist*, kam ihr als Erstes in den Sinn. *Ich würde so gerne da weitermachen, wo wir auf der Tanzfläche aufgehört haben*, als Nächstes. Doch aus ihrem Mund drangen ganz andere Worte: »Ich habe leider keine Zeit für eine Führung. Wir haben einen überraschenden Großauftrag und werden in den nächsten zwei Wochen praktisch Tag und Nacht arbeiten müssen.«

»Oh. Ja. Natürlich.« Er räusperte sich. »Verstehe. Wie gesagt, ich wollte wirklich nicht stören. Bin nebenan.«

»Okay«, erwiderte sie und sah knapp an ihm vorbei, aus Angst, etwas von seinen wahren Gefühlen in seinen Augen lesen zu können. »Ivy kann gerne hierbleiben.« Sie wartete nicht auf eine Antwort, sondern wandte sich direkt wieder dem Bügeleisen und dem Kilt zu. Als sie Schritte hörte, die sich langsam entfernten, atmete sie aus. Doch statt erleichtert fühlte sie sich noch verwirrter als vorhin.

»Was war das denn?« Harriet trat mit großen Augen durch die Flügeltür zu Gordons Reich.

»Ich hab Panik bekommen«, gab Ainslee zu. »Ich meine, ich konnte doch kaum damit rechnen, dass er plötzlich hier im Raum steht, oder?«

»So furchtbar unwahrscheinlich ist das auch wieder nicht, vielleicht hätte er etwas Erhellendes als Erklärung bieten können?«

»Nicht so laut«, zischte Ainslee und deutete auf die geöffnete Tür. »Ich bin jedenfalls froh, dass er nichts gesagt hat. Ich will keine Ausreden dazu hören, warum er mich nicht wollte oder warum es eine schlechte Idee wäre, sich mit mir einzulassen.«

»Aber du hast doch selbst gesagt, dass du denkst, es wäre eine schlechte Idee.«

»Ja, aber das ist was anderes.« Ainslee seufzte. »Ich weiß, dass das für dich vermutlich keinen Sinn ergibt, aber glaub mir, es ist wirklich besser so. Und gut, dass wir jetzt eine Mission haben. Da muss ich mir in den nächsten Wochen keine Gedanken über Paul machen.«

Harriet verzog ihr hübsches Gesicht zu einem einzigen Fragezeichen. »Aber was, wenn er die Zeit, in der du ihn nicht ablenkst, dafür nutzt, nach dem wahren Eigentümer von Monroe Manor zu forschen? Was, wenn er ihn findet? Und wenn der uns dann hier rausschmeißt?«

In Ainslee zog sich bei dem Gedanken alles zusammen, doch sie schluckte Harriets Köder nicht. »Alle im Ort haben mir versichert, dass es nicht so schnell gehen wird, bis die Eigentumsverhältnisse wirklich geklärt sind. Und selbst wenn der schlimmste Fall überhaupt eintreten würde und wir aus den Räumen rausmüssten, wird Collum garantiert ein anderes Quartier für uns finden. Außerdem ist das noch ein Argument mehr dafür, dass wir uns in den nächsten Tagen richtig reinhängen sollten, denn wenn wir erst mal auch überregionale Bekanntheit haben, wird es noch schwieriger, uns rauszuekeln.« Sie verschränkte die Hände vor der Brust und funkelte Harriet kämpferisch an.

Sollte Paul es ruhig versuchen … Doch das dachte sie nur.

»Zumindest dafür war's gut: dass du dir endlich keine Sorgen mehr um unser Unternehmen machst«, entgegnete Harriet mit einem schwachen Augenrollen. »Was deine seltsame Einstellung zu Männern im Allgemeinen und zu Paul im Speziellen betrifft, da ist offensichtlich Hopfen und Malz verloren.«

»Sagt die Frau, die nicht schlafen konnte, weil der Mann, den sie liebt, ihr bei der Feier gestern *nicht* den mit einigem Grauen befürchteten Heiratsantrag gemacht hat«, konterte Ainslee.

Harriet stutzte kurz und lachte dann laut auf. »Treffer, versenkt. Einigen wir uns einfach darauf, dass wir uns in der nächsten Zeit wirklich auf unsere Arbeit konzentrieren und nicht auf Männer.«

• • •

Knapp zwei Wochen später saß Paul im Wagen, auf dem Weg nach Stirling. Das Puzzle rund um Monroe Manor hatte in den letzten Tagen einige neue Teile bekommen, und eine Spur führte ihn zum Archiv von Stirling. Dort erhoffte er sich Aufzeichnungen über den Clan Montrose aus dem frühen achtzehnten Jahrhundert, die womöglich neue Informationssplitter liefern konnten.

Nach dem mehr als seltsamen Verlauf des Cèilidhs und dem unerwarteten und leider auch unerfreulichen Treffen mit Ainslee am Tag danach kam ihm die Abwechslung gerade recht. Wenn er sich in ein neues Forschungsprojekt versenken konnte, trat der Alltag dankenswerterweise ziemlich in den Hintergrund. Zumindest redete er sich das ein, denn viel zu oft kehrten seine Gedanken zu Ainslee zurück. War es nicht seltsam, dass sich der Großauftrag ausgerechnet an einem Sonntag ergeben hatte? Nun ja, er hatte keine Ahnung und musste sie beim Wort nehmen. Und ehrlich gesagt könnte er es ihr auch nicht verdenken, wenn es schlicht eine Ausrede wäre. Er hatte sich am Abend vorher nicht gerade mit Ruhm bekleckert und sie mehr oder weniger vor ihrer Tür stehen lassen.

Warum sollte sie also Lust haben, mit ihm zu reden und Zeit zu verbringen? Trotzdem war die Zeitangabe mit den zwei Wochen schon sehr konkret …

Gesehen hatte er sie seitdem jedenfalls nicht mehr, was aber auch daran lag, dass er fast jeden Tag in der näheren Umgebung unterwegs gewesen war und zuletzt drei Tage in Inverness. Seine Wohnung war ihm fast schon fremd vorgekommen, aber in der Unibibliothek war er auf den Hinweis gestoßen, dass es in Stirling eine heiße Spur geben könnte. Und da er ohnehin nichts Besseres zu tun hatte, hatte er beschlossen, diesem Fingerzeig zu folgen.

Stirling war auf jeden Fall einen Besuch wert, und er freute sich auf das quirlige Städtchen. Lag es vielleicht an der Ähnlichkeit zu seinem Nachnamen Starling, dass er sich dem Ort so seltsam verbunden fühlte? Das Archiv betreute Lawrence Miller, ein alter Studienfreund von ihm, und selbst wenn er in der Montrose-Stewart-Sache zu keinem Ergebnis kam, würde er sich wenigstens mit einem gleichgesinnten Geist austauschen können. Lawrence hatte ihn für heute Abend zu sich nach Hause zum Essen eingeladen, sodass sie nach Herzenslust in schottische Nerd-Abgründe würden abtauchen können. Lawrence war Junggeselle wie er, sie mussten also nicht einmal Rücksicht nehmen, sondern konnten in den abseitigsten Details schwelgen.

Das war nicht schlecht, redete er sich so lange ein, bis er es beinahe selbst glaubte. Intellektueller

Austausch in seinem Fachgebiet, mit einem Freund, der ähnlich tief in der Materie steckte wie er selbst, war beglückender als … Nein, diesen Vergleich brachte er nicht einmal in der Privatheit seiner eigenen Gedanken fertig. Wem machte er etwas vor? Glaubte er ernsthaft, dass es aufregender war, in staubigen Archiven nach jahrhundertealten Informationen zu wühlen, als mit einer Frau wie Ainslee … andere Dinge zu unternehmen?

»Ivy, dein Zweibeiner hat einige wichtige Schrauben locker«, sagte er zu seiner Hündin, die jedoch zusammengerollt im Kofferraum des Kombis schlief und mutmaßlich von spannenderen Dingen träumte als von ihrem bescheuerten Herrchen. Womöglich dachte sie an den schicken Jules? In seiner Anwesenheit bekam sie jedes Mal regelrecht Herzchen in den Augen. Aber vielleicht lag es auch nur daran, dass bei ihr bald die nächste Läufigkeit anstand und ihre Hormone schon jetzt verrücktspielten.

Seine eigenen Hormone waren jedenfalls seit gut zwei Wochen in verschärfter Alarmbereitschaft – und an diesem Zustand hatte sich auch trotz der vielen Arbeit und der spannenden neuen Erkenntnisse nicht viel geändert. Genervt von sich selbst schaltete er das Radio ein und landete bei einer Oldie-Welle, die Songs aus den Siebziger-, Achtziger- und Neunzigerjahren spielte. Gerade lief *Shout* von Tears for Fears, und er sang lautstark mit. Er liebte Musik und bedauerte es manchmal, dass er kein Instrument spielen konnte. Das wäre sicher anders, wenn seine Mutter nicht so früh gestorben wäre.

Hätte sie dafür gesorgt, dass er und sein älterer Bruder Oliver Musikunterricht bekamen? Wären sie überhaupt auf der abgelegenen Hebriden-Insel Lewis geblieben, oder hätte sie ihren Mann irgendwann verlassen und wäre mit den Kindern woanders hingezogen? Nach Edinburgh vielleicht? Oder zu Marlin? Hätten die beiden ihre Karriere weiterverfolgt? Oder wäre die Band zerbrochen?

So viele Fragen und so wenig Antworten. Er kannte nur die Tagebucheinträge seiner Mutter. Dort hatte sie von immer stärkeren Spannungen zwischen ihr und Lin gesprochen und diese sich selbst gegenüber als Begründung dafür genutzt, dass sie beiden Männern – Ehegatte und Bandpartner – verschwieg, wer der Vater von Paul war. Das mutmaßlich letzte Tagebuch fehlte, das war wohl bei dem Flugzeugabsturz zerstört worden. Vielleicht hätte er da noch mehr erfahren?

Vermutlich könnte Marlin etwas mehr Kontext liefern. Bislang hatte Paul es jedoch vermieden, ihm entsprechende Fragen zu stellen, und Marlin war auch nicht proaktiv auf ihn zugekommen. Ganz sicher war es für ihn auch nicht leicht, schließlich war er nach dem Tod von Carolyn Starling zu seiner Ehefrau Bonnie zurückgekehrt und hatte drei weitere Kinder mit ihr gezeugt. Wäre es auch so gekommen, wenn er schon damals gewusst hätte, dass Paul sein Sohn war?

Warum wurden all diese Fragen plötzlich immer drängender und wichtiger? Seine Mutter war in Kindertagen immer wie eine Märchenfigur für ihn gewesen – er hatte sie idealisiert, aber gleichzeitig war sie weit jenseits seiner Realität geblieben. Das hatte sich schlagartig geändert, als er als Fünfzehnjähriger ihre Tagebücher gefunden hatte. Ihre Aufzeichnungen, so banal sie oft waren, hatten den Effekt einer kalten Dusche gehabt. Seine Mutter war keine Märchenprinzessin, sondern eine ganz normale Frau aus Fleisch und Blut. Wobei »normal« ein stark relativer Begriff war. Sie hatte ein echtes Doppelleben geführt, als gefeierter Popstar einerseits und Ehefrau eines Grundschullehrers und Teilzeit-Schafbauern andererseits. Wäre sie auf Dauer damit glücklich gewesen? Vermutlich nicht. Sonst hätte sie ja wohl kaum die Affäre mit Marlin begonnen. Seltsamerweise hatte Paul über diese Dinge zunächst nur wenig nachgedacht. Seine Mutter war entzaubert gewesen, und der Schock, dass er nicht der leibliche Sohn seines vermeintlichen Vaters war, hatte zur damaligen Zeit deutlich schwerer gewogen. Duncan Starling hatte ihm eindringlich versichert, dass er Paul vom ersten Tag an als sein Kind betrachtet und dass sich daran auch nach der Lektüre der Tagebücher nichts geändert hatte. Damit war das Thema vordergründig erledigt gewesen, doch heimlich hatte sich eine tiefe Unsicherheit in ihm breitgemacht.

Nicht zu wissen, wer er wirklich war, hatte ihn insgeheim viel mehr belastet, als er vor sich selbst und allen anderen hatte zugeben können. Doch jetzt, wo sich immer mehr Puzzleteile fanden – nicht nur beim Geheimnis um Monroe Manor, sondern auch sein eigenes Leben betreffend –, wurde ihm immer klarer, wie wichtig dieser bislang vollkommen unbekannte Teil seiner Identität war. Und doch fiel es ihm schwer, die neue Wirklichkeit und die neue Familie als Teil seiner selbst zu begreifen und zu akzeptieren. Aber eins war klar: Um sich selbst besser kennenzulernen, musste er seinem Vater Fragen stellen. Viele Fragen. Unangenehme Fragen.

Paul war so in Gedanken versunken gewesen, dass er von den Liedern nach *Shout* nichts mehr mitbekommen hatte, doch nun ertönten ausgerechnet die ersten Takte von *Memory Lane*. Sein Pulsschlag erhöhte sich dramatisch, und er hatte das Gefühl, keine Luft mehr zu bekommen. Hektisch schaltete er das Radio ab und lenkte seinen Wagen in eine Parkbucht neben der Straße. Dann schloss er die Augen, um sich zu beruhigen. Gerade als sein Herz wieder langsamer schlug, klingelte sein Telefon, und auf dem Display erschien Olivers Name. Sofort hatte Paul wieder ein schlechtes Gewissen. Sein Bruder hatte in den letzten Tagen mehrfach versucht, ihn zu erreichen, und immer hatte er ihn abgewimmelt oder den Anruf gleich auf die Mailbox geschickt. Doch nun drückte er auf den Knopf der Freisprechanlage und nahm das Gespräch an.

»Wo erwische ich dich gerade?«, wollte Oliver statt einer Begrüßung wissen.

»Ich bin auf dem Weg nach Stirling«, sagte er wahrheitsgemäß.

»Lass mich raten – Recherche?« Oliver lachte, und Paul konnte regelrecht das Kopfschütteln seines älteren Halbbruders hören. Er war Schafzüchter durch und durch und hatte nie begreifen können, wie man sich für uralte Dokumente interessieren konnte.

»Was sonst? Aber was verschafft mir die Ehre deines Anrufs? Alles in Ordnung bei euch? Wie geht's Felix?«

»Witzig, dass du fragst. Ich dachte ehrlich gesagt schon, dass du dich gar nicht mehr für uns interessierst, jetzt, wo du eine neue große Familie hast.« Olivers Tonfall klang locker, aber eine gewisse verletzte, schneidende Note konnte Paul recht deutlich heraushören.

»Das ist unfair, und das weißt du auch«, entgegnete er etwas gereizt. »Die Situation ist nicht einfach für mich. Ich habe es monatelang mit Ignoranz versucht, aber es gibt da so viele Menschen, mit denen ich genauso eng verwandt bin wie mit dir, und das kann ich einfach nicht länger ignorieren. Das heißt aber nicht, dass es mich nicht interessiert, wie es dir, Felix, Maura und Dad geht.«

»Seit zwei Wochen versuche ich dir etwas wirklich Wichtiges mitzuteilen, aber du würgst mich jedes Mal sofort ab, ehe ich überhaupt an den Punkt komme.«

Paul atmete etwas forciert aus, doch Oliver hatte natürlich recht. »Tut mir leid. Die letzten beiden Wochen waren hier auch nicht gerade leicht. Aber sag schon, was gibt es?« Er nahm seine Wasserflasche und trank einen Schluck.

»Es hat endlich mit der Adoption geklappt. Nächste Woche holen Felix und ich die kleine Emily aus Glasgow ab. Sie ist sieben Wochen alt und …« Den Rest des Satzes bekam Paul nicht mehr mit, weil er sich an seinem Wasser verschluckt hatte und nun heftig hustete.

»Ihr habt ein Kind adoptiert?«, keuchte er schließlich mit kaum verbrämtem Entsetzen.

»Nun tu doch nicht so überrascht. Wir stehen doch schon seit Jahren bei etlichen Agenturen auf der Warteliste. Jetzt ist unser Herzenswunsch endlich wahr geworden.« Olivers Stimme bebte förmlich vor Glück.

»Aber warum?« Das war alles, was Paul einfiel.

»Warum was?«

»Warum wollt ihr unbedingt ein Kind?«, präzisierte er und fügte in Gedanken hinzu: *Warum gibt das Jugendamt ausgerechnet einem Paar ein Kind, das am Ende der Welt auf einer winzigen Insel mit mehr Schafen als Menschen lebt, auf der es praktisch keine nennenswerte Infrastruktur gibt?*

»Was ist denn das für eine Frage?« Oliver klang tatsächlich gekränkt. »Wir haben uns schon lange ein Kind gewünscht. Den meisten Menschen geht es so – das ist die Macht der Biologie.«

Paul sparte sich den Hinweis, dass Adoption durch ein schwules Ehepaar ja eher wenig mit biologischer Fortpflanzung zu tun hatte, und presste lediglich ein »Na dann herzlichen Glückwunsch!« hervor.

Oliver ignorierte seinen mangelnden Enthusiasmus. »Vielen Dank. Ich schick dir ein paar Bilder von der Kleinen. Aber ich wollte dich fragen, ob wir uns kurz sehen können, wenn wir auf der Durchreise sind. Am Mittwochmittag vielleicht? Und vielleicht auch auf dem Rückweg noch einmal? Ich schätze, mit einem Baby werden wir ohnehin viele Pausen machen müssen.«

»Ähm, ja. Klar. Natürlich. Wo soll ich hinkommen?«

»Bist du immer noch in Kirkby?«

»Meistens. Wenn mich meine Forschung nicht gerade an einen anderen Ort verschlägt.«

»Dann kommen wir da vorbei. Wir können im Pub essen, und vielleicht lernen wir ja sogar ein paar Mitglieder deiner Familie kennen.«

Am nächsten Morgen fühlte sich Paul ein wenig desorientiert, als er in seinem Zimmer im Bed & Breakfast die Augen aufschlug. Er brauchte ein paar Atemzüge, bis er wusste, wo er war. Das Telefonat mit seinem Bruder gestern hatte ihn fast noch mehr aufgewühlt als seine wirren Gedanken zuvor, aber immerhin war es eine prima Ablenkung gewesen. Statt sich über Ainslee und die vielen ungeklärten Fragen seiner Herkunft den Kopf zu zerbrechen, hatte er plötzlich ganz konkretes Futter für Grübeleien. Es fiel ihm schwer, Olivers und Felix' Wunsch nach einem Kind nachzuvollziehen, aber wenn er seine eigene Gefühlswelt außen vor ließ, konnte er immerhin anerkennen, dass die beiden bestimmt sehr gute Eltern werden würden. Die kleine Emily könnte es wahrlich schlimmer treffen, als wohlbehütet auf dem Schafhof auf der Insel Lewis aufzuwachsen. Verstörender fand er die Vorstellung, dass die beiden auf ihrem Weg zum Familienglück ausgerechnet in Kirkby haltmachen wollten. Er hatte keinen Zweifel daran, dass sie ihn sehen wollten, aber genauso wenig daran, dass sie brennend neugierig auf die »andere Familie« waren. Irgendwas musste er sich noch einfallen lassen, um das zu verhindern, denn er war sich sicher, dass ihn dieses Familientreffen komplett überfordern würde.

Irgendwie hatte er es nach der Pause nach Stirling geschafft, war zum Archiv gefahren und hatte sich in die alten Aufzeichnungen vertieft. Viel Substanzielles hatte er jedoch nicht gefunden, nur ein paar weitere Hinweise, die ihn wie bei einer Schnitzeljagd zur nächsten Recherchestelle bringen würden. Immerhin war der Abend mit Lawrence ausgesprochen nett gewesen. Sie hatten endlos lange über die verschollenen Aufzeichnungen eines Clan-Chiefs aus dem siebzehnten Jahrhundert philosophiert, mit deren Fragmenten sie sich bereits während ihres Studiums auseinandergesetzt hatten. Lawrence war sich nun sicher, in einem

Kompendium alter Schriften, das aus der Erbmasse einer schrulligen Sammlerin stammte, einen Großteil der Originalaufzeichnungen gefunden zu haben. Allerdings fehlten ihm die Zeit, das Geld und das nötige Personal dafür, alles genau zu sichten und einzuordnen. Paul hatte es in den Fingern gejuckt, einen Blick darauf zu werfen, ein weiteres Extra-Projekt konnte er sich im Moment aber beim besten Willen nicht zumuten. Doch das war das Schöne an seinem Beruf als Historiker: Waren alte Quellen erst einmal gesichert, konnten sie gut und gerne auch noch weitere Monate, Jahre oder Jahrzehnte warten, bis man sich mit ihnen beschäftigte.

Eigentlich hatte er gleich nach dem Frühstück den Heimweg nach Norden antreten wollen, doch Lawrence hatte ihm vom Historienmarkt auf Stirling Castle vorgeschwärmt, der an diesem Wochenende stattfand. Er ging nicht oft zu solchen Veranstaltungen, weil die meisten historisch vollkommen inakkurat waren und es nur um überteuerten Nippes und Kommerz ging, doch Lawrence hatte ihm versichert, dass dieser Markt etwas Besonderes sei. Und da ihn streng genommen nichts nach Kirkby zog – die Erforschung seiner eigenen Wurzeln konnte auch noch ein bisschen warten –, hatte er zugestimmt, mitzukommen.

Nach dem Frühstück checkte er aus, ließ sein Auto allerdings auf dem Parkplatz stehen und wanderte mit Ivy zu Fuß den Hügel hoch zu der mittelalterlichen

Schlossanlage, wo der Markt stattfand. Am Burgtor traf er Lawrence, und gemeinsam schlenderten sie von Stand zu Stand. Sein Kumpel hatte recht behalten, was den Charmefaktor betraf. Sämtliche Händler trugen mehr oder weniger akkurate historische Kostüme, und sie hatten ein breites Warenangebot, das zumindest auf den ersten Blick weitgehend handgemacht und nicht nach »made in China« aussah. Dass die Kleidungsstile aus mehreren Jahrhunderten stammten, erkannten wohl nur Vollprofis wie Lawrence und er. Dem Gesamtbild tat es jedenfalls keinen Abbruch.

Lawrence war irgendwann in dem Zelt hängen geblieben, in dem ein Antiquar angeblich ausschließlich echte Bücher und Schriftstücke aus dem siebzehnten bis neunzehnten Jahrhundert feilbot. Normalerweise konnte auch Paul bei einem solchen Angebot nur selten widerstehen, aber diesmal zog es ihn weiter zu den Ständen mit dem »lebenden Handwerk«. Er sah zu, wie ein Schmied anfing, aus einem rot glühenden Eisenstab ein Schwert anzufertigen. Daneben gab es zwei Glasbläser. Einer stellte in schier atemberaubender Geschwindigkeit Kelchgläser her, der andere filigrane Tierfiguren. Aus einem Impuls heraus kaufte er ein kleines, sehr witzig aussehendes Schaf für seine zukünftige Nichte Emily. Oder vielmehr für deren Väter, denn ein Baby sollte ja wohl kaum mit Glasfiguren spielen. Einen Stand weiter machten zwei Frauen wie in früheren Zeiten mit reiner Muskelkraft frische Butter, daneben duftete es verführerisch nach

Bienenwachs, denn eine Kerzengießerin zeigte, wie Kerzen entstanden. Paul nahm sich vor, später noch einmal vorbeizukommen und Kerzen zu kaufen, denn er liebte den Duft.

Er fragte sich, was all diese Menschen im wahren Leben taten. Arbeiteten die Butterfrauen ansonsten vielleicht in einer Bank? Der Glasbläser hatte ihm eine Visitenkarte mitgegeben. Der stellte auch im Alltag Glaswaren her. Doch dass der Markt für handgeschmiedete Schwerter, handgeschleuderte Butter und handgezogene Kerzen so groß war, dass sich das als Vollzeitjob lohnte, bezweifelte er. Es beeindruckte ihn jedoch, mit welcher Leidenschaft, offensichtlichen Freude und Detailversessenheit diese Menschen sich ihrem Handwerk und auch ihrem Auftritt widmeten. Der Schmied und die Glasbläser trugen nicht etwa moderne Schutzausrüstungen, sondern kräftige Lederschürzen und Handschuhe sowie Schutzbrillen, wie es sie auch schon vor Jahrhunderten gegeben hatte. Die Butterfrauen hatten einfache Kleider an, handgestrickte Strümpfe, die für Anfang Juli sicher reichlich warm waren, und Kopftücher, wie sie Dienstmägde in früheren Zeiten getragen hatten. Auch das Kleid der Kerzenzieherin war schlicht, aber sichtbar gut gearbeitet und schon deutlich aufwendiger. Er beneidete sie nicht um das enge Schnürkorsett, um das Frauen früher nicht herumgekommen waren. Ihr honigblondes Haar hatte sie in einer Flechtfrisur hochgesteckt und unter einer Haube versteckt – und nun lächelte sie ihn eindeutig vielsagend an. Mist, er hatte sie wohl viel zu lange in Gedanken versunken angestarrt.

Glücklicherweise kam gerade eine Familie mit drei kleinen Kindern an, die die Frau mit Fragen bombardierten. Paul nickte ihr kurz verlegen zu und ging dann weiter. Der nächste Stand war ein kleines Zelt aus mitternachtsblauem Stoff, der mit zahllosen Sternen bestickt war. Gerade huschte eine junge Frau mit geröteten Wangen heraus, und gleich darauf folgte eine mit bunten Tüchern und zahllosen Ketten behangene ältere Dame.

»Auf dich habe ich gewartet, mein Bester«, gurrte sie Paul mit dunkler Stimme an. »Komm herein, und stell dich der Wahrheit in Gegenwart und Zukunft!«

Paul wollte protestieren, denn von Scharlatanerie und Wahrsagerei hielt er exakt gar nichts, doch die Frau packte ihn mit einem erstaunlich resoluten Griff am Arm und zog ihn hinter sich her ins Zelt.

RELATIVE WAHRHEITEN

AINSLEE NAHM AUS DEM Augenwinkel wahr, wie Jules sich auf seinem Lager plötzlich aufrichtete und zum Zelt der Wahrsagerin Madame Apollonia gegenüber starrte. Sehnte sich ihr Hund plötzlich nach einer Vorhersage dazu, wann das nächste Leckerchen zu erwarten war? Sie schielte in dieselbe Richtung und hätte schwören können, dass gerade ein schwarzer Hund ins Zelt schlüpfte. Ein Hund mit Locken. Am Ende ein Pudel wie Ivy?

Jules wuffte leicht frustriert und ließ sich wieder auf sein Kissen sinken, während Ainslee versuchte, sich auf ihre Arbeit zu konzentrieren. Eileen hatte nicht zu viel versprochen. Der Markt auf Stirling Castle war wirklich etwas Besonderes, und die Besucher waren extrem offen, interessiert und in Kauflaune. Sie kam kaum dazu, an ihrem Stoff zu arbeiten, denn ständig wollte jemand einen Schal, eine Decke oder einen Tartan-Teddy kaufen. Es war erst Samstagmittag, und sie hatte schon einiges an Umsatz gemacht.

Harriet und sie hatten sich in den letzten Tagen buchstäblich die Finger blutig genäht und reichlich Waren produziert. So viel, dass sie davon ausgegangen war, schon einen Basisbestand für die Highland Games in Kirkby Ende August zu haben. Doch nun war schon fast ein Drittel verkauft – was gleichermaßen erfreulich und beängstigend war. Blöderweise konnte Harriet nicht hier sein und den Verkauf übernehmen, wie sie es ursprünglich vorgehabt hatte, denn in Kirkby fand heute eine relativ spontan organisierte Charity-Auktion statt, bei der zwei Tonskulpturen unter den Hammer kommen sollten: eine von Kirkbys Keramikkünstler Sean und die andere von Skys neuer Mitarbeiterin Yeshi. Die hatte neben ihren administrativen Talenten, die sie für ihre Arbeit bei der Organisation STEADFAST zweifellos brauchte, offensichtlich auch eine künstlerische Ader. Seans Galerist war begeistert von ihren Fertigkeiten. Jedenfalls versprach sich Collum von der Versteigerung weiteren Glanz für Kirkby, und Harriet wollte bei diesem Ereignis an seiner Seite sein. Verständlicherweise. Irgendwie. Doch andererseits könnte sie sich hier in Stirling erheblich nützlicher machen, als wenn sie in Kirkby die First Lady gab.

Ainslee verspürte einen kleinen Stich im Herzen, weil ihre Geschäftspartnerin und Freundin das gemeinsame Projekt so rasch auf Eis legte und lieber … Nein! Energisch schob sie diesen kleingeistigen und offen gestanden eifersüchtigen Gedanken beiseite. Dies hier war Ainslees Engagement, und Harriet hatte nur angeboten, ihr zu helfen. Dann hatte sich etwas anderes, in ihren Augen Wichtigeres ergeben, und das war in Ordnung. Zumal die Aula der alten Schule, wo die Auktion stattfinden und online in die ganze Welt gestreamt werden würde, garantiert prominent im Kirkby-Tartan erstrahlte. Das *war* wichtig! Vielleicht sogar wichtiger als der Ausflug nach Stirling.

»Miss? Miss!«, rief nun wieder eine Kundin und warb mit ausladenden Handbewegungen um Ainslees Aufmerksamkeit.

Sie lächelte und stand vom Webstuhl auf. »Wie kann ich Ihnen helfen?«

»Gibt es die Decken noch in anderen Größen? Ich könnte sie mir sehr gut als Tagesdecke für unser Bett vorstellen, aber dafür sind sie zu klein.«

»Wir haben für diese Veranstaltung nur Decken im Format eins achtzig mal eins achtzig da, aber wir stellen selbstverständlich auch Sondergrößen her.« Ainslee holte ihre Kladde hervor, in der sie bereits drei Aufträge notiert hatte.

»Die Wolle kommt auch garantiert aus der Region?«, erkundigte sich die Frau. »Wir legen allergrößten Wert auf Regionalität und Nachhaltigkeit. Ich möchte sichergehen, dass es keine Wolle aus Neuseeland oder sonst woher ist.«

»Da müssen Sie sich keine Sorgen machen. Die Wolle stammt ausschließlich von schottischen Schafen. Sie wurde in schottischen Spinnereien gefärbt und gesponnen und in der *Kirkby Tartan Mill* gewebt. Regionaler geht es nicht.«

»Und wo genau liegt Kirkby?«, forschte die Frau weiter, die es offensichtlich ganz genau wissen wollte.

»Wenige Kilometer vom nordwestlichen Ufer des Loch Ness entfernt. Der Stoff für die Decken wurde allerdings in unserer Partnerweberei in Aviemore im Spy-Gebiet hergestellt, weil wir keine so großen Kapazitäten haben. Dort arbeitet man aber nach den gleichen Standards wie bei uns – und mit unseren Rohstoffen.«

»Interessant …« Die Kundin schien trotzdem noch nicht ganz zufrieden zu sein, doch die Frau hinter ihr grätschte dazwischen.

»Ich würde einfach gerne diese Stola und einen Teddy kaufen«, sagte sie und wedelte bereits mit einem abgezählten Geldbündel vor Ainslees Nase.

»Natürlich, sehr gerne.« Ainslee packte die Stola und den Teddy in eine Papiertüte mit dem Logo von Shona Frasers *Golden Alpaca Distillery*, denn ihre eigenen Tüten waren immer noch nicht geliefert worden. Dazu packte sie noch den Flyer der Weberei und eine Postkarte mit dem hübschen Lageplan von Kirkby.

»Ich war noch nicht fertig«, maulte die erste Kundin dazwischen. »Ich würde zunächst einmal zwei Kissenbezüge und eine Decke nehmen. Wegen weiterer Aufträge würde ich mich dann telefonisch oder per Mail bei Ihnen melden, wenn das in Ordnung ist.«

»Selbstverständlich.« Ainslee freute sich aufrichtig über ihren Geschäftserfolg, aber sie merkte auch, dass das Lächeln langsam immer anstrengender wurde.

»Es ist wirklich schade, dass wir Ihnen nicht beim Weben zusehen können«, sprach die Kundin jestirnrunzelnd weiter. »Vielleicht hätten Sie besser jemanden für den Warenverkauf engagiert.«

»Da haben Sie zweifellos recht«, entgegnete Ainslee und faltete die Decke und die Kissenbezüge so zurecht, dass sie in die Tragetasche passten. »Leider war meine Geschäftspartnerin kurzfristig verhindert. Das macht hundertdreißig Pfund, bitte schön.«

»Kann ich mit Karte zahlen?«

»Natürlich.« Auch das Kartenzahlgerät stammte von Shona, und Ainslee wollte lieber nicht darüber nachdenken, wie unprofessionell und schlecht vorbereitet sie hier aufgeschlagen war, aber es war tatsächlich das erste Mal, dass sie bei einem derartigen Event auch Waren verkaufte. Schade, dass Eileen unterschlagen hatte, *wie* anstrengend genau dieser Part war. Doch es half nichts – sie würde das irgendwie durchstehen. Allein. Obwohl Madame Apollonia ihr gestern Abend nach dem Aufbau der Stände einen glorreichen Team-Erfolg prophezeit hatte.

Sie hielt nicht viel vom Wahrsagen, und die zahllosen Kartenleger und Handleserinnen, denen sie bei ihrer Tingelei über die Historienmärkte des Landes in all den Jahren schon begegnet war, hatten selten Erhellendes zu berichten gehabt. Mit Anfang, Mitte zwanzig hatte es ihr noch Spaß gemacht, sich den baldigen Auftritt von Mr Right vorhersagen zu lassen, doch tatsächlich war nie auch nur ein Fünkchen Wahrheit daran gewesen. Daher vermied sie es seit Jahren, mit diesen talentierten Menschenfängern zu sprechen, die lediglich über ein mal mehr, mal weniger ausgeprägtes Gespür für die Sehnsüchte und Wünsche ihres Gegenübers verfügten. Psychologie, Erfahrung und gesunden Menschenverstand verbanden sie so geschickt, dass ihre Prophezeiungen immer irgendwie passend klangen. Von Madame Apollonia hatte sie jedoch einen anderen Eindruck gehabt. Zum einen hatte sie schon gestern beim Aufbau ihr elaboriertes Kostüm getragen und allen anderen Ausstellern ihre schillernde Herkunft geschildert. Angeblich war sie mütterlicherseits eine Nachfahrin berühmter griechischer Seherinnen und stammte väterlicherseits von einer mächtigen schottischen Hexenfamilie ab. Das alles hatte Apollonia Miller, wie sie bürgerlich hieß, vollkommen ironiefrei berichtet, als sei es das Normalste der Welt. Jedenfalls hatte sich Ainslee gestern seltsam von ihr angezogen gefühlt, ihr absurderweise vertraut und kaum gezögert, als Madame ihr angeboten hatte, eine kleine Schicksalsbefragung für sie durchzuführen. Quasi als Nachbarschaftsdienst und als Gegenleistung für eine weiche Stola.

In der Rückschau schien ihr das ein wirklich mieses Geschäft zu sein, denn Apollonia hatte in ihrer Glaskugel ausschließlich idiotische Dinge »gesehen«, die kompletter Humbug waren. So war Ainslee angeblich adeligen Geschlechts und würde den Mann ihres Lebens, nachdem sie ihn verstoßen hatte, nur mit Mühe wieder zurückgewinnen können. Dafür konnte sie sich in den nächsten Jahren über zahlreichen

Nachwuchs freuen und in der unmittelbaren Zukunft über großartige wirtschaftliche Erfolge. Ach ja, und das Wochenende hier in Stirling würde zum Team-Triumph werden.

Dafür hatte sie der Schrulle tatsächlich eine Stola gegeben, die sie ansonsten für fünfzig Pfund verkauft hätte. Wirklich ein schlechter Witz. Alles. Sie war definitiv nicht adelig. Nachwuchs, egal wie zahlreich, konnte sie mit absoluter Sicherheit ausschließen, und wenn einer der Männer in ihrer Vergangenheit ihr Seelenpartner gewesen sein sollte, dann wollte sie ihr restliches Leben mit Freuden als glücklicher Single verbringen. Sie hatte die halbe Nacht damit verbracht, die Typen durchzugehen. Nein, da war ganz sicher kein verwunschener Prinz dabei, sondern nur stinkende Kröten. Wenn Apollonias Prophezeiungen alle so daneben waren, würde auch das mit der Weberei und ihrem Schneideratelier nicht gut ausgehen, aber darüber wollte sie lieber nicht nachdenken. Immerhin lief es an diesem Wochenende geschäftlich erstklassig – wenn auch nicht als Team, sondern im Einzelkampf. Aber das war Ainslee ja auch schon ihr ganzes Leben lang gewohnt.

• • •

Es dauerte einen Moment, bis sich Pauls Augen an die Schummrigkeit im Zelt der Wahrsagerin gewöhnt hatten, doch nach und nach zeigten sich mehr Details. Genau so hätte er in einem Film die Wirkungsstätte einer Seherin oder Hexe dargestellt. In der Mitte des kleinen kreisrunden Raumes stand ein Tischchen mit einer dunkelroten, bodenlangen Samtdecke darauf. In zwei Regalen, die wirkten, als seien sie aus altem Treibgut zusammengezimmert worden – sicherlich sehr unpraktisch beim Auf- und Abbau, wie ihm irrationalerweise durch den Kopf schoss –, lagerten die merkwürdigsten Artefakte. Etwas Rundes, das mit einem dunklen Satintuch verhüllt war und von dem Paul annahm, es könnte sich dabei um eine Glaskugel handeln. Kartensets, diverse Leder- und Stoffbeutel, die womöglich Runen, Hühnerknochen oder etwas in der Art beinhalteten.

Ivy, die ähnlich fasziniert war wie er selbst, erstarrte bei ihrem Rundgang plötzlich, als sie sich einem Raben gegenüber wiederfand, von dem Paul gewettet hätte, dass er ausgestopft war – bis er bei Ivys Anblick die Federn spreizte und ein empört klingendes Krächzen ausstieß.

»Ralph, sei nicht so unfreundlich zu unserem vierbeinigen Gast«, sagte die schillernde Frau tadelnd zu dem Vogel. Es waren ihre ersten Worte, seit sie das Zelt betreten hatten. Offenbar hatte sie Paul Gelegenheit geben wollen, sich zu akklimatisieren.

»Das ist wirklich beeindruckend«, bemerkte er. »Hier stimmt jedes noch so kleine Detail. Dieses Zelt wäre die …« Er machte eine raumgreifende Geste. »Die perfekte Kulisse für …« Er verstummte, als er ihren Gesichtsausdruck sah.

»Kulisse?« Sie hob eine Braue.

»Nun ja. Verzeihung, aber … Also, ich meine, ich finde es fantastisch, mit welchem Aufwand hier sämtliche Aussteller ihre Stände gestalten und mit welcher Sorgfalt sie sich kleiden, aber Sie heben das noch einmal auf ein anderes Niveau. Es wirkt fast so, als würden Sie das alles komplett ernst nehmen.« Er schaute sie treuherzig an, nur um im nächsten Moment das Gefühl zu haben, dass sie ihn gleich in einen Wurm verwandeln würde. Wirklich ganz außergewöhnlich. »Natürlich nehmen Sie es ernst«, beeilte er sich hinzuzufügen. »Das ist bestimmt das Geheimnis Ihres Erfolges.«

Er räusperte sich, während Ivy immer noch den wieder völlig ruhigen Raben fixierte. Der ernsthaft auf den Namen Ralph hörte – wie kam man nur auf eine solche Idee?

»Darf ich Ihnen mein Kompliment aussprechen?«, redete er weiter. »Das alles ist einfach nur grandios.«

Warum plapperte er eigentlich die ganze Zeit? Die seltsame Tante hatte ihn einfach so in ihr Zelt gezerrt, zweifellos um ihm für eine Vorhersage, die auf neunzig Prozent der Menschheit zuträfe, reichlich Kohle aus der Tasche zu ziehen. Offenbar liefen die Geschäfte längst nicht so erfreulich, wie sie sollten – Aufwand hin oder her. Trotzdem bewunderte er den Gesamteindruck von Gestaltung und Aufmachung, und allein das war ihm einen kleinen Obolus wert.

»Sie haben mir die Wahrheit angekündigt, in Gegenwart und Zukunft«, sagte er nun und nahm ungefragt auf dem gepolsterten Sesselchen Platz, das offenbar für Ratsuchende gedacht war. »Normalerweise bin ich daran nicht sonderlich interessiert, aber diesmal würde ich eine Ausnahme machen. Wie viel kostet es?«

Die Frau funkelte ihn aus ihren kleinen, dunklen Augen an, die Paul an die ihres Raben erinnerten, und wieder hatte er das Gefühl, dass sie ihn mit einem Fingerschnippen in irgendein niederes Tier verwandeln konnte, im Moment aber noch überlegte, für welches sie sich entscheiden sollte. Nicht sehr angenehm. Genau genommen sogar verdammt unheimlich.

Paul wollte aufstehen und das Weite suchen, doch irgendwie schienen ihm seine Beine nicht zu gehorchen. Ivy, die alte Verräterin, hatte genug von dem Raben und wandte sich nun mit freundlichem Schwanzwedeln der Frau zu.

»Du bist wirklich eine ganz besondere Seele«, stellte die Seherin fest und legte der Hündin eine Hand auf den Kopf, die andere auf den Rücken. Dann schloss sie die Augen, und Ivy wirkte mit einem Mal vollkommen tiefenentspannt. »Du hast deine wahre Aufgabe und Erfüllung noch nicht gefunden, aber es wird nicht mehr lange dauern, dann wirst du das Glück empfinden, nachdem du dich schon dein ganzes Leben lang sehnst.« Sie kraulte Ivy liebevoll an den Ohren und fokussierte ihre Aufmerksamkeit wieder auf Paul.

»Und nun zu dir, mein Bester. Ich bin Madame Apollonia, und du darfst dich glücklich schätzen, dieses Tier an deiner Seite zu haben. Aber vergiss nie, sie hat dich ausgewählt und nicht umgekehrt. Und sie wird dir bald eine Entscheidung abverlangen, die dir mit deinem beschränkten Horizont keine Freude bereiten wird. Handle in ihrem Sinn, und alles wird gut.«

Paul schluckte. Die Alte hatte sie doch nicht mehr alle. Trotzdem konnte er sich nicht beherrschen: »Ist Ivy krank? Steht eine schwere OP an oder so etwas?« Allein die Vorstellung, seinen Hund zu verlieren, brachte ihn fast um.

»Ivy wird dir deutlich mitteilen, was sie von dir braucht, wenn die Zeit gekommen ist. Vertrau auf ihre Instinkte, und nimm dich nicht wichtiger als sie. Wie du dich überhaupt nicht so wichtig nehmen solltest. Die Welt dreht sich nicht um dich, vielmehr bist du ein kleines Zahnrad in einem großen, komplexen Konstrukt, das dir auf lange Sicht Heimat sein kann und dir eine Form von Geborgenheit schenken wird, wie du sie noch nie erlebt hast. Aber Achtung, du bist dabei dein größter Feind.«

»Ähm …« Paul wusste nicht recht, was er darauf antworten sollte. Salbaderten die meisten Wahrsagerinnen nicht von irgendwelchen erfreulichen Aussichten? Von der Frau seines Lebens, von Reichtum und Glück? Stattdessen bekam er hier Warnungen. Ein kleines Zahnrad in einem komplexen Konstrukt?

Himmel, das traf ja wohl auf jeden Menschen zu. Global gesehen war doch jeder nur ein kleines Schräubchen im göttlichen Getriebe – wenn man an so etwas glaubte, was er für sich nicht abschließend bejahen oder verneinen wollte. Aber sie tat eher so, als wäre er in diesem Getriebe ein Sandkorn, das den Lauf behinderte.

»Brauchen Sie für Ihre Prophezeiungen nicht vielleicht irgendein Hilfsmittel?«, wechselte er das Thema und deutete auf die Gegenstände in den Regalen. »Karten oder eine Kristallkugel oder so?« Er legte seine Hände auf den Tisch, die Handflächen nach oben. »Oder vielleicht Handlesen?«

Madame Apollonia – was war das überhaupt für ein komplett bescheuerter Name? – betrachtete ihn mit einem beinahe mitleidigen Gesichtsausdruck, erwiderte dann jedoch: »Wenn es dich glücklich macht, können wir gerne darauf zurückgreifen. Deine schiere Präsenz ist aber eigentlich schon aussagekräftig genug.«

Das klang irgendwie nicht nach einem Kompliment. Obwohl – was sagte seine Präsenz denn nun aus? Er war sich plötzlich nicht sicher, ob er es wirklich wissen wollte.

• • •

Ainslee hatte den jüngsten Kundenansturm bewältigt und eben wieder am Webstuhl Platz genommen, als Jules erneut wie von der Tarantel gestochen hochfuhr, ein aufgeregtes »Wuff« ausstieß und zum Zelt von Madame Apollonia blickte. Gerade stolperte da ein etwas verstört wirkender Paul hervor und blinzelte in die grelle Sommersonne. Hatte Jules vorhin also tatsächlich Ivy erspäht. Die Hündin stand neben ihrem Herrn, hatte jedoch nur Augen für Jules, der kurz davor war, über sämtliche Barrikaden zu gehen, um zu seiner Angebeteten zu gelangen. Glücklicherweise hatte Ainslee ihn jedoch am schweren Webstuhl angebunden, sodass er nicht weit kam. Sein schmachtendes Gejaule war allerdings nicht zu überhören.

Offensichtlich kehrte bei Paul langsam die Sehfähigkeit zurück, und er schaute endlich zu ihrem Stand. Als sich ihre Blicke trafen, beschleunigte sich Ainslees Herzschlag auf äußerst ungesunde Weise, und ihr Webschiffchen verhedderte sich prompt in den Kettfäden. Warum war er hier in Stirling? Was hatte ihm Madame Apollonia prophezeit, und worüber sollte sie sich bloß mit ihm unterhalten? Gerade die letztere Frage wurde immer brisanter, denn nun stand Paul vor ihr.

»Hi«, brachte sie hervor.

»Hallo«, entgegnete er, ebenfalls ein wenig wortkarg. Dafür begrüßten sich die Hunde voller Enthusiasmus.

»Vorsicht, ihr zwei«, ermahnte Ainslee die Tiere, die im absoluten Glückstaumel ständig gegen das Warenregal stießen.

»Ivy, Schluss jetzt!« Pauls ruhige, aber strenge Ansage ließ die Hündin erstarren. Dann sah sie Jules bedauernd und ihren Zweibeiner anklagend an, setzte sich aber brav.

»Jules, du auch!«, rief Ainslee, doch Jules dachte gar nicht daran. Er scharwenzelte um Ivy herum, leckte ihr die Schnauze und spulte eine komplette Charmeoffensive ab, um seine Liebste wieder zum Spielen zu animieren.

»Jules!« Ainslees Ton wurde warnender. Dann wandte sie sich an Paul: »Irgendwann musst du mir bitte erklären, wie du das machst.«

»Ehrlich gesagt mache ich gar nichts. Das ist alles Ivy. Sie tut praktisch alles dafür, mir zu gefallen.«

»Dieser pudeltypische Wesenszug liegt Jules vollkommen fern. Jedenfalls wenn es hart auf hart kommt.« Sie stand seufzend auf und zog ihren Hund an der Leine zurück. »Leg dich auf deinen Platz und sei friedlich!« Grummelnd gehorchte er.

Paul sah sich nun ihren Stand an. »Ich hätte nicht gedacht, dass ich dich hier treffe«, sagte er nach einer Weile. »Aber …« Er redete nicht weiter, und Ainslee fragte sich, wie der Satz wohl weiterging.

Aber ich freue mich sehr darüber wäre eine Variante, die ihr ausgesprochen gut gefallen würde. »Ich hatte auch nicht erwartet, dich hier zu treffen«, entgegnete sie jedoch.

»Ich bin aus Recherchegründen hier. Also, nicht hier auf dem Mittelaltermarkt, sondern hier in Stirling.

Ich habe gestern im Archiv eine Spur verfolgt, die leider …« Wieder ließ er den Satz unvollendet.

»Die leider nicht zum wahren Besitzer von Monroe Manor geführt hat?«, mutmaßte sie.

»Davon bin ich weiter entfernt denn je«, behauptete Paul. »Aber dass du hier bist? Versteh mich nicht falsch, das ist bestimmt eine tolle Werbemöglichkeit für die Weberei, aber …«

»Könntest du bitte damit aufhören, ständig deine Sätze abzubrechen und irgendwelche ›aber‹ in der Luft hängen zu lassen?«, fuhr sie ihn heftiger an als geplant. »Ich war jahrelang bei solchen Events unterwegs. Meist als Weberin wie dieses Mal, aber manchmal auch in anderer Funktion. Ich hatte eigentlich vor, damit aufzuhören, doch dieses Angebot klang einfach zu gut«, erklärte sie ihm ungefragt und um zu verhindern, dass er sich wieder in halb garen Mutmaßungen verlor.

»Bekomme ich einen Rabatt, wenn ich drei Produkte kaufe?«, mischte sich eine neue Kundin ein, die mit einem fast gierigen Blick das Angebot abscannte.

»Nein, das kann ich Ihnen leider nicht anbieten«, antwortete Ainslee mit einem etwas gezwungenen Lächeln. Derartige Diskussionen hatte sie heute schon ein paarmal führen müssen. Es war typisch für ihre schottischen Landsleute, dass sie immer ein Schnäppchen für sich herausschlagen wollten. Und sie war sich sicher, welches Argument die Frau gleich bringen würde.

»Aber das ist doch sonst üblich. Ich war mal in der großen Weberei in Edinburgh, da hat man einen vierten Schal gratis bekommen, wenn man drei gekauft hat«, kam prompt eine Variante der üblichen Antwort.

»Ich weiß, ich habe dort länger gearbeitet«, entgegnete Ainslee. »Und daher weiß ich auch, dass die Preise ganz anders kalkuliert waren. Unterm Strich war es da erheblich teurer als bei mir – vor allem, wenn man die Qualität der Rohstoffe mit einrechnet.«

»Hm«, grummelte die Frau. »Aber es gibt einem doch ein gutes Gefühl, wenn man etwas geschenkt bekommt.«

»Brauchen Sie denn wirklich drei Schals? Oder vier?«, mischte sich nun zu Ainslees Erstaunen Paul ein.

»Eigentlich nicht«, gab die Frau zu.

»Na sehen Sie. Wenn Sie also nur einen kaufen, den Sie wirklich haben wollen, dann ist das doch viel günstiger, als wenn Sie drei kaufen, um einen vierten geschenkt zu bekommen.«

Das schien der Kundin einzuleuchten. »Dann nehme ich einen Schal, einen Kissenbezug und einen von den knuffigen Teddys«, sagte sie entschlossen und zückte ihre Geldbörse.

»Und dafür gibt es für Sie zusätzlich eine Einladung zum ›Kirkby Clan Gathering‹ am letzten Augustwochenende«, verkündete Paul und drückte ihr den entsprechenden Flyer in die Hand.

»Wie nett«, freute sich die Frau, während sie Ainslee ein paar Scheine reichte. »Werden Sie auch da sein?«

»Aber selbstverständlich. Dieses Spektakel würde ich mir für kein Geld der Welt entgehen lassen.« Paul klang absolut überzeugend und ging so natürlich und charmant mit der Frau um, dass Ainslee Mühe hatte, ihren vor Verwunderung offen stehenden Mund wieder zu schließen. Dieser Mann hatte wirklich mindestens zwei Gesichter.

»Danke«, sagte sie zu ihm, als die Kundin zufrieden gegangen war.

»Kein Problem. Du weißt, dass sie recht hat mit ihrem Argument? Schotten lieben Schnäppchen.«

»Alle Menschen lieben Schnäppchen, aber in Wirklichkeit werden sie nur verarscht. Ich habe mit Harriet länger darüber gesprochen, und wir sind zu dem Schluss gekommen, dass wir da nicht mitmachen wollen. Unsere Produkte sind fair kalkuliert. Und zwar fair für alle Beteiligten. Ich halte nichts davon, die Waren erst zu verteuern, nur damit wir dann ein Lockangebot anbieten können. Du hast es der Kundin doch selbst erklärt: Wenn man nur ein Stück kauft, ist es noch viel günstiger. Unsere Philosophie sind Nachhaltigkeit und bewusster Konsum. Wir wollen, dass unsere Sachen geschätzt und geliebt und nicht einfach nur konsumiert werden.«

»Das ehrt euch sehr, und ich finde es ausgesprochen sympathisch. Aber dieser Ansatz ist natürlich auch recht beratungsintensiv, und angesichts der Tatsache, dass du wohl hauptsächlich als Handwerkerin engagiert wurdest, die den Leuten zeigen soll, wie früher Stoffe hergestellt wurden, hättest du besser jemanden für den Verkauf mitnehmen sollen.«

»Vielen Dank fürs Mansplaining.« Ainslee presste die Lippen aufeinander und verschränkte die Arme vor der Brust. Das Letzte, was sie brauchte, war ein Kerl, der ihr die Welt erklärte. »Harriet wollte eigentlich auch da sein, doch dann kam ihr diese spontan anberaumte Charity-Auktion in die Quere.«

»Sorry, ich wollte nicht wie ein Klugscheißer klingen …«

»Wenn sich da ein weiteres unerklärtes ›aber‹ anbahnt, muss ich dich leider auf der Stelle rausschmeißen«, unterbrach ihn Ainslee.

»Ich wollte wissen, ob ich helfen kann.«

Ainslee hätte wetten können, dass er von diesem Angebot mindestens so überrascht war wie sie. »Du würdest mir helfen?«, fragte sie stupide nach, denn an seiner Aussage war ja an sich nichts unverständlich.

»Ich will mich nicht aufdrängen, aber ich habe nichts anderes vor und …«

»Das wäre absolut grandios!«, fiel sie ihm wieder ins Wort, ehe er es sich anders überlegen konnte. »Allerdings gibt es ein Problem.«

»Das da wäre?« Er runzelte die Stirn. »Keine Sorge, ich mag ein Geschichtsprofessor und Bücherwurm sein, aber ich beherrsche die Grundrechenarten und komme auch mit elektronischen Bezahlsystemen klar.«

»Dein Outfit. Alle Aussteller müssen authentisch gekleidet sein.« Sie musterte ihn. Er trug eine Jeans und ein T-Shirt, das dezent gebräunte und erstaunlich gut definierte Arme präsentierte, wie sie leicht erstaunt feststellte. Das war ihr noch gar nicht aufgefallen. Vermutlich weil es ihr egal sein sollte und aktuell auch überhaupt nicht relevant war.

»Ist der da zum Verkaufen oder ein Ausstellungsstück?«, erkundigte er sich und deutete auf den Kilt, der an der Rückwand des Standes hing.

»Der ist Deko?« Aus irgendeinem Grund formulierte sie ihre Aussage wie eine Frage.

»Dann hätte ich eine Idee. Darf ich ihn mir ausleihen?« Sie nickte nur, nahm den Kilt herunter und reichte ihn Paul. Als sich dabei ihre Finger berührten, durchzuckte es sie, wie bei dem Kuss vor zwei Wochen. »Gib mir eine halbe Stunde«, fuhr Paul fort, und sie bildete sich ein, dass er ein wenig atemlos klang. »Ivy, bleib bei Jules, und sei brav. Ich bin gleich wieder da.«

Ainslee starrte ihm wortlos hinterher, als er im Getümmel verschwand, kam aber nicht dazu, sich Gedanken zu machen, denn offensichtlich war gerade eine Busladung kauflustiger Besucher auf dem Gelände eingetroffen.

• • •

Paul hatte keine Ahnung, welcher Teufel ihn geritten hatte, aber warum eigentlich nicht? Warum sollte er

Ainslee nicht helfen, die ganz offensichtlich Unterstützung brauchen konnte? Er hatte tatsächlich nichts Besseres vor, als noch ein wenig über den Markt zu bummeln und später zurück nach Kirkby zu fahren. Dort könnte er seinem Vater einige der Fragen stellen, die ihn umtrieben. Er könnte mit seinen Geschwistern reden und Gemeinsamkeiten suchen. Er könnte sich eine Ausrede dazu ausdenken, warum Oliver und Felix am kommenden Mittwoch besser nicht im Pub haltmachen sollten. Oder er könnte über die seltsamen »Wahrheiten« nachdenken, die ihm Madame Apollonia vorhin um die Ohren geschleudert hatte und die erschreckenderweise mit den meisten der eben aufgezählten Möglichkeiten zu tun hatten. Davon konnte diese angebliche Seherin ja aber nichts wissen, oder?

Natürlich waren ihre Prophezeiungen nicht mal ansatzweise konkret gewesen, sondern ziemlich verschwurbelt. Er war allerdings darauf spezialisiert, klare Informationen aus blumig formulierten Quellen herauszuziehen, und erstaunlicherweise unterschieden sich die alten Texte, mit denen er es für gewöhnlich zu tun hatte, nicht wesentlich von dem Sermon, mit dem Madame ihn konfrontiert hatte. Doch darüber wollte er ganz sicher am allerwenigsten nachdenken. Ihr letzter Rat allerdings hallte in ihm wider: »Wenn sich die Gelegenheit zur Ritterlichkeit bietet, solltest du sie ergreifen!« Ein erstaunlich konkreter Hinweis und zweifellos nicht auf Ainslees Situation gemünzt, aber egal. Das war eindeutig die bessere Option für das restliche Wochenende als alle anderen Aussichten. Jetzt musste er nur noch rasch Lawrence finden. Und ein passendes Hemd und Accessoires, doch das sollte wohl kein größeres Problem darstellen.

Sechs Stunden später taten ihm die Füße und der Rücken weh, und seine Stimme war rau vom vielen Reden. Aber er war ausgesprochen zufrieden mit sich und seinem Verkaufstalent, und die dankbaren Blicke, die Ainslee ihm von ihrem Webstuhl aus zuwarf, waren Belohnung genug. Beinahe jedenfalls.

»Du hast mir wirklich das Leben gerettet«, sagte sie und half ihm, die Waren zu verpacken. Über Nacht würden sie in einem abgeschlossenen Raum in Stirling Castle auf ihren morgigen Einsatz warten. Auch alle anderen Händler machten nun ihre Stände dicht, was jedoch nicht bedeutete, dass die Veranstaltung vorbei war. Bald schlug die große Stunde der Musiker und der Geschichtenerzähler, zu der auch alle Händler eingeladen waren. Köstliche Düfte zogen übers Gelände, und Paul merkte, wie hungrig er inzwischen war.

»Es war mir ein Vergnügen.« Er lächelte sie an. »Wirklich, es hat richtig Spaß gemacht.«

»Wahrscheinlich sind wir morgen Mittag komplett ausverkauft.« Sie sah kopfschüttelnd in die Kisten, die nicht einmal mehr zur Hälfte gefüllt waren. »Also ich, meine ich. Nicht, dass du denkst, ich erwarte von dir, dass du morgen …«

»Wie war das mit den nicht zu Ende gebrachten Sätzen?« Er grinste verschmitzt. »Selbstverständlich werde ich morgen ebenfalls helfen. Die Investition muss sich doch lohnen.« Er deutete auf sein Hemd und den Sporran, der vorn am Kilt baumelte und in dem er die Bargeldeinnahmen in Sicherheit gebracht hatte.

»Ich würde die Kosten dafür gerne übernehmen«, bot sie an. »Das hätte ich auch für jeden anderen Mitarbeiter getan, es wäre also nur fair.«

»Mag sein, aber mir gefällt das Hemd, und dieser Sporran hier ist viel schöner als mein bisheriger. Ich werde die Sachen behalten, und insofern ist es normal, dass ich sie auch selbst bezahlt habe.«

»Und wenn du es als kleines Dankeschön für deine Hilfe ansiehst?« Ihr Blick war nun beinahe flehend, was er ganz erstaunlich fand. Offensichtlich hatte Ainslee ein Problem damit, Hilfe ohne Gegenleistung zu akzeptieren. Das konnte er sogar ein Stück weit nachvollziehen, denn er selbst mochte es auch nicht, vermeintlich in jemandes Schuld zu stehen.

»Was hältst du davon, wenn du mich als Dankeschön zum Essen einlädst?«, schlug er deshalb einen Kompromiss vor. Normalerweise hätte er sie mit dem größten Vergnügen eingeladen, nicht nur, weil ihm das sein Vater – also Duncan, der Mann, bei dem er aufgewachsen war – so eingebläut hatte, sondern weil es eine weitere Möglichkeit wäre, sich ritterlich zu zeigen. Doch er wollte Ainslee das Gefühl geben, dass sie quitt waren.

Sie zögerte. »Normalerweise würde ich jetzt eine längere Diskussion darüber vom Zaun brechen, warum dieser Vorschlag eigentlich besonders gönnerhaft und bevormundend ist, aber ehrlich gesagt fehlt mir dafür die Energie. Und ich unterstelle dir einfach, dass du es ernst meinst. Also ja, ich lade dich mit dem allergrößten Vergnügen ein.«

»Ich bin froh, dass du mich nicht für gönnerhaft und bevormundend hältst.« Er fuhr sich mit der Hand durchs Haar. »Vor allem, weil das so ziemlich das Letzte ist, was ich sein möchte. Ich nehme deine Einladung also gerne an, aber vorher sollten wir Ivy und Jules noch etwas Auslauf gönnen. Die beiden waren ja extrem brav.«

»Das waren sie. Offensichtlich färbt Ivys gute Erziehung auch auf Jules ab.« Ihm entging nicht, dass sie bei seinem leicht ironischen Kommentar rote Wangen bekommen hatte, doch sie sparte sich eine weitere Replik. Offensichtlich fiel es ihr leichter, einfach über die Hunde zu reden und nicht …

Er schluckte. Bis eben hatte er erfolgreich verdrängt, was eigentlich zwischen ihnen stand. Das seltsame Ende des Cèilidhs vor zwei Wochen. Genauer gesagt sein unrühmlicher Abgang, den er bislang mit keiner Silbe erklärt hatte. Aber vielleicht musste dieses Gespräch nicht heute Abend stattfinden, sondern hatte Zeit, bis sie zurück in Kirkby waren? »Jules ist ein Guter. Er vergisst sich nur ein bisschen, wenn er in Ivys Nähe ist. Ich kenne das Gefühl.«

Sie sah ihn an, und ihre grün schimmernden Augen bohrten sich tief in seine Seele. Glücklicherweise erwiderte sie nichts.

»Was hältst du davon, wenn ich gleich mit den Hunden gehe und dich hier in Ruhe alles fertig machen lasse? Dann kommen wir schneller zum Essen.« Plötzlich schien es ihm viel sicherer, so schnell wie möglich von ihr wegzukommen. Nicht, dass er etwas sagte oder tat, was er anschließend wieder bereute.

»Das ist eine sehr gute Idee!« Sie klang fast erleichtert. »Wenn ihr zurück seid, füttern wir die Hunde und sichern uns dann unseren Platz am Tisch der Händler.«

Er nickte. Ganz offensichtlich hoffte sie darauf, dass es in der Gesellschaft der anderen Aussteller zu keiner wie auch immer gearteten Aussprache kommen würde. Das war ihm ebenfalls sehr recht. Er nahm die Hundeleinen und verließ rasch mit Ivy und Jules das Gelände. Zeit zum Durchatmen.

• • •

»Puh!« Ainslee atmete tief aus, als Paul und die Hunde aus ihrem Sichtfeld verschwunden waren. Der Tag hatte sie geschafft. In mehr als einer Hinsicht. Paul hatte sie buchstäblich gerettet, und gemeinsam hatten sie den Ansturm einigermaßen gemeistert. Eine wahre Teamleistung, kam es ihr in den Sinn. Genau wie die Hexe von gegenüber es vorausgesagt hatte. Apollonia stand vor ihrem Zelt, hatte allen Ernstes ihren Raben auf der Schulter sitzen und zwinkerte ihr nun mit einem wissenden Lächeln zu. Aber vielleicht bildete sie sich das auch nur ein.

Ohne Pauls Hilfe wäre sie jedenfalls ziemlich sicher untergegangen – und zweifellos zwischendurch ausgerastet. Doch er hatte jede einzelne Kundenfrage gleichbleibend höflich und freundlich beantwortet, als hätte er in seinem ganzen Leben nie etwas anderes getan. Er hatte den Leuten auch erstaunlich versiert Auskunft über die Webkunst im Allgemeinen und über Tartanmuster im Speziellen gegeben. Doch vermutlich sollte sie das nicht wundern, schließlich waren Geschichte und schottische Traditionen seine Spezialgebiete, und ganz sicher kannte er sich damit sogar besser aus als sie selbst.

Sie hatte sich, nachdem sie ihn kurz eingearbeitet hatte, tatsächlich vor allem ums Weben kümmern können, doch signifikante Ergebnisse waren ausgeblieben. Viel zu sehr hatte er sie abgelenkt. Als er mit Kilt, Rüschenhemd, Sporran und einem erstaunlich verwegenen und entschlossenen Lächeln auf den Lippen zurückgekehrt war, schien die Luft plötzlich ihren Sauerstoffgehalt eingebüßt zu haben. Paul Starling war schon in Jeans und T-Shirt oder Hemd ein ausgesprochen erfreulicher Anblick, als wahrer Highlander jedoch absolut atemberaubend. Kein Wunder, dass sie sich vor Kundschaft kaum hatten retten können. Vorwiegend weiblicher Kundschaft, die ihn wie Schmeißfliegen umschwärmte, aber glücklicherweise auch reichlich kaufte. Bei den glutvollen Augenaufschlägen der Frauen hatte sie eine irrationale Eifersucht erfasst, doch Paul hatte diese Avancen einfach nur charmant weggelächelt. Mit demselben Lächeln und der dunklen Stimme, die ihre Innereien bei fast jeder Begegnung zu verflüssigen drohten.

Doch beim Aufräumen eben war die Stimmung ein wenig gekippt. Der Elefant im Raum war auf einmal sehr präsent geworden. Der Elefant, der sie seit zwei Wochen an ihrem gesunden Menschenverstand zweifeln ließ. Die Anziehungskraft zwischen ihnen bei der Party nach der Landwirtschaftsausstellung hatte sie sich nicht eingebildet. Die war schon bei ihrer ersten Begegnung da gewesen, und er hatte sie genauso gespürt, da war sie sich absolut sicher. Das war keine vage Vermutung, sondern die nackte Wahrheit – wobei »nackt« nicht der Gedankenpfad war, den sie gerade betreten sollte. Aber offensichtlich eben nur eine relative Wahrheit, die von jedem ein klein wenig anders wahrgenommen wurde. Paul konnte oder wollte nicht weiter gehen, das hatte er deutlich gemacht. Und ihr Verstand gab ihm recht. Es war ganz sicher besser, sich von ihm fernzuhalten. Das bestätigte ihr ganzer reicher Erfahrungsschatz mit vermeintlichen Prinzen, die sich allesamt als Frösche herausgestellt hatten – bestenfalls.

Blöd nur, dass sie sich mit jeder Faser ihres Körpers, jedem Schlagen ihres Herzens und ihrer regelrecht vibrierenden Seele so zu ihm hingezogen fühlte wie zu keinem anderen Mann zuvor. Apollonia hatte ihr gestern gesagt, dass sie ihren Schicksalsmann bereits kannte. An Paul hatte sie dabei nicht gedacht. Vielleicht war das ein Fehler?

Unwillkürlich sah sie noch einmal nach gegenüber. Die Seherin unterhielt sich gerade angeregt mit Eileen vom Organisationsteam des Events. Doch dann trafen sich noch einmal ihre Blicke. Apollonia legte Eileen kurz eine Hand auf den Arm, um deren Redefluss zu stoppen. Dann rief sie Ainslee zu: »Hab keine Angst!«

ANGST IST EIN SCHLECHTER RATGEBER

ANGST WAR EIN SCHLECHTER RATGEBER, hatte Madame Apollonia am Ende ihrer Prophezeiung zu ihm gesagt, die sich mehr nach einer Generalabrechnung angefühlt hatte. Wenigstens mit dieser Aussage hatte die Hexe oder Hochstaplerin recht, beschloss Paul, als er mit den Hunden unterwegs war. Jules und Ivy hatten sich rasch erleichtert und tollten jetzt über einen kleinen Grünstreifen. Er sollte sich ein Beispiel an den beiden Tieren nehmen, die keine Scheu hatten, ihre gegenseitige Zuneigung auszuleben, und sich nicht ständig über irgendwelche Konsequenzen Gedanken machten.

Dinge zu zerdenken war eine von Pauls größten Schwächen. Natürlich konnte er nicht einfach so in den Tag hineinleben und nur seinen Instinkten folgen, wie es sein Hund tat, aber vielleicht musste er sich nicht die bizarrsten Konsequenzen ausmalen, die meist ohnehin nicht eintrafen. Wobei er, wenn er ganz ehrlich war, immer noch nicht genau wusste, warum der Abend vor zwei Wochen so geendet hatte. Es lag nämlich eindeutig nicht an Ainslee oder an mangelnder Anziehungskraft. Mit dieser Frau konnte er sich wirklich alles vorstellen. Vor allem, wenn sie wie heute dieses Kleid trug, in dem sie fast genauso aussah, wie er es sich nach ihrer ersten Begegnung vorgestellt hatte. Es hatte ihn eine fast übermenschliche Überwindung gekostet, nicht ständig in ihre Richtung zu starren. Auf ihre Hände, die in atemberaubender Geschwindigkeit den Schussfaden mit dem Weberschiffchen durch die Kettfäden jagten. Ihren konzentrierten Blick. Ihre flammend rote Mähne, die sie in einer kunstvoll geflochtenen Hochsteckfrisur aufgetürmt hatte, ihren langen, schlanken Hals, der in ein Dekolleté überging, das von ihrem Mieder in eine sehr verführerische Form gebracht und von ihrem Schultertuch nur dürftig bedeckt wurde. Er hatte nie darüber nachgedacht, wie seine Traumfrau wohl aussehen würde, hatte nie einen spezifischen »Typ« gehabt, in den er sich verguckt hätte. Doch Ainslee hatte alles, was er nie gesucht, wovon er aber immer geträumt hatte. Nicht nur ihr atemberaubendes Äußeres, sondern alles an ihr zog ihn unwiderstehlich an. Sie hatte mehr als deutlich gemacht, dass sie ähnlich empfand. Was also hinderte ihn daran, der Sache eine Chance zu geben?

Er ahnte die Wahrheit mehr, als dass er sie wirklich fühlte. Es lag zweifellos daran, dass er seine alte Identität verloren und eine neue noch nicht gefunden hatte. Aber vielleicht war das alles nur Humbug? Oder Schutzbehauptungen, um sich nicht verletzlich zu machen? Angreifbar? Aber das war Quatsch – was konnte ihm Ainslee schon antun?

Vermutlich mehr, als er sich ausmalen konnte, doch das würde er nie erfahren, wenn er jetzt nicht mutig war. Stirling war nicht Las Vegas, aber die Scheinwelt dieses Mittelaltermarktes war ähnlich surreal wie die glitzernde Spielermetropole in der Wüste. Was in Stirling passierte, blieb in Stirling – ja, das konnte klappen. Er musste über seine schräge Idee lachen, pfiff den Hunden und lief mit ihnen zurück zur Burganlage.

Dort hatte Ainslee bereits den Webrahmen für die Nacht verhüllt und alle Waren ins Schloss gebracht. Gerade plauderte sie mit einem der Glasbläser, schenkte Paul aber ein strahlendes Lächeln, als er sich mit den Hunden näherte. Zumindest hoffte er, dass das Lächeln ihm galt. Vielleicht hatte sie aber auch die Hunde gemeint, die gemeinsam einen Ast trugen, den sie auf der kleinen Wiese gefunden hatten und von dem sie partout nicht lassen wollten.

»Wer hat Hunger?«, fragte sie, und diesmal war es eindeutig, dass sie die Hunde meinte, denn sie raschelte mit einer Tüte, die offensichtlich Futter enthielt. Ivy und Jules ließen wie aufs Stichwort den Ast fallen und setzten sich synchron mit erwartungsvollen Gesichtern vor sie hin. »Ich hätte genug für beide Hunde«, sagte sie zu Paul. »Es ist ein getreidefreies Trockenfutter mit viel Geflügel. Aber wenn Ivy etwas anderes frisst …«

»Das wäre toll. Danke.« Er hatte im Auto noch etwas Futter für die Hündin, aber das war eindeutig zu weit weg, und bei der Gassirunde hatte er erstaunlicherweise überhaupt nicht daran gedacht.

Ainslee verteilte etwas von dem Futter auf dem Boden und erlaubte den beiden, sich daran gütlich zu tun.

Paul grinste. Ivy hatte sich nicht einmal mehr die Mühe gemacht, sich nach ihm umzudrehen. Er war eindeutig abgemeldet. Die anderen Händler und Schausteller hatten ihre Stände auch schon dichtgemacht und strömten nun mit den Zuschauern, die sich ein Ticket für das Abendevent gekauft hatten, in Richtung Innenhof. Wieder traf Paul eine Duftwolke, und sein Magen knurrte vernehmlich. Seit dem Frühstück hatte er nichts mehr gegessen. »Darf ich bitten?«, fragte er und bot Ainslee galant wie ein Edelmann aus längst vergangenen Zeiten seinen Arm an. Die Hunde hatten ihr Abendessen in Rekordzeit vertilgt und sich wieder ihrem Ast zugewandt.

»Mit dem größten Vergnügen.« Sie hakte sich bei ihm unter, und die plötzliche Nähe jagte ihm einen wohligen Schauer über den Rücken.

Es fühlte sich verdammt gut an, sie eng an seiner Seite zu haben, und er konnte kaum genug davon bekommen, ihre Wärme zu spüren. Sie sah ihn aus ihren geheimnisvollen grünen Augen erwartungsvoll an. »Ja?«, fragte er.

»Wollen wir gehen oder nicht?« Er hörte das amüsierte Lächeln mehr in ihrer Stimme, als dass es sich auf ihren Lippen zeigte.

»Ähm …« Er räusperte sich. »Natürlich.« Er sah zu den Hunden, die an dem Ast herumzerrten, entwand Ainslee mit einem bedauernden Blick seinen linken Arm und leinte die beiden Pudel an. »Ist vermutlich besser.« Dann bot er ihr erneut den Arm, lotste die Biester auf seine rechte Seite und lief endlich los. Es kam wirklich nicht oft vor, dass er sich wünschte, ohne Hund unterwegs zu sein, aber gerade war so ein Moment. Statt sich komplett auf Ainslee konzentrieren zu können, musste er nun auch noch das herumhampelnde Lockenpärchen im Zaum halten.

»Die legen sich garantiert gleich brav unter den Tisch und sind friedlich«, sagte Ainslee, die offenbar Gedanken lesen konnte. Sie hatten den Zugang zum Innenhof erreicht, und sie nannte den Männern an der Pforte, die wie höfische Wachposten ausstaffiert waren, ihren Namen und ihre Standnummer und erhielt dafür zwei geflochtene blaue Armbänder. Eines davon streifte sie sich selbst übers Handgelenk, das andere legte sie Paul mit einem verschmitzten Grinsen an. »So viel zum Thema ›Ich lade dich als Dank zum Essen ein‹. Das hier ist für Aussteller kostenlos. Ich stehe also immer noch tief in deiner Schuld.«

Täuschte er sich, oder klang sie nun eher flirtend? Die seltsame Anspannung, die sie vorhin gezeigt hatte, war jedenfalls verschwunden. Womöglich hatte sie sich auch für eine Las-Vegas-Analogie entschieden?

»Das ist kein Problem für mich«, raunte er ihr ins Ohr. »Mir wird bestimmt etwas einfallen, was ein angemessener Ausgleich sein könnte.« Er sah, dass sie bei seinen Worten schluckte. War er zu weit gegangen? Dabei hatte er doch nur ihren Flirt erwidert. Aber nun wurden ihre Augen leicht glasig und ihre Wangen rosig.

»Daran zweifle ich keine Sekunde«, erwiderte sie mit einem eindeutig sexy Timbre in der Stimme, und Paul war sehr dankbar für den schweren Sporran, der seine Kiltfront im Zaum hielt. Das dürfte ein spannender Abend werden.

Es gab keine feste Sitzordnung, also suchten sie sich zwei freie Plätze an einer der vielen langen Tafeln, ließen sich auf einer Sitzbank nieder und scheuchten die Hunde unter den Tisch. Tatsächlich hörten die beiden augenblicklich mit ihren Spielereien auf und rollten sich zusammen. Ivy hatte von ihrer Welpenzeit an gelernt, dass sie Sendepause hatte, wenn Paul sich an einen Esstisch setzte. Ainslee schien das mit Jules genauso zu handhaben.

»Sehr brav, ihr zwei«, lobte sie und rückte dann näher an Paul heran, weil zwei weitere Leute neben ihr auf der Bank Platz nahmen. Er wollte sich nicht beschweren, wegen ihm konnte sie gern noch viel näher kommen. »Weißt du, wie das hier abläuft?«, wollte er wissen.

»Nicht wirklich. Eileen hat gesagt, dass es Essen, Trinken und Musik gibt, aber sonst nichts. Ich schätze, wir werden es gleich erfahren.« Sie deutete auf den eingedeckten Tisch. »Nach einem Buffet sieht es jedenfalls nicht aus, sondern mehr …«

In diesem Moment unterbrach eine ohrenbetäubende Dudelsack-Fanfare ihre Worte, und alle Gespräche um sie herum verstummten.

»Herzlich willkommen auf Stirling Castle«, begrüßte sie eine sonore, dunkle Männerstimme, und ein stattlicher, aufwendig wie ein schottischer Clan-Chief zu einem formalen Anlass gekleideter Mann erhob sich an dem Tisch, der am Kopf der langen Tafeln stand. »Ich bin Archibald MacLeod und begrüße euch alle herzlich zu unserem traditionellen Gathering. Stirling Castle hat eine schillernde Geschichte, war viele Jahre Thronsitz der schottischen Könige. Heute Abend wollen wir ein Bankett erleben, wie es in schottischen Schlössern und Burgen früher gang und gäbe war, wenn der Clan zusammenkam und Freunde bewirtete. Freut euch auf traditionelle Speisen, Musik und zu etwas späterer Stunde auf unseren Geschichtenerzähler.«

Die Menschen klatschten, während zahllose als Dienstmägde verkleidete Kellnerinnen Karaffen mit Wasser und Wein auf den langen Tafeln verteilten. »Füllt eure Kelche, und trinkt auf einen unvergesslichen Abend!«

Paul nahm die Karaffe, goss Ainslee und den in ihrer unmittelbaren Nähe sitzenden Leuten Wein ein und hob dann sein Glas. »Auf einen unvergesslichen Abend«, sagte er leise zu Ainslee und prostete ihr zu, mit einem Mal ganz sicher, dass die Worte ihres Gastgebers prophetischer waren als die von Madame Apollonia am Vormittag.

»Ich bin wirklich gespannt, wie es wird.« Ainslee hatte einen Schluck getrunken und blickte wohlwollend in ihren Trinkkelch. »Solche Events habe ich schon häufiger erlebt, und meist gibt's dabei viel billigen Alkohol, damit den Leuten nicht auffällt, wie mies das Essen ist. Aber dieser Wein ist wirklich gut.«

»Das ist er«, bestätigte Paul. »Und wir können froh sein, dass es ein modern ausgebauter Tropfen ist. Die Weine, die früher bei solchen Festen gereicht wurden, dürften nach unseren heutigen Vorstellungen ungenießbar gewesen sein.«

»Also doch kein Verfechter von absoluter Authentizität?« Sie lächelte ihn verschmitzt an.

»Nicht wenn es um den Genuss geht«, bekannte er. »Außerdem muss man das hier als Historiker ohnehin mit riesigen Scheuklappen betrachten, wenn man Spaß haben will. Aber das ist in Ordnung. Es geht schließlich nicht um eine möglichst akkurate Darstellung eines Festbanketts aus dem siebzehnten oder achtzehnten Jahrhundert, sondern darum, einen Eindruck von dem Zusammengehörigkeitsgefühl zu vermitteln, das diese Veranstaltungen geschaffen haben. Und ich bin ausgesprochen zuversichtlich, dass das funktionieren wird. Vor allem wenn man den Markt als Qualitätskriterium nehmen darf. Diese Detailversessenheit wird sich sicher auch im heutigen Abend widerspiegeln. Ich bin neugierig auf den Geschichtenerzähler. Die waren in früheren Zeiten begehrt wie Popstars und haben sich ihre Auftritte bei Clan-Treffen sehr gut bezahlen lassen.«

»Klingt spannend.« Ainslee schenkte ihm wieder so ein Lächeln, bei dem er sich nicht sicher sein konnte, ob es aufrichtig oder ironisch war.

»Das ist es auch. Man darf nicht vergessen, dass die Menschen früher, ohne Zeitungen, Internet oder Fernsehen, ausgehungert nach Neuigkeiten waren. In die abgelegenen Highland-Regionen verirrte sich oft wochenlang kein Bote, der Briefe, Klatsch und echte Informationen hätte bringen können. Aus diesem Grund waren diese Clan Gatherings von größter sozialer und politischer Bedeutung. Man konnte sich austauschen, über Gerüchte spekulieren, die irgendjemand aufgeschnappt hatte, und Strategien diskutieren, wenn es – wie so oft – zu realen Konflikten mit verfeindeten Clans oder den Engländern kam. Der Geschichtenerzähler hatte eine andere Funktion. Er erzählte von den Erlebnissen, die er auf seinen Reisen gehabt hatte. Manche von diesen Männern waren weit herumgekommen. Aber im Grunde war es auch egal, ob sie die Wahrheit erzählten oder erfundene Geschichten, in denen Anderweltwesen wie Elfen, Gnome, Nixen und natürlich die wundersamsten Ungeheuer die Hauptrollen spielten. Vermutlich waren diese Storys sogar viel beliebter, weil pure Unterhaltung. Es gab auch Balladensänger, die ihre Märchen in Liedern darboten. Die hatten ein Standing wie die Beatles, und nur die besonders wohlhabenden Clans konnten sie sich leisten«, berichtete er.

»Also genau so, wie es auch im ersten Outlander-Buch geschildert wird, bei dem Fest auf Castle Leoch, wo Claire und Jamie …« Sie verstummte und wurde richtig rot. »Sorry, du musst mich für eine komplett hohle Nuss halten, weil ich einen Liebesroman als historische Quelle zitiere.«

Paul könnte Ainslee als alles Mögliche bezeichnen, aber ganz bestimmt nicht als hohle Nuss. Nichts lag ihm ferner. »Tatsächlich hat Diana Gabaldon sehr gut recherchiert und die Dinge recht akkurat wiedergegeben«, entgegnete er.

»Du hast die Bücher gelesen?«, fragte sie verblüfft. »Oder die Serie gesehen?«

»Ich habe das erste Buch gelesen und in ein paar Folgen reingeschaut«, entgegnete er schulterzuckend. »Ich wollte wissen, ob die Autorin ein vollkommen verkitschtes Märchen geschrieben oder … etwas mehr Substanz geliefert hat. Und während ich das Zeitreise-Motiv wirklich etwas weit hergeholt finde, hat Gabaldon die Fakten durchaus im Griff und hat das schottische Clanwesen im achtzehnten Jahrhundert ziemlich gut dargestellt.«

»Aber die Zeitreise ist doch das Beste an der Sache!«, widersprach sie. »Manchmal habe ich das Gefühl, dass ich komplett aus der Zeit gefallen bin und gar nicht hierhergehöre. Oder dass mein …« Sie biss sich auf die Lippe und sah zur Seite.

»Wie war das mit den nicht beendeten Sätzen?« Er hob lächelnd eine Braue und nahm dann aus einem Impuls heraus ihre Hand. »Aber ich kenne das Gefühl. Ich habe ebenfalls oft den Eindruck, zur falschen Zeit am falschen Ort zu sein – und meine Identität irgendwo auf dem Weg verloren zu haben.« Er schluckte. *Das* hatte er ganz sicher nicht sagen wollen, doch sein Unterbewusstsein hatte offenbar beschlossen, dass es Zeit war, seine größte Angst einfach so im Nebensatz auszuspucken. Vielen Dank auch.

»Nun ja, das muss ja auch verwirrend sein«, erwiderte sie jedoch erstaunlich verständnisvoll. »Ich kann mir den Schock gar nicht ausmalen, plötzlich zu erfahren, dass nichts so ist, wie es scheint. Mein Vater ist gestorben, da war ich noch sehr klein. Ich habe kaum eine Erinnerung an ihn. Es gab für mich immer nur meine Mutter und mich.« Sie schaute ihm kurz in die Augen, und er erkannte Schmerz in ihrem Blick. »Und die zahllosen schrecklichen Männer, die sie nacheinander in unser Leben gelassen hat. Das war nicht immer einfach, um es vorsichtig zu formulieren, aber ich habe immer gewusst, wer ich bin. Auch wenn ich mir oft heimlich gewünscht habe, in Wirklichkeit aus einer ganz anderen Familie zu stammen, einer intakten, liebevollen, großen Familie, die mich irgendwann wieder zurückholen würde. Als Kind war mir natürlich auch die Widersprüchlichkeit nicht klar, denn wieso hätte mich eine solche Traumfamilie überhaupt erst weggeben sollen? Aber daran denkt man nicht, wenn man klein ist und sich in Fantasiewelten flüchtet.«

Paul hatte das eindeutige Gefühl, dass auch Ainslee gerade Dinge offenbarte, die sie normalerweise lieber für sich behielt. Doch nun wurden sie vom ersten Gang unterbrochen. Auf den Tischen wurden riesige, dampfende Schüsseln verteilt, die das verführerische Aroma von Cullen Skink verströmten. Sein Magen röhrte peinlicherweise wie ein verwundeter Hirsch. Eine resolute Frau, die ihnen gegenübersaß, übernahm das Verteilen, und nach ein paar Löffeln von dem aromatischen Fischeintopf fühlte er sich deutlich besser.

»Ich bin sehr behütet aufgewachsen«, hörte er sich zu seiner eigenen Überraschung plötzlich berichten. »Ich habe keine Erinnerung an meine leibliche Mutter. Die kam ums Leben, als ich zwei Jahre alt war, aber Maura, die mein Vater, oder besser mein vermeintlicher Vater, bald darauf geheiratet hat, ist wie eine Mutter für mich. Sie hat mir und meinem älteren Bruder Oliver nie den Eindruck vermittelt, dass wir für sie nur Stiefkinder sind oder sonst irgendwie weniger wichtig. Nein, meine Probleme begannen, als ich ungefähr fünfzehn war und die Tagebücher meiner Mutter gefunden habe. Da habe ich erfahren, dass Dad gar nicht mein leiblicher Vater ist. Er hat mich das nie spüren lassen, sondern mich immer genauso behandelt wie Ollie, aber für mich ist da eine Welt zusammengebrochen. Pubertät ist für jedes Kind eine schwierige Phase, in der man versucht, sich gegen seine Eltern abzugrenzen. Aber welchen Sinn macht das, wenn man mit diesen Menschen gar nicht verwandt ist? Ich habe mal gelesen, dass adoptierte Kinder während der Pubertät viel suizidgefährdeter sind als andere, einfach weil sie mit der Identitätsfrage nicht klarkommen.«

Ainslee stieß einen entsetzten Laut aus und sah ihn erschrocken an.

»Keine Sorge, so weit wäre ich nie gegangen, aber es war eine schwierige Zeit. Doch irgendwann habe ich meinen Frieden damit gemacht, dass ich meine leiblichen Eltern nie kennenlernen würde, da sie ja angeblich beide bei diesem Flugzeugabsturz gestorben sind. Dachte ich jedenfalls bis letzten Herbst.«

»Die Erkenntnis muss der totale Schock gewesen sein«, sagte sie mitfühlend und drückte seine Hand.

»Nicht sofort«, gab er zurück. »Oder anders formuliert: Es hat gedauert, bis der Schock wirklich tief in mir ankam. Doch dann hat er mein mühsam aufgebautes Selbstverständnis und Selbstbild zerstört. Und damit kämpfe ich immer noch.« Er seufzte. »Das war übrigens so ziemlich das Letzte, was ich dir heute erzählen wollte. Ich habe mir eigentlich einen unbeschwerten Abend vorgestellt. Also ganz anders als den vor zwei Wochen.«

»Es ist nicht leicht, sich auf jemand anderen einzulassen, wenn man nicht weiß, wer man selbst ist«, bemerkte sie jedoch erstaunlich scharfsinnig.

»Das ist wohl wahr. Und ich nehme an, das war auch der Grund für mein Verhalten neulich.« Undeutlich nahm er die Musik wahr, die gespielt wurde, und die fröhliche Konversation der anderen Leute um sie herum, doch er hatte das Gefühl, mit Ainslee wie in einer eigenen Realitätskapsel gefangen zu sein. Mitten im prallen Leben und Gewühl und doch so privat und intim, wie es nur sein konnte. Er hatte nicht geplant, ihr das alles zu sagen. Schon gar nicht heute Abend. Doch irgendwie war er jetzt sehr erleichtert, dass es raus war. Er nahm erneut den Löffel zur Hand und aß seinen Eintopf auf.

• • •

Ainslee hatte das Gefühl, keinen Bissen mehr essen zu können. Pauls Offenbarung hatte sie tief berührt. Sie konnte absolut nachvollziehen, wie konfliktbelastet die Umstände für ihn sein mussten, und sie verstand nun auch, warum er vor zwei Wochen plötzlich regelrecht vor ihr geflohen war. Es war klar, dass er das heute nicht hatte erzählen wollen, aber nun sah sie ihm die Erleichterung an. Davon konnte bei ihr selbst jedoch überhaupt keine Rede sein, denn mehr als seine Worte hatten ihre eigenen sie verstört. *Es ist nicht leicht, sich auf jemand anderen einzulassen, wenn man nicht weiß, wer man selbst ist*, hatte sie gesagt. Und dabei nicht nur ihn gemeint, sondern auch sich selbst. Aber während Paul mehr als genug Gründe für eine Identitätskrise hatte, konnte sie damit nicht dienen. Zumindest nicht mit einem so nachvollziehbaren Motiv.

Ihr Selbstbild war nie durch ein Schockerlebnis von außen zerstört worden. Das war auch nicht möglich, denn sie hatte nie ein Selbstbild gehabt. Jedenfalls keines, dessen sie sich sicher sein konnte. Stattdessen gab es nur die zahllosen Rollen, die sie ihr ganzes Leben lang gespielt hatte – und die Erwartungen und Vorstellungen, die andere Menschen mit ihr verbanden.

»Hab ich dich verschreckt?«, wollte Paul wissen, als er seine Fischsuppe ausgelöffelt hatte, und musterte sie besorgt. »Das täte mir unglaublich leid.«

Sie schüttelte den Kopf. »Nein, keine Sorge. Wenn überhaupt, habe ich mich selbst verschreckt. Du hast gesagt, dass dein Selbstbild zerstört wurde, und das kann ich total nachvollziehen. Bei mir ist es anders. Ich weiß bis heute nicht, wer ich wirklich bin. Ein ziemliches Armutszeugnis mit dreiunddreißig, was?« Sie lachte schwach. Es wäre leicht gewesen, das Thema zu wechseln, doch Paul hatte sich für Offenheit entschieden, also sollte sie das wohl auch tun. Zumal sie gerade so überwältigt war von ihrer Erkenntnis, dass sie ohnehin über nichts anderes sprechen konnte.

»Kein Armutszeugnis, aber zweifellos erschreckend.« In seinen blaugrauen Augen, die genauso aussahen wie die von Isla und Marlin Fraser und oft ein wenig kühl und überlegen wirkten, spiegelte sich nun vor allem echte Anteilnahme.

»Ich habe das Gefühl, dass ich mein Leben lang ständig in unterschiedliche Rollen geschlüpft bin und nicht wirklich weiß, wer die wahre Ainslee Ferguson ist. Falls es sie überhaupt gibt.«

»Ich bin überzeugt davon, dass es sie gibt«, entgegnete er, und für einen kurzen Moment hatte sie Angst, dass er sie gleich mit der Version von ihr konfrontieren würde, die er selbst im Kopf hatte. Doch glücklicherweise sparte er sich das und fragte stattdessen: »Ist das der wahre Grund dafür, dass du keine Kinder willst?«

Sie schnappte überrascht und etwas erschrocken nach Luft. Damit hatte sie nicht gerechnet, aber er hatte natürlich vollkommen recht. »Du meinst, man braucht noch einen anderen Grund außer dem Zustand des Planeten?«, fragte sie jedoch und merkte, dass ihr Herz wieder hektischer schlug. Warum, wusste sie nicht. Weil sie sich ertappt oder erkannt fühlte? Oder …

»Man braucht überhaupt keinen Grund dafür. Ich bin der Meinung, diese Entscheidung darf jeder für sich treffen, wie er oder sie möchte. Ganz ohne Erklärung und Motiv. Ich finde es nur spannend, weil genau das nämlich mein Hauptgrund ist. Nach der Lektüre der Tagebücher meiner Mutter waren mir zwei Dinge klar: erstens, dass Familie und Karriere sich nur ganz schlecht vertragen, und zweitens, dass …« Er stockte, denn eigentlich hatte er keine Ahnung, was dieses

»zweitens« war. Und offen gestanden war »erstens« auch kein gutes Argument. »Vergiss es, ich habe keine Ahnung mehr, was sich vor zwanzig Jahren bei mir im Kopf getan hat. Damals schien es mir schlüssig zu sein, und ich habe mir vorgenommen, niemals selbst Kinder in diese komplizierte Welt zu setzen. Dabei hatte ich damals noch nicht einmal die globale Komplexität im Auge, sondern nur mein kleines persönliches Universum. Aber unterm Strich ist mein Gefühl heute das, dass ich keine Kinder in die Welt setzen kann, weil ihnen eine ungewisse Zukunft droht und ich ihnen nicht das nötige Handwerkszeug mitgeben kann, um sie dafür zu wappnen.«

Ainslee nickte. Das ergab Sinn für sie. »Warum verstehen die anderen Menschen das nicht? Ich werde jedes Mal gefragt, ob ich denn keine Kinder mag. Als wäre das ein akzeptabler Grund. Da könnte man ja genauso gut sagen, dass man keine Menschen mag.«

Paul lachte leise. »Oh, es gibt viele Menschen, die ich nicht mag.«

»Ja, bei mir auch«, stimmte sie ihm zu. »Allerdings gibt es deutlich mehr, die ich sehr mag.« Sie suchte wieder seinen Blick, wie um sicherzustellen, dass er den Hinweis auch verstand. »Aber mich ärgert es einfach, dass ich mich ständig erklären muss.«

»So geht es mir auch. Allerdings werde ich wohl längst nicht so oft gefragt wie du. Frauen sind diesbezüglich ja Freiwild. Mich quält damit lediglich Marlin – neuerdings – und ansonsten vorwiegend Duncan und Maura, wobei die mich jetzt hoffentlich vom Haken lassen.«

»Aus schierer Resignation?«

»Nein, weil Ollie Vater wird.« Er seufzte, als er an das gestrige Telefonat mit seinem Bruder dachte.

»Freust du dich nicht für ihn?«

»Doch. Es kommt nur etwas überraschend für mich – was aber, wenn man Oliver glauben darf, an meiner Ignoranz liegt. Offenbar bemühen er und sein Mann sich schon seit Jahren um ein Adoptivkind. Jetzt hat es geklappt, und in ein paar Tagen holen sie die kleine Emily in Glasgow ab.«

»Und das findest du fragwürdig?« Ainslee konnte sich auf Pauls Reaktion keinen Reim machen. Er schien ein Problem mit der Sache zu haben. War er etwa so konservativ, dass für ihn Familie nur als heteronormatives Konstrukt mit Mutter, Vater und Kind funktionierte? Oder war er so sehr gegen Nachwuchs, dass er seinen Bruder dafür verachtete, dass er Kinder haben wollte? Beides konnte sie sich nicht so recht vorstellen, doch andererseits kannten sie sich ja noch nicht wirklich.

»Nein. Natürlich nicht. Das kleine Mädchen kann sich glücklich schätzen, denn es wird Eltern bekommen, die es zweifellos sehr lieben, und es wird auf der Insel Lewis sehr behütet inmitten von unzähligen Schafen aufwachsen.« Wieder seufzte er.

»Sie wird es hassen, wenn sie in die Pubertät kommt«, befand Ainslee mit einem kleinen Grinsen.

»Spätestens. Aber andererseits weiß ich aus Erfahrung, dass es auch schlimmere Orte gibt, an denen man groß werden kann. Die harsche Wirklichkeit trifft einen immer früh genug, und es ist wirklich wundervoll auf Lewis. Wenn man Natur und Schafe und Natur und Regen und viel Natur mag. Aber hör nicht auf mein Geschwätz. Vielleicht beneidet ein Teil von mir meinen Bruder darum, dass er weiß, wer er ist, was er will und wie er sich sein Leben vorstellt.«

»Und dass er einen Partner hat, mit dem er das alles realisieren kann?«

»Das auch. Womit wir wieder beim Ausgangsproblem wären. Wer sich selbst nicht kennt, kann sich kaum auf eine Beziehung einlassen.«

Die Traurigkeit, die in Pauls Worten mitschwang, rührte Ainslee tief im Herzen. Sie hätte gerne etwas Tröstliches gesagt, doch was? Er hatte vollkommen recht. Glücklicherweise wurde nun der nächste Gang serviert: Platten mit gegrilltem Fleisch, Kartoffeln und Gemüse. Außerdem kamen frische Weinkaraffen, und die Musik wurde immer lauter und mitreißender, sodass tiefsinnige Gespräche fast keine Chance mehr hatten.

Aber irgendwie machte das auch nichts. Sie hatten gesagt, was zu sagen war, und erstaunlicherweise fühlte nun auch sie ein wenig von der Erleichterung, die sie vorhin bei ihm wahrgenommen hatte. Auch ihr Appetit kehrte zurück, und so machte sie sich hungrig über ihren Teller her. Paul schien sich ebenfalls nicht an der plötzlichen Schweigsamkeit zu stören. Er gönnte sich eine üppige Portion und lauschte mit sichtlichem Vergnügen der Musik. Ainslee konnte nicht alle Instrumente benennen – es waren Lauten, Harfen und Flöten dabei –, aber die Melodien waren mitreißend wie bei populären Folksongs. Vermutlich waren es also keine typischen Weisen, wie sie früher gespielt worden waren, sondern modernisierte Versionen, die den Hörerwartungen des Publikums eher entsprachen. Paul hatte gemeint, dass es nicht um Authentizität ging, sondern um das Zusammengehörigkeitsgefühl, und das stellte sich wie durch Zauberhand fast von allein ein.

»Ich werde nie wieder etwas essen können«, stöhnte sie, als sie den leeren Teller von sich wegschob und das Mieder verfluchte, das sie schon den ganzen Tag anhatte. Was für eine Tortur hatten die Frauen früher ertragen müssen! Sie selbst hatte sich nicht mal besonders fest eingeschnürt, aber es war schon unangenehm genug, und sie konnte es kaum erwarten, das Kleid nachher auszuziehen.

»Das halte ich für ein Gerücht, aber es war wirklich lecker. Schon die Suppe, auch wenn der Cullen Skink von Maura immer noch unerreicht ist.«

»Der im Pub ist auch spektakulär«, brach Ainslee die Lanze für Kirkby. »Wenn du ihn noch nicht probiert hast, musst du das unbedingt nachholen.«

»Das werde ich. Versprochen. Aber jetzt sollte gleich das Highlight des Abends kommen.« Er lächelte sie so strahlend an, dass ihr dazu direkt alle möglichen Dinge einfielen.

Dass Paul ihr das Kleid auszog, wäre so ein Highlight, dachte sie. Dass er sie vorher wieder so küsste wie beim Cèilidh in Kirkby. Oder …

»Schau, da ist schon der Geschichtenerzähler!«

Oder so. Nun ja. Für mehr als eine kleine Knutscherei war sie ohnehin zu vollgestopft. »Ich bin gespannt.« Der fragliche Mann war keine besonders beeindruckende Gestalt. Er war eher schmächtig, hatte schulterlange blonde Haare und einen seltsamen Bart. Sein Kostüm wirkte merkwürdig deplatziert, ohne dass sie jedoch genau hätte sagen können, was sie daran störte. In der Hand hielt er eine kleine Harfe.

»Der sieht aus wie Troubadix aus *Asterix*«, entfuhr es der Frau, die gegenüber am Tisch saß, und Ainslee musste lachen. Sie hatte vollkommen recht.

»Dann hoffe ich für uns alle, dass er mit mehr Talent gesegnet ist«, entgegnete sie und grinste Paul an.

»Pssst«, sagte der jedoch vollkommen ernst. »Ich glaube, wir können uns auf etwas ganz Besonderes freuen.«

Die Troubadix-Frau schien sich da nicht so sicher zu sein, aber als der Geschichtenerzähler auf einem kleinen Podest Platz nahm, das mittig zwischen den langen Tafeln stand, und einmal leicht mit der Hand über die Saiten seines Instruments fuhr, erstarb das Gekicher und Gemurmel der Leute.

»Ich will euch heute eine Geschichte von einer unmöglichen Liebe erzählen, von Monstern und Schwierigkeiten und der Erkenntnis, dass man alle Hindernisse überwinden kann«, kündigte er mit leiser, aber eindringlicher Stimme an.

Es wurde so still im Burghof, dass man nur noch das Zwitschern der Vögel hörte und das leise Schnarchen von Jules unterm Tisch. Ainslee stupste ihn mit der Fußspitze an, und er grunzte einmal, ehe er geräuschlos weiterpennte.

Als sich der Erzähler sicher war, die volle Aufmerksamkeit des Publikums zu haben, strich er noch einmal über die Harfe und begann mit seiner Geschichte. Nach wenigen Minuten war Ainslee derart verzaubert und gepackt, dass sie jeden Sinn für ihre Umgebung, für Zeit und Raum verlor. Sie hing diesem seltsamen kleinen Mann wie gebannt an den Lippen und lauschte den dramatischen Abenteuern der Liebenden, die sich nacheinander verzehrten, aber eine schier unendliche Vielzahl von Hindernissen überwinden mussten. Ein Wasserpferd, das sie in die Tiefe ziehen wollte, Moorgeister, die ihn vom rechten Weg abbringen wollten, Clan-Mitglieder, die andere Vorstellungen für die Zukunft der beiden hatten. Diese Geschichte, so fantastisch sie auch war, brachte in Ainslee etwas zum Klingen. Die scheinbar äußeren Gefahren und Abenteuer waren eigentlich Parabeln für innere Kämpfe. Für Unsicherheiten und Selbstzweifel. Für die Suche nach dem Sinn und dem eigenen Platz im

Leben und in der Gesellschaft. Überwunden werden konnten diese Herausforderungen durch individuellen Mut und Zuversicht – und vor allem dadurch, dass die Liebenden einander vertrauten.

Als die letzten Silben der Geschichte und die letzten sanften Töne der Harfe verklangen, herrschte atemlose Stille im Publikum, die kurz darauf kollektivem Jubel und Applaus wich, so explosiv, dass die Hunde aus dem Schlaf hochschreckten und Jules bellte.

»Möchtest du noch Dessert?«, fragte Paul, als die Kellnerinnen mit Platten voller frittierter Gebäckstücke kamen.

Ainslee schüttelte den Kopf. »Nein. Ich möchte ausprobieren, wie alltagstauglich die Ratschläge aus dem Märchen sind.« Damit stand sie auf, kletterte über die Bank und reichte ihm ihre Hand.

EIN RICHTIG GUTER TRIP

PAUL HATTE NOCH NIE in seinem Leben Drogen genommen. Nicht mal einen Joint geraucht. Aber er war sich sicher, dass sich so ein richtig guter Trip anfühlen musste. Er war wie berauscht, fühlte sich unbesiegbar, unwiderstehlich und unglaublich tiefenentspannt. Und dieser Zustand nutzte sich auch nicht ab. Er hielt schon den ganzen Tag an, und so machte es ihm auch nicht das Geringste aus, dass er unzählige Male die gleichen Fragen beantworten musste. Vermutlich lag es an seinem strahlenden Lächeln, dass er außerdem um etliche Fotos gebeten wurde. Das war gestern noch nicht passiert, obwohl er das Gleiche angehabt hatte.

Er kannte die Antwort. Es lag an Ainslee und der magischen Nacht, die sie zusammen verbracht hatten. Hätte ihm das Madame Apollonia gestern prophezeit, er hätte es nicht geglaubt – so wie er ja auch die »Wahrheiten« nicht glaubte, die sie tatsächlich ausgesprochen hatte. So weit konnte es mit ihren seherischen Fähigkeiten nun wirklich nicht her sein, wenn sie dieses historische Ereignis nicht vorausgeahnt hatte. Für Paul gab es ab heute eine neue Zeitrechnung: die Zeit *vor* Ainslee und die Zeit *mit* Ainslee.

Ihr schien es erstaunlicherweise genauso zu gehen, denn jedes Mal, wenn er in Richtung Webstuhl blickte, schenkte sie ihm ein glückliches, verheißungsvolles Lächeln. Sie tauschten bei jeder sich bietenden Gelegenheit heimliche Küsse und verstohlene Berührungen aus. Manchmal war Handeln eben doch viel wirkungsvoller als Denken und Sprechen – und dennoch sollten sie dringend festlegen, wie sie damit offiziell umgehen wollten, wenn der Markt in Stirling zu Ende war und sie sich mit zwei Autos auf den langen Rückweg nach Kirkby machen mussten.

»Haben Sie denn keine Stola mehr?«, unterbrach eine Kundin seine Gedanken.

»Leider nicht. Die sind seit zwei Stunden ausverkauft.« Er sah bedauernd auf die geleerten Regale. »Kann ich Sie vielleicht für eine Sofadecke begeistern? Oder einen Schal? Da haben wir noch ein paar Exemplare.«

»Ich wollte so gern eine Stola haben«, erwiderte die Frau enttäuscht, strich dann aber mit der Hand über einen der Schals. »Ich war heute Vormittag schon mal hier, da gab es noch reichlich, aber da konnte ich mich noch nicht entscheiden.« Sie seufzte.

»Wir wurden regelrecht überrannt.«

»Gibt es denn einen Online-Shop, sodass ich vielleicht eine bestellen kann?«

Das war eine der am häufigsten gestellten Fragen, und Paul musste es stets verneinen, weil die *Kirkby Tartan Mill* tatsächlich keinen Webshop hatte. Noch nicht. Ainslee hatte bereits gestern Mittag beschlossen, dass dieser Zustand so schnell wie möglich geändert werden musste. »Der wird gerade noch aufgebaut«, erklärte er also. »Aber Sie können Ihren Namen und Ihre E-Mail-Adresse gerne in diese Liste eintragen, dann melden wir uns bei Ihnen, sobald der Shop online ist. Und falls Sie aus der Gegend sind, kommen Sie doch am letzten Augustwochenende zum ›Kirkby Clan Gathering‹. Da werden wir auch wieder unsere Sachen verkaufen und vermutlich noch ein paar andere Stücke im Warenrepertoire haben.« Er drückte ihr einen der Flyer in die Hand, die langsam auch schon zur Neige gingen.

»Das ist eine tolle Idee. Ich trage mich gerne ein, und vielleicht fahren wir an dem Wochenende tatsächlich nach Kirkby. Wir wohnen in Fort Augustus, das ist also gar nicht so weit weg von uns.« Die Frau lächelte zufrieden und kritzelte ihre Daten in das Notizbuch, in dem bereits mehrere Dutzend Namen von Leuten standen, die alle Interesse an weiteren Einkaufsmöglichkeiten hatten. »Einen Schal nehme ich jetzt aber auch noch mit. Sicher ist sicher.«

»Vielen Dank«, rief Ainslee von ihrem Webstuhl aus, als die Frau gezahlt und sich verabschiedet hatte.

»Ich würde sagen, das Wochenende war ein voller Erfolg für die Weberei«, stellte Paul fest.

»Eindeutig. Aber ohne dich hätte ich es nicht geschafft. Ohne dich ist überhaupt alles …« Sie sprach nicht weiter, weil gerade Madame Apollonia aus ihrem Zelt und zum Weberei-Stand kam, wieder mit Ralph, dem Raben, auf der Schulter.

»Ich prophezeie der *Kirkby Tartan Mill* eine rosige Zukunft«, kündigte sie mit ihrer rauen Wahrsagerinnen-Stimme an und fügte dann in normalem Timbre hinzu: »Aber das könnte jeder hier prognostizieren. Freut mich wirklich sehr, dass es so gut gelaufen ist, aber Qualität in Kombination mit Charme setzt sich halt immer durch. Vor allem, wenn man als Team arbeitet.« Sie warf Ainslee einen vielsagenden Blick zu.

»Paul war wirklich eine unersetzliche Hilfe an diesem Wochenende«, bestätigte Ainslee und stand von ihrem Arbeitsplatz auf.

»Ich hab das ehrlich gerne gemacht«, entgegnete er. Ja, es war anstrengend, den ganzen Tag auf den Beinen zu sein, mit fremden Menschen zu sprechen und Waren zu verkaufen, aber es hatte ihm zu seiner eigenen Überraschung Spaß gemacht. Und das lag nicht nur an Ainslees Nähe und seinem Bedürfnis, sich ritterlich zu fühlen. Seiner Arbeit wegen war er der Gegenwart und seinem normalen Alltag oft buchstäblich entrückt. Das war auf Dauer vielleicht auch nicht so gut. Prompt kamen ihm Madame Apollonias Worte von gestern in den Sinn, als sie ihn ermahnt hatte, sich selbst nicht so ernst zu nehmen. Das hatte ihn offen gestanden ziemlich gekränkt, denn er hielt sich wahrlich nicht für den Mittelpunkt des Universums. Aber dass ihm diese Tätigkeit, die eigentlich so gar nichts mit ihm zu tun hatte, so viel Freude brachte, war eine erstaunliche Erkenntnis.

»Was steht bei euch als Nächstes an?«, erkundigte sich die Wahrsagerin bei Ainslee und schaffte es, die an sich harmlose Frage recht mehrdeutig klingen zu lassen.

Ainslee wurde prompt rot. »Wir fahren heute noch zurück, und dann …« Sie warf Paul einen Hilfe suchenden Blick zu.

»Ich will nicht wissen, ob ihr euch offiziell als Paar vorstellt«, unterbrach Apollonia sie mit einer wegwerfenden Handbewegung, als sei das ein vollkommen unwichtiger Aspekt. »Das ist ja genauso offensichtlich wie der Erfolg deiner Weberei. Nein, ich frage, ob wir uns bei einer der nächsten Veranstaltungen wiedersehen.«

»Was sagt denn die Glaskugel dazu?«, entfuhr es Paul, ehe er sich beherrschen konnte.

»Es ist vollkommen albern, seine Kräfte für Informationen einzusetzen, die man auch durch eine einfache Frage bekommen kann«, antwortete die Hexe kopfschüttelnd, und ihr Rabe krächzte zustimmend.

»Das war mein einziger Auftritt«, erklärte Ainslee rasch. »Ich habe das so viele Jahre gemacht und habe keine Lust mehr darauf, mir die Wochenenden auch noch mit Arbeit zuzuballern. Das hier war eine absolute Ausnahme, wenn auch eine sehr erfolgreiche. Aber das Geschäftsmodell der *Kirkby Tartan Mill* ist ein anderes, und darauf will ich mich in Zukunft vor allem konzentrieren.«

»Aber beim ›Kirkby Clan Gathering‹ wird es schon einen Stand geben«, warf Paul ein. »Das habe ich jedenfalls allen Leuten angekündigt.«

»Natürlich. Aber das ist ja auch ein Heimspiel.« Ainslee schenkte ihm wieder ihr Zauberlächeln, das seine Knie weich wie Pudding werden ließ.

Madame Apollonia schaute zwischen den beiden hin und her, dann grinste sie vergnügt. »Wir sehen uns dort. Ich freu mich drauf.« Sie wandte sich wieder ihrem Zelt zu, drehte sich dann aber noch einmal um. »Mut zahlt sich aus, Angst ist ein schlechter Ratgeber. Das gilt nicht nur für dieses Wochenende, sondern auch für die nächsten Tage und Wochen. Vergesst das nicht. Alle beide.«

»Das ist vermutlich ein guter Ratschlag, der für alle Menschen zu jeder Zeit sinnvoll ist«, sagte Paul leise, als Rabe und Seherin wieder hinter den Zeltbahnen verschwunden waren.

»Ganz bestimmt. Aber irgendwie habe ich das Gefühl, dass ich ihn nicht brauche. Ich habe mich selten so …« Ainslee suchte nach dem richtigen Wort.

»Unbesiegbar?«, schlug er vor, weil das eins seiner vordergründigsten Gefühle war. Direkt nach Euphorie und Ungeduld, dort weiterzumachen, wo sie letzte Nacht aufgehört hatten.

»Ja, genau. Ich habe keine Ahnung, warum, aber ich fühle mich im Moment so gut wie noch nie zuvor in meinem Leben. Es ist sicher ein gefährlicher Trugschluss, aber gerade bin ich absolut davon überzeugt, dass mir nichts Schlimmes passieren kann. Ich zweifle nicht, ich zaudere nicht, ich stelle mich nicht infrage – ich bin einfach unbesiegbar.« Sie sah ihn halb verwundert, halb begeistert an. »Das muss mit dir zusammenhängen.«

»Mit uns! Ich schätze, wir haben einfach eine richtig gute Chemie miteinander.« Er lachte leise. »Ich habe das immer für absoluten Humbug gehalten, wenn in Büchern oder Filmen davon die Rede war, doch da konnte ich einfach noch nicht mitreden.«

»Ich auch nicht. Aber ich würde dieses Gefühl gerne möglichst lang genießen.« Sie kam näher, schlang einen Arm um seine Taille und schmiegte sich an ihn. »Ich kann es nämlich immer noch nicht ganz fassen, was letzte Nacht passiert ist.«

»Geht mir genauso. Und ich bin mir nicht sicher, ob ich es jemals wirklich begreifen werde. Als Wissenschaftler würde ich vorschlagen, dass wir die Versuchsanordnung reproduzieren und dann alles noch einmal wiederholen. Oder zehnmal. Oder hundertmal.« Er drückte ihr einen Kuss auf die Stelle knapp unter dem Ohrläppchen. Damit hatte er sie gestern erfolgreich zum Stöhnen gebracht, und wie aufs Stichwort keuchte sie auf.

»Aber nicht auf der durchgelegenen Matratze in diesem Bed & Breakfast!«

»Ich habe eher an dein Bett gedacht. Oder meines auf Monroe Manor. Allerdings wird dann vermutlich spätestens morgen früh der ganze Ort Bescheid wissen. Wir könnten auch zu meiner Wohnung in Inverness fahren.« Ihm war es vollkommen gleichgültig, wer wann davon erfuhr, dass Ainslee Ferguson die Frau war, die chemische Reaktionen der heftigsten Art in ihm auslöste. Er könnte ohne Weiteres auch direkt bei Marlin oder Bürgermeister Collum anrufen und es schon vorab offiziell ankündigen. Aber vielleicht war sich Ainslee ja nicht so sicher. Überrumpeln wollte er sie auf gar keinen Fall.

»Wahrscheinlich wissen es ohnehin schon alle.«

»Oh?«

»Harriet hat mir heute Morgen geschrieben, mir von der Versteigerung berichtet und sich erkundigt, wie es bei mir läuft. Da habe ich … nun ja … von deiner Hilfe erzählt. Und von letzter Nacht.« Wieder stieg ein wenig Farbe ihre Wangen hoch, und Paul fand sie zum Anbeißen süß. »Tut mir leid, ich konnte es einfach nicht für mich behalten.«

»Geht mir ganz ähnlich. Ich will kein Geheimnis draus machen. Von mir aus kann es die ganze Welt erfahren.« Es war irre. Noch nie in seinem Leben war er sich einer Sache so sicher gewesen – und das, nachdem er sich in letzter Zeit in fast allen Lebensbereichen komplett unsicher gewesen war. Doch an Ainslees Seite hatte er das Gefühl, sich in aller Ruhe selbst finden zu können. Wie gesagt, vollkommen verrückt.

»Da bin ich sehr erleichtert. Echt blöd, dass wir mit zwei Autos hier sind und die Strecke so weit ist.«

Sie seufzte und blickte dann übers Gelände. »Aber ich glaube, wir können langsam dichtmachen. Viel zu verkaufen haben wir dank deines beeindruckenden Marktschreier-Talents sowieso nicht mehr.« Sie zwinkerte ihm zu. »Ich bin gespannt, auf wie vielen Bildern du in den sozialen Medien auftauchst – und wie lange es dauert, bis deine Studierenden herausfinden, dass ihr steifer Professor in Wahrheit ein sexy Highlander ist.« Sie lachte über seinen Gesichtsausdruck.

Paul hatte sich bei den Fotos gar nichts gedacht – schon gar nicht, dass die Bilder im Internet auftauchen könnten. War wohl ein Berufsrisiko. Zur Zeit der Clankriege hatten sich die Leute wenigstens über Instagram keine Gedanken machen müssen. Er hatte jedoch kein Problem damit, wenn ihn jemand entdeckte, schließlich war an seinem Wochenendnebenjob nichts auszusetzen. Nur der »sexy Highlander« stieß ihm auf. War das das Image, das er vermitteln wollte?

»Jetzt tu nicht so schockiert«, sprach Ainslee weiter, als er immer noch nichts sagte. »Du kannst mir doch nicht erzählen, dass es nicht reihenweise Studentinnen gibt, die sich nur wegen dem heißen Professor Starling mit Freuden in die staubigsten Archive begeben.«

»Freude ist da wohl nicht dabei, aber es ist gut möglich, dass sich gelegentlich Studierende aus anderen Gründen für das Fach entscheiden als aus Leidenschaft für die Geschichte unseres schönen Landes.«

Er seufzte. »Meist hören die aber sehr schnell und sehr enttäuscht wieder auf. Was übrigens nicht gut für mich ist. Denn es ist durchaus ein Beurteilungsmaßstab, wie niedrig oder hoch die Abbrecherquote ist.«

»Ich bin mir sicher, die Fotos von dir in Rüschenhemd und Kilt erhöhen die Verweildauer im Durchschnitt um mindestens ein bis zwei Semester. Win-win-Situation für uns beide also.« Sie schien das wahnsinnig witzig zu finden, und er war entzückt, sie so unbeschwert und fröhlich zu erleben. Dafür nahm er gerne ein paar dumme Witze in Kauf.

»Und selbst wenn ein solcher Effekt ausbleibt, ist dieses Wochenende ein Gewinn für mich«, sagte er und zog sie eng an sich. »Ein größerer, als ich ihn mir jemals hätte erträumen können.« Dann küsste er sie, damit nicht der geringste Zweifel blieb.

• • •

Es war fast halb elf am nächsten Morgen, als Ainslee endlich in der Weberei auftauchte.

»Ich hab so viele Fragen und weiß gar nicht, womit ich anfangen soll«, sprudelte es aus Harriet hervor, als sie ihrer Freundin mit ausgebreiteten Armen entgegenlief und sie dann fest an sich drückte.

»Wir haben eigentlich auch keine Zeit zum Quatschen. Weder jetzt noch in den nächsten Wochen. Die Leute waren wie irre und haben so gut wie alles gekauft, was wir zu bieten hatten. Und ich habe eine endlos lange Liste von Menschen, die unbedingt online bei uns shoppen wollen.« Sie befreite sich aus der etwas ungelenken Umarmung ihrer Geschäftspartnerin, die fast einen Kopf kleiner war als sie selbst.

»Frag mich mal. Der Anrufbeantworter ist voll, von Mails ganz zu schweigen. Ich würde sagen, das war ein voller Erfolg und ein fantastischer erster Test für unseren Kirkby-Tartan.« Harriets Augen blitzten vergnügt. »Und auf Instagram sind beinahe mehr Bilder von Paul zu finden als von dir.«

»Da habe ich noch gar nicht nachgeschaut«, entgegnete Ainslee und konnte nicht verhindern, dass sich ein seliges Lächeln auf ihren Lippen breitmachte. »Ich bin noch nicht dazu gekommen.«

»Ich kann's mir lebhaft vorstellen.« Harriet kicherte. »Nach dem endlosen Vorspiel. Habt ihr denn jetzt geklärt, wo das Problem lag?«

»Hm. Sagen wir's so, wir sind den Ursachen näher gekommen.« Sie winkte ab, als sie Harriets fragendes Gesicht sah. »Das ist zu kompliziert, und zumindest was Paul betrifft, ist es auch nicht an mir, die Geschichte zu erzählen. Aber wir wollen es miteinander versuchen. Und das …« Sie wusste nicht, wie sie ihre Gefühle in knappe, aber nachdrückliche Worte packen sollte, dafür waren sie viel zu überwältigend.

»Ich versteh schon«, behauptete Harriet jedoch großzügig. »Und ich freu mich von ganzem Herzen für euch. Paul scheint mir ein wirklich guter Kerl zu sein, und du bist sowieso einfach nur großartig. Ich wünsche euch so viel Glück miteinander.« Erneut riss sie Ainslee in eine etwas ungestüme Umarmung. »Hier war aber auch einiges los. Die Versteigerung war ein Mega-Erfolg. Onkel Angus hat für ein Vermögen die Pferdeskulptur von Sean ersteigert. Die soll in den nächsten Tagen unten im Westflügel-Foyer einen Ehrenplatz bekommen. Und Marlin hat sich für den gleichen absurden Betrag das spektakuläre Werk von Yeshi gesichert und will es der Öffentlichkeit im Rathaus zugänglich machen.«

»Das muss ich mir unbedingt ansehen. Schön, dass Kirkbys Mäzene dafür gesorgt haben, dass die Sachen hier im Ort bleiben.« Ainslees Freude darüber war aufrichtig, jedoch nicht ganz ungetrübt. War sich Angus Stewart seiner Sache so sicher, dass er sogar kostspielige Kunst für Monroe Manor erwarb? Aber was, wenn ein etwaiger neuer Besitzer ganz andere Pläne hatte? Und warum konnte sie diese verstörenden Gedanken einfach nicht abstreifen – nicht einmal dann, wenn sie sich ansonsten vollkommen glücklich fühlte?

»Außerdem hat Sean Hailey einen Heiratsantrag gemacht«, sprach Harriet aufgeregt weiter, offenbar völlig unbelastet von Sorgen um Monroe Manor.

»Echt? Oh, das freut mich sehr. Ich finde, die beiden passen wirklich gut zusammen. Und Hailey hat ein paar echt harte Wochen und Monate hinter sich. Genau wie Kristie. Ich hoffe, sie fällt nicht wieder in ein tiefes Loch, wenn …« Sie stoppte, weil Harriet sie mit einer energischen Handbewegung unterbrach.

»Du musst mich schon mal ausreden lassen. Bei Kristie ist es praktisch das Gegenteil von einem tiefen Loch. Ich habe noch nie einen so krassen Fall von Liebe auf den ersten Blick beobachtet.«

»Ach?«

»Na ja, bei Collum vielleicht. Aber da ist es mir nicht wirklich aufgefallen. Ist ja jetzt auch ganz egal. Denn Kristie hat sich in Yeshi verknallt!«

»In Yeshi von nebenan?« Ainslee deutete auf die Wand, hinter der sich zwei Räume weiter die Büros von Sky und Robin befanden, in denen seit knapp zwei Wochen auch die sehr aparte Äthiopierin Yeshi arbeitete. Sie hatten ein paarmal kurz miteinander gesprochen, sich aber noch nicht näher kennengelernt.

»Ganz genau!« Es fehlte nicht viel, und Harriet wäre wie ein Flummi auf und ab gehüpft vor lauter Begeisterung.

»Ich hoffe, es beruht auf Gegenseitigkeit?« Ainslee dachte noch mit Schaudern an das Drama mit Meribeth zurück, das nicht nur die Dynamik in ihrer WG stark belastet, sondern vor allem einen tiefen Keil in die enge und liebevolle Beziehung zwischen den Schwestern getrieben hatte. Meribeth hatte sich als manipulative Stalkerin entpuppt, die auch vor Gewalt nicht zurückschreckte. Doch glücklicherweise hatte sie selbst in letzter Sekunde eingreifen können, ehe es zu Schlimmerem gekommen war. Für irgendwas war ihr jahrelanges Kampfsporttraining also wirklich gut gewesen.

»So was von! Ehrlich, wir alle dachten, dass aus den Augen der beiden Herzchen sprühen. Das war so dermaßen süß – auch weil sie sich beide zunächst nicht recht getraut haben.«

»Ich kann's mir lebhaft vorstellen.« Sich vor den versammelten Augen Kirkbys zu verlieben war herausfordernd. Das wusste sie aus eigener Erfahrung. Aber wie musste es sich für Kristie anfühlen, die noch so verwundbar war nach ihrer gruseligen Erfahrung? Und für Yeshi, die aus einem ganz anderen Kulturkreis kam? Ainslee hatte keine Ahnung, wie offen man in Äthiopien mit Homosexualität umging, aber sie hoffte sehr für die beiden, dass sich ihre Gefühle in Ruhe entwickeln konnten. »Kristie liegt mir wirklich sehr am Herzen, und ich wünsche ihr endlich nicht nur den Mut, so zu leben, wie sie will, sondern auch die passende Partnerin. Denkst du, dass Yeshi …?«

»Ich kenne sie nicht gut genug, habe aber ganz stark den Eindruck, dass sie nicht nur wegen ihrer Kunst aus Äthiopien hierhergekommen ist, sondern auch wegen ihrer sexuellen Präferenzen. Hier hat sie nun einen Job, der für ihre Eltern seriös klingt, die Chance auf eine großartige Karriere als Künstlerin – jedenfalls dann, wenn man Seans Galeristen Glauben schenken darf – und die Freiheit, zu sein, wer sie ist. Das sind doch eigentlich tolle Voraussetzungen.« Harriet schien sich ihrer Sache sehr sicher zu sein.

Die Freiheit zu haben, zu sein, wer man war – das war wohl für die meisten Menschen das Wichtigste.

Auch wenn die meisten, die in der westlichen Welt in Sicherheit und Wohlstand lebten, das gar nicht zu schätzen wussten. Sie selbst eingeschlossen, musste Ainslee zugeben. Im Vergleich zu Yeshi hatte sie nie um irgendetwas Grundlegendes kämpfen müssen – vielleicht sollte sie dieses Geschenk nutzen und endlich mutig genug sein. Die Worte von Madame Apollonia hallten in ihrem Kopf wider. Waren das wirklich nur Allgemeinplätze gewesen, wie sie es ihr insgeheim unterstellte? Oder war ihr Ratschlag ganz speziell auf sie und Paul gemünzt gewesen? Zwei privilegierte Suchende, die endlich einmal finden sollten.

»Jedenfalls ist Hailey gestern endgültig aus dem Cottage aus- und bei Sean eingezogen«, sprach Harriet weiter. »Und ich kann mir gut vorstellen, dass ihr Zimmer demnächst eine neue Bewohnerin hat.«

»Im Moment lebt Yeshi hier im Herrenhaus, oder?« Ainslee war sich nicht so sicher, aber es war die naheliegendste Vermutung. Auch Robin und Sky wohnten mit ihren Kindern hier, und Platz war schließlich genug da.

»Ich glaube, in genau dem Zimmer, in dem du deine ersten Nächte in Kirkby verbracht hast«, entgegnete Harriet. »Wäre das nicht witzig, wenn sie den gleichen Weg nimmt wie du? Vom Schloss ins Cottage?«

Ainslee zuckte mit den Schultern, das war ihr offen gestanden egal. Sie hatte sich nie groß Gedanken um die Wohnarrangements anderer Leute gemacht. Sosehr sie die Gastfreundschaft der Stewarts genossen hatte, war es ihr doch wichtig gewesen, so schnell wie möglich davon unabhängig zu werden – da war das Zimmer in der WG gerade recht gekommen. Womöglich tickte Yeshi da ganz ähnlich? »Warum nicht? Ich freu mich jedenfalls drauf, sie besser kennenzulernen.« Heute Morgen beim Frühstück war Yeshi nicht im Herrenhaus gewesen. Andererseits waren Paul und Ainslee auch erst um halb zehn in den Frühstücksraum gekommen, und da waren alle anderen Bewohner vermutlich schon längst bei der Arbeit gewesen.

»Ich frage mich, woran du gerade gedacht hast.« Harriet stupste ihr mit einem Zeigefinger gegen die Wange. »Du bist richtig rot geworden. Und das kann ja wohl kaum an Yeshi und Kristie liegen, oder?«

»Ich habe heute Nacht hier im Herrenhaus bei Paul … ähm … geschlafen. Und wir sind ein bisschen später wach geworden. Und … Also jedenfalls war sonst niemand mehr beim Frühstück.«

»Es beruhigt mich wirklich sehr, dass hinter der Fassade der wunderschönen, stets souveränen und kontrollierten Geschäftsfrau auch noch ein verliebtes Mädchen schlummert«, freute sich Harriet.

»›Souverän‹ und ›kontrolliert‹ sind Attribute, die ich eher nicht für mich selbst in Anspruch nehmen würde. Und die Geschäftsfrau ist so brandneu, dass ich mich an diese Rolle auch noch nicht gewöhnt habe. Ganz ehrlich, ich war in Stirling komplett überfordert. Ohne Paul wäre es das absolute Desaster geworden.«

»Gut, dass dein persönlicher Ritter vor Ort war. Ihm hätte ich es allerdings nicht zugetraut, dass er so ein Verkaufstalent ist.«

»Man sollte sich eben nicht von oberflächlichen Eindrücken täuschen lassen. Vor allem dann, wenn sie nur optischer Natur sind.«

»Hast ja recht, so was ärgert mich auch. Aber in deinem Fall … Ehrlich, du siehst immer so perfekt und makellos aus und strahlst so eine regelrecht hoheitsvolle Gelassenheit aus, dass du in meinen Augen in einer ganz anderen Liga spielst. Ich weiß ja, dass du in Wirklichkeit ganz normal bist und so, aber … Ich halte jetzt besser mal die Klappe, sonst rede ich mich völlig um Kopf und Kragen.«

Ainslee fühlte sich mit einem Mal vollkommen ernüchtert. Wie weggeblasen war die euphorische Glückseligkeit von den letzten Nächten mit Paul. Harriet hatte ihr Dilemma ziemlich präzise zusammengefasst. »Weißt du, wie problematisch das für mich ist? Ich habe es mir nicht ausgesucht, dass ich so aussehe, wie ich aussehe. Ich will mich darüber auch sicher nicht beklagen. Aber offenbar bin ich selbst für die Menschen, die mich besser kennen sollten, nur eine Projektionsfläche, und sie nehmen lediglich die Dinge wahr, die sie wahrnehmen wollen. Dadurch lasse ich mich unbewusst in Rollen drängen, die ich nicht spielen möchte. Oder kann. Rollen, die mich überfordern oder langweilen und die im Zweifel nichts mit mir zu tun haben. Jedenfalls nichts mit der Ainslee, die ich wirklich bin.« Als sie die letzten Worte ausgesprochen hatte, war ihr klar, dass sie sich selbst in eine Falle hineinmanövriert hatte, und so wappnete sie sich für das Unvermeidliche.

»Wer ist denn die wirkliche Ainslee?«, fragte Harriet prompt und musterte sie mit großen Augen, aufrichtig daran interessiert, die Wahrheit zu erfahren. Wenn es bloß so einfach wäre.

»Das ist die Eine-Million-Pfund-Frage«, entgegnete Ainslee leise. »Ich habe nicht die leiseste Ahnung.«

Harriets Gesichtsausdruck wechselte so rasch wie das schottische Wetter. Neugier wurde von ungläubigem Stirnrunzeln abgelöst und schließlich von etwas, das Ainslee nur als bockige Entschlossenheit interpretieren konnte. »Ich glaube, du machst es dir ein bisschen zu leicht«, sagte sie.

»Ich mache es mir zu leicht?«, wiederholte Ainslee leicht fassungslos.

»Ja. Denn dieses ›Ich weiß nicht, wer ich wirklich bin‹ ist doch eine Superausrede.«

»Ausrede wofür?«

»Na, für alles. Du musst keine Verantwortung übernehmen. Es war ja nie die ›wahre Ainslee‹, die irgendwas entschieden oder getan hat, sondern nur eine Rolle, eine Fremdzuschreibung. Ich habe keine Ahnung, wovor du solche Angst hast, aber mit über dreißig sollte man schon in der Lage sein, Verantwortung zu übernehmen.« Harriets runde blaue Augen waren zu schmalen Schlitzen geworden, die sie regelrecht gefährlich aussehen ließen.

Ainslee hatte das Gefühl, mit eiskaltem Wasser übergossen zu werden. Harriet behauptete, sie würde sich vor Verantwortung scheuen? »Ich übernehme ständig Verantwortung«, stieß sie gepresst hervor und fragte sich, warum sie sich so getroffen fühlte.

»Ach ja? Bist du sicher, dass du es bist und nicht nur wieder eine Rolle?« Harriet hatte sich jetzt wirklich in Rage geredet. So hatte Ainslee ihre Freundin und Geschäftspartnerin noch nicht erlebt. »Ich glaube, dass du sehr genau weißt, wer du bist und was du willst. Dass du aber große Angst davor hast, verletzt zu werden und dich nackig zu machen. Im übertragenen Sinn, versteht sich, denn tatsächlich hat dieser Part mit Paul ja wohl problemlos geklappt. Deswegen verschanzt du dich hinter den Rollen, die dir andere Menschen zuschreiben, die du aber alle übernommen hast. Ohne Not, würde ich meinen.« Sie schüttelte den Kopf. »Im Ernst, wir alle spielen doch Rollen, und wir alle müssen mit irgendwelchen Vorurteilen kämpfen. So spaßig ist es auch nicht, ständig als ›süße kleine Pixie‹ bezeichnet zu werden, nur weil ich zierlich bin, kurze blonde Haare und blaue Kulleraugen habe. Ich wette, deswegen hast du mich auch schon ganz anders eingeschätzt.«

»Nun ja …«, begann Ainslee, doch Harriet fuhr ihr wieder über den Mund.

»Aber das ist in Ordnung. Wir sind Menschen. Wir beurteilen uns immer zunächst nach Äußerlichkeiten. Ich wette, das hat uns irgendeinen evolutionären Vorteil gebracht. Aber in der Regel gibt's nach dem ersten Eindruck ja auch noch einen zweiten, dritten, zehnten. Da hat man dann schon Zeit, andere Facetten von sich preiszugeben, wenn man das möchte. Schau dir doch mal Hailey an. Ich kenne fast niemanden, der so authentisch ist wie sie.«

Ainslee nickte bestätigend. Hailey war durch und durch echt, und sie beneidete sie wahnsinnig darum. »Hailey ist …«

»Auch Hailey spielt mehrere Rollen! Sie ist Schwester, Tochter, Pferdemagierin, Geschäftsfrau, Partygirl, Liebhaberin, Freundin. Macht sie das weniger glaubhaft?«

»Natürlich nicht. Aber ich denke, der Unterschied ist, dass sie immer ganz genau weiß, wer sie ist – tief drin.«

»Und ich denke, du weißt auch, wer du bist! Tief drin und auch knapp unter der Oberfläche«, beharrte Harriet. »Du hast nur Angst, dazu zu stehen! Du sagst immer, dass du es dir nicht aussuchst, so zu sein, wie du bist. Das tun wir alle nicht. Aber wir alle müssen das Beste aus den Gegebenheiten machen.«

Harriet hatte recht. Mit allem. Doch blöderweise war es nicht so einfach. Ainslee schloss kurz die Augen, um sich zu sammeln. »Du hast, wie jede andere Frau auch, garantiert schon die Erfahrung gemacht, auf dein Äußeres reduziert zu werden. Vielleicht halten dich einige dumme Personen für ein naives Blondchen oder so.«

»Ist schon vorgekommen. Aber ich kann dir versichern, dass diese Menschen sehr schnell sehr viel klarer gesehen haben.« Harriet reckte kämpferisch ihr Kinn nach vorn.

»Auf mich projizieren die Leute aber so viel Positives, dass ich dagegen im wahren Leben nur verlieren kann«, versuchte sie sich an einer Erklärung.

»Ich verstehe nicht, wo das Problem ist.« Harriet schüttelte den Kopf. »Ich will dir mal erzählen, wie du bei unserer ersten Begegnung auf mich gewirkt hast – du erinnerst dich, bei der Auktion in Aberdeen?«

»Wie könnte ich das jemals vergessen?«

»Ich kam viel zu spät, weil ich verschlafen hatte. Ich war schlecht vorbereitet und total nervös. Und da sehe ich dich stehen. Groß, schön, elegant und mit einer Aura um dich, die mich sofort angezogen hat. Also, schon auch eingeschüchtert, weil ich mich im Vergleich dazu wie die totale Chaosqueen gefühlt habe. Wir hatten aber sofort eine Connection, weil ich gemerkt habe, dass dir der Webstuhl genauso wichtig war wie mir. Wir hatten denselben Traum. Eigentlich hättest du in diesem Moment meine größte Konkurrentin sein müssen, meine schlimmste Feindin, doch ich habe nur Möglichkeiten gesehen, keine Gefahr. Ich habe dir vertraut – genau wie du mir. Wir haben uns, ohne uns zu kennen, innerhalb von Minuten auf dieses gemeinsame Abenteuer eingelassen. Was ja für sich betrachtet schon ein bisschen wahnsinnig ist. Aber irgendwie war mir klar, dass es funktionieren würde, und ich habe mich nicht getäuscht. Ich habe mich in gar nichts getäuscht, was dich betrifft. Alles an dir ist genauso schön und positiv, wie ich es auf den ersten Blick wahrgenommen habe. Oder willst du etwa behaupten, dass du das seit Monaten alles fakst und in Wahrheit eine miese Verräterin bist, die nur darauf wartet, mir das Messer in den Rücken zu bohren?«

»Was? Um Himmels willen, nein!« Ainslee fuhr sich durch die Haare und starrte Harriet entsetzt an. »Aber du hast halt eine besonders gute Meinung von mir. Meist sind auch nicht die Frauen das Problem, sondern die Männer. Die sehen mich und bilden sich ganz andere Dinge ein als du. Dinge, die ich nicht erfüllen will und kann.«

Harriet betrachtete sie nachdenklich. Schließlich sagte sie sanft: »Aber das ist dann doch das Problem dieser Männer und nicht deins, oder?«

Bitte? Wie konnte …? So hatte sie es tatsächlich noch nie betrachtet. Die Männer, mit denen sie bislang zusammen gewesen war, hatten allesamt dafür gesorgt, dass es sich wie ihr Problem angefühlt hatte. Alle, ohne Ausnahme. Genau wie die Männer, die ihre Mutter nach Hause gebracht hatte. Männer, die Ainslee zu einer Modelkarriere gedrängt hatten und sich selbst als Manager hatten installieren wollen. Es schüttelte sie, wenn sie daran zurückdachte, wie dieser Griffin oder Greg oder wie auch immer er hieß, sie als Vierzehnjährige zu einer Modelagentur gezerrt hatte. Das Urteil nach den Probeaufnahmen war vernichtend gewesen. Sie habe zwar das passende Gesicht und die passende Figur, sei aber viel zu schüchtern und ohne jede Ausstrahlung. Und sie konnte nicht auf hochhackigen Schuhen laufen. Was für eine Vierzehnjährige vermutlich normal war, ihr damals aber irrationalerweise wie ein Rettungsanker vorgekommen war. Auf flachen Sohlen konnte man als Model keine Karriere machen. Greg oder Griffin hatte mit ihr trainieren wollen, doch glücklicherweise war sein Gastspiel in ihrem Leben kurz darauf beendet gewesen, und beim nächsten Versuch hatte sie bereits gewusst, wie sie sich für Profis uninteressant machen konnte. Himmel, warum brach das jetzt alles wieder auf? Darüber hatte sie seit vielen Jahren nicht mehr nachgedacht. »Mir ist soeben klar geworden, warum ich nicht auf hohen Schuhen laufen kann«, stellte sie fest.

»Das ist eine sehr merkwürdige Antwort auf meine Frage, aber ich wette, in deinem Kopf ist gerade einiges vorgegangen, was?«

»Das kannst du laut sagen.« Ainslees Hand tastete unbewusst nach Jules, der immer neben ihr auftauchte, wenn sie sich in einer emotionalen Stresssituation befand. Doch heute war er bei Paul und Ivy geblieben. »Ich war gerade auf einer unerquicklichen

Erinnerungsfahrt in die Vergangenheit.« Sie räusperte sich und blickte ihrer Freundin dann in die Augen. »Aber ich schätze, du hast recht. Es ist das Problem der Männer, nicht meins. Und wenn ich es zu meinem mache, bin ich selbst schuld.«

»Viele Männer sind Idioten«, erwiderte Harriet tröstend. »Sie können nichts dafür, es ist ein Gendefekt. Aber es gibt auch Exemplare, die sind ein bisschen weiter und reifer. An die sollten wir uns halten. Und ich glaube, dass Paul in diese Kategorie gehört.«

BEIFANG IN MARLINS NETZ

»WILLST DU WIRKLICH, dass ich mitkomme?« Ainslee sah skeptisch von ihrem Arbeitsplatz hoch, wo sie gerade einen Kilt in Falten legte.

»Bitte!« Paul ärgerte sich, dass er so flehend klang, aber es war ihm wirklich wichtig, dass Ainslee ihn sozusagen als neutrale Kraft begleitete. Oliver hatte Ernst gemacht mit seiner Ankündigung und würde in spätestens einer halben Stunde mit Felix im Pub aufkreuzen. Er hatte darauf bestanden, dass Paul auch noch andere Familienmitglieder dazubat, und hatte keine Ausrede gelten lassen. So würden nun Shona und Alex ebenfalls dabei sein, und vor allem Marlin. Der schien genauso neugierig auf Oliver zu sein wie umgekehrt.

»Aber ich gehöre ja nicht zur Familie, da würde ich doch nur stören«, versuchte sie es erneut, und es war mehr als eindeutig, dass sie keine große Lust auf dieses Zusammentreffen hatte.

»Es würde mir wirklich eine Menge bedeuten«, beschwor er sie jedoch. »Ich weiß, es klingt pathetisch, aber du bist der Anker meiner Gegenwart, und ich habe Angst, dass ich mich ohne dich total verlieren werde.«

Er konnte ihren Blick nicht lesen. Erstaunen? Angst? Hielt sie ihn für übergeschnappt? Oder war sie am Ende gerührt? Paul hatte selbst keine Ahnung, woher dieser verbale Schwulst gekommen war, er wusste nur, dass er es genau so meinte.

»Wenn du nicht auf der Stelle deinen eleganten Hintern hochhebst und mit diesem verliebten Poeten zum Mittagessen verschwindest, spicke ich dich mit meinen Stecknadeln«, mischte sich nun Harriet ein. Paul hatte sie gar nicht bemerkt, obwohl sie kaum zu übersehen war, wie sie da mitten im Raum an diesem spektakulären Hochzeitskleid arbeitete. Doch er hatte nur Augen für Ainslee gehabt.

Die lachte. »Okay, jetzt habe ich wirklich Angst«, sagte sie, stand dann aber auf – ohne genauer mitzuteilen, was der Quell ihrer Sorgen war: Harriets Gewaltandrohungen oder Pauls Poesie-Ausbruch. »Gehen wir zu Fuß? Dann haben die Hunde noch ein bisschen Auslauf, und du kannst mich briefen, was Tabuthemen sind und was ich ansprechen darf.«

Über Tabuthemen hatte er sich gar keine Gedanken gemacht. Zumindest nicht bewusst, aber es war klar, dass er viele Dinge noch immer nicht mit Marlin besprochen hatte. Über seine Mutter beispielsweise hatten sie noch gar nicht geredet, aber das würde beim Mittagessen sicher kein Thema werden. Oliver war schlicht gespannt auf die »andere Familie« seines kleinen Bruders und hatte ansonsten wohl hauptsächlich Mitteilungsbedarf, was die zukünftige Adoptivtochter betraf. Paul jedenfalls würde das Gespräch eindeutig in diese Richtung lenken. Außerdem – wie viele Kontroversen konnte man bei einem kurzen Mittagessen wohl aufwerfen?

Daher erzählte er Ainslee auf dem Weg ins Dorf vor allem von seiner Kindheit auf der Hebriden-Insel Lewis und von den Abenteuern, die er und Ollie erlebt hatten. Je mehr er davon preisgab, desto mehr freute er sich darauf, dass Ainslee und Oliver sich kennenlernten – und auch dass Marlin, Shona und Alex erfuhren, wie er aufgewachsen war.

Als sie sich *The Wise Pelican* näherten, nahm Ainslee seine Hand und blieb kurz stehen. »Du hast so liebevoll und lebendig von deiner Familie erzählt, dass ich jetzt wirklich große Lust habe, deinen Bruder zu treffen.« Sie lächelte ihn aufmunternd an.

»Ich wette, das beruht auf Gegenseitigkeit«, sagte er und fühlte sich ein kleines bisschen weniger nervös.

Sie betraten den Pub zehn Minuten vor der verabredeten Zeit und nahmen an dem reservierten großen Ecktisch Platz. Die Hunde, die auf dem ganzen Weg wieder ausgelassen miteinander herumgetollt hatten, legten sich brav ab, Schnauze an Schnauze.

»Die beiden sind wirklich extrem verliebt«, bemerkte Jon lächelnd, als er kam, um die ersten Getränkebestellungen aufzunehmen.

»Meinst du die Hunde oder die beiden?«, wollte Shona wissen, die gerade ebenfalls aufgetaucht war.

»Stimmt, jetzt, wo du's erwähnst«, gab Jon augenzwinkernd zurück und küsste seine zukünftige Beinahe-Schwägerin auf beide Wangen. »Pollys Herz ist immer noch gebrochen, weil Jules nichts von ihr wissen will, sondern nur Augen für Ivy hat.«

»Wo ist Polly eigentlich?«, wollte Ainslee wissen und drückte wieder Pauls Hand, so als wollte sie ihm versichern, dass sie nach wie vor da und an seiner Seite war.

»Die ist tagsüber meist mit Isla im Restaurant. Oder vielmehr im Garten, weil Isla sie ermorden würde, wenn sie in ihrer heiligen Küche auch nur ein Haar verliert«, sagte Jon lachend. »Keine Ahnung, warum Polly trotzdem lieber mit Isla unterwegs ist.«

»Sie steht vielleicht drauf, schlecht behandelt zu werden. Deshalb ist sie auch so in Jules verliebt, der ihr ja ständig die kalte Schulter zeigt«, mutmaßte Shona kichernd.

Paul entspannte sich bei diesem belanglosen Small Talk zusehends. Über die Befindlichkeiten von Hunden ließ sich definitiv leichter sprechen als über menschliche Bedürfnisse und Gefühle. Und auf Hundethemen konnten sich wohl alle Teilnehmer dieses ersten Familientreffens der Neuzeit einigen, hoffte er.

Kurz darauf öffnete sich die Tür des Pubs, und Alex und Marlin betraten den Gastraum. Alex mit seiner imposanten Wikingerstatur überragte seinen eher kleinen, drahtigen Vater um fast einen Kopf, und trotzdem war auf den ersten Blick erkennbar, wie es um das Kräfte- und Machtverhältnis dieser beiden Männer bestellt war. Paul war sehr schnell klar geworden, wie innig und besitzergreifend Marlin all seine Kinder liebte, wie wichtig es ihm aber gleichzeitig war, den Ton anzugeben. Wie hätte sich das auf seine eigene Entwicklung in der Jugend ausgewirkt? Duncan hatte einen eher sanften, freundlichen Erziehungsstil gepflegt, aber Paul wettete, dass es seine Halbgeschwister mit Marlin als Vater nicht immer leicht gehabt hatten. Doch aus allen vieren waren selbstsichere und souveräne Menschen geworden, die sich nicht so schnell aus der Ruhe bringen ließen – nicht mal mehr von Marlin. Im Gegensatz zu Paul selbst. Zumindest zu seinem inneren Selbst, das er niemandem zeigen wollte, denn er tat alles dafür, nach außen ebenfalls so lässig und abgeklärt zu wirken. Noch in seinen Gedanken verloren, begrüßte er Marlin und Alex, nahm wahr, wie Ainslee den beiden lächelnd zunickte – und da traf ihn die Erkenntnis wie ein Schlag. Was, wenn es bei Alex, Shona und Co. auch nur Fassade war? Oder … war es bei ihm überhaupt Fassade?

Er kam nicht dazu, nach einer Antwort zu forschen, denn nun ging wieder die Tür auf. Paul sprang regelrecht von seinem Stuhl hoch, um seinem Bruder und seinem Schwager entgegenzugehen und sie nacheinander zur Begrüßung zu umarmen.

»Darf ich vorstellen?«, fragte er, als er mit den beiden an den Tisch trat. »Das sind Oliver und Felix.

Und das sind Ainslee, Shona, Alex und …« Er zögerte einen Moment. »Und Marlin.« Eigentlich hatte ihm »mein Vater« auf der Zunge gelegen, doch er hatte es nicht über sich gebracht.

Die beiden Neuankömmlinge schüttelten allen in der Runde die Hand und setzten sich dann auf die verbliebenen zwei Plätze. Oliver wirkte überwältigt und schien nach den passenden Worten zu suchen, doch Felix hatte diesbezüglich keine Probleme.

»Meine Herren, sind in dieser Familie eigentlich alle so attraktiv? Ich dachte, ich hätte mit Ollie das große Los gezogen, aber …« Er ließ seinen Blick vergnügt und wohlwollend über die Anwesenden gleiten und blieb schließlich bei Ainslee hängen.

»Ainslee läuft außer Konkurrenz«, rief Shona lachend. »Die hat mit dem Fraser-Genpool nichts zu tun. Aber ich hätte auch nicht gedacht, dass Schafzüchter von den Hebriden so heiß sein können.«

»Shona!«, knurrte Marlin warnend.

»Ist nur die Wahrheit.« Sie musterte Oliver und Felix mit unverhohlenem Interesse.

»Du solltest die beiden mal sehen, wenn sie mit der Schur beschäftigt sind«, warf Paul ein.

»Ich bin mit einem Tierarzt verheiratet. Glaub nicht, dass es etwas gibt, was mich diesbezüglich noch schockieren könnte«, gab Shona zurück und bestellte dann bei Jon, der mit einem Stapel Speisekarten in der Hand zurückgekehrt war, eine Cola Zero und eine Portion Cullen Skink.

»Cola Zero?« Marlin verzog angewidert das Gesicht. »Was ist nur los mit dir?« Er selbst orderte das Tagescurry und ein Pint Ale.

»Nicht alle wollen mittags schon Alkohol trinken«, sagte Paul.

»Schon klar, aber eine Cola? Zu Cullen Skink? Das ist doch ein Sakrileg«, behauptete Marlin selbstgerecht.

»Ich habe ganz neu einen sehr süffigen alkoholfreien Cider im Angebot«, schlug Jon vor. »Und natürlich wieder die ebenfalls alkoholfreien Pimm's-Cocktails, die schon bei der Landwirtschaftsausstellung so gut angekommen sind.«

Paul hatte den Eindruck, dass Jon noch mehr zum Thema Getränke sagen wollte, aber er sah auch, wie sich Marlins Augen zu Schlitzen verengten, und das Letzte, was er wollte, war eine sinnlose Diskussion über Getränkevorlieben. »Ich probier den Cider und nehme ebenfalls Cullen Skink.«

»Für mich bitte ein Bier und das Chicken Tikka Masala«, bestellte Oliver und wandte sich dann an Paul. »Cullen Skink kann ich bei diesem schönen Wetter nicht essen. Das erinnert mich immer an kalte, verregnete Tage.«

»Also praktisch jeden Tag auf Lewis«, gab Paul zurück.

»Meine Küchencrew hat den Eintopf ein bisschen sommerlich abgeändert«, warf Jon ein. »So ist er etwas leichter und frischer als die Schlechtwettervariante.

Wirklich lecker, aber auch das Chicken Tikka Masala kann ich empfehlen.«

»Ich bleibe dabei, probier aber gerne mal einen Löffel bei Paul. Ich kann mir nur schwer vorstellen, dass es an den Cullen Skink von Maura rankommt. Nicht böse gemeint.«

»Keine Sorge, ich kenne das. Es gibt Gerichte, die kann ich nur an einem Ort essen und sonst nirgends.« Jon lächelte Oliver offen an und nahm dann die restlichen Bestellungen auf.

Shona und Felix bestritten einen Großteil des Small Talks, bis das Essen serviert wurde, und Paul war froh darüber, denn so konnte er sich zurückhalten. Die Stimmung war freundlich, aber irgendwie auch abwartend und lauernd.

»Ich stelle es mir wahnsinnig aufregend vor, ein Kind zu adoptieren«, plapperte Shona, nachdem sie ausführlich die zahlreichen Fotos auf Felix' Handy bewundert hatte. »Ich bin gespannt, wie es für euch sein wird, wenn ihr sie das erste Mal seht. Liebe auf den ersten Blick? Oder muss man sich erst aneinander gewöhnen? Und was ist, wenn ihr sie am Ende doof findet?«

»Wie kann man ein so winziges Baby doof finden?«, unterbrach Alex seine jüngste Schwester. »Du hast wirklich keinen Schimmer, wie das abläuft. Da schaltet sich sofort ein machtvoller Beschützerinstinkt ein, und man kann gar nicht anders, als sich rettungslos zu verlieben.« Er lächelte versonnen.

»Woher willst du das wissen? Du hast deine Kinder ja schon vor ihrer Geburt gekannt und sie vom ersten Atemzug an begleitet. Und ich finde schon, dass selbst so kleine Wesen bereits eine ausgeprägte Persönlichkeit haben, die man entweder sympathisch findet oder nicht. Ich kenne jedenfalls viele Kinder – und Erwachsene –, mit denen ich freiwillig nicht so viel Zeit verbringen müsste. Und ich weiß von Eltern, die sich wahnsinnig auf ihr Baby gefreut haben und dann nichts mit ihm anzufangen wussten.«

»Jetzt hör mit den Schauergeschichten auf, Shona!«, fuhr Marlin sie an. »Diese beiden Männer stehen vor dem größten Abenteuer ihres Lebens, da brauchen sie wirklich niemanden, der ihnen alles madig macht. Schon gar nicht jemand, der keine Ahnung hat.« Er bedachte sie mit einem vernichtenden Blick, der jedoch an ihr abprallte wie Wasser an einer Teflonpfanne. »Ich kann euch zu eurer Entscheidung nur beglückwünschen«, wandte er sich dann an Oliver und Felix. »Ein Kind ist ein Geschenk, und ich bin zutiefst davon überzeugt, dass sich euer Leben auf die beste Art verändern wird.«

»Danke, das ist echt nett.« Felix freute sich offensichtlich aufrichtig, doch Oliver betrachtete Marlin nicht ganz so wohlwollend.

»Elternschaft sollte jedenfalls gut überlegt sein«, sagte er dann.

»Absolut«, bestätigte Marlin. »Aber manchmal passiert es auch einfach, dann muss man sich dem Flow hingeben.«

Paul sog nervös Luft ein. Das hier war ganz dünnes Eis. Er wusste nur noch nicht genau, in welcher Richtung es besonders brüchig wurde.

»Wenn man eine Affäre mit einer verheirateten Frau anfängt und ein Kind mit ihr zeugt, beispielsweise?« Oliver klang freundlich, aber die Provokation war offensichtlich.

Paul hatte keine Ahnung gehabt, dass offensichtlich auch sein älterer Bruder damit zu kämpfen hatte, dass ihre Mutter fremdgegangen war und ein Kind von einem anderen Mann gehabt hatte.

»Das ist sicher nicht der Idealfall«, entgegnete Marlin jedoch äußerlich vollkommen gelassen und geschmeidig. »Vor allem dann, wenn auch der fragliche Mann anderweitig verheiratet ist und Familie hat.« Er trank einen Schluck von seinem Bier und bedachte Paul und Oliver mit langen Blicken. »Caro und ich … wir hatten das nicht geplant. Wir waren lange einfach nur Freunde, aber irgendwann ist dann auf einer Tour mehr daraus geworden. Wir wussten, dass es falsch war, weil wir beide solide und glücklich verheiratet waren und schon jeweils ein Kind hatten. Ich weiß nicht, ob Caro eurem Vater jemals von unserer Affäre erzählt hat. Ob sie noch die Gelegenheit dazu hatte. Doch ich vermute nicht. Ich habe es Bonnie jedenfalls gestanden – und glücklicherweise hat sie mir verziehen.«

»Hattest du den Verdacht, dass Paul dein Sohn sein könnte?«, bohrte Oliver nach – die Frage, die sich Paul selbst seit dem Zeitpunkt stellte, als er erfahren hatte, dass Marlin noch lebte. Er hatte es jedoch nie gewagt, danach zu fragen.

»Nein. Keine Sekunde.« Marlin wich Olivers Blick nicht aus, sondern wirkte vollkommen aufrichtig. »Ich weiß nicht, wie es gelaufen wäre, hätte ich es geahnt«, gab er dann zu. »Wirklich. Familie geht mir über alles, und die Vorstellung, ein Kind mit Caro zu haben …« Er sprach nicht weiter, sondern sah Paul mit einem seltsam wehmütigen Blick an. »Caro war etwas ganz Besonderes. Sie war einer der wichtigsten Menschen in meinem Leben. Der einzige Mensch, der mich auf kreativer und musikalischer Ebene vollkommen verstanden hat. Ich glaube, ich habe für sie eine ähnliche Rolle gespielt. Und ja, wir haben uns geliebt. Sehr sogar. Aber auf eine irre, verzehrende und fast schon vernichtende Art, die keine ernsthafte Zukunft hatte. Duncan und Bonnie dagegen waren für uns …« Er schüttelte den Kopf. »Ich kann nur für mich sprechen. Bonnie war für mich die große Liebe meines Lebens. Mein Fels in der Brandung, mein Anker, meine Heimat. Mit ihr konnte ich mir alles vorstellen. Vergangenheit, Gegenwart und Zukunft. Kinder, Familie. Nur keine Musik.«

Er schluckte, und Paul hatte Angst, dass er nun das Thema wechseln würde, doch Marlin war noch nicht am Ende mit seiner Erklärung.

»Ich habe in meinem Leben sicher nicht immer die richtigen Entscheidungen getroffen. Ich habe damit die Menschen verletzt, die ich am meisten liebe. Aber ich bereue es keine Sekunde, auch Caro geliebt zu haben, und es ist ein großes Geschenk für mich, einen weiteren Sohn zu haben. Eure Mutter war eine außergewöhnliche Frau, gesegnet mit einem unfassbaren Talent und einem riesengroßen Herzen. Vergesst das bitte nie«, sagte er eindringlich zu Oliver und Paul. »Und nehmt es ihr nicht übel, dass sie auch mich geliebt hat.«

Shona, die bei Marlins Worten sichtlich zusammengezuckt war, gab ein leises Geräusch von sich.

»Ich muss mich korrigieren: Eure Mütter waren beide außergewöhnliche Frauen, und es ist eine wirklich bittere Ironie des Schicksals, dass sie beide viel zu früh gestorben sind. Ich habe das lange als Strafe für mich angesehen. Als Strafe dafür, dass ich fremdgegangen bin und wissentlich zwei Familien in Gefahr gebracht habe. Aber irgendwann ist mir klar geworden, dass nicht ich das eigentliche Opfer war, sondern die Kinder dieser Frauen. Sechs junge Menschen mussten ohne ihre Mütter aufwachsen. Weil ich einen Fehler gemacht habe? Vielleicht. Aber ist Liebe wirklich ein Fehler? Ich habe keine Antwort darauf, doch ich hoffe nicht.«

Eine Weile sprach niemand, und Jon nutzte dankenswerterweise die Gelegenheit, um das Essen zu servieren.

»Liebe ohne Schmerzen gibt es ohnehin nicht«, sagte Ainslee schließlich leise. Es waren fast ihre ersten Worte in dieser Runde. »Viel schlimmer sind Schmerzen ohne Liebe.«

Paul zog es bei diesen Worten das Herz zusammen. Er hatte keine Ahnung, was Ainslee alles erlebt hatte. Bislang hatte sie nur ein paar Andeutungen über eine wenig liebevolle Kindheit und viel Pech bei ihren Beziehungen gemacht. Er war sich trotzdem nicht sicher, ob sie mit ihrer Aussage recht hatte. Er hatte sich immer geliebt gefühlt, von Duncan und Maura, den Menschen, die er im Herzen immer noch als seine Eltern betrachtete. Auch von seinem Bruder. Und neuerdings sogar von Marlin und seinen vielen anderen Verwandten. Doch trotzdem schien es so, als drohte in der romantischen Liebe die größte Gefahr für schlimme Verletzungen. Er wollte etwas sagen, doch er brachte kein Wort hervor.

»Ich finde es schön, dass ihr heute vorbeigekommen seid«, fuhr Marlin an Oliver und Felix gewandt fort. »Es ist schön, dass wir uns endlich kennenlernen, und ich hoffe, dass noch viele Begegnungen folgen werden. Paul wird hier immer ein Zuhause und eine Familie haben. Und ihr auch, wenn ihr das wollt.«

»Warst du jemals am Grab unserer Mutter?« Für Oliver gab es offenbar noch wichtigere Themen als die ganz große Familienvereinigung.

»Nein. Niemals. Aber ich habe es mir immer gewünscht.« Marlin rührte in seinem Curry herum, ohne einen Bissen zu essen. »Vielleicht ist nun langsam der richtige Zeitpunkt gekommen. Auch dafür, mich bei Duncan und seiner Frau zu bedanken.«

• • •

Irgendwann war das anstrengendste Mittagessen ihres Lebens vorüber. Oliver und Felix waren auf dem Weg nach Glasgow, um ihre Tochter in Empfang zu nehmen. Shona hatte sich entschuldigt, weil sie in ihre Destillerie musste, und auch Marlin und Alex waren aufgebrochen. Nun saßen nur noch Paul und Ainslee am Tisch – und sprachen kein Wort.

Sie verstand, wie aufwühlend dieses Zusammentreffen für Paul gewesen sein musste. Doch auch an ihr war es nicht spurlos vorübergegangen, obwohl sie ja nur eine unbeteiligte Zuschauerin gewesen war. Sie sollte dringend zurück in die Weberei und arbeiten. Dieser verflixte Kilt musste fertig werden, und dann warteten wieder endlose Massen an Decken, Schals, Kissen, Teddys und Mützen darauf, fertiggestellt zu werden – allein für die Anfragen vom vorigen Wochenende. An das Clan Gathering durfte sie dabei noch gar nicht denken. Doch sie fühlte sich bleiern müde und emotional ausgelaugt.

»Das war …«, begann sie, als ihr die Stille zwischen ihr und Paul zu drückend vorkam.

»Ich hätte dich da nicht mit reinziehen dürfen«, erklärte er zu ihrer Überraschung. »Es tut mir leid.«

»Es muss dir nicht leidtun, es war nur … sehr intensiv.« Sie drückte seine Hand und lächelte ihn an. »Aber ich beneide dich. So viele Menschen, denen du wichtig bist und die dich in ihrem Leben haben wollen.«

»Wenn ich ehrlich bin, gibt es nur einen Menschen, den ich wirklich in *meinem* Leben haben will: dich. Nur dich.«

Sie lächelte ihn an. Wie einfach wäre es jetzt, zu sagen: »Geht mir genauso.« Aber die Worte wollten ihr nicht über die Lippen kommen. Stattdessen erwiderte sie: »Das ist wunderschön, aber leider auch sehr realitätsfern. Du hast diese Familie, und du musst dich damit auseinandersetzen.« *Und ich wohl auch, wenn ich mit dir zusammenbleiben will*, fügte sie in Gedanken hinzu.

»Aber was bedeutet das für uns?«

»Ich weiß es nicht. Aber die meisten Menschen haben ja eine Herkunftsfamilie und eine Partnerschaft. Das ist also kein so ungewöhnliches Konstrukt.« Sie versuchte, Zuversicht auszustrahlen – für ihn, aber vor allem für sich selbst.

»Es ist gerade einfach alles ein bisschen viel«, murmelte er.

»Ja, das verstehe ich. Weißt du, was? Nimm die Hunde, und dreh mit ihnen eine große Runde im Wald. Das pustet dir den Kopf frei. Ich schau, ob ich bei Kristie noch ein paar süße Teile ergattern kann, ehe sie die Bäckerei für heute dichtmacht, und muss dann wieder arbeiten. Wir sehen uns später.«

»Okay …« Er schien nicht ganz überzeugt von diesem Arrangement, bot aber auch keine bessere Idee an. Kein »Lass uns gemeinsam für ein paar Stunden oder Tage irgendwohin verschwinden«, wie sie insgeheim gehofft hatte.

Ainslee küsste ihn und stand dann auf. Jules, der immer noch mit Ivy unterm Tisch lag, hob den Kopf und sah sie fragend an. »Du darfst mit Ivy und Paul einen Ausflug machen«, erklärte sie und kraulte ihm kurz die Ohren. »Bis später.«

Als sie vor dem Pub stand, holte sie ein paarmal tief Luft und versuchte, sich zu sammeln. Warum nur war sie so wahnsinnig aufgewühlt von diesem Mittagessen? Sie fand auf die Schnelle keine Antwort, also ging sie rasch zu *Kristie's Old Bakery*. Selbst wenn sie ausverkauft sein sollte, was um diese Zeit wahrscheinlich war, würde eine kleine Plauderei mit Kristie sie vielleicht auf andere Gedanken bringen.

Doch Kristie war nicht da. Stattdessen stand ihre resolute Mitarbeiterin Ella hinter der Theke und war gerade dabei, die letzten Waren zu inspizieren. »Was für ein ungewöhnlicher Besuch zu dieser Stunde«, sagte sie statt einer Begrüßung.

»Ich habe gehofft, dass noch irgendwas Süßes da ist, das Harriet und mich durch den Nachmittag bringt«, entgegnete Ainslee lächelnd. »Wir haben so viel Arbeit, dass wir jedes bisschen Extra-Energie brauchen können.« Das mit der Arbeit war zwar die Wahrheit, aber sie war nach dem Mittagessen so satt, dass sie das Gefühl hatte, nie wieder einen Bissen essen zu können. Doch offen gestanden lag das weniger an dem leichten grünen Curry, das sie gegessen hatte, als an der Schwere der Gesamtsituation.

»Wir haben noch ein paar Rosinenscones und vier Chocolate-Chip-Muffins, soll ich dir die einpacken?«

»Gerne.« Ainslee linste ins Regal. »Und was ist mit den Schokoladen-Croissants da?«

»Finger weg davon!«, rief hinter ihr eine wohlbekannte Stimme. »Die gehören mir! Ich hatte einen wirklich ätzenden Vormittag in der Praxis und muss gleich zu ein paar schwierigen Hausbesuchen.«

Ainslee lachte über Annas dramatischen Tonfall, der eindeutig übertrieben war, denn sie wusste, wie sehr die Ärztin ihre Arbeit und ihre Patienten liebte. »Bist du jetzt wirklich schon bei zwei Dosen Schokocroissant pro Tag? Eine ausgewogene Ernährung …«

Anna unterbrach sie. »Ich weiß, ich weiß. Ich bin das schlechteste Beispiel, aber ich *brauche* jetzt diese Croissants! Gesund ernähre ich mich dann heute Abend wieder.«

»Ich hab nichts gesagt.« Ainslee hob grinsend die Hände und bezahlte die Scones und Muffins.

»Wo ist denn Jules?«, wollte Anna wissen.

»Der macht gleich mit Ivy und Paul einen langen Waldspaziergang.« Ainslee war sich sicher, dass ihr Tonfall absolut neutral war, doch Anna blickte sie prüfend an.

»Vorhin war das große Mittagessen mit Pauls diversen Geschwistern und Marlin, was?«

Natürlich wusste Anna davon, schließlich war sie ja Lennox' Freundin, aber Ainslee hatte sich noch immer nicht daran gewöhnt, dass in Kirkby gefühlt jeder über alles Bescheid wusste. Und zwar zu jeder Zeit.

»Hm.«

»Und wie war's? Ich wäre so gerne dazugekommen, aber ich hatte ja Sprechstunde, und Lennox ist die ganze Woche in London.«

Ainslee sah, dass Ella buchstäblich die Ohren spitzte. Darauf hatte sie wirklich keine Lust. Auch wenn vermutlich spätestens heute Abend restlos alle Bewohner jedes Detail kennen würden, musste sie nicht diejenige sein, die Ella schon mit den spannendsten Informationen versorgte. »Nett«, sagte sie daher lapidar und wandte sich dann zum Gehen. »Schönen Nachmittag noch, Ella.«

»Du willst mich nicht ernsthaft mit einem ›nett‹ abspeisen«, rief Anna, als sie hinter Ainslee aus der Bäckerei lief.

»Nein, aber ich will auch keine anderen Zeugen haben«, zischte Ainslee leise mit einem Schulterblick zur Ladentür, die gerade erst sanft zufiel.

»Verstehe.« Anna öffnete die Papiertüte und stopfte sich mit einem Bissen fast das halbe Croissant in den Mund.

»Meine Güte, du musst wirklich ausgehungert sein.« Ainslee schüttelte leicht fassungslos den Kopf. Anna war ihr immer noch ein Rätsel. Auf Menschen, die zu ihr in die Sprechstunde kamen oder eine Yogastunde besuchten, hatte sie eine unglaublich beruhigende Wirkung. Nein, diese Eingrenzung musste gar nicht sein, Anna hatte auf *jeden* eine wohltuende Wirkung. Ihre sanfte, zugewandte Art und ihre klugen Worte sorgten dafür, dass man ihr sofort vertraute und den ganz starken Impuls verspürte, ihr auf der Stelle die eigenen tiefsten Geheimnisse anzuvertrauen. Kannte man sie etwas besser, offenbarte sich zudem ein ziemlich schräger Sinn für Humor. Wenn es allerdings um ihre heiß geliebten Croissants ging, kannte sie keine Freunde mehr, sondern kämpfte rücksichtslos darum wie ein Junkie um den nächsten Schuss. Bei jedem anderen Menschen hätte diese einseitige Fett-Zucker-Diät zu Übergewicht und sonstigen Problemen geführt, doch die grazile Ärztin war diesbezüglich offenbar immun.

»Du hast ja keine Ahnung, wie sehr«, sagte sie mampfend. »Der Vormittag war grässlich. Frag nicht.«

»Hatte ich nicht vor. Nach detaillierten Schilderungen von Furunkeln oder anderen ekligen Gebrechen ist mir wirklich nicht.« Ainslee schüttelte sich allein beim Gedanken daran.

Anna sah auf ihre Uhr. »Ich hab meinen ersten Hausbesuch auf Monroe Manor. Bist du auch mit dem Auto hier, oder soll ich dich mitnehmen?«

»Gerne.« Normalerweise ging Ainslee zu Fuß, aber dieses Mittagessen steckte ihr immer noch in den Knochen, und außerdem merkte sie, dass sie tatsächlich gern mit Anna darüber sprechen wollte. Lieber als mit Harriet.

Auf den wenigen Metern von der Bäckerei zur Praxis, wo Annas Wagen stand, vertilgte die Ärztin auch noch das zweite Croissant und schüttelte sich vor dem

Einsteigen die Brösel vom T-Shirt. »Jetzt geht's mir besser!«, verkündete sie dann mit einem zufriedenen Seufzer. »Und jetzt will ich alles über die Familienzusammenführung wissen.«

»Ich weiß gar nicht, wo ich anfangen soll. Im Grunde ist nichts Spektakuläres passiert. Shona und Felix – das ist der Mann von Pauls Bruder Oliver – haben zunächst über jede peinliche Gesprächspause hinweggeplappert, aber es ging ziemlich schnell ans Eingemachte, denn es war klar, dass Oliver und Marlin sich belauerten. Oliver wirkt auf mich wie der typische große Bruder, der seine Geschwister beschützen will. Gleichzeitig hatte ich das Gefühl, dass er ein bisschen eifersüchtig war – auf die große neue Familie, die Paul plötzlich hat. Insofern war es bestimmt gut, dass nicht auch noch Isla und Lennox dabei waren. Alex und Oliver sind ungefähr gleich alt, haben sich erst mal abgecheckt, dann aber offensichtlich beschlossen, dass sie sich mögen.«

»Das klingt doch schon mal ganz gut«, befand Anna und startete das Auto.

»Ja, war es auch. Alle sind recht freundlich miteinander umgegangen, aber es war auch eine enorme Spannung in der Luft. Erwartungen, Ängste – ich weiß nicht, wie ich es formulieren soll, aber es war eher das Ungesagte, das mich so aufgewühlt hat, weniger das, was wirklich diskutiert wurde.«

»Das ist ja meistens so. Nur fällt das vielen nicht groß auf. Gerade Männern nicht. Die haben häufig die beneidenswerte Fähigkeit, sich allein auf die ausgesprochenen Dinge zu konzentrieren.« Anna grinste.

»Hm, den Eindruck habe ich eigentlich nicht. Paul hat das sicherlich gespürt und zweifellos auch Marlin.« Ainslee schaute aus dem Fenster, als würde sie auf den blühenden Wiesen, wo Marlins Schafe grasten, eine Erklärung dafür finden, dass sie so aus der Bahn geworfen war.

»Kam das Gespräch auf Olivers und Pauls Mutter?«, wollte Anna wissen, und Ainslee sah sie überrascht an. »Was? Das ist doch ein offensichtliches Thema. Ich schätze mal, dass die beiden unendlich viele Fragen haben und mehr über ihre tote Mutter erfahren wollen. Geht dir das mit deinem Vater nicht so?«

»Keine Ahnung.« Ainslee musste zugeben, dass sie kaum über ihren Vater nachdachte. »Eigentlich nicht. Er war nie ein Mysterium für mich. Mum hat mir von ihm erzählt, und ich habe auch noch Erinnerungen an meine Großmutter väterlicherseits, die aber gestorben ist, als ich ungefähr zehn Jahre alt war. Ein großes Thema war und ist es für mich nicht.«

»Ich kann mir vorstellen, dass es gerade für Paul anders ist. Aber auch für Oliver. Da war die Mutter ja tatsächlich ein Mysterium – und Marlin ist der Mensch, der neue Informationen bringen kann. Ganz andere Aspekte als der Vater.«

»Paul hat mir gesagt, dass er die Tagebücher seiner Mutter gelesen hat, als er fünfzehn war. Das war damals wohl ein ziemlicher Schock für ihn. Dabei hat er auch erfahren, dass Duncan nicht sein leiblicher Vater ist. Aber das war alles nicht das Thema vorhin. Es ging …« Wieder suchte sie nach Worten, um ihren Eindruck oder ihre Gefühle beschreiben zu können. »Kurzfristig hat mir Marlin regelrecht leidgetan, denn er hat gemerkt, dass jede Aussage über Caro einen Teil der Tischgesellschaft verstören oder traurig machen könnte.«

»Ich denke nicht, dass man sich um Marlin große Sorgen machen muss. Der hat ein Talent dafür, sich auch aus scheinbar ausweglosen Situationen herauszulavieren.« Anna parkte ihr Auto auf dem gekiesten Parkplatz vor Monroe Manor, machte aber keinen Anstalten, auszusteigen.

»So war es auch, aber gleichzeitig hatte ich den Eindruck, dass er allen Parteien ein gutes Gefühl vermitteln wollte. Er hat betont, welch herausragende Rolle Caro in seinem Leben gespielt hat. Wie sehr er sie geliebt hat und was für ein besonderer Mensch sie war. Dass aber Bonnie seine Herzenspartnerin war – ähnlich wie Duncan der Herzenspartner für Caro. Ich kann das gar nicht mehr so richtig wiedergeben, es war jedenfalls sehr eindrucksvoll. Er hat sich explizit nicht dafür entschuldigt, beide Frauen geliebt zu haben, und hat auch Oliver und Felix in der Familie begrüßt.«

»Das wiederum kann ich mir lebhaft vorstellen.« Anna legte Ainslee eine Hand aufs Knie. »Marlin ist ein sehr seltsamer Mann. Oft wahnsinnig spröde und abweisend, aber immer auf seine Familie fixiert, die für ihn tatsächlich das Wichtigste ist und die er am liebsten abschotten würde, um allein über ihr Wohl und Wehe zu bestimmen. Gleichzeitig versucht er – weil ihm natürlich auch klar ist, dass das so nicht funktioniert –, die Menschen, die seinen Kindern, Geschwistern, Nichten und Neffen wichtig sind, auch in seinen eigenen Dunstkreis zu ziehen. Ich glaube, das gibt ihm ein Gefühl von Kontrolle.«

Ainslee starrte ihre Freundin verblüfft an. Das war ziemlich genau das, was sie gefühlt hatte. Ein Sog, der zwar vor allem Paul und Oliver galt, in dem aber auch sie gefangen war. »Ich weiß nicht, ob und wie Paul damit klarkommt«, erwiderte sie schließlich und fügte hinzu: »Und auch nicht, ob ich Beifang in Marlins Fischernetz sein möchte.«

Anna drückte ihr noch einmal das Knie. »Ich kann dir aus Erfahrung sagen, dass man sich sehr gut mit der Sippe arrangieren kann, aber ich verstehe auch deine Gefühle. Und die von Paul. Nehmt euch alle Zeit der Welt, und lasst euch von Marlin nicht manipulieren. So, jetzt muss ich aber nach meinem Patienten sehen.«

»Ist jemand krank?« Ainslee war dankbar für Annas pragmatischen Ratschlag – und den Themenwechsel.

»Nein. Aber da sich Angus mal wieder beharrlich weigert, seine Kontrolltermine wahrzunehmen, gibt es jetzt einen unangekündigten Hausbesuch!«

AUSGEBÜXT

»WIE OFT HABE ICH DIR schon gesagt, dass du dich nicht so sorgen musst?« Zwei Wochen später schaute Harriet Ainslee herausfordernd an.

Seit einer Woche gab es einen Online-Shop der *Kirkby Tartan Mill*, und gerade hatten sie auf Colleens Initiative hin ein »Näherinnen-Casting« in der alten Schule abgehalten. Offenbar gab es in Kirkby und Umgebung zahllose Mütter, Rentnerinnen und andere Menschen, die gerne nähten, Zeit hatten und mit Freuden aus dem Kirkby-Tartan schöne Waren herstellen würden. Das verschaffte Ainslee und Harriet endlich wieder Luft dafür, sich um die wirklich wichtigen Seiten ihres Geschäfts zu kümmern, weil sie nicht selbst zehn Stunden am Tag Souvenirs für die Highland Games nähen mussten. Jetzt konnten sie sich auf komplizierte Sonderanfertigungen konzentrieren und darauf, weiterhin tolle Stoffe zu produzieren.

»Du hast ja recht«, gab Ainslee zu und streckte sich. »Aber es sah zwischendurch wirklich düster aus.«

»Nur durch deine Brille«, behauptete Harriet, doch das war eine Lüge. Auch an ihr waren die letzten

Wochen nicht spurlos vorübergegangen. Sie hatte dunkle Augenringe und wirkte noch schmaler als sonst. Aber sie hatte auch noch mehr geackert als Ainslee – auch weil sie das Brautkleid für ihre Schwester hatte fertig machen müssen, die vor ein paar Tagen hier in Kirkby ihrem Cameron das Jawort gegeben und dann ein rauschendes Fest auf Monroe Manor gefeiert hatte, zu dem netterweise auch Ainslee und Paul eingeladen worden waren. »Ich war immer überzeugt davon, dass wir für alles eine Lösung finden. Und wer hätte gedacht, dass Yeshi nicht nur toll töpfern kann und eine Stütze für Skys Organisation ist, sondern auch quasi aus dem Handgelenk einen Webshop erstellen kann?« Sie rieb sich zufrieden die Hände.

»Yeshi hat sich in allen möglichen Bereichen unersetzlich gemacht«, entgegnete Ainslee mit einem Lächeln. »Es ist wirklich schön, wie Kristie aufblüht – und Yeshi auch. Die beiden sind so süß miteinander.«

»Fast so süß wie du und Paul«, gab Harriet grinsend zurück, und Ainslee fühlte, wie sich ein glückliches Strahlen auf ihrem Gesicht breitmachte.

»Ja, es läuft tatsächlich ziemlich rund mit uns«, gab sie zu.

»Warum überrascht dich das so?«

»Weil ich das noch nie erlebt habe und …« Ainslee zögerte. Sie hatte sich vorgenommen, sich nur noch auf die positiven Dinge zu konzentrieren und nicht über mögliche Schwierigkeiten zu sprechen. Falls Paul nach wie vor Probleme hatte, sich mit seiner neu erweiterten Familie auseinanderzusetzen und seine Identität zu finden, ließ er es sich jedenfalls nicht anmerken.

»Und was?«, wollte Harriet prompt wissen.

»Nichts. Ich habe das tatsächlich noch nie erlebt, so im Einklang mit einem Mann zu sein. Wir geben uns Raum, und trotzdem weiß ich jederzeit, wie wichtig ich ihm bin. Er will, dass es mir gut geht, versucht aber nicht, mich in irgendeine Richtung zu manipulieren. Das ist wirklich ein ganz neues Erlebnis für mich.«

»Echt? Das ist aber eine ziemlich geringe Erwartungshaltung.«

»Vielleicht, aber ich freu mich, dass es so ist. Natürlich kann da noch was kommen, ich meine, wir sind ja erst kurz zusammen. Aber wie ich mich mit Paul fühle, das habe ich noch nie erlebt.«

»Dann ist er der Richtige. Mit Collum war's genauso!« Harriet lächelte.

»War?«

»Im Vergleich zu euch sind wir ja schon richtig lange zusammen. Aber tatsächlich ist es immer noch genauso schön wie ganz am Anfang. Wenn nicht sogar noch schöner.«

»Das freut mich wirklich sehr.« Ainslee heftete die Zettel mit den Kontaktdaten der brandneuen Näherinnen, die sie gerade noch in ihr Computersystem eingegeben hatte, in einem Ordner ab und stellte ihn ins Regal. »Hast du ihn inzwischen gefragt?«

»Was?«

»Ob er dich heiraten will! Du wolltest doch als emanzipierte Frau das Ruder in die Hand nehmen«, erinnerte Ainslee sie mit einem verschmitzten Grinsen.

»Nein. Hab ich nicht. Also nicht, weil ich es nicht will, sondern … Es war halt so viel zu tun. Wir haben ja gefühlt Tag und Nacht gearbeitet in den letzten Wochen. Collum geht's kaum besser. Der rödelt sich wegen der Highland Games auch halb tot. Und dann habe ich gedacht …« Sie wurde rot und biss sich auf die Unterlippe.

»Dass er dir bei der Hochzeit deiner Schwester einen Antrag macht?«, mutmaßte Ainslee.

»Ja. Irgendwie schon. Ich hab doch sogar Lilas Brautstrauß gefangen.«

»Ich erinnere mich lebhaft. Du hast Hailey regelrecht aus dem Weg gekegelt, was eine ziemlich beeindruckende Leistung war.« Ainslee kicherte, fügte dann aber ernster hinzu: »Aber warum hätte Collum das tun sollen? Es war der große Tag deiner Schwester, da wollte er ihr ganz bestimmt nicht die Show stehlen. Und du doch auch nicht, oder?«

»Natürlich nicht. Er hätte es ja auch nicht offiziell vor Zeugen machen sollen, sondern ganz heimlich, sodass es erst einmal unser Geheimnis geblieben wäre.«

»Irgendwie finde ich es ganz zauberhaft, wie wichtig es dir ist, dass er dich fragt, und ich könnte mir sehr gut vorstellen, dass er es schon tun wollte, ihn sein Freund Jon aber davon abhält.«

Harriets Augen wurden zu Schlitzen. »Weißt du da mehr? Jon hat Collum schon Anfang des Jahres von seinem Urlaub aus mit ›guten Ratschlägen‹ versorgt. Der soll sich jetzt wirklich mal raushalten!«

»Ich weiß nichts Konkretes. Isla hat nur mal beim Yoga erwähnt, dass Jon gelegentlich meint, seinen Kumpel einbremsen zu müssen. Collum ist halt sehr impulsiv, das muss ich dir ja nicht erzählen. Darf ich dich an die ›Schicksalsfrau‹ erinnern? Die viel zu frühe Liebeserklärung hat dich doch total aus der Bahn geworfen. Womöglich glaubt er, du brauchst noch Zeit?«

»Hm.« Das schien Harriet zum Nachdenken zu bringen. »Da könnte was dran sein.«

»Siehst du? Also wenn du es nicht mehr aushältst, solltest du ihn fragen. Ich wette, er sagt Ja. Oder du hältst noch ein bisschen durch und wartest darauf, dass er sich ein Herz fasst. Das wäre bestimmt ein denkwürdiger Moment für ganz Kirkby.«

»Vielleicht hast du recht.«

»Vielleicht? Ich wette, es ist so! Und um deine Frage von eben zurückzugeben: Wie oft habe ich dir schon gesagt, dass du dich nicht sorgen musst?«

Harriet lachte und räumte dann Stoffproben und Schnittmuster weg.

»Stör ich?« Paul steckte seinen Kopf durch die angelehnte Tür in den Raum. Sein Lächeln sorgte sofort für ein warmes Gefühl in Ainslees Herz und ein sehnsüchtiges Pochen eine Etage tiefer.

»Nein, wir räumen nur noch auf. Wir hatten einen sehr erfolgreichen Tag«, antwortete Ainslee. »Wir haben ein tolles Team von freien Mitarbeiterinnen, die unsere Waren nähen, und die Sachen bleiben alle ›made in Kirkby‹.«

»Das freut mich. Ich wollte fragen, ob wir gemeinsam spazieren gehen wollen.«

»Total gerne, aber Ivy ist doch immer noch läufig, das wäre wohl eine Qual für die Hunde.« Jules war, als er Paul entdeckt hatte, von seinem Lager aufgesprungen und hatte nachgesehen, ob Ivy ebenfalls mitgekommen war. Aber Fehlanzeige.

»Ivy ist bei George. Der hat ein Auge auf sie. Seine Joy ist ebenfalls gerade heiß, genau wie Polly – die drei Damen sind jetzt tagsüber in dem Raum, in dem George und Heather ansonsten immer ihre Welpen aufziehen. Und zwischendurch geht er mit den dreien an der Leine raus.«

»Sehr gut.« Ainslee kraulte ihrem Hund, der frustriert vor sich hin grummelte, tröstend die Ohren. »Ich bin sehr froh, wenn bei den Mädels wieder hormoneller Frieden eingetreten ist, sodass auch Jules zur Ruhe kommt. So aufgeregt habe ich ihn selten erlebt.«

»Er war halt noch nie in seinem Leben so verliebt«, schaltete sich Harriet ein. »Ihr seid wirklich fies zu den beiden. Welpen wären doch total süß. Collum und ich würden auch einen nehmen.«

»Und was würden wohl eure Hühner dazu sagen?«, gab Ainslee zu bedenken. Harriet hatte Collum vor ein paar Monaten die Seidenhühner Thelma und Louise geschenkt. Inzwischen waren noch ein paar weitere und ein Hahn dazugekommen.

»Sie leben in einem gut eingezäunten Auslauf, damit auch herumstreunende Füchse nicht auf dumme Ideen kommen. Außerdem kann man einem Welpen ganz sicher beibringen, dass die Hühner Freunde sind und er ihnen nichts tun darf. Pudel sind doch so schlau.«

»Das sind sie auf jeden Fall, und mag sein, dass man ihnen auch das beibringen könnte, doch es wird keine Welpen geben«, schaltete sich Paul mit fester Stimme ein. »Ich lebe in Inverness in einer relativ kleinen Wohnung. Das würde überhaupt nicht funktionieren. Zumal Großpudel in der Regel immer sehr viele Junge kriegen.«

»Aber du bist doch gerade hier. Und George hat einen eigenen Welpenraum, den du garantiert nutzen dürftest.« Harriet ließ sich nicht abbringen.

»Für den Moment bin ich hier. So lange, bis ich mit meinen Recherchen fertig bin oder das Herbstsemester beginnt. Je nachdem, was schneller geschieht. Und heute ist schon der neunzehnte Juli. Die Tragezeit bei Hunden dauert ungefähr neun Wochen. Da wären wir also auf jeden Fall schon bei Mitte oder eher Ende September, bis die Welpen kämen – und da bin ich längst in Inverness und gebe Vorlesungen. Das ist also völlig ausgeschlossen.«

Harriet sah aus, als würden ihr durchaus noch ein paar Argumente dafür einfallen, dass es logistisch zu bewerkstelligen wäre, aber glücklicherweise hielt sie die Klappe und stieß nur einen ziemlich melodramatischen Seufzer aus, der eine Menge wenig schmeichelhaften Inhalt transportierte.

»Ich kann dir gern die Kontaktdaten von Ivys Züchtern geben, wenn ihr unbedingt einen Pudel haben wollt. Da könnt ihr euch auf die Warteliste setzen lassen«, sagte Paul mit einem freundlichen Lächeln.

»Hmpff«, gab Harriet nur von sich und kündigte dann an, sie wolle noch etwas am historischen Webstuhl arbeiten, ehe sie Feierabend machte.

»Ein weiteres Herz gebrochen«, stellte Ainslee fest, als ihre Freundin verschwunden war. »Wie schon vor ein paar Wochen auf der Landwirtschaftsausstellung.«

»Ich bin mir relativ sicher, sie wird darüber hinwegkommen«, behauptete Paul und blickte sie dann eindringlich an. »Wollen wir?«

»Ich bin so gut wie bereit.« Ainslee ging zurück zu ihrem Schreibtisch, fuhr ihren Computer herunter und räumte noch ein bisschen auf. Das gab ihr ein paar Minuten dafür, sich zu sammeln. Pauls klar formulierte Absicht, in absehbarer Zeit ganz nach Inverness zurückzukehren, hatte sie über Gebühr getroffen. Was total albern war, denn erstens wusste sie, dass er in dem kleinen Universitätsstädtchen lebte und arbeitete, sie war sogar schon ein paarmal in seiner sehr hübschen kleinen Wohnung gewesen. Und zweitens war Inverness nun wahrlich nicht aus der Welt. In einer halben Stunde war man mit dem Auto da, und halb Kirkby pendelte jeden Tag dorthin und wieder zurück. Das hatte also überhaupt nichts zu bedeuten. Aber insgeheim hatte sie sich sehr daran gewöhnt, dass er die meiste Zeit in ihrer unmittelbaren Nähe war. Auch wenn das oft genug gar nicht der Fall war, denn seine Recherchen trieben ihn ständig an andere Orte. Ihre Reaktion war also wirklich vollkommen idiotisch.

»Ist alles in Ordnung?« Paul hatte sich hinter sie gestellt, ihr seine warmen Hände auf die Schultern gelegt und begann nun, ihre verspannte Nackenmuskulatur zu massieren.

»Ähm … ja. Oh Gott, das fühlt sich toll an. Hör bitte nicht auf damit.« Sie schloss die Augen und genoss ein paar Atemzüge lang, wie Pauls Finger ihren Schultergürtel bearbeiteten. Für einen Schreibtischtäter, der vor allem seinen Kopf einsetzte, hatte er sehr feinfühlige Hände. Sie erschauerte, als sie daran dachte, was diese Hände sonst oft mit ihr anstellten, wand sich aus seiner Berührung und stand auf. »Wir wollten doch spazieren gehen«, sagte sie leicht atemlos.

»Wir könnten auch in mein Zimmer …« Offensichtlich waren seine Gedanken auch schon vom Nacken zu anderen Körperregionen gewandert.

»Jules braucht wirklich etwas Bewegung. Der ist heute bislang viel zu kurz gekommen«, erwiderte sie bedauernd. »Und nach den Wolkenbrüchen der letzten beiden Tage tut uns die Sonne auch gut.«

Jules hatte jedoch zunächst gar nicht so viel Lust, mit in den Wald zu gehen. Stattdessen lief er gezielt zum Haupteingang des Herrenhauses und schnüffelte aufgeregt an jeder Ecke und Nische herum.

»Er riecht die Mädels«, stellte Paul seufzend fest.

»Wahrscheinlich.« Ainslee leinte ihren verliebten Vierbeiner an und zog ihn energisch in die gewünschte Richtung. »Es ist sehr heldenhaft von George, dass er sich um die Hündinnen kümmert. Jon und Isla können Polly ja auch schlecht die ganze Zeit im Auge behalten. Zumal sie tagsüber meist im Restaurantgarten bei Isla ist und vermutlich jederzeit abhauen könnte.« Sie beglückwünschte sich innerlich dazu, einen Rüden zu haben. Da musste sie sich um derartige Scherereien wenigstens keine Gedanken machen.

»Ja, das ist wirklich sehr nett von ihm, denn ich kann Ivy in diesem Zustand auch nirgendwohin mitnehmen.« Paul hatte nach ihrer Hand getastet und umschlang jetzt ihre Finger mit den seinen. »Darf ich dir ein paar Fragen zu den Herkunftsfamilien deiner Eltern stellen?«, wollte er dann unvermittelt wissen.

»Warum das denn?« Sie warf ihm einen überraschten Seitenblick zu.

»Du weißt doch, dass es in Schottland die bizarrsten Querverbindungen gibt und gefühlt alle irgendwie miteinander verwandt sind.«

»Hast du Angst, dass wir am Ende irgendwie blutsverwandt sind?« Das kam ihr wie eine höchst abenteuerliche Annahme vor. Suchte er etwa nach einem Argument dafür, dass er nicht mit ihr zusammen sein konnte? Ihr Herz schlug plötzlich rasend schnell. Warum dachte sie nur solche Dinge? Es gab nicht die geringsten Anzeichen dafür, dass er beenden wollte, was sie hatten. Wovor fürchtete sie sich dann so?

»Ich glaube, da müssen wir uns keine Gedanken machen«, entgegnete er und drückte ihre Hand ein wenig fester. »Vermutlich bricht nur meine professionelle Neugier durch. Die Fergusons sind ja eine große, weitverzweigte Familie, die über die Jahrhunderte sehr einflussreich und mächtig war. Hast du dich nie gefragt, wie eng du beispielsweise mit Sarah Ferguson, der Ex-Frau von Prinz Andrew, verwandt bist?«

»Ehrlich gesagt nicht. Und was würde es mir auch bringen?« Sie schüttelte den Kopf. Sie hatte während ihrer Schulzeit eine Freundin gehabt, die vom britischen Königshaus besessen gewesen war und ständig versucht hatte, irgendwelche Verwandtschaftsverhältnisse zu den Royals zu konstruieren. Ainslee selbst hatte das nie interessiert, und daran hatte sich bis heute nichts geändert.

»Vermutlich gar nichts.« Er lachte leise. »Außer dass du vielleicht mal zu einer royalen Teestunde eingeladen werden könntest.«

»Vielen Dank, kein Bedarf. Wenn mir nach einer schönen Teestunde ist, dann geh ich in Jons Pub oder Kristies Bäckerei. Und für den eleganteren Rahmen reicht mir das Herrenhaus allemal.«

»Keine Widerworte von mir«, entgegnete er und war sichtlich darum bemüht, locker zu klingen, doch irgendwie wollte das Lächeln nicht ganz seine Augen erreichen.

»Warum fragst du dann nach?« Sie hatten den Wald erreicht, und Ainslee ließ Jules von der Leine – in der Hoffnung, dass er hier auf andere Gedanken kam und nicht vor lauter Sehnsucht wieder nach Monroe Manor zurückrannte.

»Ich habe eine Spur entdeckt in der Herrenhaus-Sache. Da gab es vor dreihundert Jahren mal eine Auseinandersetzung mit einem Teil des Ferguson-Clans.«

»Wie kann man das überhaupt alles so genau zurückverfolgen?«, wunderte sie sich laut. »Und überhaupt, was hat ein Streit vor dreihundert Jahren mit mir zu tun?«

»Wahrscheinlich gar nichts«, gab er zu. »Wie gesagt, das ist wohl eine Berufskrankheit, dass ich Dingen auf den Grund gehen möchte, seien sie auch noch so nichtig. Also, könntest du mich mit ein paar Daten versorgen? Geburts- und Sterbedaten und -orte. Von deinem Vater und seinen Eltern und idealerweise auch Großeltern. Und vielleicht auch von deiner Mutter. Oft ist die Mutterlinie noch viel interessanter als die Vaterlinie. Weißt du den Mädchennamen deiner Mutter?«

»Ja klar. Sie hieß Munro. Und ich kann dir sagen, wann mein Dad geboren und gestorben ist und wie seine Mum mit Vornamen hieß, aber für mehr Infos müsste ich bei meiner Mutter nachfragen. Kann sein, dass sie das weiß.«

»Das wäre toll.« Er klang etwas geistesabwesend. »Munro, ja? Das könnte eine Nebenlinie der Montroses sein. Letztlich eine Namensverkürzung, wie es sie in Schottland auch sehr häufig gibt. Wäre spannend, wie lange der Name Munro in deiner Familie schon verwendet wird.«

»Wenn es dir so viel bedeutet, ruf ich meine Mum nachher gleich an, ja? Hast du denn sonst was rausgefunden?«

»Nicht wirklich viel, außer dass es zwischen den Montroses einerseits und den Stewarts andererseits im Laufe der Jahrhunderte immer wieder zu Zusammenstößen gekommen ist. Wusstest du, dass man Angus' Vorfahren bis zu Mary Stewart zurückverfolgen kann?«

Ainslee lachte leise. »Ich hatte keine Ahnung, aber ich bin mir relativ sicher, dass es die Familie nicht weiter wundert. Aber wie du vorhin schon meintest, sind wir Schotten ja alle irgendwie verwandt.« Sie sah zu ihrem Hund, der glücklicherweise vollkommen von den aufregenden Waldaromen berauscht zu sein schien, sodass er wenigstens für den Moment keinen Gedanken mehr an die willigen Hündinnen im Herrenhaus verschwendete. Stattdessen schnüffelte er hier und da und bog dann auf einen etwas verwachsenen und verschlungenen Pfad ab, den Ainslee noch nicht kannte. »Vielleicht ist seine Recherche ja ergiebiger als deine«, sagte sie zu Paul und schickte sich an, Jules zu folgen.

• • •

»Ganz bestimmt«, bestätigte Paul und ließ sich von Ainslee und Jules auf diesen geheimnisvollen Weg führen. Vermutlich hatte der Pudel eine Wildspur in der Nase, aber das war immerhin eine willkommene Ablenkung von seinen Gedanken und vor allem von seinen Recherche-Ergebnissen. Er hatte nämlich eine höchst aufregende Entdeckung gemacht, die Ainslee mitten ins Zentrum der vermeintlich offenen Eigentumsfrage von Monroe Manor katapultierte. Also jedenfalls dann, wenn er noch einige der losen Fäden verknüpfen und offene Fragen beantworten konnte. Da war noch eine Menge Arbeit fällig, und er wusste es besser, als frühzeitig die Pferde scheu zu machen. Seine vorsichtigen Fragen hatten aber im Grunde schon bestätigt, was er bereits rausgefunden hatte: dass Ainslees Mutterlinie tatsächlich die Familie Munro war. Die ließ sich beinahe schnurgerade bis zu den Montroses hier aus der Gegend zurückverfolgen. Und es war besonders erstaunlich, dass die Namensänderung von Montrose zu Munro so ziemlich zum selben Zeitpunkt geschehen war, als das Herrenhaus vor etwa fünfundsiebzig Jahren auf so ungewöhnliche Art den Besitzer gewechselt hatte.

Doch das war nicht das einzig Bemerkenswerte an dem »Fall«, wie er seine Recherche inzwischen nannte, denn sie erinnerte ihn beinahe an einen Kriminalfall. Es gab an mehreren Stellen in der weiter zurückliegenden Vergangenheit signifikante Punkte, an denen es offensichtlich zu irgendwelchen Vertuschungen gekommen war, die er unbedingt noch klären wollte. Aktuell war er, zumindest was nachvollziehbare und geprüfte Fakten betraf, genauso weit von einer Klärung der Eigentumsverhältnisse entfernt wie vor gut sechs Wochen, als er damit angefangen hatte. Allerdings hatte er jetzt ein paar sehr spannende Informationen und das Gefühl, der Sache endgültig auf der Spur zu sein. Doch das war nichts, was er jetzt schon diskutieren sollte – und schon gar nicht mit Ainslee.

Die schien von der Umgebung völlig verzaubert zu sein, denn sie blickte sich mit einem Lächeln um, das ihm mal wieder die Knie weich werden ließ, obwohl es gar nicht ihm galt. »Es ist wie in einem Märchen«, raunte sie, als könnte ihre Stimme in Normaltonlage irgendwas an der Magie dieses Ortes ändern. »Wir sind doch nur ein paar Meter von den üblichen Wegen entfernt, und doch sieht es hier aus wie in einer anderen Welt.«

»Vielleicht hat uns Jules durch ein unsichtbares Portal ins Elfenland geführt?«, mutmaßte Paul mit ebenfalls gedämpfter Stimme.

»Du brauchst dich nicht über mich lustig zu machen, ich habe doch nur gesagt, wie wunderschön ich es hier finde.« Täuschte er sich, oder war Ainslee etwa gekränkt?

»Ich mach mich nicht lustig«, betonte er daher rasch und hoffte, dass es so aufrichtig klang, wie er es meinte. »Der Glaube an das sogenannte ›kleine Volk‹ ist in Schottland weitverbreitet. Noch heute. Wer bin ich, diese Möglichkeit auszuschließen? Ich könnte dir die faszinierendsten Geschichten erzählen, die genau hier in dieser Gegend passiert sein sollen.« Tatsächlich war er bei seinen Recherchen über ein Tagebuch gestolpert, dessen Herkunft nicht ganz eindeutig geklärt war, in dem aber präzise Aufzeichnungen über Ereignisse in und um Kirkby – oder damals noch Kirkgarroch – über einen Zeitraum von fünfzehn Jahren zu finden waren. Paul nahm an, dass der Autor oder die Autorin heilkundig gewesen war, denn es ging auch um Kuren für allerlei Gebrechen und Verletzungen. Erwähnt wurden aber auch schier unglaubliche Begegnungen mit den unterschiedlichsten Wesen: mit Gnomen, Elfen und dem Wasserpferd, das angeblich noch heute im Loch Leary hauste.

Ainslee antwortete nicht, doch sie wirkte auch nicht mehr irritiert, sondern sah gerade voller Faszination auf einen Baum, zwischen dessen dichten Blättern sich das frühabendliche Sonnenlicht brach wie kleine Leuchtfeuer.

»Atemberaubend«, entfuhr es ihm, und er strich eine Strähne ihres langen Haars zurück. »Der Wald, das Licht, das Vogelgezwitscher und vor allem du – eine atemberaubende Mischung.« Paul hatte wirklich das Gefühl, dass ihm jemand oder irgendwas den

Brustkorb zusammendrückte, sodass ihm das Atmen schwerfiel. Er schaute Ainslee an, versank im Grün ihrer Augen, das bei dieser Lichtstimmung dunkel und geheimnisvoll wirkte – und dann wurde ihm klar, was das Irgendwas war. Es war Liebe.

Sie sagte immer noch nichts, sondern tastete ihn nur mit ihrem Blick ab, der sanfte, aber unauslöschliche Spuren auf seiner Seele hinterließ. In diesem Moment war es ihm gleichgültig, ob Ainslee die Erbin der Munro-Linie war, wie er vermutete, eine verwunschene Highland-Prinzessin, die in einem falschen Jahrhundert gefangen war, wie sie manchmal zu denken schien, oder am Ende tatsächlich eine Angehörige des Elfenvolkes. Es spielte keine Rolle. Ainslee hatte ihn soeben als den Ihren markiert, und sie war die Seine.

»Sollen wir weitergehen?«, fragte sie nach einer gefühlten Ewigkeit, die in Wahrheit vermutlich nur ein paar Sekunden gedauert hatte. Ihre Stimme klang seltsam brüchig, und auch Paul traute seinen Stimmbändern gerade nicht über den Weg, weshalb er nur nickte.

Jules lief wieder voraus. Der Pfad wurde etwas breiter und sah so aus, als würde er regelmäßig genutzt werden – ob von Menschen oder nur von Tieren, hätte Paul nicht sagen können. Es war aber auch egal, denn er genoss einfach das laubgefilterte Zwielicht, die Geräusche des Waldes und vor allem die Frau an seiner Seite. »Das hört sich nach einem Bach an«, murmelte er, als er Wasserplätschern hörte.

Auch Jules schien es bemerkt zu haben – vermutlich schon deutlich vor ihm – und folgte dem Geräusch. Nach ungefähr fünfzig Metern kamen sie an ein dichtes Gestrüpp, das auf den ersten Blick den Weg zur Sackgasse werden ließ. Tatsächlich schlängelte sich jedoch ein schmaler Trampelpfad zwischen den jungen Bäumen und Sträuchern hindurch, auf dem man sogar Hufspuren erkennen konnte. Eindeutig Pferdehufe. Als sie das Jungholz durchquert hatten, fanden sie sich auf einer kleinen Lichtung wieder.

»Oh, ich glaube, ich weiß, wo wir sind!« Ainslees Stimme klang beinahe ehrfürchtig, als sie sich umsah. Sie standen an einer Quelle. Aus einer Felsspalte ergoss sich reines Wasser in einen kleinen Teich, der seinerseits in einen fröhlich plätschernden Bach überging. Direkt neben dem Quellteich lag ein großer, an seiner Oberseite fast blank polierter Felsenstein, der regelrecht zum Hinsetzen einlud.

»Außergewöhnlich«, befand Paul und hatte das Gefühl, gerade eine bemerkenswerte Entdeckung gemacht zu haben. Er konnte sich an keine Aufzeichnungen über eine Waldquelle erinnern – oder hatte er sie überlesen, weil geologische und topografische Besonderheiten mit seiner aktuellen Recherche nichts zu tun hatten?

»Hailey und Anna haben mir von dieser Stelle erzählt«, berichtete Ainslee leise. Sie hockte sich neben den Teich und ließ ihre Hand durchs klare Wasser gleiten. »Angeblich handelt es sich dabei um eine vorchristliche Andachtsstelle, an der irgendwelche heidnischen Götter oder Schutzgeister angebetet wurden. Lennox und Marlin kommen hierher, wenn sie Inspiration zum Komponieren suchen oder einfach nur nachdenken wollen. Anna meint, dass sie noch nirgendwo sonst in eine derart tiefe Meditation gefunden hat wie hier.«

»Das glaube ich sofort«, sagte Paul, der die Ruhe und die Geborgenheit, die dieser Platz ausstrahlte, regelrecht körperlich fühlen konnte. Es war wie eine warme Decke, die jemand über ihn legte – und ein Gefühl der Zuversicht, dass alles gut werden würde.

»Außerdem heißt es, wenn man an dieser Quelle seine wahre Liebe küsst, wird man für immer mit ihr zusammenbleiben«, sprach sie fast lautlos weiter, doch er hatte sie klar und deutlich gehört.

Sie schaute ihn nicht an, sondern hielt ihren Blick weiterhin auf den Teich gerichtet, durch den nach wie vor ihre Hand glitt, doch er sah von schräg hinten, dass ihr Hals von einer zarten Röte überzogen war. Ganz ähnlich, wie wenn sie miteinander schliefen und sie kurz davor war, zu kommen.

Ein kehliger Laut entfuhr seiner Kehle, und er riss sie beinahe ungestüm hoch und in seine Arme.

»Paul!«, keuchte sie, gleichermaßen überrascht von seiner Wucht wie offensichtlich voller Verlangen. Er spürte, wie sich ihre warme Hand um seinen Nacken legte und sich ihre Finger in seinen Haaren vergruben, während ihre nasse, kalte andere Hand seine

Wirbelsäule entlangfuhr. Ihre Augen glänzten, ihre Wangen glühten, und ihr Mund öffnete sich einladend.

Für einen kurzen irrationalen Moment fragte er sich, was denn wohl passierte, wenn man an dieser Quelle jemanden küsste, der oder die nicht die große Liebe war. Verpuffte man dann auf der Stelle in einer stinkenden schwarzen Wolke? Oder öffnete sich der Boden, und man wurde in die Unterwelt gezogen? Es war ihm gleichgültig, und er hätte es selbst dann riskiert, wenn die Gefahren viel realer gewesen wären. Als sich ihre Lippen trafen und ihre Zungen mit ihrem unwiderstehlichen Spiel begannen, dachte er gar nichts mehr, sondern gab sich schlicht dem Gefühl der Unendlichkeit hin. Sein Bewusstsein kam erst wieder an die Oberfläche, als sein nackter Hintern mit der kühlen, glatten Oberfläche des Findlings in Kontakt kam und Ainslee ihren Slip unter ihrem Kleid hervorzog.

»Was tun wir hier?« Was für eine selten dämliche Frage. Es war mehr als offensichtlich, spätestens als sie sich rittlings über ihn stellte, mit einer Hand ihr Kleid schürzte und mit der anderen seinen harten Penis umfasste. Dann strich sie mit der Spitze ein paarmal durch ihre fast glühend heiße und sehr feuchte Spalte, ehe sie ihn langsam Zentimeter für Zentimeter in sich aufnahm.

»Wir feiern die Ewigkeit«, entgegnete sie schließlich mit vor Lust ganz rauer Stimme.

Paul hatte noch nie Outdoorsex gehabt – was nicht an ihm lag, sondern an seinen wenig experimentierfreudigen Partnerinnen –, doch gerade dachte er nicht einmal mehr über die außergewöhnliche Location nach, sondern gab sich allein seinen Gefühlen hin. Ainslee genoss es sichtlich, die Zügel in der Hand zu haben. Sie bestimmte Tempo und Rhythmus, und er überließ sich ihrer Führung vollkommen, im sicheren Vertrauen darauf, dass alles gut werden würde.

Es wurde besser als gut. Ihre Körper hatten von der ersten Nacht an grandios miteinander harmoniert – genau wie ihre Seelen. Und wenn sie es wie jetzt schafften, die Köpfe auszuschalten, wurde es geradezu göttlich. Gerade als er fühlte, dass es für ihn kein Zurück mehr gab, merkte er, wie sich ihre Fingernägel in seine Oberarme krallten. Er hielt sie an der Taille, aber ohne einzugreifen, denn sein Schicksal hatte er längst in ihren Schoß gelegt. Buchstäblich. Dort braute sich nun ein Tornado zusammen, der wenig später alles mit sich riss und zwei keuchende Menschenkinder zurückließ, die sich etwas verwirrt, aber sehr glücklich anblickten.

»Das war …«, versuchte er sich an einer Einordnung, doch das passende Vokabular stand ihm gerade nicht zur Verfügung.

Ainslee schien es genauso zu gehen, denn sie sah ihn nur voller Zärtlichkeit und mit leichter Verwunderung an.

»Ich liebe dich«, sagte er schließlich. Weil das alles erklärte und außerdem die Wahrheit war.

»Ich liebe dich«, erwiderte sie, ohne zu zögern und mit erstaunlich fester Stimme. Dann küsste sie ihn erneut – bis ein Knacken im Unterholz sie aus ihrer Liebestrance riss.

»Jules«, krächzte sie entsetzt und sprang auf.

»Scheiße«, fluchte Paul leise und ärgerte sich, dass sie kein Kondom benutzt hatten. Das taten sie fast nie. In der ersten Nacht hatten sie keine zur Hand gehabt, aber sie hatte ihm glaubhaft versichert, dass sie seit Jahren die Pille nahm und peinlich genau auf die Einnahmezeiten achtete. Außerdem war sie gesund, genau wie er. Doch so gab es eben jedes Mal eine kleine Sauerei. Er zog seine Jeans halb hoch und tastete in der Hosentasche nach Taschentüchern. Glücklicherweise hatte er ein Päckchen dabei. Berufskrankheit – die staubigen Archive brachten ihn regelmäßig zum Niesen. Vielleicht sollte er demnächst mal über eine andere Ausstattung nachdenken, wenn er mit Ainslee unterwegs war.

Die rief weiterhin nach ihrem Hund, von dem sie gerade noch die rotbraune Rute gesehen hatten, ehe sie mit dem restlichen Pudel im Unterholz verschwunden war.

»Er hat bestimmt irgendein Tier entdeckt und kommt gleich wieder«, versuchte Paul sie zu beruhigen und reichte ihr ein Taschentuch, ehe er sich mit einem weiteren notdürftig säuberte und die Hose endgültig hochzog. Vielleicht war Outdoorsex doch nicht so heiß?

Ainslee hatte inzwischen ihren Slip wieder angezogen und wusch sich die Hände im Quellteich. »Das bringt jetzt vermutlich ewiges Unglück«, stöhnte sie und schrie dann noch einmal aus voller Kehle den Namen ihres Hundes.

Paul stopfte die zerknüllten Taschentücher zurück in die Hosentasche und spülte seine Finger ebenfalls im Wasser. Dann nahm er Ainslee bei den Schultern und schaute sie eindringlich an. »Es bringt ganz bestimmt kein Unglück! Wenn überhaupt, ist es wie eine Segnung des Ortes!« Aus irgendeinem Grund war es ihm wichtig, dass sie das verstand. Was eben passiert war, so irre es auch gewesen sein mochte, war ein geradezu heiliger Akt gewesen, da war er sich absolut sicher.

»Okay.« Sie lächelte leicht verlegen. »Aber Jules?«

»Den suchen wir jetzt und knöpfen ihn uns dann gemeinsam vor!«

ZURÜCK ZU DEN WURZELN

»MUSS DAS WIRKLICH SEIN?« Ainslee sah in zwei flehende Augenpaare, die sie fast ein bisschen an Jules erinnerten, wenn er nach einer Missetat alles daransetzte, sie wieder milde zu stimmen. So wie nach seiner Extratour vor einer guten Woche. Paul und sie hatten den Kerl stundenlang im Wald gesucht und waren schließlich frustriert, schmutzig und voller Sorge zum Herrenhaus zurückgekehrt, wo er sich in der Küche von Molly verwöhnen ließ. Was genau bei seinem Ausflug passiert war, hatte er erwartungsgemäß nicht verraten, doch ein kleiner blutiger Riss an seiner Flanke zeugte von einem Abenteuer. So genau wollte sie es lieber gar nicht wissen. Sie war froh gewesen, ihren Hund einigermaßen unversehrt wiederzuhaben, war aber immer noch sauer auf ihn, weil er einfach abgehauen war.

Die Hundeblicke gerade gehörten aber nicht irgendwelchen streunenden Vierbeinern, sondern Collum und seiner Harriet, die er um Verstärkung gebeten hatte.

»Es wäre halt so viel authentischer, wenn wir bei der Ortsbegehung schon einige Darsteller im Kostüm hätten«, sagte Collum.

In drei Tagen, also am kommenden Montag, erwartete er Pressevertreter aus dem ganzen Land, denen er die Location des »Kirkby Clan Gathering« sowie die Highlights des Rahmenprogramms präsentieren wollte. Offenbar hatten Hailey und Sean zugesagt, eine Szene ihrer Pferdekampfshow im Kostüm zu zeigen, und Jon wollte seine auf mittelalterlich getrimmte Taverne aufbauen und ebenfalls kostümiertes Personal stellen. Kristie wollte eine Tanzeinlage geben, und zwei Highland-Kämpfer aus dem Ort würden für den Fototermin Baumstämme werfen. Aber fürs Ambiente sollte auch Ainslee in ihrem Kostüm auftreten.

»Denk doch nur an die fantastische Berichterstattung, die wir dadurch generieren könnten«, beschwor Collum sie weiter.

»Und an den Umsatz, über den wir uns freuen dürfen«, sprang ihm Harriet bei.

»Aber dann solltest du auch verkleidet rumhüpfen.« Ainslee merkte, wie ihr Widerstand schwand. Richtig gute Gegenargumente hatte sie ohnehin nicht, denn sie hatte ja längst zugestimmt, bei der Veranstaltung selbst wieder im Kostüm aufzutreten.

»Das mach ich auch, als Page oder kleiner Hofnarr.« Harriet deutete auf ihre kurzen Haare. »Die taugen halt nicht wirklich für eine historische Frauenrolle, und selbst wenn ich eine Perücke tragen würde, du bist einfach der spektakulärere Hingucker als ich.«

»Na schön, ich mach's, aber wir werden nicht ernsthaft für diesen einen kurzen Fototermin unseren historischen Webstuhl auf das Gelände bugsieren, oder?«

»Nein, natürlich nicht«, beeilte sich Collum zu versichern. »Ich fände es einfach schön, wenn du im Kostüm als Fotomotiv zur Verfügung stehen könntest. Beispielsweise in der Taverne. Einen Verkaufsstand werden wir auch schon ein bisschen mit euren Waren herrichten, das könnte ein weiteres Motiv sein. Ansonsten wäre es toll, wenn Paul sich ebenfalls in sein Kostüm werfen und mit dir posieren würde. Die Bilder aus Stirling waren ja so großartig. Warum sollen wir uns in Kirkby mit weniger zufriedengeben?« Der Bürgermeister redete sich langsam, aber sicher um Kopf und Kragen und verstummte erst, als Harriet ihm beschwichtigend eine Hand auf den Arm legte und übernahm.

»Was Collum damit sagen will, ist, dass er sehr dankbar wäre! Aber fühl dich zu nichts gedrängt.« Sie warf ihm einen warnenden Blick zu, damit er die Klappe hielt. »Die Idee, Paul zu fragen, stammt übrigens von mir. Ihr beide habt einfach diese Wahnsinnschemie, die auch auf Fotos rüberkommt. Kein Druck! Wirklich.«

»Haha«, höhnte Ainslee. »Kein Druck. Ich lach mich schlapp …« Dann gab sie sich einen Ruck. »Ich frag ihn. Das Spektakel lässt sich mit ihm an meiner Seite sicher besser ertragen als allein. Doch ich könnte mir gut vorstellen, dass er keine Lust hat, quasi in offizieller Funktion für Kirkby zu modeln. Im Gegensatz zu mir hat er ja einen seriösen Job und hat nichts davon, wenn er sein Gesicht für die Highland Games in die Kameras hält.«

»Dein Job ist mehr als seriös!«, betonte Collum, und sein Gesicht hellte sich mit einem Mal um mehrere Lumen auf – oder wie die Einheit für Helligkeit auch immer hieß. »Und ich habe gerade eine brillante Idee!«

Harriet sah ihn ein wenig verstört an, sagte jedoch nichts.

»Ich bin mir nicht sicher, ob ich sie hören möchte«, gab Ainslee zurück.

»Wenn ihr beiden nicht nur als Models, sondern auch als Experten für Interviews zur Verfügung stehen könntet, wäre das der absolute Wahnsinn!« Collum war offensichtlich im Tunnel seiner eigenen Genialität und bekam von dem Blickwechsel zwischen Harriet und Ainslee nichts mit. »Wir könnten vor oder nach dem Fototermin mit den Journalisten noch in die Weberei gehen, und du und dein süßer kleiner Hofnarr könntet ihnen die Kunst der Stoffherstellung erklären. Das wäre für die *Kirkby Tartan Mill* doch die beste Werbung überhaupt, nicht wahr?«

Das war nicht zu leugnen, doch ehe Ainslee das kommentieren oder Harriet sich über ihre Rolle als niedliche Närrin beklagen konnte, sprach Collum schon weiter.

»Und Paul könnte eine historische Einordnung liefern. Seit wann finden Highland Games statt? Welche Funktion haben sie in der schottischen Gesellschaft – früher und heute? Und wie ordnet er die Spiele von Kirkby ein? Alles seriös mit historischen Fakten unterfüttert von einem Universitätsprofessor – das wird der Knaller.«

»Zweifellos«, erwiderte Ainslee schwach, denn was hätte sie sonst sagen können? »Vielleicht sprichst du ihn lieber doch selbst an. Ich fürchte, ich kann längst nicht so viele gute Argumente liefern wie du.« Sie warf Harriet einen Blick zu, den diese mit einem kaum sichtbaren Schulterzucken quittierte.

»Das mach ich!«, versprach Collum. »Auf der Stelle. Weißt du, wo ich ihn finde?«

»Ich glaube, er wollte heute in der Bibliothek von Monroe Manor arbeiten«, sagte Ainslee. »Da solltest du ihn also antreffen.«

»Ich mach mich gleich auf den Weg. Danke, dass du mitmachst.« Er strahlte Ainslee an, gab Harriet einen raschen Kuss und war wie der Blitz zur Tür raus.

»Was isst der Kerl zum Frühstück?« Ainslee schüttelte den Kopf. »Diese Energie ist wirklich beneidenswert. Kann man die abfüllen und verkaufen?« Sie gähnte herzhaft. Irgendwie fühlte sie sich seit ein paar Tagen etwas müde und erschöpft. Vermutlich hatte sie schlicht zu viel gearbeitet, und die Nächte waren auch alles andere als erholsam. Oder ein Erkältungsvirus hatte sie erwischt. Was hochgradig ärgerlich wäre, denn einen Ausfall konnte sie sich momentan wirklich nicht leisten.

»Ich frag mich auch immer wieder, woher er diese Power und Begeisterung nimmt.« Harriet sah immer noch auf die Tür, durch die ihr Liebster gerade gerauscht war. »Hat er mich wirklich einen ›süßen kleinen Hofnarren‹ genannt?«

»Ich fürchte ja.« Ainslee kicherte. »Und das Schlimme ist, dass es dir gefallen hat.«

Harriet lief knallrot an.

»Keine Details«, bat Ainslee und hob abwehrend die Hand. »Ich kann's mir auch so vorstellen.«

»Jetzt tu nicht so prüde. Wer hat Paul neulich mitten im Wald verführt? Ausgerechnet an der Liebesquelle? Wer weiß, wer euch da gesehen hat?«

»Niemand hat uns da gesehen«, behauptete Ainslee und hoffte, dass es die Wahrheit war, denn sicher konnte sie sich nicht sein. Richtig viel hatte sie von der Umgebung nämlich nicht mitbekommen. Aber sie ärgerte sich, dass sie Harriet überhaupt davon erzählt hatte, denn die ließ keine Gelegenheit aus, wieder davon anzufangen.

»Wahrscheinlich hast du recht, denn das wäre schon längst Ortsgespräch, aber trotzdem hätte ich mich das niemals getraut. Ehrlich gesagt hätte ich es dir auch nicht zugetraut, dass du auf Outdoorspielchen stehst.« Harriet stieß ein kleines schmutziges Lachen aus. »Stille Wasser und so.«

»Und ich hätte nie gedacht, dass du auf Rollenspiele mit Hofnarren stehst. Ich will gar nicht wissen, was Collums Part dabei war.«

Wieder errötete Harriet, doch diesmal erholte sie sich schneller. »Das werde ich dir auch nicht verraten. Aber denkst du, dass er Paul überreden kann? Ich meine, die Idee mit den Experten-Interviews ist wirklich nicht schlecht.«

»Zumindest nicht für uns. Wie Paul das sieht, kann ich echt nicht beurteilen. Aber klar, wenn es einer schafft, dann Collum. Und für die Highland Games wäre das so etwas wie ein Ritterschlag.« Wieder gähnte sie. »Ich könnte mich sofort wieder ins Bett legen.«

»Vielleicht solltest du es mal traditionell nutzen. Zum Schlafen.«

»Danke für den Hinweis, niedliche Närrin, ich werde es mir merken. Aber jetzt sollten wir uns an die Arbeit machen.«

»Was sind eure Pläne fürs Wochenende?«, erkundigte sich Harriet am frühen Nachmittag.

»Keine Ahnung, wir haben noch nicht darüber gesprochen.« Ainslee versuchte, ihre verspannten Schultern zu lockern. Wenn es nach ihr ginge, könnte sie die nächsten beiden Tage ganz entspannt mit vielen langen Spaziergängen und zwischenzeitlichen Nackenmassagen verbringen. »Was macht ihr denn?«

»Wir fahren nach Edinburgh. Collums Schwester Cassidy hat morgen Geburtstag und feiert. Ich bin schon total gespannt.«

»Kommen seine Eltern auch?«, wollte Ainslee wissen, die von dem großen Zerwürfnis zwischen Collum und seinen Eltern vor ein paar Monaten gehört hatte.

»Keine Ahnung. Collum hat nicht nachgefragt, und Cassidy hat nichts erwähnt. Aber ehrlich gesagt kann ich mir das kaum vorstellen, Cass und Craig sind ja auch sauer auf die Eltern. Ich freu mich jedenfalls sehr, dass die drei untereinander wieder so einen guten Kontakt haben.«

»Das ist wirklich schön. Und vermutlich der Grund, warum Collum so kurz vor den Highland Games sein heiß geliebtes Kirkby verlässt. Hat er keine Sorge, dass etwas passieren könnte, wenn er nicht am Steuer sitzt?« Sie grinste.

»Er ist total panisch! Aber Leslie und Colleen haben ihm versichert, dass sie am Wochenende das Rathaustelefon hüten und die Mails im Blick behalten, sodass sie notfalls eingreifen können. Heather und George wollen den Aufbau kontrollieren. Die Turnierarena wird abgesteckt und noch ein paar weitere Stände aufgebaut, damit die Fotografenmeute am Montag auch etwas zum Knipsen hat.«

»Ich bin mir sicher, dass alles gut gehen wird.«

»Hoffentlich. Langsam, aber sicher wird es nämlich etwas anstrengend mit ihm.« Harriet seufzte.

»Mit wem wird es anstrengend?«, fragte Paul mit seiner dunklen, melodiösen Stimme. Er war, von den Frauen unbemerkt, in die Weberei gekommen und lächelte die beiden nun an. »Ich hoffe, nicht mit mir.«

»Nein, mit Collum und seinen Highland Games. Ehrlich, ich schlage drei Kreuze, wenn das Event in einem Monat endlich vorbei ist«, sagte Harriet. »Nicht falsch verstehen, ich finde es toll. Also alles, aber …«

»Ich verstehe es schon richtig«, tröstete Ainslee und schmiegte sich an Paul.

»Collum hat mich übrigens vorhin dazu … ähm … nennen wir es ›überredet‹, am Montag beim Vorab-Pressetermin den Experten zu geben. Im Kostüm.« Er zwinkerte Ainslee vielsagend zu.

»›Genötigt‹ trifft es wohl eher«, brummte Harriet und verdrehte die Augen.

»Na, na, na, was sind denn das für Töne von der niedlichen Närrin?«, zog Ainslee ihre Freundin auf. Mit Paul an ihrer Seite war sie schlagartig viel fröhlicher.

»Hast ja recht.« Harriet grinste, als sie Pauls fragenden Gesichtsausdruck sah.

»Frag nicht«, fügte Ainslee an ihn gewandt hinzu. »Das willst du gar nicht so genau wissen. Aber was verschafft mir die Ehre? Willst du mich etwa zu einem frühen Start ins Wochenende überreden?« Sie dachte daran, was seine Hände mit ihrem schmerzenden Nacken machen könnten, und auch sonst …

»Jein«, wich er aus.

»Jein?«

»Marlin hat mich überraschenderweise gefragt, ob ich am Wochenende mit ihm nach Lewis fahren würde. Er möchte das Grab meiner Mutter besuchen und Duncan und Maura kennenlernen.« Er sah sie aufmerksam an, doch sie konnte seinen Blick nicht richtig deuten. Lag darin Sehnsucht? Angst? Vorbehalte? Sie wusste es nicht.

»Oh.« Mehr fiel ihr als Kommentar nicht ein.

»Er schlägt vor, dass wir heute noch bis Ullapool fahren, dort übernachten und morgen früh mit der ersten Fähre übersetzen.«

»Okay.«

»Und ich wollte dich fragen ...«

»Ja?« Ainslees Hals fühlte sich plötzlich wie zugeschnürt an, ohne dass sie eine Erklärung dafür hatte.

Paul hatte den Blickkontakt unterbrochen und starrte nun aus dem großen Fenster in die Ferne, als ob dort der Rest seiner Frage zu finden wäre.

»Möchtest du vielleicht mitkommen?«, brachte er schließlich hervor und schaute sie wieder an. »Ich meine, du kennst ja schon Ollie und Felix, und die beiden würden sich sicher freuen, dich wiederzusehen. Und wir könnten die kleine Emily kennenlernen. Dad ... also Duncan ... und Maura ...«

Warum stammelte er so herum, fragte sich Ainslee und nahm aus den Augenwinkeln wahr, wie sich Harriet diskret in den Nebenraum verzog. Keine Hilfe also von ihrer Seite. Sie war sich nicht sicher, ob Paul sie bei diesem Ausflug wirklich dabeihaben wollte. Oder sollte. Es war zweifellos eine enorme emotionale Herausforderung für beide Männer, diese Reise anzutreten. Eine Reise in die Vergangenheit und irgendwie zu sich selbst. Vermutlich war es die perfekte Chance für Paul und Marlin, sich besser kennenzulernen – ohne Zeugen. Andererseits wollte Paul sie vielleicht gern als moralische Unterstützung an seiner Seite haben. »Kommt Betty denn mit?«, stellte sie daher die in ihren Augen offensichtliche Gegenfrage. Wenn Marlin seine Partnerin dabeihatte, würde sich Paul vielleicht auch über Begleitung freuen.

»Nein«, antwortete er schlicht.

»Dann sollte ich vielleicht besser auch hierbleiben«, erwiderte sie so nonchalant wie möglich. »So gern ich Oliver und Felix auch wiedersehen und deine Eltern und die kleine Emily kennenlernen würde, sollte sich dieser Trip doch wohl vorwiegend um dich und Marlin drehen – und um deine Mutter. Da würde ich nur stören.« Sie lächelte ihn an und hoffte, dass es aufmunternd wirkte. »Außerdem könnte ich dann endlich mal ein bisschen Schlaf nachholen«, fügte sie vielsagend hinzu.

»Bist du dir sicher?«

Was ihr Schlafbedürfnis betraf, war sie sich absolut sicher, denn so ausgelaugt wie im Moment hatte sie sich fast noch nie gefühlt. Glücklich ja, aber eben auch sehr erschöpft. Sie war sich ebenfalls sicher, dass sie bei dieser Vater-Sohn-Mission nur stören würde, aber trotzdem konnte sie den kleinen Stich nicht leugnen, den ihr die Aussicht auf ein einsames Wochenende verpasste. Wobei das total albern war, denn sie war vieles, aber bestimmt nicht einsam. Wobei Harriet ja auch weg war, Kristie und Yeshi wahrscheinlich andere Pläne hatten und … Nein, sie zügelte energisch ihre Gedanken. Ausgedehnte Spaziergänge mit Jules und noch ausgedehnteres Schlafen, das konnte sie auch sehr gut allein machen. Dafür brauchte sie niemanden. Schon gar keinen Mann. »Ich bin mir absolut sicher!«, sagte sie daher betont forciert.

Paul wirkte erleichtert und im nächsten Moment zerknirscht. »Ich fühle mich trotzdem wie ein Arsch, weil das so kurzfristig kommt und wir ja andere Pläne hatten.«

»Wir hatten doch noch gar keine Pläne«, widersprach sie. Zumindest keine, auf die sie sich gemeinsam verständigt hatten. »Außerdem hat es sich spontan ergeben, und die Gelegenheit solltest du nutzen.«

»Ich hatte andere Pläne. Glaub mir.« Paul zog sie in seine Arme und vergrub sein Gesicht in ihren offenen Haaren. »Wir stehen sogar auf der Warteliste für einen Tisch in Islas Restaurant – dahin würde ich dich nämlich wahnsinnig gerne mal ausführen.«

»Das läuft uns doch nicht weg, und so gut gebucht, wie *The Scottish Thistle* im Moment ist, hätte es bestimmt nicht geklappt.« Sie schloss die Augen und atmete seinen Duft ein, der ihr inzwischen so unglaublich vertraut war und eine gleichzeitig beruhigende und erregende Wirkung auf sie hatte.

»Wir holen das nach«, versprach er. »Bald. Ich bin nämlich zufällig mit der Wirtin verwandt. Da muss einfach was gehen!« Er lachte leise.

»Das wäre echt schön, denn ich wollte schon die ganze Zeit mal bei ihr essen. Bisher habe ich das auch noch nicht geschafft.« Sie inhalierte noch einen tiefen Atemzug Paul-Aroma, dann schob sie ihn ein Stückchen weg. »Aber jetzt solltest du dich auf dein Wochenende konzentrieren. Das wird bestimmt zu den wichtigsten Ereignissen deines Lebens zählen.«

»Mach es bitte nicht noch größer, als es sich ohnehin schon anfühlt«, bat er. »Mal abgesehen davon, dass die Zeit mit dir am wichtigsten für mich ist.«

»Das ist sehr schmeichelhaft, aber gerade nicht der Punkt. Wir wissen beide, dass dieser Besuch der zentrale Stein in deinem ›Wer bin ich wirklich?‹-Mosaik sein könnte.«

»So habe ich das noch nicht betrachtet, aber vermutlich hast du recht. Danke für dein Verständnis.« Er küsste sie sanft.

»Soll ich auf Ivy aufpassen?«, fragte sie leicht atemlos, als sich ihre Lippen wieder getrennt hatten. Wenn Ivy hierbliebe, wäre wenigstens Jules glücklich, und sie hätte das Gefühl, eine Art Pfand in der Hand zu halten, das Paul auf jeden Fall zur Rückkehr bewegen würde.

»Daran habe ich auch schon gedacht, und es wäre eigentlich ganz praktisch, aber ich fürchte, dass mich meine Familie vierteilt, wenn ich sie nicht mitnehme. Die sind nämlich alle ganz verknallt in sie.«

»Verständlich.« Ihr Lächeln fühlte sich plötzlich gezwungen an. »Aber jetzt schau zu, dass du packst und ihr dann loskommt.«

»Ich ruf dich an. Und wir sehen uns am Sonntagabend. Das sind nur zwei Tage.«

»Ich weiß.« Sie drückte ihm noch einen kleinen Kuss auf die Lippen. »Das schaffen wir. Hab einen guten und erkenntnisreichen Trip.«

• • •

Marlin war etwas blass, als Paul und er am nächsten Morgen die Fähre nach Lewis betraten. Den Wagen ließen sie in Ullapool stehen. Duncan wollte sie abholen, daher brauchten sie kein eigenes Fahrzeug. Paul war sich nicht sicher, ob Marlins sichtbares Unbehagen der zu erwartenden stürmischen Überfahrt geschuldet war oder eher dem Whisky-Konsum vom letzten Abend.

Sie waren in einem Pub in Hafennähe abgestiegen, hatten gegessen, geredet und getrunken. Während sich Marlin auf der Fahrt von Kirkby nach Ullapool vor allem über Kirkby ausgelassen und sich gezielt nach Pauls Recherchen erkundigt hatte, war er nach dem Essen persönlicher geworden. Erheblich persönlicher. Er hatte sogar ein Album dabei, das Carolyn Starling in den ersten Bandjahren angelegt hatte. Erinnerungsfotos, Zeitungsausschnitte, Noten und Textzeilen von Songs, die später zu einigen der ikonischsten Hits von Starlight Lin geworden waren. All das hatte sie handschriftlich kommentiert. Caro hatte dieses Album als Geschenk für Marlin zusammengestellt, und Paul war angeblich der erste Mensch, dem er es zeigte. Das war der Auftakt zu einem sehr emotionalen und alkoholreichen Abend gewesen, an dem Marlin ein ganz anderes Bild von Pauls Mutter gezeichnet hatte, als der es bisher im Kopf gehabt hatte. Was vermutlich daran lag, dass Duncan diese Seite von Carolyn kaum jemals zu sehen bekommen hatte. Traurig eigentlich, oder? Und erstaunlich, wie wenig man die Menschen, die einem scheinbar am nächsten waren, wirklich kannte. Galt das immer, oder waren Caro und Marlin diesbezüglich Ausnahmegestalten?

Pauls Gedanken wanderten zu Ainslee. Er fühlte sich ihr so nahe wie kaum einem anderen Menschen in seinem Leben. Sie kam ihm nach der kurzen Zeit schon unglaublich vertraut vor, und doch hatte er nur eine vage Ahnung davon, wie sie wirklich tickte. Es war deutlich gewesen, wie sehr es sie enttäuscht hatte, dass er das Wochenende mit seinem Vater verbringen wollte statt mit ihr – und doch hatte sie ihm zugeredet, es zu tun. Weil es wichtig war. Er hatte allerdings keine Ahnung, ob sie es tatsächlich so empfand oder ob sie nur so empathisch war, dass sie seine Bedürfnisse über die ihren gestellt hatte. Nun ja, was immer es war, daran konnte er im Moment nichts ändern, denn gerade erwachte der Motor der Fähre mit heftigen Vibrationen zum Leben. Noch drei Stunden bis nach Lewis.

Kaum hatten sie den geschützten Hafen verlassen, frischte der Wind böig auf, und der Seegang wurde heftiger. Paul liebte es, auf dem Meer zu sein, und genoss es, wie die salzige Luft seine Sinne erfrischte. Genau wie Ivy, die vor Vorfreude regelrecht bebte. Sie hatte die Überfahrt schon ein paarmal erlebt und wusste genau, was sie auf der anderen Seite erwartete. »Möchtest du unter Deck gehen?«, fragte er Marlin, der schon den ganzen Morgen über ziemlich einsilbig gewesen war.

»Auf gar keinen Fall«, zischte Marlin mit zusammengepressten Lippen und starrem Blick auf den Horizont.

»Sag bloß, du bist seekrank?« Paul musste sich mit aller Macht ein verblüfftes Lachen verkneifen. Es war schließlich keine Schande, seekrank zu werden, das passierte vielen. Duncan betrat die Fähre in der Regel auch nur schwer gedopt und versuchte Trips zur Hauptinsel nach Möglichkeit komplett zu vermeiden. Aber irgendwie erstaunte es Paul bei Marlin, denn sein Erzeuger gab sich ansonsten größte Mühe, unbesiegbar zu wirken. Dass Wind und Wellen das Zeug dazu hatten, ihn zu Fall zu bringen, war eine echte Überraschung.

»Ich bin ein Highlander, kein Wikinger«, entgegnete er knapp.

»Mach dir nichts draus, das passiert den Besten von uns. Auch Wikingern«, tröstete Paul. »Hättest du was gesagt, hätten wir vorbeugen können, aber keine Sorge, die Crew hat für solche Fälle Spezialmittel parat. Bin gleich wieder da. Ivy, bleib bei Marlin!«

Als er in Richtung Schiffsinneres lief, hörte er noch das untrügliche Geräusch, mit dem sich ein Frühstück seinen Weg an die frische Luft bahnte, und er beeilte sich gleich noch mehr.

Eine halbe Stunde später ging es Marlin besser. Die Wunderpille, die ihm Paul besorgt hatte, tat ihren Job, und süße Cola beruhigte seinen aufgewühlten Magen und stabilisierte den Kreislauf.

»Ist deine mangelnde Seefestigkeit der Grund, warum du nie auf der Insel warst?«, wollte Paul wissen. Inzwischen hatte Marlin seine Position an der Reling aufgegeben, und sie saßen etwas geschützter vor Wind und Wetter auf einer Bank – jedoch immer noch mit freiem Blick auf den Horizont.

»Nein. Oder nur am Rande. Caro und ich hatten vereinbart, dass wir uns nie in unseren Heimatorten treffen. Lewis war für sie genauso heilig wie Kirkby für mich. Wir wollten das nicht vermischen. Sie sollte mich nicht als Hufschmied und Bed-&-Breakfast-Wirt sehen und ich sie nicht als Lehrergattin und Hobbyfarmerin. Daher haben wir uns eigentlich immer nur in Edinburgh oder London getroffen, wenn wir neue Songs aufgenommen haben, Pressetermine anstanden oder wir neue Tourneen planten. Das hat ganz gut funktioniert.«

»Ich stelle mir das sehr kompliziert vor.« Paul konnte die Skepsis nicht aus seiner Stimme verbannen. »Ich meine, heutzutage, mit Internet, Handys und Videotelefonie, wäre das ja machbar, aber damals in den Achtzigerjahren?«

»Wir haben uns jedenfalls keine Brieftauben geschickt oder Rauchzeichen erzeugt«, entgegnete Marlin sarkastisch. »Wir haben ganz normal telefoniert und auf diesem Weg unsere Termine koordiniert und manchmal auch Songs komponiert.«

»Aber fanden Duncan und Bonnie das nicht seltsam?«, wollte Paul wissen.

»Vielleicht. Ganz bestimmt sogar. Aber sie wussten ja Bescheid über Starlight Lin und haben diese Dinge als Teil ihres Lebens mit uns akzeptiert. Allerdings haben wir versucht, das möglichst knapp zu halten. Wir waren immer ein paar Monate zu Hause und haben uns dann für wenige kurze Wochen getroffen. Diese Phasen waren extrem intensiv und kreativ. Wir haben komponiert und an unseren Songs gefeilt. Waren gefühlt Tag und Nacht im Studio, bis wir mit dem Ergebnis zufrieden waren. Danach ging es wieder heim in unsere normalen, bürgerlichen Leben. Bis wir nach ein paar weiteren Monaten wieder unterwegs waren.«

»Was für ein Leben.« Paul konnte sich nicht vorstellen, wie so etwas funktionieren sollte. »Und außer deiner Frau und Duncan hat keiner gewusst, was ihr wirklich macht?«

»Bei mir wussten es auch meine Geschwister, deren Partner, Pfarrer Jack und der Schwiegervater meiner Schwester. Du weißt ja, dass Angus schon immer mein Anwalt war. Auf der Seite deiner Mutter war sonst wohl niemand eingeweiht.«

»Aber haben sich die Leute dann nicht gefragt, wohin ihr immer für Wochen verschwunden seid? Ich meine, gerade in so kleinen Gemeinden fällt das doch auf, und die Leute sind neugierig.«

»Es gab sicherlich Spekulationen, aber wenn man nichts sagt und ansonsten einen normalen Eindruck macht, geben sich die Menschen irgendwann damit zufrieden oder malen sich ihre eigenen Geschichten aus.« Marlin zuckte mit den Achseln, als sei dies vollkommen normal.

»Alex hat mir erzählt, dass er lange gedacht hat, du wärst Geheimagent«, entgegnete Paul, der nicht glauben konnte, dass es so einfach gewesen sein sollte.

»Ach, es kursierten alle möglichen Geschichten, und vielleicht wäre es uns irgendwann auch um die Ohren geflogen. Zum Ende hin gab es jedoch immer mehr Spannungen. Deine Mutter und ich hatten unterschiedliche Vorstellungen davon, wie es weitergehen sollte. Ich glaube, nein, ich weiß, dass sie mit dem Doppelleben nicht mehr glücklich war. Mir ging es ebenfalls zusehends an die Substanz, aber während es sie eher dazu drängte, sich vollständig auf das Musikbusiness zu konzentrieren, wollte ich meine bürgerliche Existenz nicht aufgeben. Auch damals waren die Paparazzi schon ziemlich aggressiv, und das Letzte, was ich wollte, war sinnloser Presserummel in Kirkby. Wir haben uns deswegen ziemlich in die Wolle bekommen, und es bricht mir immer noch das Herz, wenn ich daran denke, dass die letzten Worte, die wir miteinander gewechselt haben, keine besonders netten waren.« Marlin schluckte hart und trank noch einen kleinen Schluck aus seiner Colaflasche. »Ich dachte, wir müssten nach der langen Tour erst mal wieder zur Ruhe kommen und würden dann über alles reden. Doch dazu kam es bekanntlich nicht.«

»Wusstest du damals, dass sie auf Lewis beerdigt wurde?«, fragte Paul.

»Ich hatte es gehört, allerdings war ich überrascht, dass es überhaupt etwas zum Bestatten gab. Es war immerhin ein Flugzeugabsturz.«

»Ehrlich gesagt weiß ich auch nicht, was und wie viel von ihr tatsächlich in der ewigen Erde von Lewis ruht«, gab Paul zu. »Aber meinem Vater, also Duncan, war es wichtig, dass wir einen Ort der Erinnerung haben. Ich war damals ja viel zu klein und habe überhaupt keine Erinnerung mehr an das alles, und selbst Oliver weiß nicht mehr viel.«

»Ich habe schon ein paarmal gesagt, wie sehr es mir leidtut, dass ihr ohne Mutter aufwachsen musstet.« Marlin sah ihn eindringlich an, als wollte er sichergehen, dass seine Aussage auch ankam.

»Mussten wir ja nicht. Was mich betrifft, ich erinnere mich nicht mehr an Mum, sondern nur an

Maura, die bald in unser Leben getreten ist. Sie war und ist für mich die einzige Mutterfigur, die relevant ist.« Paul wunderte sich selbst über seine trotzige Stimme – und er wusste auch, dass es nicht die ganze Wahrheit war.

»Ich bin sehr froh, dass Oliver und du sie hattet. Sie und Duncan haben dafür gesorgt, dass ihr eine behütete Kindheit erleben konntet. Meinen anderen Kindern konnte ich das leider nicht bieten. Bonnies Tod hat eine tiefe Wunde bei allen hinterlassen. Aber nachdem ich zwei Frauen verloren hatte, die mir so wichtig waren, habe ich mir jahrzehntelang nicht vorstellen können, mein Herz noch einmal zu verschenken.«

Die Formulierung »meinen anderen Kindern« hallte in Paul wider. »Wie ist es dir möglich, einfach so zu akzeptieren, dass du noch einen weiteren Sohn hast?«, platzte er aufgebracht heraus. »Das war doch angeblich auch für dich ein Schock – und jetzt tust du die ganze Zeit so, als wäre ich immer schon Teil deines Lebens gewesen.«

»Keine Ahnung. Wirklich nicht. Glaub mir, das ist sehr untypisch für mich. Aber wenn ich dich ansehe, bemerke ich so viel von Caro an dir. Deine dunklen Haare, deine Stimme, aber auch kleine Gesten. Andere Dinge erinnern mich an Isla oder an Lennox, und ja, ich sehe auch mich selbst in dir. Selbst wenn ich nicht gewusst hätte, dass du mein leiblicher Sohn bist, hätte ich dich vermutlich ›erkannt‹, so verrückt es auch klingen mag. Ich ahne, dass es für dich viel schwerer ist, die Realität zu akzeptieren, als für mich, aber du bist ein echtes Geschenk für mich, und ich bin sehr dankbar, dass du einen Platz in meinem, in unserem Leben hast.«

»Weil du mich dazu genötigt hast«, gab Paul zu bedenken, irgendwie berührt von Marlins Worten, aber trotzdem noch voller Widerstand. Ivy, die scheinbar nur die Möwen im Blick gehabt hatte, legte nun tröstend ihren Kopf auf sein Knie.

»Denkst du immer noch, ich hätte das inszeniert?« Marlin lachte kurz auf.

»Es gibt Menschen, die würden dir das jederzeit zutrauen. Dein Sohn Alex beispielsweise – und vermutlich halb Kirkby.«

»Das ist fast ein bisschen schmeichelhaft, aber ich kann dir versichern, dass ich nichts damit zu tun habe, sondern schlicht die Gelegenheit beim Schopf gepackt habe. Und ich bin sehr gespannt, ob du überhaupt zu einem Ergebnis kommen wirst.«

Darüber wollte Paul jetzt nicht sprechen. Er hatte immer stärkere Indizien dafür, was damals wirklich mit dem Herrenhaus passiert war – und es sah ganz danach aus, dass eine bisher nie erwähnte Partei komplett übervorteilt worden war. Doch noch fehlten ihm die letzten Beweise, und vorher wollte er nichts preisgeben. »Klare Ergebnisse sind in der Wissenschaft nur schwer vorauszusagen«, entgegnete er daher vage. »Es dauert so lange, wie es eben dauert.«

»Du bist ein sehr schlechter Lügner, Paul«, bemerkte Marlin mit einem feinen Lächeln. »Genau wie deine Mutter. Die hat vor einer Schwindelei auch immer einen Moment zu lang Pause gemacht und kurz in die Ferne gestarrt, so als würde sie da die Lösung für ihr Dilemma finden.«

»Das war keine Lüge. Es war lediglich die Feststellung, dass ich noch nicht so weit bin, meine Ergebnisse zu teilen. Denn noch ist gar nichts klar!«, beharrte Paul und fühlte sich ertappt. Und seltsamerweise auch seiner Mutter ganz nah. Duncan hatte noch nie gesagt, dass er ihn an Caro erinnerte.

Marlin hob beschwichtigend die Hände. »Ich werde dich zu nichts drängen. Von mir aus kannst du noch Jahre weiterrecherchieren. Ich genieße es einfach, dich in der Nähe zu haben und dich besser kennenzulernen.«

»Hm.«

»Wie kommt es eigentlich, dass du keine Musik machst?«, wechselte Marlin abrupt das Thema. Offenbar ging es jetzt tatsächlich darum, sich besser kennenzulernen.

»Keine Ahnung. Ich nehme an, weil es zu Hause kein Thema war. Ich mag Musik, und ich singe gerne, aber ich hatte nie das Bedürfnis, mich durch Musik auszudrücken«, behauptete er. Doch ganz wahr war das nicht. Musik spielte in seinem Leben eine viel größere Rolle, als er es vor sich selbst zugeben wollte. Sie konnte ihn trösten, ihn beruhigen, ihn aufputschen und ihm gute Laune machen. Und er liebte es, Ivy kleine Lieder vorzusingen, die er irgendwo aufgeschnappt hatte. Selbst in Ainslees Nähe hatte er gelegentlich schon ein bisschen vor sich hin gesungen.

»Erstaunlich, wie Genetik funktioniert. Ich hätte gedacht, dass dir doppeltes musikalisches Talent in die Wiege gelegt worden sein müsste.« Marlin warf ihm einen prüfenden Seitenblick zu. »Außerdem hast du schon wieder geschwindelt. Ich glaube, Musik bedeutet dir eine Menge.«

»Und wenn schon.« Paul seufzte. »Es ist maximal ein Hobby. Mein Geld verdiene ich bekanntlich mit anderen Dingen, was vermutlich auch gesünder ist, denn so ein Doppelleben, wie du und meine Mutter es geführt habt, wäre nichts für mich.«

»Es war über weite Strecken ein ganz großer Spaß, und ich bereue nichts davon. Aber ja, als dauerhaften Lebensentwurf kann ich es nicht empfehlen.«

»Du bereust wirklich gar nichts davon?«

»Nicht die Musik. Nicht die Zusammenarbeit mit Caro. Nicht die Liebe zu ihr. Wie könnte ich das bereuen? Aber ich gebe zu, dass gewisse Dinge anders hätten laufen können. Vielleicht sogar hätten laufen müssen. Aber ich kann die Vergangenheit nicht mehr ändern, ich kann nur darauf achten, das Beste aus der Gegenwart zu machen und die Weichen für die Zukunft zu stellen.«

Paul war sich nicht sicher, ob er Marlin diese Abgeklärtheit tatsächlich abnehmen konnte. Falls sie authentisch war, war es beneidenswert. Diese Selbstsicherheit wünschte er sich auch für sich. Vielleicht nicht als die ausgeprägte Arroganz, die sein Vater durchaus gerne an den Tag legte, aber in einer gesunden Form. »Beneidenswert«, sagte er daher ganz aufrichtig.

»Bereust du denn viel in deinem Leben?« Marlin sah ihn mit einem überraschten, beinahe besorgten Blick an.

»Nein. Was aber vermutlich vor allem daran liegt, dass ich noch nichts wirklich Großes erlebt oder getan habe. Ich habe mir einen Beruf ausgesucht, der auf viele Menschen geradezu reaktionär wirkt, und ich war auch sonst nicht besonders risikofreudig.« Es schmerzte ihn selbst, diese Wahrheit auszusprechen und sich ausgerechnet vor dieser omnipräsenten Vaterfigur so nackig zu machen, doch andererseits tat es auch gut, ehrlich zu sein.

»An deinem Beruf ist nichts reaktionär! Es ist wichtig, dass wir uns mit unserer Vergangenheit auseinandersetzen. Individuell wie global gesehen. Denn auch wenn wir die Ereignisse nicht mehr ändern können, Denkanstöße geben sie allemal. Und wenn wir aus Fehlern lernen, dann ist das doch viel wert. Außerdem ist Risiko nicht alles im Leben. Gegen Stabilität und Sicherheit ist nicht das Geringste einzuwenden.«

»Aber Isla, Shona und Lennox sind doch alle voll auf Risiko gegangen«, wandte Paul ein, der eine Mischung aus Bewunderung und Neid für die Leistungen seiner Geschwister empfand.

»Alex nicht. Auch mein Bruder Rupert und Heather nicht. Die haben andere Wege gewählt, und würdest du sagen, sie sind langweilig?«

»Natürlich nicht. Langweilig ist in dieser Familie wohl niemand.«

»Ganz genau. Du auch nicht. Und ich wette, dass es deine Ruhe und Besonnenheit sind, die Ainslee an dir so anziehend findet. Sie schätzt deine Zuverlässigkeit, deine Ehrlichkeit – ich glaube nicht, dass sie sich auf einen Spielertyp einlassen würde.«

»Vielleicht«, gab Paul zu. Aber der Punkt mit der Ehrlichkeit machte ihm ein wenig zu schaffen. War es schon unehrlich, der Frau, die er liebte, Informationen vorzuenthalten, die ihr Leben verändern könnten? Nicht, solange sie noch nicht bestätigt waren, beschloss er und schob das aufkeimende Unbehagen weg. In der Ferne kam die Küstenlinie von Lewis ins Blickfeld. Jetzt musste er sich ohnehin auf andere Dinge konzentrieren.

MÜTTER-ERSCHÜTTERUNG

VERDAMMT, WAR DAS HAUS RUHIG, dachte Ainslee und tigerte ruhelos von der Küche durchs Wohnzimmer in den Garten und wieder zurück. Jules hatte sich das Elend eine Weile angesehen und seine Herrin treu begleitet, doch irgendwann hatte er sich auf dem Gras in die Sonne gelegt und war eingeschlafen. Beneidenswert.

Ainslee hatte keine Ahnung, warum sie nervös war und sich nicht entspannen konnte, dabei waren die Bedingungen geradezu ideal. Paul war mit Marlin auf Lewis – sie hatte eine kurze, aber liebevolle Sprachnachricht auf ihrem Handy vorgefunden, als sie heute Morgen vollkommen gerädert aufgewacht war. Nach zehn Stunden Schlaf – das war doch nicht normal, oder? Jedenfalls hatte Paul ihr kurz vom Vorabend berichtet, von den alkoholgeschwängerten Berichten seines Vaters und von seinen ambivalenten Gefühlen, was den Besuch auf seiner Heimatinsel betraf. Kristie war gestern Abend mit Yeshi zu einem Wochenende auf der Isle of Skye aufgebrochen, wo ihre Tanzmentorin einen Workshop gab. Anna, Lennox und auch sonst das halbe Dorf verbrachten das Wochenende zwei Orte weiter beim berühmten Belladrum-Tartan-Heart-Musikfestival, und Harriet war mit Collum unterwegs zu dessen Schwester in Edinburgh. Es war also niemand von ihren engeren Freunden greifbar, und das fühlte sich erstaunlich blöd an.

Beinahe musste sie über diese Erkenntnis lachen, denn früher hatte es ihr nicht das Geringste ausgemacht, allein zu sein. Ganz im Gegenteil, manchmal hatte sie sich freie Wochenenden, an denen sie mit keiner Menschenseele reden musste, geradezu herbeigesehnt. Doch diese Zeiten waren offensichtlich vorbei. Das Leben in Kirkby hatte sie verändert. Sie genoss es, durch das kleine Dorf zu laufen und mit den Menschen zu sprechen. Meist traf sie jemanden, der in den letzten Monaten zur Freundin oder wenigstens zum guten Bekannten geworden war. Die Plaudereien waren oft genug rein oberflächlich, aber trotzdem hatte sie das Gefühl, gesehen zu werden und angekommen zu sein.

Nur heute nicht. Sie war am Vormittag auf dem Wochenmarkt gewesen – normalerweise immer ein Highlight der Woche. Doch im Trubel der vielen Touristen, die begeistert und entzückt von dem pittoresken Dörfchen und dem schnuckeligen Markt gewesen waren, hatte sie kaum bekannte Gesichter entdeckt, niemanden, mit dem sie hätte reden wollen. Dabei wusste sie nicht einmal recht, worüber. Ratlos starrte sie nun ihr Handy an. Paul und Marlin mussten vor ungefähr zwei Stunden auf Lewis angekommen sein, aber sie hatte seit der Nachricht von heute früh nichts mehr von Paul gehört. Vermutlich war er mit seiner Familie beschäftigt. Oder gerade mit Marlin auf dem Friedhof am Grab seiner Mutter. Oder die Fähre war gesunken? Hätte sie davon schon etwas gehört? Gerade war sie dabei, im Internet nach aktuellen Schiffsunglücken zu suchen, als ihr auffiel, dass sie sich völlig paranoid verhielt.

Paul hatte in seiner Sprachnachricht ganz klar gesagt, dass er sie am Abend anrufen würde. Außerdem hatte er ihr auf ihre »Viel Glück!«-Nachricht hin noch ein Herzchen zurückgeschickt. Er war also ganz sicher nicht ertrunken, sondern schlicht beschäftigt. Mit wichtigeren Themen als ihr. »Reiß dich zusammen!«, schimpfte sie leise mit sich selbst. Diese Unsicherheit hatte sie doch längst hinter sich gelassen – hatte sie sich jedenfalls eingebildet.

Kurz entschlossen wählte sie die Nummer ihrer Mutter, die sich nach dem dritten Klingeln höchst alarmiert meldete.

»Ist irgendwas passiert, Schatz?«

»Was soll denn passiert sein, Mum? Ich wollte einfach nur mit dir reden. Passt es dir gerade nicht?«

»Es ist Samstag.«

»Ich weiß.« Ainslee verstand nicht ganz, worauf ihre Mutter hinauswollte.

»Wir telefonieren immer sonntags«, entgegnete Gwendolyn Ferguson, als erklärte das ihr seltsames Verhalten. »Da muss ich doch davon ausgehen, dass etwas los ist.«

»Wir telefonieren nicht immer nur sonntags, sondern auch an anderen Tagen«, behauptete Ainslee, auch wenn sie sich gerade an kein konkretes Beispiel in der letzten Zeit erinnern konnte.

»Ja, wenn eine von uns an einem anderen Wochentag Geburtstag hat«, konterte Gwen und atmete tief aus. Wenigstens schien ihr klar geworden zu sein, dass keine Gefahr drohte.

»Wie auch immer. Ich wollte eigentlich nur hören, wie es dir geht und was du so machst.«

»Mir geht es gut, und ich mache das, was ich an Samstagen immer mache. Ich habe meinen Wocheneinkauf erledigt und bin jetzt dabei, die Wohnung zu putzen.«

»Aha.« Es war eine wirklich blöde Idee gewesen, ihre Mutter anzurufen, dachte Ainslee. Sie hatten inzwischen ein einigermaßen solides Verhältnis zueinander, was längst nicht immer so gewesen war und vor allem daran lag, dass sie sich selten sahen und in der Regel nur einmal pro Woche telefonierten. Sie erzählten sich dann meistens, was sie unter der Woche alles erlebt hatten, und nach wenigen Minuten war das Gespräch auch schon wieder vorbei. Welcher Teufel sie geritten hatte, außer der Reihe bereits heute anzurufen, konnte sie nicht sagen. Und auch sonst fiel ihr nichts ein, womit sie das Gespräch in Gang halten konnte.

»Ist irgendwas los mit dir, Little Red?« Gwendolyns Stimme war ganz sanft geworden, und die Tatsache, dass sie den alten Spitznamen »Little Red«, die Abkürzung für »Little Red Riding Hood«, also Rotkäppchen, benutzte, bewies, dass sie sich sorgte.

»Ich bin schon lange nicht mehr klein«, wich Ainslee aus.

»Ist irgendwas mit deinem neuen Freund?«, kam Mum jedoch zielstrebig zum Punkt. Das war typisch, denn in Gwendolyn Fergusons Leben war jede Form von Drama – eine epische Tragödie oder auch nur ein kleines Unbehagen – auf einen Mann zurückzuführen.

»Nein, mit Paul ist alles in Ordnung. Der ist dieses Wochenende mit seinem leiblichen Vater auf Lewis, um mit ihm das Grab seiner Mutter zu besuchen. Du weißt ja, dass Marlin früher …«

»Ich weiß, ich weiß«, unterbrach ihre Mutter. »Wolltest du nicht mitfahren, oder wollte er dich nicht dabeihaben?«

»Irgendwie eine Mischung aus beidem«, gab Ainslee zu und wunderte sich nur milde über den mütterlichen Scharfsinn. Jahrzehnte voller schlechter Erfahrungen mit Männern gaben einem wohl einen siebten Sinn für diese Spezies Mensch.

»Ach, Süße«, seufzte ihre Mutter. »Wir haben einfach Pech mit den Kerlen. Offenbar habe ich dir den Familienfluch vererbt.«

»So ein Quatsch!«, wehrte Ainslee empört ab. Auf diese Leier hatte sie überhaupt keine Lust. Seit Jahren redete sich ihre Mutter ein, sie wäre von einem Fluch befallen und hätte deshalb kein Glück mit Männern, statt sich mit den eigentlichen Gründen auseinanderzusetzen. Ihr geringes Selbstbewusstsein und ihr fast fehlendes Selbstwertgefühl machten sie zum idealen Opfer für nichtsnutzige Typen und toxische Arschlöcher. Paul jedoch war weder nichtsnutzig noch toxisch.

»Findest du es nicht merkwürdig, dass er lieber mit seinem Vater das Wochenende verbringt als mit dir?«

»Keine Ahnung. Ich hätte mir als Kind schon gewünscht, dass du lieber Zeit mit mir als mit einem deiner aktuellen Schwachköpfe verbringen würdest – und dieser Besuch ist für Marlin und Paul extrem symbolhaft, da würde ich nur stören«, ging Ainslee in die Defensive. Womöglich konnte man tatsächlich von einem Fluch sprechen, denn angesichts von Gwendolyns schlechtem Beispiel hatte Ainslee nie ein gesundes Beziehungsvorbild gehabt und konnte schlicht nicht beurteilen, was normal war und was nicht.

»Aber das kannst du doch nicht vergleichen«, behauptete Gwen. »Wenn man verliebt ist, ist alles andere unwichtig. Ganz besonders die Eltern. Die Mutter ist schon so lange tot, die wird sich nicht mehr wegbewegen. Warum musste dieser Trip also ausgerechnet jetzt sein?«

Das war eine gute Frage, aber trotzdem sträubte sich alles in Ainslee gegen die absurde Argumentation ihrer Mutter. »Ich bin überzeugt davon, dass es für

Paul und Marlin sehr wichtig ist, sich besser kennenzulernen. Vielleicht findet Paul dabei ein Stück seiner Identität, die er sucht. Dadurch wird er sicher auch zu einem verlässlicheren Partner werden.«

»Das ist doch alles Psycho-Humbug!«, ereiferte sich ihre Mutter. »Wenn man frisch verliebt ist, dann ist dieses Gefühl so überwältigend, dass alles andere unwichtig wird.«

»Ich weiß. Im Zweifel auch das eigene Kind«, platzte es aus Ainslee hervor, ehe sie sich bremsen konnte. »Ich finde es wirklich gut, dass Paul so reflektiert ist und sich mit sich und seiner Seele beschäftigt, statt sich nur von seinen Gefühlen mitreißen zu lassen.« Davon war ein Teil von ihr zutiefst überzeugt. Ein großer, wichtiger Teil. Doch ein anderer, der immer noch stark von ihrer Mutter geprägt war, sah das anders. Dieser Teil war eifersüchtig und ängstlich. Und gekränkt und einsam. Und dieser Teil sollte gefälligst seine Klappe halten. Idealerweise für immer, denn er hatte nichts zu melden. Gar nichts!

»Wenn du das sagst …«, kam es gedehnt vom anderen Ende der Leitung.

»Man muss seine eigenen Baustellen saniert haben, ehe man eine gesunde Beziehung führen kann«, wiederholte Ainslee einen Satz, den sie in Varianten in unzähligen Büchern gelesen und in fast ebenso vielen Selbsthilfe-Podcasts gehört hatte.

»Das hilft auch nichts, wenn man von einem Fluch belegt ist«, beharrte Gwen jedoch störrisch, und Ainslee wurde – wie schon so oft zuvor – klar, dass eine Diskussion absolut überflüssig war. Ihre Mutter wollte sich als Opfer betrachten und sich nicht mit ihren eigenen Problemen auseinandersetzen. Das musste sie wohl oder übel akzeptieren.

»Wann kommst du eigentlich mal nach Kirkby?«, wechselte sie also das Thema. »Ich lebe jetzt schon ein halbes Jahr hier, und du hast mich noch kein einziges Mal besucht.«

»Du weißt doch, ich hab's nicht so mit Kleinstadtmief.«

»Es ist ein Dorf! Und hier mieft überhaupt nichts. Ich fühle mich in Kirkby zum ersten Mal in meinem Leben so richtig angekommen. Ich habe Freunde gefunden, da ist mein Unternehmen – das würde ich dir alles gerne zeigen.«

»Ich werde schon mal vorbeischauen, versprochen«, behauptete Gwendolyn ausweichend. »Aber du könntest mich auch mal wieder besuchen. Wenn dein Freund es schon wichtig findet, seine tote Mutter zu besuchen, könntest du dich ja wenigstens bei deiner lebenden blicken lassen.«

»Vor den Highland Games in vier Wochen werde ich das kaum schaffen, wir haben so viel zu tun. Aber danach ganz bestimmt.« Ainslee unterdrückte mit Mühe ein Seufzen. Ihr Schuldgefühle zu machen, darin war ihre Mutter ganz großartig. Und es schien ihr auch keinen Schmerz zu bereiten, dass sie wenige Sätze vorher Pauls Besuch am Grab seiner Mutter als komplett unsinnig bezeichnet hatte. Doch an solchen offensichtlichen Widersprüchen störte sich Gwendolyn nicht.

»Habt ihr eigentlich schon über Kinder gesprochen?«, traf Mum nun den nächsten wunden Punkt.

»Haben wir«, entgegnete Ainslee kühl. »Wir wollen beide keine. Ende der Diskussion.«

»Wenn du erst mal über vierzig bist, wirst du diese Entscheidung bereuen, das prophezeie ich dir.« Diesen Sermon hatte Ainslee auch schon etliche Male gehört und hatte nicht die geringste Lust auf eine weitere Wiederholung. Doch diesmal war sie über das Wörtchen »prophezeien« gestolpert. Madame Apollonia hatte ihr zahlreichen Nachwuchs vorausgesagt – absurderweise.

»Es dauert noch ein bisschen, bis die Vierzig droht, und ich bin mir sicher, dass sich an meiner Einstellung auch dann nichts geändert haben wird. Mal abgesehen davon, dass es mit meiner Endometriose auch gar nicht so einfach wäre, überhaupt schwanger zu werden.«

»Ich hab neulich gelesen, dass Endometriose psychisch ist. Vielleicht solltest du mal an deiner Einstellung arbeiten«, schlug Gwen vor und ließ es wie einen wohlmeinenden Rat klingen, doch das Gift der Widersprüche und der Ignoranz sickerte tief in Ainslee ein.

»Und vielleicht solltest du besser mal deine Quellen checken«, entgegnete sie mit dem letzten Rest

Selbstbeherrschung, den sie noch aufbringen konnte. Es war wirklich eine absolut idiotische Idee gewesen, ihre Mutter anzurufen.

»Jetzt sei nicht so empfindlich, Schatz, ich will doch nur, dass es dir gut geht und du keine Entscheidungen triffst, die du später im Alter bereuen wirst.«

»Danke, Mum, ich denk darüber nach. Mach's gut«, presste sie zähneknirschend hervor und beendete dann das Gespräch.

Sie ärgerte sich über die Ignoranz ihrer Mutter und deren ewige Suche nach simplen Erklärungen und Lösungen. Und nach dem Prinzen, der all das Elend einfach vertrieb. Wenn es bloß so simpel wäre!

• • •

Paul konnte sich nicht erinnern, dass er jemals um seine Mutter geweint hatte, doch offensichtlich gab es für alles ein erstes Mal. Und es fühlte sich erstaunlich befreiend an.

Duncan und Maura hatten Marlin, Ivy und ihn am Fährhafen abgeholt und sie mit kleinen Umwegen über die Insel kutschiert, bis sie schließlich bei ihrem Haus angekommen waren. Dem Haus, in dem Paul seine Kindheit verbracht hatte – unbeschwert und fröhlich bis zu dem Zeitpunkt, als er die Tagebücher seiner Mutter entdeckt und gelesen hatte.

Er war ein wenig nervös gewesen beim Gedanken daran, wie Marlin und Duncan wohl miteinander umgehen würden, aber beide Vaterfiguren hatten ihn überrascht. Als Marlin nach der Begrüßung zu einer Erklärung hatte ansetzen wollen, hatte ihn Duncan unterbrochen: »Ich glaube, uns trennen weniger Dinge, als wir gemeinsam haben – die Liebe zu Carolyn und Paul. Für mich war er immer genauso mein Sohn wie Oliver. Daran hat sich nichts geändert. Und dass er nun noch einen weiteren Vater hat, wird meine Gefühle auch nicht schmälern. Im Gegenteil, ich freue mich, dass er jetzt vielleicht besser verstehen kann, wer er ist.«

Marlin war sichtlich gerührt gewesen ob der Großzügigkeit des anderen Mannes, und Paul hatten die Worte seines Dads – Duncan würde für immer sein Dad bleiben – eine erstaunliche Sicherheit gegeben. Bei der Erkenntnis, dass er auf Lewis immer ein Zuhause haben würde, dass es aber gleichzeitig vollkommen in Ordnung war, seine Identität auch in Kirkby bei Marlin und dessen Familie zu suchen, war ihm ein großer Stein vom Herzen gefallen, von dessen Existenz er nicht einmal etwas geahnt hatte. Allein für diesen kurzen, aber so besonderen Moment hatte sich die Reise schon gelohnt, und er war sicher, dass Ainslee sich für ihn freuen würde, sobald er ihr davon erzählen konnte.

Marlin hatte die Fahrt über die Insel sichtlich genossen und mehr als einmal berichtet, wie Carolyn von ihren Besonderheiten geschwärmt hatte. »Es ist schön, diese Dinge endlich mal mit eigenen Augen zu sehen.«

Nach dem Mittagessen war Duncan verschwunden, nur um kurz darauf mit einem alten, abgenutzten Gitarrenkoffer wieder aufzutauchen, den Paul noch nie zu Gesicht bekommen hatte. Marlin jedoch sehr wohl. »Auf dieser Gitarre hat Caro gespielt, als ich sie 1981 beim Fringe-Festival in Edinburgh kennengelernt habe! Und auf dieser Gitarre haben wir unsere ersten gemeinsamen Songs komponiert.« Seine Stimme war bei diesen Worten ganz dick und rau geworden, und er hatte sich mehrmals räuspern müssen.

»Es ist das einzige Instrument, das von ihr geblieben ist. Ihre anderen sind ja bei dem Flugzeugabsturz zerstört worden«, hatte Duncan geantwortet und mit einem Seitenblick auf Pauls fragende Miene hinzugefügt: »Sie lag die ganze Zeit auf dem Speicher. Caro hatte sie wohl Jahre vor ihrem Tod dorthin gebracht. Ich habe sie dir und Oliver nicht absichtlich vorenthalten, sondern hatte sie völlig vergessen. Als du gestern euren Besuch angekündigt hast, hat Maura gefragt, ob es nicht irgendwo noch Sachen von Caro gäbe – und deshalb bin ich auf den Speicher geklettert.«

Marlin hatte das Instrument aus seiner Hülle gezogen und fast liebevoll über den Holzkorpus der simplen Akustik-Gitarre gestrichen, auf dem einige abgenutzte Sticker klebten. Dann hatte er sie vorsichtig gestimmt und einige Akkorde angeschlagen. »Ich würde jetzt gerne auf den Friedhof gehen und sie besuchen.«

Duncan und Maura hatten diskret angekündigt, mit Ivy eine große Runde zu laufen, damit Marlin und Paul diesen besonderen Moment zu zweit erleben konnten. Auf dem kurzen Weg hatten sie nicht miteinander gesprochen, und Paul nahm an, dass sehr viel in Marlin vorgegangen war. Er konnte sich kaum ausmalen, welche Gefühle in ihm brodeln mussten, doch seinem Gesichtsausdruck nach zu urteilen, waren es sehr intensive.

Der Grabstein war schlicht, genau wie die Aufschrift. Neben Geburts- und Sterbejahr stand lediglich »Carolyn Margaret Starling – geliebte Ehefrau und Mutter« darauf. Paul hatte mit diesem Ort nie wirklich etwas verbunden. Natürlich war er oft hier gewesen und hatte pflichtbewusst zusammen mit Oliver an Mums Geburtstagen, zu Weihnachten und Ostern Blumen abgelegt und Kerzen angezündet. Es war ein schönes Ritual gewesen, aber ohne viel Bedeutung für ihn, obwohl Dad bei diesen Gelegenheiten immer auch Geschichten von ihr erzählt hatte. Zurück im Haus, hatten sie dann in Fotoalben geblättert und ihr Lieblingsessen – Cullen Skink – gekocht. Für Paul hatte sich das immer eher nach einer Märchenstunde angefühlt als nach einem realen Teil seines Lebens, mit Caro Starling als wundersamer Fee aus einer anderen Welt. Bis er ihre Tagebücher gelesen hatte und sein ganzes Selbstverständnis von einem Tag auf den anderen zusammengebrochen war.

Doch nun versuchte er, das Grab mit Marlins Augen zu sehen. Was für Gedanken gingen ihm wohl durch den Kopf?

»Ich weiß nicht, ob du hier bist, aber ich hoffe, du weißt, wie viel du mir immer bedeutet hast – und noch bedeutest«, fing Marlin leise an, und Paul fühlte sich fast wie ein Eindringling. »Es tut mir so leid, dass unsere letzte Begegnung im Streit geendet hat. Wir wollten unterschiedliche Dinge, aber bitte glaub mir, dass ich *das* ganz sicher nicht wollte«, sprach er mit brüchiger Stimme weiter. »Hoffentlich weißt du, zu welch prächtigen Männern deine Söhne geworden sind, und ich kann dir gar nicht sagen, was für ein großes Glück es für mich ist, dass Paul auch mein Sohn ist. Zugegeben, im ersten Moment war es ein riesiger Schock, aber jetzt ist es mir nur noch eine Freude. Er hat mich heute hierhergebracht, kannst du dir das vorstellen? Deinetwegen bin ich auf die Fähre gestiegen und habe mein Frühstück dem Meeresgott geopfert.« Er lachte. »Ich kann buchstäblich hören, wie sehr dich das amüsiert. Und vielleicht hast du ja auch daran Freude.« Er holte die Gitarre aus dem Koffer, den er mit auf den Friedhof gebracht hatte, hängte sie sich um und strich einmal über die Saiten. »Singst du mit mir?«, fragte er Paul und spielte die ersten Akkorde von *Memory Lane*.

Paul hatte das Gefühl, keinen Ton herausbringen zu können, doch nach den ersten Takten stimmte er mit ein. Marlins Stimme trug ihn mit sich, und gemeinsam brachten sie den Song, einen der größten Hits von Starlight Lin, zu Ende. In diesem Moment öffneten sich bei Paul die Schleusen, und all die nicht vergossenen Tränen bahnten sich ihren Weg. Er weinte um seine Mutter und womöglich auch um sich selbst und seine Identität. Es ließ sich nicht verhindern – und er wollte es auch nicht, denn erstaunlicherweise fühlte es sich sehr erleichternd an.

Marlin legte ihm eine Hand auf die Schulter, sagte jedoch nichts. Vermutlich war er mit seinen eigenen Gefühlen beschäftigt. »Deine Mutter hat den Text zu diesem Song geschrieben, da war sie höchstens Mitte zwanzig«, erklärte er nach langen Minuten des Schweigens. »Es hat mich immer umgehauen, wie gut sie mit Worten umgehen konnte, doch jetzt, so viele Jahrzehnte später, kommt mir das noch viel erstaunlicher vor. Woher hatte ein so junger Mensch, der auf dieser abgelegenen, einsamen Insel aufgewachsen war und noch nicht viel vom Leben und von der Welt gesehen hatte, ein solches Verständnis?«

Paul hatte noch nie darüber nachgedacht, allerdings war *Memory Lane* schon immer eins seiner Lieblingslieder gewesen, weil die Zeilen so viel in ihm zum Klingen brachten. Er wischte sich die Tränen von den Wangen und schnäuzte sich. »Vielleicht war Mum eine dieser berühmten alten Seelen, die nicht auf ihre aktuelle Lebensrealität, sondern auch auf tiefe Einsichten aus früheren Leben zurückgreifen können?«

Es war ihm egal, ob das seltsam klang, er war sich sicher, dass Marlin ihn richtig verstehen würde.

»Das kann gut sein. Caro war immer Lebensfreude pur, sie steckte voller Abenteuerlust und verrückter Ideen, aber sie hatte auch diese andere Seite. Nachdenklich, manchmal in sich gekehrt und voller Weisheit, die ich damals noch gar nicht erkennen konnte.«

»Ich glaube, dass mich *Memory Lane* dazu gebracht hat, Historiker zu werden. Der Song sagt doch ganz deutlich, wie wichtig es ist, Erinnerungen zu pflegen, nicht nur die eigenen, sondern auch solche, die viel älter sind als wir.«

Marlin sah ihn überrascht an. »Das ist eine Botschaft, die ich aus unserem Lied niemals herausgehört hätte, aber die Interpretation gefällt mir. Sehr sogar. Und ich wette, dass deine Mutter absolut entzückt wäre. Wenn ich darüber nachdenke, hat sie es vielleicht genau so gemeint, und ich habe es bis heute nur nicht begriffen.« Er lachte leise auf. »Ich glaube, dass sehr viel von Caros Weisheit auch in dir steckt. Sie hat mir immer vorgeworfen, ich würde mich zu sehr auf die Zukunft konzentrieren und darüber die Vergangenheit vergessen. Sie konnte das nicht – oder wollte es nicht. ›Schnee von gestern‹ war für sie jedenfalls kein gutes Konzept.«

»Das kann ich nicht beurteilen, aber es würde mich sehr freuen. Die Vergangenheit ist wichtig – für uns alle. Große Ereignisse haben sich in unsere kollektive DNA eingebrannt, wir können uns dem gar nicht entziehen, selbst wenn wir es wollen. Leider versuchen es viele Menschen immer wieder, dabei können wir so viel von unseren Vorfahren lernen.«

»Das stimmt wahrscheinlich«, gab Marlin nach einer sehr langen Pause zu. »Es ist nur nicht so einfach, das anzuerkennen, wenn man wie ich mehr als sein halbes Leben mit dem Verleugnen der eigenen Vergangenheit verbracht hat.« Er lachte ein kleines, bitteres Lachen. »Das war ganz sicher nicht gesund.«

»Aber andererseits ist es auch nie zu spät dafür, sich zu öffnen. Und zwar in beiden Richtungen – nach vorne in die Zukunft und nach hinten in die Vergangenheit. Weißt du, mir haben schon häufig Menschen vorgeworfen, dass ich ein Nerd sei, ein Bücherwurm, der sich nur mit der Vergangenheit beschäftigt und dabei die Gegenwart und die Zukunft aus den Augen verliert. Ich empfinde das überhaupt nicht so. Im Gegenteil, mir gibt die Beschäftigung mit unserer Geschichte eine Sicherheit und ein Gefühl für unsere Gesellschaft, die ich sonst nicht hätte. Und auf dieser Basis kann man die Zukunft doch ganz anders gestalten, denke ich.«

»Womöglich hast du recht.« Marlin klopfte ihm mit einer Hand auf die Schulter. »Allein wenn ich sehe, was der Song mit dir gemacht hat. Das ist ja ein ganz praktisches Beispiel dafür, wie ein Ereignis aus der Vergangenheit die Zukunft beeinflusst.« Er lächelte. »Wenn man es so betrachtet, fühlt es sich gar nicht mehr so …« Er suchte nach dem richtigen Wort.

»So langweilig an?«, schlug Paul vor und lachte, als er Marlins betretenen Gesichtsausdruck bemerkte. »Keine Sorge, ich weiß, dass die meisten Menschen die Beschäftigung mit der Vergangenheit langweilig finden. Aber ich bin ja kein alter Mann, der alles von früher glorifiziert und sein Umfeld damit nervt, wie viel besser es damals doch war. Ich bin Wissenschaftler und befasse mich neutral mit den Ereignissen, um sie nüchtern und sachlich einzuordnen. Und dabei mache ich eher häufiger als seltener sehr spannende und aufregende Entdeckungen.«

»Ich kann dir in fast allen Punkten folgen, nur in einem nicht: Du bist ein Mensch und kein Roboter. Und Menschen können meiner Meinung nach nicht neutral sein – das liegt nicht in unserer Natur. Wir betrachten die Dinge immer aus einem individuellen Blickwinkel, der von den unterschiedlichsten Faktoren beeinflusst wird. Egal, wie sehr man sich darum bemüht, diese Einflüsse zu minimieren, man wird es nie schaffen. Weil man oft genug gar nicht weiß, dass sie da sind. Deswegen gibt es ja auch so viele unterschiedliche Interpretationen von historischen Ereignissen. Und von aktuellen, wo wir schon dabei sind. Ein Fußballspiel wirkt vollkommen anders, je nachdem, ob man Anhänger des einen Teams oder des anderen ist oder nur Beobachter.«

»Aber gerade Beobachter und Kommentatoren haben doch nur den einen Job, nämlich so neutral wie möglich das Spiel zu beschreiben«, entgegnete Paul.

»Mir ist schon klar, dass es totale Neutralität niemals geben kann – das gelingt nicht einmal der Schweiz.« Warum dachte er jetzt so besonders intensiv an Ainslee? Die ja auch nicht an Neutralität glauben konnte – oder wollte. »Man kann sich aber bemühen, die Dinge möglichst sachlich zu betrachten.«

»Sachliche Kommentatoren wären der Tod jedes Fußballspiels.« Marlin wollte sich nicht überzeugen lassen. »Und ich schätze, das gilt für restlos alle Lebensbereiche. Wir bilden uns so viel auf unsere Fähigkeit ein, uns unsere eigene Meinung zu bilden. Aber können wir das wirklich? Sind das nicht vielmehr erlernte oder oft sogar traditionelle Sichtweisen und Konzepte? Deswegen hat die Gesellschaft doch immer noch so große Probleme, Dinge wie Alltagsrassismus oder Frauenfeindlichkeit überhaupt anzuerkennen, ganz zu schweigen davon, sie zu bekämpfen.«

Paul war fasziniert von der Wendung, die dieses Gespräch genommen hatte. »Das ist absolut richtig. Aber es liegt meiner Meinung nach nicht nur daran, dass wir tradierte Sichtweisen einfach so übernehmen, sondern daran, dass wir zu bequem sind, um sie zu hinterfragen und historisch einzuordnen. Darum ist es eben nicht egal, was früher passiert ist und wie es dazu gekommen ist. Wir müssen uns immer noch damit auseinandersetzen, um ein klareres Bild zu kriegen. Wie ich schon sagte: nicht nur offen für die Zukunft sein, sondern auch für die Vergangenheit.«

Marlin sah ihn aufmerksam und mit einer Mischung aus Stolz und Bewunderung im Blick an. »Und wie *ich* schon sagte: Du hast die Weisheit deiner Mutter geerbt!«

Der restliche Nachmittag verlief dann jedoch erheblich weniger sentimental und tiefgründig, genau genommen ausgesprochen fröhlich. Von Marlin schien eine Last abgefallen zu sein, genauso wie von Paul, und es war eine Wohltat, sich so ausgelassen zu fühlen.

»Diesen Ausflug hast du wirklich dringend gebraucht, was?«, stellte Oliver ausgesprochen scharfsinnig fest. Er war vorhin mit Felix, der kleinen Emily und, zu Ivys Begeisterung, mit zweien seiner Hunde in ihr Elternhaus gekommen, wo sie zum Abendessen bleiben wollten.

»Ich glaube auch«, gab Paul zu und sah versonnen auf das Baby, das friedlich in seinem Arm schlummerte. Oliver hatte ihm die Kleine vorhin regelrecht aufgedrängt, und nach dem ersten Schock musste er insgeheim zugeben, dass er seine Onkelzeit genoss. Zumindest solange Emily schlief, fühlte es sich gar nicht so schlecht an. »Und ich hatte keine Ahnung, *wie* dringend ich ihn gebraucht habe. Marlin übrigens auch«, fügte er mit einem Seitenblick auf seinen Vater hinzu, der sich angeregt mit Duncan, Maura und Felix unterhielt. Fast wirkte es so, als würden sie sich schon ewig kennen. Womöglich lag das an dem unsichtbaren Band, das sie alle irgendwie miteinander verknüpfte?

»Ich bin jedenfalls froh, dass ihr hier seid. Ich habe ehrlich gesagt nicht damit gerechnet, dich so bald hier zu sehen. Genau genommen habe ich sogar mit Felix gewettet, dass du frühestens zu Weihnachten zu Besuch kommst. Aber so lernst du deine Nichte wenigstens jetzt schon kennen.«

»Ein absolutes Highlight!« Paul meinte das völlig aufrichtig, und Oliver schien es ihm glücklicherweise auch abzunehmen. »Ich freu mich wirklich sehr für euch drei. Und Onkel zu sein, ist ein Geschenk.«

»Da müsstest du doch schon Erfahrung haben.« Ollie schielte zu Marlin, dessen ältester Sohn Alex ja bereits zwei Kinder hatte.

»Das ist etwas anderes. Ich meine, ich gewöhne mich langsam an die Idee, dass ich mich nicht nur mit dir rumärgern muss, sondern einen weiteren großen Bruder und drei jüngere Geschwister habe, aber die fühlen sich eher wie Freunde an, nicht wie Verwandte. Und das gilt auch für die Kinder. Emily ist auch für mich etwas Besonderes.« Er streichelte mit dem Zeigefinger über die zarte Babywange und lächelte, als das kleine Mädchen im Schlaf die Lippen zu einem Schmollmund verzog. Dann hörte er ein leises Klicken und stellte fest, dass sein Bruder ihn soeben mit dem Handy fotografiert hatte. »Beweisfoto! Paul ist doch kein Kinderhasser.« Ollie grinste.

»Das habe ich auch nie behauptet. Ganz im Gegenteil, Kinder sind toll. Nur …« Er seufzte, sprach aber nicht weiter. Auf die Diskussion darüber, warum er für sich selbst keinen Nachwuchs wollte, hatte er gerade gar keine Lust.

»Vielleicht sollte ich dieses Bild Ainslee schicken?«, schlug Oliver mit einem leicht diabolischen Glitzern in den Augen vor.

»Vielleicht solltest du das lieber lassen!«, erwiderte Paul mit einem gespielten Knurren. Er war sich fast sicher, dass Oliver Ainslees Nummer nicht hatte. »Aber du kannst es mir schicken.«

»Mit dem größten Vergnügen.« Im nächsten Moment fühlte Paul das Vibrieren seines Telefons. Nicht zum ersten Mal heute. Ainslee hatte am Vormittag geschrieben und dann noch mal, während er mit Marlin auf dem Friedhof gewesen war. Kurze, liebevolle Nachrichten, in denen sie ihm eine gute Zeit wünschte. Sie hatte auf keine Reaktion gedrängt, weder offensichtlich noch indirekt, aber irgendwie hatte er den Eindruck, dass sie ihn brauchte. Oder war es eher umgekehrt? Dass er sie brauchte? Er hatte so viel zu erzählen, wollte ihr von allem berichten, was er heute schon erlebt hatte. Davon, was der gemeinsame Friedhofsbesuch mit Marlin in ihm ausgelöst hatte, wie erleichtert er sich nun fühlte. Aber er wollte das nicht in einem kurzen Telefonat tun, wollte sie nicht einfach so abfertigen. Daher hatte er sich bisher auch noch nicht wieder bei ihr gemeldet. Vielleicht wäre dafür nach dem Abendessen Zeit? Irgendwas hatte Oliver gerade gesagt, doch er hatte es nicht mitbekommen. »Entschuldige, was hast du gesagt?«

»Ich wollte wissen, warum du Ainslee nicht mitgenommen hast. Ich hätte sie echt gern wiedergesehen, genau wie Felix. Und Dad und Maura hätten sie auch gerne kennengelernt.«

»Ich weiß.« Wieder ein tiefer Seufzer. »Ich habe es ihr auch angeboten, aber sie war der Meinung, dass es wichtig wäre, dass ich diesen Trip mit Marlin allein durchziehe. Offen gestanden denke ich das auch.«

Oliver warf ihm einen mitleidigen Blick zu. »Ich kann jetzt nicht gerade aus einem reichen Erfahrungsschatz mit Frauen schöpfen, aber ich würde darauf wetten, dass sie das nur gesagt hat, weil du ihr schon die entsprechenden Vibes gesendet hast.«

»Welche Vibes bitte schön?« Paul runzelte die Stirn.

»Die ›Ich sag zwar A, meine aber B, also bitte entscheide dich für B‹-Vibes, die eine sensible Person wie Ainslee wahrnehmen muss.«

Oliver hatte ganz sicher recht mit dieser These, aber das wollte Paul jetzt nicht zugeben. »Sie meinte, dass sie sich auf ein ruhiges Wochenende mit viel Schlaf freut«, gab er daher zurück. »Der kam in letzter Zeit nämlich etwas zu kurz. Und Entspannung kann sie wirklich dringend brauchen, denn damit könnte es ziemlich bald vorbei sein.« Mist, das war ihm jetzt herausgerutscht.

»Inwiefern?« Oliver stürzte sich wie ein Bluthund auf diesen Köder. Paul starrte Hilfe suchend aus dem Fenster, er brauchte auf der Stelle eine gute Ausrede. »Ähm, am Montag ist in Kirkby ein großer

Pressetermin für die Highland Games. Der Bürgermeister hat uns verpflichtet, da im Kostüm aufzutreten und als Experten für Interviews zur Verfügung zu stehen.« Das war die Wahrheit und klang zumindest in seinen Ohren absolut einleuchtend. »Das wird verdammt anstrengend werden.«

»Zweifellos. Ich glaube dir trotzdem kein Wort.« Olivers Blick wurde bohrend.

»Ist aber so!« Paul fand selbst, dass er sich wie ein trotziges Kleinkind anhörte.

»Mag sein, aber es ist nicht die ganze Wahrheit. Spuck's aus, kleiner Bruder!«

»Da gibt es nichts auszuspucken, wirklich nicht«, zischte Paul leise. Das Letzte, was er jetzt noch brauchen konnte, wären neugierige Nachfragen von Marlin. »Es hat was mit meinen Recherchen zu tun, mit dem Grund, warum ich überhaupt in Kirkby bin.«

»Hast du etwa die wahren Besitzer von dem pompösen Schloss entdeckt?« Oliver hielt leider nichts von gesenkter Stimme, und schon blickten die anderen in ihre Richtung.

»Ich sag dazu nichts. Keine Silbe!«, presste Paul hervor und merkte, dass er rot anlief. Das war auch schon sehr lange nicht mehr vorgekommen. »Es ist außerdem kein Schloss, sondern ein Herrenhaus. Das ist ein Unterschied.«

Olivers Grinsen wurde breiter. »Dann lass mich mal spekulieren. Es gibt in meinen Augen zwei Möglichkeiten: Entweder hast du den wahren Besitzer gefunden, und der hat vor, das Schloss zu einem Disney-Vergnügungspark umzubauen, sodass Ainslee und ihre Kollegin ausziehen müssen.« Er musterte seinen Bruder, doch Paul presste die Lippen fest aufeinander. »Oder aber du hast herausgefunden, dass in Wirklichkeit Ainslee die Erbin ist – so absurd das auch klingen mag.«

Paul merkte, wie ihm all die Farbe, die sich eben noch so peinlich auf seinen Wangen verteilt hatte, schlagartig aus dem Gesicht wich. Wie kam sein Schafe züchtender Bruder bitte schön zu einer derart präzisen Schlussfolgerung?

»Ein Pokerspieler wird aus dir in diesem Leben auch nicht mehr«, befand Oliver mit einem Lachen. »Ehrlich, dir sieht man jede Lüge und jeden Bluffversuch sofort an. Und dein aschfahler Teint spricht ebenfalls eine eindeutige Sprache.«

»Wenn du meinst«, krächzte Paul und wusste gerade nicht, was er tun und was er denken sollte.

»Ich meine, dass ich mich für Option zwei entscheide. Das mit dem Disney-Schloss glaube ich nämlich nicht. Aber wenn Ainslee tatsächlich die rechtmäßige Schlossherrin ist, kommt wohl wirklich einiges auf sie zu.«

»Habe ich das gerade richtig verstanden?«, mischte sich prompt Marlin ins Gespräch ein und machte große Augen.

»Du hast gar nichts richtig verstanden, weil ich gar nichts gesagt habe!«, betonte Paul und funkelte Oliver wütend an. »Und ich werde auch nichts mehr dazu sagen. Es gibt nämlich nichts Konkretes dazu zu sagen. Und jetzt bitte Ende der Diskussion und Themenwechsel.«

HIOBSBOTSCHAFTEN

»ICH BIN SO FROH, dass du wieder hier bist«, sagte Ainslee und schmiegte sich an Paul. Er war vor anderthalb Stunden von seinem Trip nach Lewis zurückgekommen und direkt zu ihr gefahren. Sie hatte ihm noch einen kleinen Snack zubereitet und sich dann aufmerksam angehört, was er zu erzählen hatte. Als er von dem gemeinsamen Friedhofsbesuch mit Marlin berichtet hatte, war ihr eine Gänsehaut nach der anderen über den Rücken gerieselt. Es war wirklich schön, dass er sich zum ersten Mal in seinem Leben seiner Mutter so nahe gefühlt hatte – und was für ein Kontrast zu dem Telefonat, das sie selbst zeitgleich mit ihrer Mum geführt hatte. Doch davon hatte sie ihm nichts verraten, weil sie seine Stimmung nicht trüben wollte. Der Ausflug in seine Vergangenheit, zusammen mit seinem leiblichen Vater, war ein riesengroßer Meilenstein in Pauls Leben, das war sonnenklar. Das konnte und wollte sie ihm nicht kaputtmachen. Außerdem freute sie sich einfach wahnsinnig, dass er wieder bei ihr war und sie im Arm hielt. Sein regelmäßiger Herzschlag lullte sie regelrecht ein. Sie merkte, dass ihr wieder die Augen zufielen. Morgen war auch noch ein Tag, an dem sie mit ihm über alles sprechen konnte. Oder besser übermorgen, denn morgen fand ja das große Presse-Trara für die Highland Games statt.

»Ich bin auch froh, dich wieder bei mir zu haben«, raunte er ihr ins Ohr und küsste sie leicht.

Sie hatte den Eindruck, dass ihm noch etwas auf der Seele brannte, doch sie hatte nicht die Energie, danach zu bohren. Wenn er nicht freiwillig damit rausrückte, konnte es nicht so wichtig sein, oder?

»Schlaf gut, mein Engel. Lass uns morgen weiterreden.« Ein weiterer Kuss, diesmal auf die Stirn, war das Letzte, was sie noch mitbekam, ehe sie einschlief.

Ein deutlich fordernderer Kuss auf die Lippen war das Nächste, was Ainslee spürte. »Ich bin müde«, brachte sie stöhnend hervor. Sie hatte das Gefühl, kaum fünf Minuten geschlafen zu haben. Als so rücksichtslos hätte sie Paul gar nicht eingeschätzt. Und warum bitte war es so hell im Zimmer? Hatte er etwa das Licht angemacht?

»Du hast neun Stunden am Stück gepennt, und jetzt ist es leider wirklich Zeit zum Aufstehen, denn wir müssen Collum spätestens um neun am Herrenhaus treffen.« Pauls Stimme klang bedauernd und ein wenig besorgt. »Geht's dir nicht gut? Bist du krank?«

»Was? Nein.« Sie streckte sich wie eine Katze und hoffte, auf diese Art wach zu werden. Dann blinzelte sie ins Sonnenlicht. Paul stand vollständig bekleidet –

allerdings noch in Zivil, nicht im Kostüm – neben dem Bett und sah sie mit einem leichten Stirnrunzeln an. »Mir geht's wirklich gut«, beteuerte sie. »Ich bin nur einfach ziemlich müde im Moment. Vielleicht irgendein Vitaminmangel oder einfach zu viel Arbeit. Ich rede mal mit Anna.« Sie gähnte herzhaft und schwang dann die Beine aus dem Bett. »Huch!« Sie ließ sich sofort wieder fallen, denn mit einem Mal war ihr wahnsinnig schwindelig.

»Kreislauf?« Pauls Stirnrunzeln war nun ernsthafter Sorge gewichen.

»Wahrscheinlich habe ich zu lange geschlafen.« Sie versuchte es erneut, diesmal langsamer, und jetzt ging es ohne Schwindel. »Verrückt. Ich beeil mich, wir müssen ja noch mit den Hunden raus.«

»Das habe ich schon erledigt. Ich wollte dich schon vor einer Stunde wecken, aber da hatte ich keine Chance. Das können wir ja später nachholen.«

Oder dann, wenn sie sich wieder fitter fühlte, fügte Ainslee in Gedanken hinzu, sprach es aber nicht aus. Stattdessen nickte sie und sagte: »Du bist wirklich mein Retter. Ich dusche jetzt schnell und zieh mich an. Wenn du mir in der Zwischenzeit einen Tee machen könntest, wäre dir meine ewige Dankbarkeit gewiss.«

Eine halbe Stunde später fühlte sie sich wieder mehr wie sie selbst. Die Dusche hatte sie wach gemacht und der starke Tee ihren Kreislauf angekurbelt. Paul war netterweise auch in der Bäckerei gewesen und hatte eine Tüte noch warmer Scones gekauft, die in Kombination mit der Clotted Cream und der selbst gemachten Erdbeermarmelade ein wahres Lebenselixier waren. Sie trug bereits ihr Kostüm, doch Paul hatte immer noch Jeans und T-Shirt an.

»Langsam wird's knapp«, stellte sie nach einem Blick auf die Uhr fest und scrollte dann stirnrunzelnd durch ein halbes Dutzend Nachrichten, die seit gestern Abend auf ihrem Telefon eingetrudelt waren. Vier stammten von Harriet, die diverse Last-Minute-Vorschläge für den heutigen Pressetermin durchgab, in einer weiteren erwähnte sie die Geburtstagsfeier von Collums Schwester, die wohl sehr nett gewesen war. Die sechste Nachricht war von heute Morgen und stammte von Heather Stewart: *Das sind großartige Nachrichten, meine Liebe!*

Was zur Hölle konnte sie damit meinen? Ainslee hatte keine Ahnung, ging aber davon aus, dass Heather die Nachricht nur versehentlich an sie geschickt hatte und sie eigentlich für jemand anderen gedacht war. Sie überlegte kurz, ob sie Heather auf den Irrtum aufmerksam machen sollte, doch dann klingelte ihr Telefon. Harriet.

»Oh, gut, du lebst noch!«, rief ihre Freundin und klang sehr erleichtert. »Hast du meine Nachrichten gelesen?«

»Vor einer Sekunde. Und warum sollte ich nicht mehr leben?«

»Weil du nicht geantwortet hast. Beziehungsweise weil du meine Nachrichten bis eben noch nicht mal gelesen hast.«

»Ich war gestern früh im Bett und hab's nicht mitbekommen. Aber du brauchst dich nicht zu sorgen, alles, was dir Collum diktiert hat, kriegen wir problemlos hin. Genau genommen haben wir das alles doch sowieso schon besprochen.«

»Das habe ich ihm auch erklärt, aber du kennst doch Collum. Bei manchen Dingen will er sich lieber dreimal versichern, dass alles richtig läuft.«

So gut kannte Ainslee Collum zwar nicht, aber sie hatte eine ungefähre Vorstellung davon, wie der Freund ihrer Geschäftspartnerin tickte. »Anstrengend« wäre das Adjektiv ihrer Wahl, doch das behielt sie für sich. »Wie gesagt, von meiner Seite ist alles im Griff. Ich bin auch schon im Kostüm und muss nur noch dafür sorgen, dass Paul wieder zum wahren Highlander wird.« Sie zwinkerte ihm zu und schüttelte stumm den Kopf, als er ihr eine weitere Tasse Tee anbot.

»Sehr gut, dann sehen wir uns gleich am Herrenhaus, ja?« Collums Kontrolletti-Attitüde hatte offensichtlich auf Harriet abgefärbt, sodass sie das Bedürfnis hatte, doppelt und dreifach auf Nummer sicher zu gehen.

»Jahaaa. Sind praktisch schon unterwegs. Bis gleich.« Ehe Harriet noch etwas hinzufügen konnte, beendete Ainslee augenrollend das Gespräch. »Ich fürchte, wir müssen einen Zahn zulegen, sonst kriegen der Bürgermeister und sein hauseigener Hofnarr Schnappatmung.«

»Die Presse kommt doch erst um zehn, wir sollen um neun am Treffpunkt sein, da ist noch mehr als reichlich Zeit.«

»Ich weiß, aber die beiden streben eben nach absoluter Perfektion, was ich nach dem Pressedrama vor ein paar Monaten sogar nachvollziehen kann. Also bewahren wir Collum vor einem Herzkasper und Anna vor einem Notfalleinsatz und kommen rechtzeitig. Du musst dich ja sowieso noch umziehen.« Sie musterte ihn. Paul machte auch in Jeans und T-Shirt eine sehr gute Figur, aber in Kilt und Hemd würde er gleich wieder atemberaubend sein, da war sie sich sicher.

»Keine Sorge, ich habe alles im Griff. Aber apropos Anna, ich finde, du solltest nach dem ganzen Trubel heute zu ihr in die Praxis gehen und checken lassen, ob wirklich nur ein Vitaminmangel vorliegt.«

»Das mach ich«, versprach sie. »Heute oder in den nächsten Tagen.« Sie war gerührt, weil er so besorgt war, aber im Moment fühlte sie sich wieder absolut normal und fit. Vermutlich hatte sie tatsächlich nur zu wenig geschlafen und zu viel gearbeitet.

»Meine Güte, wenn das richtige Spektakel so anstrengend wird wie der Pressetermin heute, halte ich das keinen halben Tag lang aus«, stellte Ainslee fünf Stunden später stöhnend fest. Ihr und Harriets Part war beendet. Collum und die Pressemeute hatten die Weberei verlassen und waren mutmaßlich auf dem

Weg in die Bibliothek von Monroe Manor, wo Paul seine Experten-Runde abhalten und die Highland Games historisch einordnen würde. Oder was auch immer konkret auf seiner Agenda stand.

Sie und Harriet hatten während der letzten anderthalb Stunden abwechselnd an ihrem uralten, aber zuverlässigen Webstuhl posiert und den Journalisten erklärt, was Schuss- und was Kettfäden waren, welche Webarten es gab und wie sich die Besonderheiten des Kirkby-Tartans darstellten. Das würde zweifellos eine tolle Berichterstattung geben, die die Geschäfte der *Kirkby Tartan Mill* noch weiter anheizte, aber es war auch verdammt anstrengend gewesen. Vor allem weil sie in den Stunden davor schon für alle möglichen Fotomotive hatten posieren müssen.

Kurz Atem zu schöpfen war eigentlich nur während der Pferdeshow von Hailey und Sean möglich gewesen. Zumindest theoretisch, denn praktisch war die Choreografie, wenn auch angeblich noch längst nicht fertig und ausgereift, derart spektakulär, dass Ainslee mehr als einmal der Atem gestockt hatte. Und nicht nur ihr. Die Reporter hatten sich kaum noch eingekriegt vor lauter Begeisterung. Dagegen waren Kristies Tanzkünste und die beiden Highland-Kämpfer, die fotogen Baumstämme schleuderten, fast ein wenig langweilig gewesen und waren mit einem routinierten Nicken und ein paar Fotos abgefertigt worden.

»Das wird schon nicht so wild werden«, behauptete Harriet tröstend. »Da liegt der Fokus ja nicht allein auf uns. Es wird Dutzende Händler geben, aber die Leute kommen natürlich vor allem wegen der Spiele selbst, einschließlich der Reitershows. Für uns wird sich da keiner mehr interessieren.« Sie klang fast ein bisschen enttäuscht.

»Schön wär's, aber in Stirling haben sie uns ja auch überrannt, und da waren noch viel mehr Händler und Handwerker vor Ort.« Ainslee graute es langsam bei der Vorstellung. Sie fühlte sich, als hätte sie einen Marathon in den Knochen, und sehnte sich nur noch nach ihrem Bett.

»Ja, aber in Stirling gibt es halt nur den Markt und keine spektakulären Events. Das war wirklich der Wahnsinn, was Hailey und Sean da abgezogen haben – und wie nervenstark ihre Pferde sind. Wow. Ich hoffe, die bekommen das auch vor großem Publikum so hin.« Harriet klang sehr beeindruckt.

»Bestimmt. Die beiden hatten doch alles im Griff.« Ainslee wusste nicht viel von Pferden, aber sie konnte sich kaum vorstellen, dass da etwas schiefgehen konnte. Sie gähnte herzhaft.

»So langweilig war die Nummer nun wirklich nicht.«

»Sorry. Ich bin seit ein paar Tagen einfach nur total erledigt. Keine Ahnung, warum. Ich könnte echt nur schlafen.« Ainslee unterdrückte ein weiteres Gähnen, doch das wollte nicht so recht gelingen. »Vielleicht habe ich irgendeinen Vitaminmangel.«

»Oder was an der Schilddrüse. Meine Mum hatte das auch, die wollte nur noch schlafen, bis jemand darauf kam, dass sie eine Schilddrüsenunterfunktion hatte. Oder Überfunktion. Oder irgendeine Störung, keine Ahnung. Jedenfalls hat sie Tabletten bekommen, und seitdem ist alles wieder okay.«

»Vielleicht sollte ich doch mal mit Anna reden?« Ainslee hatte keine sonderliche Lust auf einen Arzttermin, sondern wollte sich lieber im Bett verkriechen, aber normal war das Ganze wohl wirklich nicht.

»Ja, mach das. Ich halte hier die Stellung.«

»Danke. Wo ist eigentlich Jules?« Ainslee schaute sich um und fragte sich, wann sie ihren Hund das letzte Mal gesehen hatte. Bei einigen Fotos auf dem Gelände war er dabei gewesen, daran erinnerte sie sich. Mit den Baumstammwerfern hatte er auch geschäkert, aber danach?

»Ich glaube, Paul hat ihn mitgenommen, als wir in die Weberei gegangen sind«, erwiderte Harriet. »Mach dir keine Sorgen, der geht schon nicht verloren. Sieh zu, dass du dich durchchecken lässt. Wir brauchen dich fit und voll einsatzfähig in den nächsten Wochen!«

»Yes, Ma'am!« Ainslee salutierte spielerisch und raffte ihren voluminösen Rock. Sie würde jetzt erst mal heimfahren und dann Anna in ihrer Sprechstunde aufsuchen. »Wir sehen uns später oder morgen. Und danke.«

»Kein Ding. Bis morgen. Heute brauchst du auch nicht mehr zu kommen.«

»Anna ist noch bei einem Hausbesuch, aber ich erwarte sie in der nächsten halben Stunde zurück«, teilte ihr kurz darauf Maggie, Annas Praxismanagerin, mit. »Du kannst gerne im Wartezimmer Platz nehmen, aber ein bisschen Zeit solltest du mitbringen, denn es ist noch eine andere Patientin vor dir dran.«

»Kein Problem, danke«, entgegnete Ainslee und ging ins Wartezimmer. Ihr Bett war als Option immer noch verführerischer, doch nachdem sie sich schon mal umgezogen und zum Arztbesuch aufgerafft hatte, konnte sie auch hierbleiben. Womöglich war ein kleines Nickerchen drin?

Im Wartezimmer saß ein etwa fünfzehnjähriges Mädchen, das auf seinem Handy herumdaddelte und Ainslee nicht weiter beachtete. Sehr gut, da musste sie wenigstens keine Konversation machen, sondern konnte einfach die Augen schließen. Sie setzte sich auf einen der erstaunlich bequemen Stühle und wurde gleich darauf von Elvis belagert, der auf dem Fensterbrett in der Sonne gedöst hatte, nun aber offensichtlich von einem größeren Kuschelbedürfnis gepackt wurde.

»Na, du Süßer«, murmelte sie und kraulte den flauschigen Tiger, nachdem er sich umständlich auf ihrem Schoß zusammengerollt hatte. Sein Schnurren war so beruhigend und entspannend, dass ihre Lider schwer wurden – und dann wurde sie sanft an der Schulter gerüttelt. »Aufwachen, kleine Schlafmütze«, hörte sie Annas Stimme an ihrem Ohr.

»Sorry.« Sie riss erschrocken die Augen auf und fühlte sich ein wenig benebelt und orientierungslos. »Hab ich wirklich geschlafen?«

»Wie ein Stein.« Anna lächelte sie sanft an. »Der Körper holt sich, was er braucht, wenn er die Gelegenheit dazu hat.«

»Deiner hat offenbar keine Gelegenheit«, stellte Ainslee fest, als sie sah, dass Anna mit Mühe ein Gähnen unterdrückte.

»Ich gehe heute früh ins Bett, aber das Festival war der totale Wahnsinn! Ehrlich, nächstes Jahr musst du mitkommen. Allerdings war das Übernachten im Zelt eher so mittelkomfortabel.« Anna lotste Ainslee in ihr Sprechzimmer und bot ihr einen Stuhl an. »Aber du bist sicher nicht hier, um mit mir über Musikevents zu reden. Was kann ich für dich tun?«

»Ich bin seit ein paar Tagen ungewöhnlich müde. Ich könnte nur noch schlafen, und selbst wenn ich acht oder neun Stunden Schlaf am Stück hinter mir habe, wie am Wochenende, fühle ich mich trotzdem wie gerädert.«

»Hat sich in deinem Leben irgendwas geändert in letzter Zeit?« Anna betrachtete sie aufmerksam, von ihrer Müdigkeit war nichts mehr zu erkennen.

»Außer dass ich mit Paul zusammen bin?« Ainslee konnte nicht verhindern, dass sich ein glückliches Lächeln auf ihrem Gesicht breitmachte. »Vermutlich ist er der Grund. Harriet und ich arbeiten uns in der Weberei im Moment wirklich halb tot und sind unter der Woche jeden Tag neun oder zehn Stunden da – und oft genug auch am Wochenende. Und abends und nachts bin ich dann mit Paul zusammen und …«

»Und kommst auch nicht ausreichend zum Schlafen«, vervollständigte Anna ihren Satz. »Glaub mir, ich weiß, wovon du sprichst. Aber du wärst nicht hier, wenn du denken würdest, dass das allein die Erklärung für deine Müdigkeit ist, nicht wahr?«

»Paul war ja von Freitag bis gestern Abend weg, und ich habe jede Nacht mindestens neun oder zehn Stunden geschlafen. Und tagsüber auch noch mal. Trotzdem fühle ich mich schlapper als je zuvor. Vielleicht ist es ein Vitaminmangel oder was an der Schilddrüse?«

»Für einen Vitaminmangel scheint es mir schon sehr extrem zu sein. Schilddrüse …« Anna kam um ihren Schreibtisch herum und tastete Ainslees Hals ab. »Ich kann zumindest nichts Ungewöhnliches feststellen, aber das muss nichts heißen. Wir machen auf jeden Fall einen Bluttest und ein Ultraschall. Gibt es noch andere Symptome außer der Müdigkeit?« Sie machte sich am Computer einige Notizen – zweifellos in Ainslees bisher absolut jungfräulicher Patientenakte.

Ainslee schüttelte den Kopf. »Keine nennenswerten.«

»Das zu beurteilen ist mein Job.« Anna lächelte sie aufmunternd an.

»Ich kann's wirklich kaum sagen. Vor ein paar Tagen hatte ich leichte Unterleibsschmerzen, und meine

Brüste haben gespannt. Aber das ist auch wieder vorbei.«

»Könntest du schwanger sein?«

»Schwanger?« Ainslee starrte Anna ungläubig an. »Auf gar keinen Fall! Ich nehme die Pille. Seit Jahren durchgehend, wegen meiner Endometriose.«

»Verstehe.« Anna nickte. »Dann ist das wohl eher unwahrscheinlich. Das mit der Endometriose wusste ich nicht. Das tut mir wahnsinnig leid.«

»Danke. Ich hänge es nicht an die große Glocke, weil die wenigsten Leute wirklich etwas damit anfangen können. Ich habe es auch gut im Griff. Die Dauereinnahme der Pille verhindert recht zuverlässig Symptome, und Yoga und Entspannungsübungen helfen auch.«

»Deshalb bist du so fantastisch beim Yoga.« Anna tippte wieder ein paar Sätze in den Computer.

»Es ist nicht nur nützlich und tut mir gut, es macht mir auch Spaß«, betonte Ainslee. »Vor allem deine tollen Stunden.«

»Danke, aber zurück zu dir. Unterbrichst du die Pilleneinnahme gelegentlich? Oft wird ja geraten, dass man alle sechs Monate eine Pause macht.«

»Das habe ich anfangs auch getan. Aber die Schmerzen waren jedes Mal so mörderisch, dass meine Gynäkologin beschlossen hat, dass ich die Pille konstant durchnehmen soll. Seitdem geht's mir viel besser.«

»Wann warst du das letzte Mal zur Kontrolle?«, wollte Anna wissen.

»Kurz bevor ich nach Kirkby gezogen bin. Also im Februar. Da schien alles in Ordnung zu sein. Ich muss mir jetzt wohl eine neue Ärztin in Inverness suchen.«

»Da kann ich gern die eine oder andere Empfehlung aussprechen«, sagte Anna. »Ich würde dir dann jetzt ein bisschen Blut abnehmen und ein paar Untersuchungen machen.«

»Okay.« Ainslee hasste Blutabnehmen, aber sie würde es tapfer über sich ergehen lassen.

»Du musst wirklich keine Angst haben. In der Klinik in Edinburgh damals galt ich als Venenfee, die selbst Junkies und Angstpatienten schmerzlos Blut abnehmen konnte.« Anna war wieder aufgestanden und legte Ainslee beruhigend eine Hand auf die Schulter. »Ich verspreche dir, du wirst kaum etwas merken.« Sie ging zu einem Schrank hinter ihrem Schreibtisch und legte einige Utensilien auf der Ablage bereit, auf der auch ein Mikroskop und andere Geräte standen, mit denen Ainslee nichts anfangen konnte. »Würdest du mir zuerst noch eine Urinprobe geben?« Anna drückte ihr einen Becher in die Hand.

»Wofür?«

»Auch im Urin lassen sich Anzeichen für alle möglichen Beschwerden nachweisen. Außerdem würde ich gerne einen Schwangerschaftstest machen. Sicher ist sicher.«

»Ich kann nicht schwanger sein!«, beharrte Ainslee vehement und merkte, wie ihr allein beim Gedanken daran die Knie weich wurden. »Pille und

Endometriose schließen Schwangerschaften zu hundert Prozent aus.«

»Das denke ich auch, aber ich bin sehr gründlich und muss erst einmal alle offensichtlichen Möglichkeiten abklären«, beharrte Anna. »Sicher ist sicher«, wiederholte sie.

Ainslee stand etwas wackelig auf, nahm sich den Becher und ging zur Toilette. Mit Mühe unterdrückte sie den Impuls, einfach ganz aus der Praxis zu laufen und nach Hause ins Bett zu flüchten. Schwanger? Wie absurd konnte es denn noch werden? Das war vollkommen unmöglich. Sämtliche Frauenärztinnen, die sie in ihrem Leben schon aufgesucht hatte, waren sich einig gewesen, dass eine Schwangerschaft bei ihrem Krankheitsbild kaum denkbar war. Das hatte sie nie groß gestört, ganz im Gegenteil, denn sie wollte ja keine Kinder. Und in Kombination mit der Pille … Nein, das konnte und durfte nicht sein. Und es würde auch nicht sein! Anna wollte die unwahrscheinliche Option ja nur ausschließen.

Etwas zuversichtlicher kehrte sie ins Sprechzimmer zurück, wo Anna bereits die Untersuchungsliege hergerichtet hatte.

»Super, bitte stell den Becher auf die Ablage und zieh deine Bluse aus. Ich würde erst mal den Blutdruck messen und dir dann Blut abnehmen.«

Ainslee tat, wie ihr geheißen, und nahm wieder Platz. Ihr Blutdruck war ziemlich niedrig und der Piks in die Vene tatsächlich kaum spürbar. Sicherheitshalber drehte sie sich weg, damit sie nicht zusehen musste, wie ihr Blut in das Röhrchen floss.

»Schon vorbei«, verkündete Anna gleich darauf und klebte ihr ein kleines Pflaster auf die Stelle. »Du kannst dich jetzt auf die Liege legen, und dann schauen wir uns deine Schilddrüse mal genauer an. Das Blut schicke ich nachher noch nach Inverness ins Labor, die Ergebnisse werden spätestens übermorgen da sein. Vielleicht müsstest du dann morgens noch mal nüchtern kommen, denn so werden nicht alle Werte aussagekräftig sein«, plapperte sie und hantierte auf der Ablagefläche herum.

Ainslee nickte nur, was Anna zwar nicht sehen konnte, doch das war auch egal. Sie legte sich hin und wartete, dass es weiterging. »Schilddrüse« als Diagnose klang für sie total nachvollziehbar. Viele Leute hatten Schilddrüsenprobleme, aber die bekam man gut in den Griff, oder?

Anna kehrte zu Ainslee zurück. »Dann schauen wir doch mal, ob die Schilddrüse irgendwie verändert aussieht. Ich habe einige Erfahrung damit, aber ich kann auch nicht alles erkennen. Im Zweifel würde ich dich noch zu einem Endokrinologen schicken.«

»Hmm.« Ainslee schloss die Augen, als Anna das kühle Gel auf ihrem Hals verteilte und dann den Schallkopf aufsetzte.

»Das kann etwas unangenehm werden, denn ich muss ein bisschen drücken, um ein gutes Bild zu bekommen. Wenn es wehtut oder dir schlecht wird, höre ich sofort auf.«

»Okay«, entgegnete Ainslee tonlos und presste die Lider noch fester aufeinander. Es war nicht wirklich angenehm, aber auszuhalten.

»Das sieht alles gut aus«, befand Anna. »Ich denke, Probleme an dieser Stelle können wir ausschließen.«

»Toll.« Ainslee war sich nicht sicher, ob sie sich freuen sollte oder nicht. Das wäre immerhin eine einleuchtende Erklärung gewesen.

Anna reichte ihr ein paar Papiertücher, damit sie das Gel wegwischen konnte, stand auf und ging zurück zu ihrem Schreibtisch, wo sie erneut etwas in den Computer tippte.

»Kann ich mich wieder anziehen?«, wollte Ainslee wissen.

»Ähm …« Anna drehte sich zur Arbeitsfläche um. »Nein, bleib bitte noch liegen. Ich würde mir gerne noch etwas anderes anschauen.« Erneut hackte sie rasant auf ihre Tastatur ein.

»Okay …« Ainslee fragte sich, was Anna noch untersuchen konnte. Als die Ärztin zu ihr zurückkam, hatte sie seltsam rosige Wangen. »Was ist?«

»Du bist schwanger.«

»Nein!«

»Doch.«

»Kann nicht sein. Der Test muss falsch sein.« Ainslee wurde heiß und kalt und schwindlig, und sie war sehr froh, dass sie lag, denn sie war sich sicher, dass ihr sonst die Beine versagt hätten.

»Ich habe zwei gemacht. Und falsch positive Schwangerschaftstests sind praktisch noch seltener als eine Schwangerschaft trotz Pille und Endometriose.« Anna klang ruhig und sachlich, aber leider auch sehr überzeugt von ihrer Diagnose.

»Und jetzt?« Ainslees Worte waren mehr ein Wimmern als eine klare Frage.

»Jetzt machen wir ein Ultraschall vom Unterbauch und stellen fest, ob man schon etwas erkennen kann. Es ist gut möglich, dass ich noch keinen Herzschlag finde, denn den kann man frühestens in der siebten oder achten Schwangerschaftswoche nachweisen, aber vielleicht entdecke ich auch irgendwelche Endometriose-Herde – und egal, was dabei jetzt rauskommt, ich schicke dich auf jeden Fall zu einem Spezialisten. Würdest du bitte deine Hose öffnen?«

Ainslee reagierte nur noch mechanisch, unfähig, irgendetwas zu sagen. Sie wusste nicht, was sie denken und fühlen sollte. Sie schien sich inmitten eines tosenden Wirbelsturms zu befinden. Wieder verteilte Anna Gel auf ihr, diesmal auf dem Bereich unter ihrem Nabel. Wieder schloss sie die Augen und drehte sich zusätzlich weg, sodass sie auf dem Monitor nichts sehen musste.

Anna fuhr nun deutlich ausführlicher mit dem Schallkopf herum, drückte hier und da, veränderte die Position manchmal nur um Millimeter, manchmal um eine Handbreit. Schließlich verharrte sie an einer Stelle. »Mach die Augen auf«, bat sie leise. »Ich habe ein Herz gefunden.«

Ainslee schüttelte den Kopf. »Ich kann nicht«, murmelte sie tonlos.

»Doch, du kannst. Wenn du es ignorierst, ist es trotzdem nicht weniger wahr.« Anna tastete mit ihrer freien Hand nach Ainslees Arm und drückte ihn aufmunternd. »Du bist definitiv schwanger.«

Ainslee öffnete schließlich doch die Augen und starrte auf den Monitor. In dem grau-weißen Gekrissel konnte sie zunächst überhaupt nichts erkennen, doch Anna hatte eine Stelle markiert, und mit etwas Fantasie konnte man da etwas pulsieren sehen.

»Ich mach mal den Ton an«, kündigte Anna an, und plötzlich war es ganz deutlich zu hören. Ein rasanter, aber gleichmäßiger Herzschlag.

»Oh Gott …«, schluchzte Ainslee auf. Sie wollte das nicht sehen und nicht hören. Und am wenigsten wollte sie es wahrhaben.

Anna nahm den Schallkopf weg und wischte sanft das Gel von Ainslees Bauch. »Ich ahne, dass das der totale Schock für dich sein muss. Aber nun wissen wir wenigstens, woran wir sind, und können erstere Gründe für deine Müdigkeit so gut wie ausschließen.«

»Ernstere Gründe?« Ainslees Stimme überschlug sich fast. »Ich kann mir nicht vorstellen, dass es noch ernster werden könnte.«

»Lass das alles erst einmal sacken«, sagte Anna mit fester, aber liebevoller Stimme. »Du musst im Moment gar nichts entscheiden. Vor allem sollte sich dringend ein Spezialist alles anschauen. Ich habe keine Endometriose-Herde erkennen können, und auch die Gebärmutter sieht sehr gut aus, das sind wunderbare Nachrichten.«

»Aber ich will kein Kind!«, rief Ainslee aufgebracht.

»Dann musst du auch keins bekommen. Es ist allein deine Entscheidung. Vielleicht willst du darüber mit Paul sprechen, aber es ist deine Sache, und ich werde dich weder in die eine noch in die andere Richtung drängen oder beeinflussen. Egal, wie du dich entscheidest, ich werde dich unterstützen«, betonte Anna eindringlich. »Du musst da nicht allein durch.«

• • •

Die Journalisten waren endlich weg, und Paul kam wieder zum Durchatmen. Der Tag hatte es wirklich in sich gehabt. Er hatte nicht damit gerechnet, so lange mit den Presseleuten zugange zu ein, aber ein wenig hatte ihm das Interesse schon geschmeichelt. Er fragte sich, wo Ainslee war. Vermutlich in der Weberei. Hoffentlich ging es ihr wieder besser, denn er musste dringend mit ihr reden – und dafür sollte sie lieber in einer guten Verfassung sein.

Collum war mit der Medienmeute abgezogen, und Paul räumte noch ein paar Bücher weg, die er gezeigt hatte. Die Bibliothek von Monroe Manor war erstaunlich gut bestückt, wenn auch verheerend kuratiert. Eine engagierte Bibliothekarin hätte vermutlich die Zeit ihres Lebens zwischen all den Folianten. Vielleicht sollte er das mal ansprechen?

Er stapelte gerade noch einige Papiere, als Marlin, Heather, George und Angus in den Raum kamen. »Endlich erwischen wir dich allein«, sagte Heather und strahlte ihn an wie ein Kleinkind den Weihnachtsmann. »Das sind ja fantastische Nachrichten!«

»Fantastisch würde ich es jetzt nicht gerade nennen«, schob Angus ein. »Aber zumindest längst nicht so niederschmetternd, wie es hätte sein können. Sie wird ja wohl kaum ein Golfhotel oder einen Vergnügungspark aus unserem Haus machen wollen. Und wenn du sie heiratest, bliebe ohnehin alles irgendwie in der Familie.«

»Wovon sprecht ihr bitte?«, fragte Paul, doch natürlich ahnte er es. Marlin sah betont zur Seite, als er seinen Blick suchte.

»Marlin hat uns gestern gleich die gute Nachricht überbracht«, freute sich Heather. »Ich bin so erleichtert, und ich wette, dass Ainslee außer sich vor Begeisterung ist. Sie hatte doch so große Angst, dass sie einen neuen Standort für die Weberei suchen muss. Ich bin mir sicher, wir werden uns mit ihr einigen können, damit wir unser Wohnrecht behalten, oder?«

»Was an ›Es sind noch nicht alle Quellen und Dokumente geprüft‹ war unklar?«, knurrte Paul, an Marlin gewandt. Das konnte doch nicht wahr sein, dass sein eigener Vater Gerüchte verbreitete!

»Ich weiß doch, wie ihr Historiker tickt«, entgegnete Marlin, nun mit reichlich Selbstgerechtigkeit in der Stimme. »Genau wie Anwälte. Immer ein Hintertürchen offen halten, wenn eigentlich alles schon glasklar ist.«

Paul schloss die Augen, um sich zu sammeln. Am liebsten hätte er unkontrolliert losgebrüllt, aber das entsprach erstens nicht seinem Wesen und wäre der Sache zweitens abträglich. »Bei allem Respekt, Marlin, ich glaube, du hast keine Ahnung, wie ich ticke. Ich sage erst dann, dass etwas eine Tatsache ist, wenn ich mir absolut sicher bin. Und wie ich vorgestern und gestern schon mehr als einmal betont habe, bin ich mir überhaupt nicht sicher. Im Sinne von *absolut überhaupt nicht*! Es gibt noch so viele Quellen zu prüfen, und die Wahrscheinlichkeit ist sehr hoch, dass am Ende etwas ganz anderes herauskommt.«

»Nun tu doch nicht so bescheiden«, beharrte Marlin jedoch, völlig unbeeindruckt von Pauls Worten. »Du hättest nichts gesagt, wenn du dir nicht sehr sicher wärst!«

»Ich habe nur etwas gesagt, weil Oliver mich unter Druck gesetzt und in eine Falle gelockt hat und du dann endlos weitergebohrt hast. Wir befinden uns auf der Ebene einer vagen Möglichkeit. Meilenweit von einer Tatsache entfernt.« Er stöhnte frustriert auf, aber dann kam ihm ein noch schlimmerer Gedanke. »Wer weiß denn sonst noch davon?«

Marlin, Heather, George und Angus wechselten vielsagende Blicke, und in Paul brach fast eine Welt zusammen.

»Also praktisch das ganze Dorf«, fasste er resigniert zusammen.

»Sicher noch nicht alle, aber Ainslee bestimmt. Ich habe ihr ja auch schon gratuliert«, erklärte Heather.

»Was?«

»Ich hab ihr heute Morgen geschrieben, wie sehr ich mich über die guten Nachrichten freue. Und offenbar wusste sie da schon, was ich meine, denn sie hat nicht nachgefragt. Genau genommen hat sie überhaupt noch nicht geantwortet – weil so viel los war, schätze ich.« Heathers Euphorie war sichtlich verflogen, und nun sah sie etwas betreten drein, doch um diese Befindlichkeiten konnte sich Paul jetzt nicht kümmern.

»Ich muss sofort mit ihr sprechen!«, kündigte er daher an. »Wo ist eigentlich Ivy?«

»Die ist mit Jules und unseren Mädels im Garten«, sagte George. »Ich pass auf sie auf, keine Sorge.«

»Glaub mir, Ivy ist im Moment meine allergeringste Sorge«, presste Paul knurrend hervor und verließ grußlos die Bibliothek. Als er schon unten in der Halle stand, fiel ihm auf, dass er immer noch sein Kostüm trug. Fluchend rannte er die Treppen hoch zu seinem Zimmer und zog sich rasch um. Dann nahm er sein Handy, um Ainslee anzurufen und sein Kommen anzukündigen, doch es lag bereits eine Nachricht von ihr vor: *Wir müssen dringend reden.*

Scheiße.

WIR MÜSSEN REDEN

PAUL HATTE SICH SEIN halbes Leben lang gern über das Klischee lustig gemacht, dass der größte Angstgegner in Beziehungen der Satz »Wir müssen reden« sei. Nun musste er innerlich Abbitte leisten, denn tatsächlich wurde ihm regelrecht übel beim Gedanken daran, was Ainslee ihm wohl gleich alles um die Ohren schleudern würde. Er mochte sich gar nicht ausmalen, wer ihr das Gerücht präsentiert hatte, dass sie die wahre Schlossherrin von Monroe Manor war – und auf welche Art und Weise. Mal abgesehen davon, dass er sich wirklich noch nicht sicher war, hätte sie es von ihm erfahren müssen. Nur von ihm. Eine ruhige, sachliche Erklärung, nachdem alle Unklarheiten ausgeräumt und idealerweise auch schon alle juristischen Konsequenzen geprüft waren.

Er schätzte Ainslee als besonnene Frau ein, aber auch als eine, die sich von einem derart monströsen Erbe vollkommen überfordert fühlen würde. Im besten denkbaren Szenario wäre sie wohl tief enttäuscht von ihm, weil sie es aus einer anderen Quelle erfahren hatte. Im schlimmsten Fall? Über den wollte er lieber nicht nachdenken.

Er hatte bereits die komplette Stichstraße hinter sich, die Monroe Manor mit der Hauptstraße von Kirkby verband, als ihm in den Sinn kam, dass er vielleicht doch besser die Hunde mitgenommen hätte. Erstens war Jules für Ainslee mindestens genauso wichtig wie Ivy für ihn, und zweitens … Er stöhnte leise auf. Seine Gedanken drehten schlimmer durch als die Reifen auf dem lockeren Kies, als er das Auto wendete. Er würde die beiden Pudel natürlich nicht als tierische Schutzschilde missbrauchen, sondern lediglich als moralischen Beistand dabeihaben. *Das* war ja wohl legitim – und ganz sicher in Ainslees Sinn.

Einigermaßen zufrieden mit dieser Erklärung parkte er wenige Minuten später wieder vor dem Herrenhaus und stieß die Art Pfiff aus, die Ivy in der Regel selbst im Tiefschlaf hochschrecken und auf der Stelle zu ihm rennen ließ. Doch Fehlanzeige. Außer dass sich zwei Krähen dreist und lautstark beschwerten, hatte sein Signal keinen Effekt. Paul seufzte. Dann musste er also wohl oder übel doch noch einmal das Haus betreten, um die Hunde zu suchen – etwas, das er gerne vermieden hätte.

»Ivy, Jules«, rief er, als er in der Eingangshalle stand, und tatsächlich kamen die beiden gleich darauf aus dem großen Salon geflitzt. Gefolgt von den Airedale-Damen Abby und Joy – und leider auch von Heather und George.

»Bist du schon wieder zurück?«, wollte George wissen.

»Ainslee will ganz sicher ihren Hund wiederhaben«, entgegnete Paul knapp. »Und so muss sie nicht extra noch mal herkommen.«

»Ich hab gerade im Rathaus angerufen und Leslie gebeten, die Neuigkeiten nicht weiterzuverbreiten«, warf Heather ein. »Sie hat versprochen dichtzuhalten, aber ich kann natürlich nicht sagen, wen sie schon alles informiert hat.«

Paul mochte die patente Gemeindesekretärin, die sogar den umtriebigen Bürgermeister einigermaßen im Griff hatte. Er war sich allerdings auch sicher, dass Leslie die in ihren Augen zweifellos sensationellen Neuigkeiten bereits flächendeckend verbreitet hatte. Von wem mochte Ainslee es erfahren haben? »Okay«, murmelte er und ging dann mit den beiden Pudeln wieder nach draußen. Nachdem die Hunde eingestiegen waren, starrte er noch einmal auf sein Handy. Auf Ainslees Nachricht hin hatte er ebenso knapp geantwortet: *Bin in wenigen Minuten bei dir.*

Allerdings hatte sie diese Worte noch nicht einmal gelesen. Sollte er sie anrufen und fragen, ob sie überhaupt zu Hause war? Er entschied sich dagegen. Wo sollte sie schon sein? So groß war Kirkby schließlich nicht, er würde sie schon finden.

Ivy bellte kurz, und natürlich stimmte Jules direkt ein. Offensichtlich konnten die beiden Vierbeiner nicht nachvollziehen, warum sie aus ihrem gemütlichen Sofa-Nachmittag herausgerissen worden waren und nun in einem parkenden Wagen ausharren mussten.

»Ihr habt ja recht«, murmelte Paul und fuhr endlich los. Vom Aufschieben wurde es schließlich nicht besser.

Trotzdem war er schockiert, als er wenige Minuten später vor Ainslees Tür stand und sie ihm mit einem beinahe maskenhaft blassen Gesicht öffnete, seinem Begrüßungskuss auswich und ihn in die Küche bat.

»Möchtest du was trinken?«, erkundigte sie sich mit etwas rauer Stimme. Fast schien es ihm, als hätte sie geweint, doch ihre Augen sahen eigentlich nicht danach aus. Womöglich hatte sie auch nur einen wütenden Schreikrampf hinter sich und hatte deshalb angegriffene Stimmbänder?

»Vielleicht ein Glas Wasser?« Er hatte keinen Durst, aber wenn sie sich schon die Mühe machte, sich mit Höflichkeiten aufzuhalten, war das unter Umständen nicht das schlechteste Zeichen, oder?

»Ich hab mir einen Tee gemacht, möchtest du eine Tasse?« Sie deutete auf den Tisch, auf dem eine knallrote, bauchige Keramikkanne und eine Tasse mit einer etwas verblichenen Highland-Kuh darauf standen.

»Gerne.« Er nahm etwas unschlüssig Platz und beobachtete Ainslee dabei, wie sie eine weitere Tasse aus dem Schrank nahm und den beiden Hunden jeweils eine Knabberei aus der großen Leckerlidose hinwarf. Dann setzte sie sich ebenfalls wieder an den Tisch, vermied es aber, ihm in die Augen zu sehen.

Stattdessen schüttete sie ein Schlückchen Milch in seine Tasse und goss mit Tee auf. Genau, wie er es am liebsten mochte. »Ich …«, begann sie zögernd, als sie ihm die Tasse reichte, und es fiel ihr sichtlich schwer, die richtigen Worte zu finden.

»Darf ich vielleicht anfangen?«, bat er.

»Ähm …« Sie wirkte leicht überrumpelt, doch Paul beschloss, den Stier bei den Hörnern zu packen.

»Zuallererst möchte ich mich bei dir entschuldigen«, sagte er. »Ich hätte von Anfang an mit offenen Karten spielen müssen. Also, es ist nicht so, dass ich dich bewusst angelogen habe, und noch ist es auch gar nicht sicher, es kann auch gut sein, dass am Ende etwas völlig anderes rauskommt. Aber du hättest es von mir erfahren sollen und nicht von … wem auch immer.«

»Ähm …«, versuchte es Ainslee erneut mit gerunzelter Stirn, schien aber immer noch nicht zu wissen, was genau sie erwidern sollte. Vielleicht wollte sie aber auch nur ihren Informanten nicht preisgeben.

»Was auch immer du gehört hast, es ist noch nicht sicher!«, wiederholte er. »Aber falls sich die Vermutung … und ich betone, mehr als eine bloße Vermutung ist es von meiner Seite noch nicht … sollte sie sich aber als Realität herausstellen, die dann auch noch juristischer Überprüfung standhält, werden wir gemeinsam eine Lösung finden. Das verspreche ich dir. Und ganz ehrlich, es gäbe doch schlimmere Möglichkeiten, oder? Die Stewarts wären zu hundert Prozent auf deiner Seite, genau wie Marlin und vermutlich ganz Kirkby.«

Ihre Miene hatte während seiner Erklärungsversuche von völligem Unverständnis zu Schock, dann zu Ratlosigkeit und schließlich zu eindeutigem Ärger gewechselt. »Das ist alles schwer zu glauben«, krächzte sie schließlich.

»Ich gebe zu, es hört sich merkwürdig an, aber ich kann dir versichern, dass es für die Stewarts praktisch das zweitbeste Ergebnis ist. Was meine Rolle in der Sache betrifft, kann ich dich nur um Verzeihung bitten. Ich hätte zuerst zu dir kommen müssen, aber ich habe mich auf Lewis bei meinem Bruder verplappert, und natürlich hat Marlin das aufgeschnappt, und so kam die ganze Sache in Gang. Es tut mir wirklich wahnsinnig leid, und ich schäme mich sehr. Ich wollte es gestern Abend ansprechen, aber da warst du so müde, dass ich mir gedacht habe, es hat Zeit bis heute nach dem Pressetermin.«

»Wovon genau redest du eigentlich?« Nun traf ihn der Blick aus ihren grünen Augen wie Laserstrahlen. Der Ärger war gewichen und hatte vollkommener Verwirrung Platz gemacht.

Er trank einen Schluck Tee, um Zeit zu gewinnen. Was sollte diese Frage? Warum tat sie so, als hätte sie keine Ahnung, wovon er sprach? War das ein Spiel, um ihn noch ein bisschen zappeln zu lassen? Er war zu allem bereit – würde notfalls auch durch den Staub kriechen, wenn sie sich deshalb besser fühlte. Er öffnete den Mund, um zu antworten, da flüsterte ihm eine kleine innere Stimme eine verstörende

Möglichkeit ein: Was, wenn sie doch noch nichts von ihrem potenziellen Immobilienglück wusste, sondern etwas ganz anderes mit ihm besprechen wollte? Nein, das war absurd! »Wovon soll ich schon reden?«, entgegnete er daher.

»Ich habe nicht die leiseste Ahnung.« Sie klang aufrichtig, und er schätzte sie ohnehin nicht als jemanden ein, der mit anderen Menschen Spielchen spielte, um sie zu quälen.

»Von Monroe Manor!« Jetzt war es raus, aber ihre Miene blieb weiterhin verständnislos. »Wovon redest du denn?«, fragte er also vorsichtig nach, obwohl sie streng genommen noch gar nichts erzählt hatte.

»Monroe Manor?« Sie schüttelte den Kopf, als sei dies ein Gedankenpfad, den sie gerade nicht betreten wollte. »Ich war vorhin bei Anna. Wegen meiner Müdigkeit.« Die letzten Worte waren fast gehaucht, sodass er sie kaum verstand.

Arztbesuch, Schock im Gesicht und brüchige Stimme? In Paul stieg augenblicklich Panik auf. »Bist du krank?«

Ihr entfuhr ein kurzes bitteres Lachen. »Es ist schlimmer.« Sie schloss kurz die Augen und holte tief Luft. »Ich bin schwanger!«, würgte sie hervor.

»Was?« Nun war er es, der von Schock und Verständnislosigkeit überrollt wurde. Wie konnte das denn sein? Sie hatte ihm glaubhaft versichert, dass sie die Pille nahm und selbst um keinen Preis der Welt ein Kind wollte. Das war ... Ihm fehlten auch in

Gedanken die richtigen Worte, sodass nur die denkbar falschsten herauskamen: »Ich hab dir immer gesagt, dass ich keine Kinder haben will!«

• • •

Was war das denn bitte schön für eine Antwort? Ainslee starrte Paul entsetzt an. Das klang ja geradezu so, als unterstellte er ihr, dass sie sich absichtlich von ihm hatte schwängern lassen. Trotzdem zwang sie sich zur Ruhe. »Ich weiß. Ich möchte auch keine Kinder haben – und trotzdem bin ich jetzt schwanger.«

»Aber du hast mir doch ausführlich versichert, dass du die Pille nimmst und dass nichts passieren kann!« Er war leichenblass geworden. Sie konnte es ihm nicht verdenken, denn sie hatte den Schock ja selbst noch nicht verkraftet.

»Ich weiß«, betonte sie erneut und versicherte ihm: »Ich habe sie auch genommen. Mit geradezu religiöser Sorgfalt, damit ich eben *nicht* schwanger werde. Und vor allem, damit meine Endometriose stillhält.« Pauls Reaktion hatte wenigstens den Vorteil, dass sie wieder etwas fühlte. Nach dem Besuch bei Anna hatte sie eine halbe Stunde lang geschrien – in ihr Kopfkissen hinein, damit es niemand hörte. Seitdem hatte sie sich einfach nur taub gefühlt. Doch nun gab ihr der Ärger über Paul wieder etwas Energie.

»Endo… was?«, fragte er.

»Endometriose«, wiederholte sie. »Sehr schmerzhafte Krankheit, an der viele Frauen leiden. Google es. Jedenfalls ist es allein schon wegen diesem Krankheitsbild nicht besonders wahrscheinlich, dass ich schwanger werde – und plus Pille praktisch ausgeschlossen. Und trotzdem ist es passiert.«

»Ich verstehe das nicht.«

»Da sind wir schon zu zweit.«

Er starrte in seine Teetasse, als hoffte er darin eine schlaue Antwort zu finden. »Und ich dachte, du machst mich rund wegen des Herrenhauses.«

»Was um Himmels willen ist denn mit Monroe Manor?« Sein Gestammel von vorhin hatte in ihren Ohren überhaupt keinen Sinn ergeben, und eigentlich hatte sie auch nicht die geringste Lust, sich darüber Gedanken zu machen. Ihr Leben war komplett aus den Angeln gehoben worden, und sie hatte gehofft, mit Paul zusammen etwas Klarheit zu finden und einen Plan zu fassen. Doch Paul schien mit der Situation noch überforderter zu sein als sie selbst und hatte zudem offenbar noch eine andere Baustelle.

»Meine Recherchen haben ergeben, dass die Mutter deiner Mutter, also deine Großmutter Brenda Munro, eigentlich die rechtmäßige Erbin von Montrose Manor gewesen wäre, als einziges Kind des verstorbenen Earl of Montrose. Dessen Bruder hat nach dem Tod des Earls zwar den Titel und das Wohnrecht geerbt, faktisch gehörte das Herrenhaus samt Ländereien aber deiner damals vierjährigen Großmutter. Doch ihr Onkel war ein Spieler und hat das hoch verschuldete Anwesen Angus Stewarts Vater Malcolm überschrieben.

Danach ist er mit deiner Großmutter nach Aberdeen gereist – und hat die kleine Brenda in ein Kinderheim gesteckt. Danach verliert sich seine Spur. Ich nehme an, dass er sich mit einem neuen Namen in die USA oder nach Australien abgesetzt hat oder vielleicht auch einem Unglück zum Opfer gefallen ist. Jedenfalls gibt es Papiere, die belegen, dass deine Großmutter schlicht als Waise Brenda Munro im Heim abgegeben wurde.«

Ainslee wusste von der traurigen Heimkindheit ihrer Großmutter mütterlicherseits. Allerdings war sie früh verstorben, und so kannte Ainslee keine Details. Aber vermutlich hätte Granny gerade auch nichts beitragen können, denn wer erinnerte sich schon an sein Leben mit vier? »Kann es eine Verwechslung sein?«

»Nein, die Geburtsurkunde existiert ja. Also, momentan sieht alles danach aus, dass deine Mutter die eigentliche Besitzerin von Monroe Manor ist – und damit indirekt du. Jedenfalls denken nun alle, dass du die Fäden des Herrenhauses in deinen Händen hältst«, gab er zu. »Und das ist allein mein Fehler, denn ich habe mich dazu verleiten lassen, gegenüber Ollie halb gare Aussagen zu machen. Ich wiederhole noch einmal, dass noch längst nicht alles geprüft ist. Nur weil die Quellen schlüssig wirken, heißt das keineswegs, dass sie es auch sind. Von der juristischen Einschätzung ganz zu schweigen.«

»Was genau soll ich deiner Meinung nach jetzt denken oder tun?«, fragte sie. »Falls es dir nicht bewusst geworden ist: Ich habe gerade ganz andere

Probleme. Und wenn überhaupt, ist ja meine Mutter die rechtmäßige Besitzerin und nicht ich. Ich habe keine Ahnung, wie sie auf diese Nachricht reagieren würde. Im Zweifel fände sie die Idee, Schlossherrin zu werden, wohl verdammt reizvoll …« Ainslee wurde allein schon beim Gedanken daran übel. Sie liebte ihre Mutter, ertrug sie aber nur in kleinen Dosen. Wenn Gwendolyn Ferguson als neue Besitzerin auf Monroe Manor einziehen würde, dann … Diese Gedanken waren fast noch verstörender als die Donald-Trump-Golfhotel-Visionen, die sie noch vor ein paar Wochen gequält hatten.

»Nichts«, gab er zurück.

»Wie, nichts?«

»Zumindest nicht in Bezug auf das Haus. Da musst du dir erst Gedanken machen, wenn meine Recherche abgeschlossen ist.« Er trank einen Schluck von dem Tee, der inzwischen bestimmt nur noch lauwarm war.

»Wie beruhigend …« Den bitteren Sarkasmus in ihrer Stimme konnte sie kaum unterdrücken, und eigentlich wollte sie es auch nicht. »Dann kann ich mich also ganz auf die Tatsache konzentrieren, dass ich entgegen allen Wahrscheinlichkeiten schwanger bin«, brachte sie das Gespräch wieder zurück zu ihrer persönlichen Hiobsbotschaft.

Paul bedachte sie mit einem mehr als seltsamen Blick. »Mir fällt es wirklich schwer, an einen Zufall zu glauben. Das widerspricht allem, was ich über die menschliche Fortpflanzung weiß.«

Das hatte er jetzt nicht ernsthaft gesagt, oder? Fassungslos stand Ainslee auf und ging in den Flur, wo sie das ausgedruckte Ultraschallbild aus ihrer Handtasche zog, das Anna ihr regelrecht aufgedrängt hatte. »Unterstellst du mir etwa, dass ich die Schwangerschaft erfunden habe?«, fragte sie und schob ihm das Foto über den Tisch zu.

Er schloss mit einem gequälten Gesichtsausdruck die Augen. »Nein, das ist ja wohl eindeutig«, erwiderte er dann. »Ich …«

»Du unterstellst mir, dass ich es *absichtlich* gemacht habe?« Sie begann, am ganzen Körper zu beben.

»Ich unterstelle gar nichts, aber … ich meine, du wärst nicht die erste Frau, die …«

»Raus!«, brachte sie mühsam beherrscht hervor.

»Ainslee, bitte …«

»Raus!!«, brüllte sie nun so laut, dass die Hunde erschrocken zusammenzuckten.

Paul zögerte einen kleinen Moment und schien noch etwas sagen zu wollen, doch dann überlegte er es sich anders. Er stand auf und verließ seltsam hüftsteif die Küche, ohne sie noch einmal anzusehen. Vom Flur aus rief er Ivy zu sich, die nach einem letzten verwirrten Blick auf Jules und Ainslee ihrem Herrn folgte. Kurz darauf hörte Ainslee, wie die Haustür ins Schloss fiel. Danach bahnten sich endlich die lange aufgestauten Tränen ihren Weg.

• • •

Paul hatte keine Ahnung, was er jetzt tun sollte. Er hatte das Gefühl, nein, die sichere Gewissheit, dass er soeben den schlimmsten Fehler seines Lebens begangen hatte, doch er schaffte es nicht, umzudrehen und mit Ainslee zu sprechen. Was könnte er ihr auch sagen, was die Situation nicht noch weiter verschlimmern würde?

Eigentlich wusste er tief in seinem Inneren, dass sie ihn ganz sicher nicht verarscht hatte. Doch alle Indizien zeigten leider in eine andere Richtung. Und wenn er es klar, nüchtern und neutral betrachtete, kannte er Ainslee eigentlich nicht wirklich. Vor nicht einmal zwei Monaten waren sie sich zum ersten Mal begegnet. In Stirling nach dem ersten Markttag hatten sie das erste Mal miteinander geschlafen. Es war eine rauschhafte, sinnliche Nacht gewesen. Und durch und durch untypisch für ihn. Er hatte nicht damit gerechnet, dass er an diesem Wochenende Sex haben würde, weshalb er auch keine Kondome dabeigehabt hatte. Normalerweise hätte er sich unter diesen Umständen niemals auf ein Abenteuer eingelassen, doch Ainslee hatte ihm sehr glaubhaft versichert, dass sie die Pille nahm, ja, er hatte die Tabletten sogar gesehen. Das musste immer noch nichts heißen, aber da er von ihrem nicht existenten Kinderwunsch wusste – ihrem *angeblich* nicht existenten Kinderwunsch! –, hatte er ihr vertraut. Weil er ihr hatte vertrauen wollen und weil er sie begehrt hatte wie noch keine Frau zuvor in seinem Leben.

Danach hatten sie es mal mit Kondom gemacht, mal ohne, wie bei dem einen Mal vor zwei Wochen im Wald, als sie ihn einfach so verführt hatte. Beim Gedanken an diesen Abend wurde er gleich wieder hart, obwohl die Ankündigung ihrer Schwangerschaft doch der größte Abtörner aller Zeiten hätte sein müssen. Sein Schwanz hatte da wohl andere Vorstellungen. Arschloch!

Wütend hupte er einen italienischen Caravan an, der anscheinend Orientierungsprobleme hatte und nicht mehr wusste, auf welcher Straßenseite er fahren musste. Das war absolut untypisch für ihn: Normalerweise war er immer ruhig und besonnen und ließ sich nicht provozieren. Aber jetzt? Die italienische Familie kam schlingernd in einer Parkbucht am Straßenrand zum Stehen, und er brauste vorbei, mit aller Macht sein schlechtes Gewissen unterdrückend. Was nicht wirklich gut funktionierte. Er hasste sich, wenn er sich wie ein Arsch benahm, und konnte sich kaum erinnern, wann es das letzte Mal geschehen war. Obwohl … Lüge, natürlich wusste er das noch! Kurz nachdem er die Tagebücher seiner Mutter gelesen hatte und die Welt, die er kannte, in tausend Teile zerbrochen war. Da hatte er sich wochenlang, monatelang gegen alles und jeden gestellt und sich benommen wie ein emotionales Kettensägenmassaker auf zwei Beinen. Geholfen hatten die unkontrollierten Wutausbrüche damals nicht, und es war einigermaßen unwahrscheinlich, dass es diesmal besser funktionieren würde. Sollte er umdrehen und sich bei den Italienern entschuldigen? Oder bei Ainslee?

Ivy fiepste aus dem Kofferraum. Ganz offensichtlich spürte sie seine Stimmung. Oder sie hatte Hunger. Oder war frustriert, weil es nicht nach ihrem Willen ging und sie nicht bei Jules sein konnte. Dass die Frauen in seinem Leben aber auch immer meinten, es müsse sich alles um sie drehen! »Klappe, Ivy«, herrschte er den Hund an und schämte sich gleich noch mehr. Seine treue Gefährtin konnte ja nun wirklich nichts dafür, dass er einen blöden Neandertaler in sich hatte, der immer dann zum Vorschein kam, wenn sein Weltbild zerbrach.

»Hör auf, dich selbst immer so wichtig zu nehmen«, dröhnten die Worte dieser dämlichen Wahrsagerin Madame Apollonia in seiner Erinnerung. Wollte sein Unterbewusstsein ihn jetzt auch noch verhöhnen?

In letzter Sekunde stieg er mit aller Kraft auf die Bremse, denn vor ihm waren die Autos plötzlich zum Stehen gekommen, und er wäre seinem Vordermann beinahe draufgefahren. Ivy japste erschrocken, war aber hoffentlich unverletzt. Pauls Herz raste, und er merkte, wie ihm der Schweiß ausbrach. Er musste sich jetzt ganz dringend wieder unter Kontrolle bringen, sonst würde das hier noch böse enden.

Zu seinem Erstaunen stellte er fest, dass er soeben am Ortseingang von Fort Augustus angekommen war. Ohne die geringste Erinnerung daran, dass er in diese Richtung gefahren war. Warum hätte er das auch tun sollen? Aber egal, im Grunde war es sogar eine gute Entscheidung. Er brauchte dringend einen Tapetenwechsel, damit er sich beruhigen und endlich klar denken konnte. Als sich der Feierabendverkehr gemächlich wieder in Bewegung setzte, hielt er die Augen offen und stellte seinen Wagen dann auf dem nächsten Parkplatz ab. Er ließ Ivy aus dem Kofferraum, streichelte sie und lief mit ihr durch das belebte kleine Städtchen, bis er einen Pub fand, wo sie einkehren konnten. Er war nach dem Frühstück den ganzen Tag nicht zum Essen gekommen und brauchte dringend etwas im Magen. Danach würde er einen Plan machen.

• • •

»Ach du Scheiße, ist irgendwas passiert?«

Kristies erschrockene Worte rissen Ainslee aus ihrer Schockstarre. Sie wusste nicht, wie lange sie am Küchentisch sitzend geweint hatte, aber irgendwie musste sie wohl eingeschlafen sein, denn als sie nun hochfuhr, tat ihr alles weh. Hatte sie ernsthaft halb auf der Tischplatte liegend gepennt? Nun stupste sie auch noch Jules sanft an der Seite an. Sie gab einen unverständlichen Laut von sich, der Kristie eindeutig nicht als Antwort reichte.

»Was ist los?«, bohrte sie nach. Sie hatte auf dem Stuhl neben Ainslee Platz genommen und ihr sanft die Hände auf die Schultern gelegt. Die sie jetzt nicht ganz so sanft rüttelte, als immer noch keine Reaktion kam.

In Ainslees Kopf tobten eine Menge Gedankenfetzen und denkbare Antworten herum, doch über ihre Lippen kam schließlich: »Ich bin schwanger.«

»Oh.« Kristie räusperte sich. »Und das finden wir wie?«

»Unmöglich.«

»Okay …«

»Nein, ich meine, es ist eigentlich komplett unmöglich. Nach menschlichem Ermessen kann ich nicht schwanger sein, aber laut Anna besteht kein Zweifel.« Ainslee fand es einigermaßen bemerkenswert, dass sie in der Lage war, ganze Sätze zu formulieren.

»Ich will dir nicht zu nahe treten, aber du und Paul … ich meine, die Wände sind hier nicht so schrecklich dick, und da hatte ich schon den Eindruck … also, ich kann mich irren. Aber eigentlich nicht, weil die Geräusche schon sehr eindeutig waren.« Kristie wirkte verlegen, aber auch entschlossen, ihre logische Herleitung durchzuziehen.

»Natürlich haben wir miteinander geschlafen – und nur fürs Protokoll, dich und Yeshi hört man auch! –, aber es ist trotzdem unmöglich. Ich leide seit vielen Jahren an Endometriose und nehme daher die Pille. Es ist also fast doppelt unmöglich.« Sie seufzte frustriert, weil ihr immer noch nicht in den Kopf gehen wollte, wie es passiert sein konnte.

»Keine Verhütungsmethode ist absolut sicher«, dozierte Kristie, die im Aufklärungsunterricht in der Schule offensichtlich sehr gut aufgepasst hatte. »Und es gibt doch immer Fälle, bei denen die Pille versagt. Bei Magen-Darm-Problemen beispielsweise, oder wenn man sie mal vergisst. Du glaubst ja gar nicht, wie panisch Hailey dann oft war.«

»Ich weiß das alles, aber das ist nicht geschehen. Das letzte Mal habe ich vor ungefähr acht Jahren die Pilleneinnahme vergessen. Seitdem habe ich eine Erinnerung in meinem Handy. Nein, das kann ich komplett ausschließen.« Dieses Gespräch hatte sie schon mit Anna geführt, die schließlich zu dem Schluss gekommen war, dass eine oder mehrere der kleinen Tabletten ohne Wirkstoff gewesen sein mussten. Extrem selten, aber nicht komplett undenkbar.

»Na, dann ist es doch eigentlich ein Wunder, nicht wahr?« Kristie hatte tatsächlich den Nerv, aufmunternd zu lächeln.

»Ein Wunder?« Ainslee wusste nicht, woher der unbändige Zorn kam, der sich gerade in ihr breitmachte. Kristie war jedenfalls nicht die geeignete Adressatin. »Ich will keine Kinder. Wollte nie welche. Es ist also kein Wunder, sondern die reine Katastrophe!« Erneut brannten Tränen in ihren Augen.

»Ach, Ainslee, das tut mir so leid«, murmelte Kristie und klang einigermaßen hilflos. »Hast du schon mit Paul geredet?«

Diese Frage brachte bei Ainslee in mehr als einem Wortsinn das Fass zum Überlaufen. Die Tränen bahnten sich ihren Weg, und aus ihrer Kehle kam nur noch ein ersticktes Schluchzen.

Kristie zog sie in ihre Arme und ließ sie einfach weinen. Als Ainslee sich langsam wieder beruhigt hatte, fragte sie: »Ich schätze, er hat nicht gut reagiert, oder?«

»Das ist die Untertreibung des Jahrhunderts! Er hat mir mehr oder weniger unterstellt, dass ich ihm absichtlich ein Kind unterschieben will.«

»Was? Das ist ja wohl das Allerletzte!«, rief Kristie schockiert. »Das hätte ich ihm wirklich nicht zugetraut.«

»Ich auch nicht.« In Ainslee lieferten sich gerade Wut und Tränen einen interessanten Wettstreit um die Oberhand. Die merkwürdige Pattsituation, die sich daraus ergab, sorgte für erstaunliche Klarheit in ihrem Kopf.

»Und jetzt?«

»Keine Ahnung, ich weiß nur, dass ich offensichtlich mal wieder auf mich allein gestellt bin. Nicht, dass das neu für mich wäre, aber das jetzt hat schon eine andere Qualität.«

»Du bist nicht allein!« Kristie sah sie eindringlich an. »Du hast hier Freundinnen, die zu dir halten – egal, was passiert.«

»Du hast recht«, gab Ainslee zu. »Und deshalb werde ich auch nicht in mein übliches Verhaltensmuster zurückfallen und abhauen. Das war bislang immer mein Modus Operandi, wenn es schwierig oder unangenehm wurde. Aber ich habe hier Freunde und mein Unternehmen, und das lasse ich mir von niemandem kaputtmachen oder wegnehmen.« Die Sicherheit, die sie bei ihren eigenen Worten verspürte, überraschte Ainslee etwas, denn der Impuls, wegzurennen, war bis eben tatsächlich sehr stark gewesen. Doch erstens wusste sie nicht, wohin – ganz sicher nicht zu ihrer Mutter nach Aberdeen –, und zweitens war hier ihr Zuhause, und sie hatte Verpflichtungen.

• • •

Mit Abendessen im Magen sah die Welt schon wieder besser aus. Wobei, nein, das stimmte nicht. Pauls Welt war immer noch komplett aus den Angeln gehoben und fühlte sich an wie das totale Chaos. Aber seine unkontrollierte Wut hatte sich etwas gelegt – und ziemlich tiefer Scham Platz gemacht. Er hatte sich unmöglich benommen. Gegenüber Ainslee, gegenüber der italienischen Caravan-Familie und vor allem gegenüber sich selbst. So wollte er nicht sein. Allerdings hatte er auch keine Ahnung, wie er es ändern konnte, denn er fühlte sich von Ainslee wirklich betrogen, ob absichtlich oder unabsichtlich. Und eins war klar: Er konnte im Moment nicht mit ihr sprechen – vor allem weil er Angst hatte, dann wieder Dinge zu sagen, die er gleich darauf bereuen würde. Noch ein Monat, bis im September das neue Semester begann und er sich wieder um andere Dinge kümmern musste als diese haarsträubende Schnitzeljagd, um den wahren Eigentümer von Monroe Manor ausfindig zu machen. Eigentlich sollte er von diesem

Auftrag mit sofortiger Wirkung zurücktreten. Sollten doch die Anwälte der Stewart-Familie den Rest klären.

Aber natürlich verbat das seine Berufsehre – und seine eigene Neugier. Wenn Ainslee – oder besser ihre Mutter Gwendolyn – die legitime Besitzerin war, sollten die beiden auch zu ihrem Recht kommen. Die Vorstellung, in den nächsten Tagen in der Bibliothek von Monroe Manor zu sitzen, um alle Querverweise und Quellen zu überprüfen und gegebenenfalls noch ein bisschen tiefer zu bohren, machte Paul nicht gerade glücklich. Vor allem, weil ihm dabei vermutlich ständig irgendein Stewart- oder Fraser-Familienmitglied über die Schulter starren würde. Und weil Ainslee sich in unmittelbarer Nähe befand.

Nein, er sollte seine Unterlagen und seinen Laptop packen, zurück nach Inverness fahren und dort arbeiten. Oder besser noch weiter weg. Das Wochenende auf Lewis hatte ihm gezeigt, wie sehr ihn seine Heimat geprägt hatte – und wie sehr er die Insel und seine Familie vermisste. Vielleicht schadete es nicht, ein paar Tage mehr dort zu verbringen?

Er bezahlte sein Abendessen und ging mit Ivy zurück zum Auto. »Wir haben einen Plan«, kündigte er an und fühlte sich ein kleines bisschen besser.

FALSCH ABGEBOGEN

ZEIT WAR IN IHRER aktuellen Situation nicht ihr Freund, das war Ainslee vollauf bewusst, aber sie wollte sich auch nicht hetzen lassen. In keine Richtung. Daher hatte sie außer Kristie, Paul und Harriet niemandem von ihrer Schwangerschaft erzählt. Auf die Diskretion ihrer Mitbewohnerin war Verlass, und Paul hatte nach allem, was sie hörte, noch am selben Abend das Herrenhaus verlassen und war abgereist. Wohin auch immer. Ihr war es egal. Gemeldet hat er sich seitdem jedenfalls nicht mehr. Harriet hatte ganz ähnlich reagiert wie Kristie. Mitfühlend und loyal ihr gegenüber und absolut entsetzt, was Paul betraf, aber sie hatte Ainslee auch in Ruhe gelassen und nicht weiter nachgebohrt, was sie denn nun tun würde.

Vor allem hatten sie sich gemeinsam in die nicht enden wollende Arbeit gestürzt und wie im Akkord Aufträge abgearbeitet, Kilts genäht und ihren brandneuen Stab aus freien Mitarbeiterinnen und Zulieferfirmen zu wahren Höchstleistungen angestachelt. Bis zu den Highland Games waren es keine drei Wochen mehr, und es gab noch immer einiges zu tun.

Erstaunlicherweise hatte niemand sonst Ainslee während der letzten Woche darauf angesprochen, was es mit dem Herrenhaus auf sich hatte, obwohl Paul den Eindruck vermittelt hatte, dass schon das ganze Dorf informiert war. Nun ja, ihr sollte es recht sein. Sie hatte keine Lust, sich auf irgendwelche Spekulationen einzulassen, und hatte das Thema ziemlich erfolgreich aus ihrem Bewusstsein verdrängt. Aber sie hatte ja auch andere Probleme.

Dem wichtigsten wollte sie sich jetzt stellen. Also kam sie genau eine Woche nach der Hiobsbotschaft wieder in Annas Praxis, um mit der Ärztin die weiteren Möglichkeiten zu besprechen und sich eine Überweisung zum Gynäkologen in Inverness zu holen. Als sie das Wartezimmer betrat, wartete dort bereits eine andere Patientin.

»Ainslee?«, rief Isla überrascht.

»Bist du krank?«, erkundigte sich Ainslee und nahm neben der Köchin Platz.

»Ich hoffe nicht. Ich fühle mich nur seit ein paar Wochen so wahnsinnig abgeschlagen und würde am liebsten dauernd schlafen. Das ist bei meinen Arbeitszeiten eher ungünstig.« Sie seufzte. »Und du?«

»Ähm …« Ainslee wollte nicht sagen, dass sie bei Islas Worten ein Déjà-vu-Gefühl überkam. Das waren ja präzise die Symptome, wegen denen sie letzte Woche bei Anna aufgetaucht war.

»Ähm?« Isla schaute sie erwartungsvoll an und gleich darauf peinlich berührt wieder weg. »Verzeihung, du musst mir natürlich nicht erzählen, weshalb du hier bist. Sorry.«

»Schon gut. Ich war nur letzte Woche wegen ähnlicher Symptome bei Anna und …«

»Dann ist es am Ende etwas Ansteckendes? Eine Art Sommergrippe?« Isla klang alarmiert. »Ich hab ja eher an irgendeine Schilddrüsensache geglaubt.«

»Ähm …«, stammelte Ainslee wieder, doch dann wurde sie glücklicherweise von Anna erlöst, die hereinkam, um Isla aufzurufen.

»Na das ist ja mal ein seltener Anblick, zwei rothaarige Frauen in meinem Wartezimmer!«, rief sie mit einem fröhlichen Lächeln. »Dann fangen wir mal mit Isla an.«

Isla warf Ainslee beim Hinausgehen noch einen sehr merkwürdigen Blick zu, und Ainslee atmete erleichtert aus, als sich die Tür schloss. Sie lehnte sich zurück und schloss die Augen. Doch anders als beim letzten Mal schlief sie nicht ein. Ihre Gedanken rasten, und unwillkürlich ging sie den Ablauf ihrer eigenen Untersuchung noch einmal durch. Ohne es zu wollen, lauschte sie auf Geräusche, und tatsächlich öffnete sich irgendwann die Tür des Sprechzimmers, und jemand ging in Richtung Toilette. Die Spülung rauschte, und wieder war die Tür zum Sprechzimmer zu hören.

Dann klapperte es, und Elvis zwängte sich durch die Katzenklappe im Fenster. »Mau!«, sagte er und sondierte die Lage. Als er Ainslee erspähte, sprang er behände auf ihren Schoß und rollte sich darauf zusammen.

»Duplizität der Ereignisse«, murmelte Ainslee und kraulte den weichen Flauschball. Sie wusste nicht, was sie Isla wünschen sollte, genauso wenig wie sie wusste, was in ihr selbst vorging. Sie hatte in den letzten Tagen einen ziemlich großen Aufwand betrieben, um nicht über das wachsende Leben in ihrem Bauch nachzudenken. Und unter der Woche war ihr das auch einigermaßen gelungen. Nach der Arbeit war sie meist so müde, dass sie direkt in ihr Bett fiel und in einen narkotischen Tiefschlaf sank. Am nächsten Tag das gleiche Spiel. Und am übernächsten. Und am überübernächsten.

Doch das Wochenende war die Hölle gewesen. Sämtliche verdrängten Gedanken waren mit aller Wucht zurückgekehrt. Genau wie die irrationale Sehnsucht nach Paul. Die Wut auf ihn war zwar auch noch da, aber die hatte sich deutlich verringert. Sie konnte seine Sichtweise inzwischen sogar einigermaßen nachvollziehen. Natürlich musste man sich als Mann extrem verwundbar fühlen, wenn man die Verhütungsverantwortung abgab. Womöglich hatte er schon mal eine blöde Erfahrung gemacht? Aber trotzdem tat es verdammt weh, dass er ihr so wenig glaubte und ihr einen derartigen Vertrauensbruch überhaupt zutraute. Und dennoch sehnte sie sich nach ihm. Nach seiner Nähe und seiner normalerweise so besonnenen Art. Sie sollte diese Entscheidung nicht allein treffen müssen. Aber er hatte sich nicht mehr bei ihr gemeldet. Hatte nicht angerufen und auch keine Nachricht geschrieben, sondern war einfach abgehauen. Gut, sie hatte ihn rausgeworfen, aber trotzdem …

»Warum seid ihr Kerle nur so stur?«, fragte sie den Kater auf ihrem Schoß, der jedoch nur wohlig schnurrte und mögliche Einsichten ins männliche Seelenleben für sich behielt.

»Ich muss das jetzt erst mal sacken lassen«, hörte sie Isla vor der Wartezimmertür sagen.

»Das kann ich gut verstehen. Ich kümmere mich jetzt um Ainslee, und wenn du dann noch Gesprächsbedarf hast, bin ich wieder für dich da«, erwiderte Anna, während sie die Tür aufmachte.

Isla war blass und wirkte bis auf die Knochen erschüttert, so sehr, dass Ainslee gleich erschrocken an eine schwere Krankheit dachte. Doch andererseits hatte sie selbst sich vor einer Woche genauso gefühlt. Isla schien sie gar nicht wahrzunehmen, sie taumelte regelrecht auf einen Sessel zu.

»Ich glaube, da wirst du jetzt nötiger gebraucht«, raunte Ainslee dem Kater ins Ohr und scheuchte ihn von ihrem Schoß. Dann stand sie auf und folgte Anna ins Sprechzimmer.

»Wie geht es dir heute?«, wollte die Ärztin wissen, als beide Platz genommen hatten.

»Ich weiß es ehrlich gesagt nicht genau«, gab Ainslee zu, immer noch abgelenkt von Islas Reaktion. »Kann es sein, dass Isla ebenfalls …?«

»Du weißt, ich kann nicht über meine Patienten sprechen«, unterbrach Anna sie. »Was kann ich für dich tun?«

»Ich wollte dich bitten, mir die Adresse der Spezialistin zu geben, und fragen, ob du vielleicht einen Termin für mich vereinbaren könntest. Ich kann die Situation nicht länger ignorieren.«

»Das finde ich gut. Es gibt eine große Gemeinschaftspraxis, die auf sämtliche gynäkologischen Richtungen spezialisiert ist, da wirst du die passende Ansprechpartnerin finden.« Sie sah Ainslee beinahe liebevoll an. »Hast du dich denn entschieden?«

Ainslee schüttelte den Kopf. »Nein. Offen gestanden nicht.« Sie schluckte. »Weißt du, ich habe schon als Teenagerin gesagt, dass ich keine Kinder haben will – weil ich keine guten Vorbilder hatte. Die heile Mutter-Vater-Kind-Welt habe ich nie erlebt, daher erschien sie mir auch nicht erstrebenswert. Andere Freundinnen, die aus ähnlich schwierigen Verhältnissen kamen, haben aber einen ganz anderen Weg eingeschlagen. Eine ist mit sechzehn Mutter geworden, weil sie ihrer Tochter all die Liebe schenken wollte, die sie selbst so vermisst hat. Du kannst dir vorstellen, wie das geendet hat.« Sie schüttelte traurig den Kopf. »Jedenfalls war mir schon früh klar, dass das nicht der Weg für mich sein würde. Und später, mit der Endometriose, stand dann ja auch fest, dass es kaum möglich sein würde, selbst wenn ich es mir wünschte. Plus fehlende geeignete Vaterfiguren und die in letzter Zeit gewachsene Überzeugung, dass man in diese Welt ohnehin besser keine neuen Menschen mehr entlässt. Besser für den Planeten und besser für die Kinder. Das war meine fest zementierte Sichtweise, mit der ich mich absolut wohlgefühlt habe. Und jetzt?«

»Jetzt kommen dir Zweifel?«

»Ja. Aber ich weiß nicht, ob die echt sind oder nur durch Hormone entstehen. Ich weiß überhaupt nicht, was ich denken und fühlen soll, und es ist nicht hilfreich, dass Paul sich aus dem Staub gemacht und sich der Verantwortung entzogen hat.« Sie schnaubte frustriert auf. »Ich weiß nur, dass ich keine Lust habe, wie meine Mutter zu enden: als alleinerziehende Frau, die ihr ganzes Leben lang vergeblich ihr Glück in toxischen und missbrauchenden Beziehungen sucht.«

»Das kann ich absolut verstehen, aber ich bin auch ganz sicher, dass das nicht geschehen wird. Egal wie du dich entscheidest.«

»Was soll das heißen? Wenn ich das Kind bekomme, werde ich eine alleinerziehende Mutter sein, und dann stehen Tür und Tor für weitere Dramen offen.«

»Selbst wenn dieser Fall eintreten sollte und du ohne Pauls Unterstützung bleiben müsstest, was ich mir übrigens beim besten Willen nicht vorstellen kann, wird das nicht passieren, denn du bist ein vollkommen anderer Mensch mit einer ganz anderen Einstellung zu Männern und Beziehungen. Ohne deiner Mutter, die ich ja nicht kenne, zu nahe treten zu wollen, denke ich, dass du sehr viel von einer

Entwicklung durchgemacht hast, die ihr auch nicht geschadet hätte.«

»Da sagst du was …« Ainslee atmete tief aus. »Ich will das gerne glauben, aber ich habe Angst, dass deine Meinung von mir viel zu gut ist und ich in Stresssituationen in erlernte Verhaltensmuster zurückfalle. Du glaubst ja gar nicht, was ich mir früher von miesen Männern habe antun lassen.«

»Denkst du, dass Paul ein solcher mieser Mann ist?«

»Nun ja, er hat mir unterstellt, dass ich ihm absichtlich ein Kind unterschieben will – das finde ich schon ziemlich mies.«

»Was?« Anna konnte ihr Entsetzen kaum verbergen. »Das hat er so gesagt?«

»Nicht mit diesen Worten, aber implizit. Er fand meine Geschichte nicht sehr glaubwürdig«, bestätigte Ainslee bitter.

»Und dann?«

»Dann habe ich ihn rausgeworfen, und er ist abgehauen. Keine Ahnung, wohin und was er gerade macht.«

»Krass. So hätte ich ihn nicht eingeschätzt.« Anna sah aufrichtig erschüttert aus.

»Eben. Ich auch nicht. Aber genau das ist es, was mir Angst macht. Also, nicht Paul, sondern der Rückfall in dumme Verhaltensmuster bei mir selbst. Und gleichzeitig stimmen meine globalen Argumente, die gegen ein Kind sprechen, ja auch immer noch. Nur weil wir hier in Kirkby gefühlt auf einer Insel der Glückseligen leben, kann man vor all den schrecklichen Dingen auf der Welt nicht völlig den Blick verschließen. Kann man das guten Gewissens einer neuen Generation antun?«

»Das sind alles berechtigte Fragen, und ich finde es wirklich gut, dass du dich damit auseinandersetzt«, entgegnete Anna, nun wieder ganz ruhig. »Ich fände es auch gut, wenn du dir noch eine weitere Meinung dazu anhörst, ob eine erfolgreiche Schwangerschaft bei deiner gesundheitlichen Vorgeschichte überhaupt möglich ist. Aber an irgendeinem Punkt solltest du den Kopf abschalten und vor allem auf dein Herz hören.«

»Ich werde es versuchen, danke. Das ist ein guter Rat.«

»Dann rufe ich jetzt bei den Kollegen in Inverness an. Irgendwelche Tage, an denen es gar nicht passt?«

»Nein, ich werde es mir immer einrichten. Ich möchte nach Möglichkeit nicht mehr allzu lange warten.«

»Das dachte ich mir. Magst du noch kurz im Wartezimmer Platz nehmen?«

Als Ainslee die Tür öffnete, saß dort immer noch Isla mit Elvis auf dem Schoß.

»Bist du auch zum Abkühlen hier?«, erkundigte sie sich.

»Nein. Ich warte auf einen Termin bei …« Ainslee zögerte, aber eigentlich war es kein Geheimnis. »In einer gynäkologischen Praxis in Inverness.«

»Dann können wir eine Fahrgemeinschaft bilden«, entgegnete Isla trocken und sah sie prüfend an. »Bist du etwa auch …?«

»Schwanger? Ja.«

»Scheiße.« Islas Gesicht verzog sich schmerzhaft.

»Du sprichst mir aus der Seele, aber das war jetzt nicht die Reaktion, mit der ich von dir gerechnet hätte.« Ainslee starrte sie verblüfft an.

»Sorry, das kam falsch raus. Ich meine, ich hab das immer noch nicht kapiert. Jon und ich wollen Kinder, aber wir hatten es genau geplant. Ideal wäre es nämlich, wenn das Kind rund um den Jahreswechsel, also in der Zeit zwischen November und Januar, geboren werden würde. Ich mache das Restaurant im Januar und Februar ja immer für zwei Monate dicht, weil da sowieso nichts los ist. Das wäre der perfekte Baby-Slot, auf den wir hingearbeitet haben. Es hat nicht geklappt, was ich nicht weiter schlimm fand, denn wann funktioniert schon mal was auf Anhieb? Wir wollten es dann in ein paar Monaten wieder versuchen. Also haben wir wieder verhütet, und jetzt soll ich schwanger sein?« Sie stöhnte frustriert auf. »Wenn das stimmt, käme das Kind Ende März, Anfang April zur Welt. Das ist der Start der Hauptsaison. Da wäre das Jahr für mich gelaufen, wahrscheinlich müsste ich das Restaurant dichtmachen.«

»Scheiße.«

»Ja genau. Also für mich. Ich meine, wenn du dich freust, dann ist das toll, aber …« Isla schien etwas zu dämmern. »Du freust dich auch nicht, was? Ich meine, du hast doch immer gesagt, dass du keine Kinder willst, oder?«

»Ja. Hab ich. Und eigentlich meine ich es auch immer noch so.«

»Aber?«

»Keine Ahnung. Scheiße.«

»Scheiße.«

»Darf ich kurz stören?«, unterbrach Anna den wenig erquicklichen Dialog und blickte mit einem wissenden Lächeln zwischen den beiden Frauen hin und her. »Ich hätte einen Termin morgen um zehn in Inverness.«

»Für wen?«, wollte Isla wissen.

»Für euch beide – wenn ihr das wollt.« Annas Lächeln wurde zu einem vergnügten Grinsen, so als hätte sie gerade einen großen Coup eingefädelt. »Vermutlich ist das nicht besonders professionell und diskret von mir, aber ich habe mir schon gedacht, dass ihr euch gegenseitig … ähm … eine Stütze sein könntet.«

Ainslee schaute Isla an und musste unwillkürlich lachen. Isla stimmte mit ein. »Scheiße«, sagten sie dann wie aus einem Mund.

»Dann machen wir das also mit der Fahrgemeinschaft«, bestätigte Isla noch einmal und stand auf. »Danke, Anna. Und Ainslee, wir sehen uns morgen.«

• • •

»Paul, Schätzchen, du weißt, wie sehr wir uns freuen, dass du hier bist, aber willst du nicht langsam mal mit der Sprache rausrücken, was wirklich mit dir los ist?« Maura bedachte ihren Stiefsohn mit einem mitfühlenden Blick. Duncan war draußen bei den Schafen und hatte auch Ivy mitgenommen. Paul saß mit seinem Laptop und stapelweise Unterlagen am Esstisch – und Maura hatte nach dem schon achttägigen Besuch offenbar langsam die Nase voll.

»Wenn ich dich nerve, kann ich auch zu Ollie und Felix gehen«, entgegnete Paul und kämpfte gegen das Gefühl der Kränkung an. Maura wollte ihn nicht hierhaben. Ainslee wollte ihn nicht bei sich haben. *Erkenne das Muster*.

»Du nervst mich kein bisschen, ganz im Gegenteil. Es ist schön, dass du hier bist. Aber ich habe das Gefühl, dass dich etwas quält, und ich wollte wissen, ob ich dir irgendwie helfen kann«, sagte sie sehr liebevoll und geduldig. »Wollen wir einen Tee trinken?«

Paul dachte an die desaströse Teestunde bei Ainslee zurück. An die rote Keramikkanne und die Tassen mit Highland-Kühen drauf. Wie sie erst Milch, dann Tee eingeschenkt hatte – und ihm dann die Botschaft überbracht hatte, dass sie schwanger war. Nun beobachtete er, wie Maura erst jeweils ein Schlückchen Milch in zwei feine weiße Porzellantassen gab und dann den duftenden Earl Grey darübergoss.

»Ich glaube, ich habe es vollkommen verkackt«, gab er nach einer Weile zu.

»Mit deiner Freundin?« Maura trank einen Schluck und zupfte dann wie unbeteiligt einen Fussel von ihrem Pullover.

»Woher weißt du?«

»Du hast sie erwähnt, als du neulich mit Marlin hier warst. Und jetzt ist sie die ganze Zeit sehr deutlich kein Thema gewesen, sodass ich eins und eins zusammengezählt habe.«

Er grunzte nur etwas Unverständliches, weil er nicht genau wusste, was er sagen sollte. Andererseits überraschte es ihn kaum, dass Maura ihm auf die Schliche gekommen war. Das hatte sie schon immer gut gekonnt.

»Willst du mir erzählen, was passiert ist?«, fragte sie sachte nach.

»Sie ist schwanger.«

»Oh.« Ihr Gesichtsausdruck blieb völlig neutral, genau wie ihre Stimme – genau wie die verdammte Schweiz, die ihm jetzt wieder in den Sinn kam. Neutralität war wirklich eine Illusion, das wurde ihm langsam so richtig bewusst.

»Ich wollte nie Kinder haben, das weißt du«, sprach er weiter.

»Ich weiß. Das hast du bei jeder sich bietenden Gelegenheit ausführlich ausgewalzt.«

»Genau. Und Ainslee wusste es auch. Sie hat mich in dem Glauben gelassen, dass sie auch keine Kinder haben will, und dann – zack – ist sie doch schwanger.« Es waren nicht mehr Schock und Wut, die in ihm aufwallten, wie vor einer Woche, sondern andere Gefühle, die er nicht so leicht einordnen konnte.

»Zack?«

»Na ja, du weißt schon, wie ich es meine«, brummte er.

»Ehrlich gesagt nicht. Ich nehme an, ihr habt über Verhütung gesprochen, ehe ihr miteinander geschlafen habt? Zumindest hoffe ich das.« Sie musterte ihn prüfend.

»Natürlich haben wir das, du hast mich schließlich gut erzogen und aufgeklärt.« Paul erinnerte sich an hochnotpeinliche Gespräche mit Maura, die aber darauf bestanden hatte, dass er bereits mit dreizehn Jahren über alles Wichtige Bescheid wusste.

»Dann brauche ich mehr Kontext.«

»Na schön.« Er klappte seufzend seinen Laptop zu und sah knapp an seiner Stiefmutter vorbei aus dem Fenster. Eine Geste, die, wenn man Marlin glaubte, auf Zögern und Lügen hinwies, aber der hatte auch keine Ahnung. »Sie hat mir versichert, dass sie die Pille nimmt – und weil wir beide in der ersten Nacht keine Kondome dabeihatten, war ich so dumm, ihr zu vertrauen.«

»Vertrauen ist nicht grundsätzlich dumm«, entgegnete Maura vorsichtig. »Und ich weiß zufällig, dass du niemand bist, der sein Vertrauen einfach so verschenkt.«

»Aus gutem Grund, und diesmal habe ich mich offensichtlich getäuscht.«

»Schön, gehen wir mal davon aus, dass es so war. Sie hat dir also freudestrahlend die gute Nachricht mitgeteilt, dass sie ein Kind erwartet, und dann hast du …«

»Nein. So war's nicht«, unterbrach er sie. »Es war nicht freudestrahlend, sondern …« Wieder ging sein Blick zum Fenster. »Ehrlich gesagt wirkte sie ziemlich geschockt. Aber die Situation war auch blöd. Ich dachte, sie will mit mir reden, weil sie etwas von der Herrenhaus-Sache gehört hat und nun sauer auf mich ist, weil ich es ihr nicht zuerst mitgeteilt habe. So war es aber gar nicht. Ich rede mich also um Kopf und Kragen, ohne dass sie versteht, wovon. Und dann eröffnet sie mir, dass sie schwanger ist.«

»Und sie klang geschockt dabei?«

»Genau. Ziemlich fassungslos, genau genommen.« Er kratzte sich am Kinn. »Aber das war vermutlich nur Show, weil sie ja wusste, wie ich zum Kinderthema stehe, und sie wollte wohl authentisch rüberkommen mit ihrer Geschichte.«

»Und dann?«

»Dann habe ich natürlich gefragt, wie das sein kann, und sie hat mir dieses abenteuerliche Märchen aufgetischt, dass sie es sich auch nicht erklären könne, weil sie die Pille ja angeblich seit Jahren ohne Pause durchnimmt, wegen diesem Endodingens, und allein schon deswegen kaum schwanger werden kann. Wie soll ich das glauben können?«

»Endometriose?« Maura sah ihn prüfend an.

»Ja, so heißt es wohl. Ich wollte es googeln, aber ich hab's dann doch gelassen.«

»Hättest du mal besser getan.« Maura schüttelte den Kopf. »Endometriose ist eine wirklich heimtückische und fiese Krankheit. Bei mir hat sie erfolgreich verhindert, dass ich eigene Kinder bekommen konnte. Zum Glück habe ich dich und deinen Bruder, aber glaub mir, das ist etwas, das wünscht man seinem ärgsten Feind nicht.«

»Aber vielleicht hat sie sich das auch nur ausgedacht?«, wandte er ein, obwohl er tief in seinem Innersten wusste, dass es nicht stimmte. Ja, er kannte Ainslee Ferguson noch nicht lange, aber er hatte bereits bei der allerersten Begegnung das Gefühl gehabt, ihr sehr nahe zu sein. So eine Lüge traute er ihr nicht zu.

»Das kann ich nicht beurteilen«, erwiderte Maura. »Aber ich kann es mir ehrlich gesagt nicht vorstellen, denn Frauen, die nicht davon betroffen sind, kommen vermutlich gar nicht auf die Idee, dieses Krankheitsbild zu thematisieren – geschweige denn zu missbrauchen. Es wäre ja auch total unnötig gewesen. Hätte doch gereicht, wenn sie einfach erklärt hätte: ›Sorry, da hat wohl die Pille versagt.‹«

Das klang einleuchtend, musste Paul zugeben.

»Wenn sie also an Endometriose leidet und die Pille zu therapeutischen Zwecken dauerhaft einnimmt, wundert es mich nicht, dass sie vollkommen schockiert ist, weil sie trotzdem schwanger ist. Ich mag mir gar nicht ausmalen, was in ihr vorgehen muss.« Mauras Stimme war so voller Mitgefühl, dass Paul sich gleich noch mehr schämte. »Und dann hast du ihr vermutlich noch mitgeteilt, dass du ihr das alles nicht glaubst, was?«

»So ungefähr.«

»Armes Schäfchen«, bemerkte sie. Paul war sich nicht sicher, ob sie ihn oder Ainslee meinte. Vermutlich beide.

»Und danach hat sie mich rausgeworfen«, beendete er trübsinnig seinen Bericht.

»Überrascht dich das?«

»Nein.«

»Aber?«

»Nichts aber.« Paul entfuhr ein tiefer Seufzer. Es tat ihm schon längst leid, dass er so unsouverän reagiert hatte – und so sehr aus der Rolle gefallen war. Zweifellos hielt ihn Ainslee für ein übles Arschloch. Er hielt sich ja selbst für eins!

Maura sah ihn an, sagte aber nichts. Die Enttäuschung in ihren Augen war jedoch eindeutig. Sie drückte aus: *So habe ich dich nicht großgezogen!* Vielleicht auch: *Du warst, freiwillig oder nicht, an der Produktion dieses Kindes beteiligt, also darfst du dich nicht aus der Verantwortung stehlen.*

»Du hast ja recht!«

»Ich habe nichts gesagt.«

»Das war auch nicht nötig. Es tut mir wahnsinnig leid, dass ich so arschig reagiert habe. Auch wenn es

Absicht von ihr war, hätte ich mich nicht so benehmen dürfen«, sprach er aus, was ihn schon länger quälte, was er aber bisher nicht einmal vor sich selbst hatte zugeben können.

»Ich bin dafür nicht die richtige Adressatin«, gab Maura sachte zu bedenken. »Das solltest du vielleicht deiner Freundin erzählen. Und mit ihr gemeinsam überlegen, wie es weitergehen soll.«

Seine Stiefmutter hatte natürlich recht. Aber nachdem er bei Ainslee so falsch abgebogen war, fand er den Weg zu ihr zurück nicht mehr. Eine ziemlich dämliche Analogie, die ihn spontan an seinen Mathelehrer Mr Quimble erinnerte. Der hatte ihm mal beim Vorrechnen einer komplexen Geometrie-Aufgabe an der Tafel fast liebevoll attestiert, falsch abgebogen zu sein. Seitdem hatte sich Paul weitgehend auf die Grundrechenarten konzentriert und sich, so gut es ging, auf Geisteswissenschaften beschränkt. Naturwissenschaften waren eher nicht so seins. Wobei er noch nicht einmal sicher war, ob Mathematik überhaupt zu den Naturwissenschaften zählte oder eine ganz eigene Kategorie war. Und überhaupt – was dachte er eigentlich?

Das schien sich auch Maura zu fragen, denn sie betrachtete ihn einigermaßen verwundert. »Kann es sein, dass du gerade ganz weit weg bist?«

»Verdammt weit. Bei Mr Quimble.« Er lachte unwillkürlich auf, als er Mauras verdutztes Gesicht sah. »Mir ist durch den Kopf gegangen, dass ich bei

Ainslee völlig falsch abgebogen bin – im übertragenen Sinn. Dass ich halt extrem dumm reagiert habe und sie mich zu Recht rausgeschmissen hat. Und dass es jetzt nicht so einfach ist, den Weg zurück zu finden. Genauso wie ich niemals den Weg zurück zur Geometrie gefunden habe. Dabei ist mir aufgefallen, dass ich von Naturwissenschaften überhaupt sehr wenig Ahnung habe und nicht einmal weiß, ob Mathe in diese Gattung einzuordnen ist«, sprach er seine wirren Gedanken aus, was bei Maura nicht unbedingt zu mehr Verständnis führte.

»Deine Gedankengänge sind derart abenteuerlich, dass du wohl ein Navigationsgerät brauchst«, stellte Maura mit einem leichten Lächeln fest. »Das zeigt dir vielleicht auch den Weg zurück zu Ainslee.«

»Vielleicht. Ich weiß aber nicht, wo ich so ein Navi auftreiben soll.«

»Es ist eigentlich ganz simpel. Du hast dumm reagiert, wenn ich das mal so sagen darf, dafür solltest du dich bei ihr entschuldigen. Ob sie dir verzeihen kann, hängt sicher noch von anderen Faktoren ab.«

»Von unbekannten Variablen – und du kennst meine Unfähigkeit bei Mathematik.« Er lächelte schwach.

»Es ist eher deine überraschende Unfähigkeit zur Empathie«, stellte Maura jedoch gnadenlos fest. »Gehen wir von der Version aus, dass sie die Wahrheit gesagt hat. Dass sie also von der Schwangerschaft genauso überrascht und schockiert ist wie du. Dass sie eigentlich kein Kind haben will. Dass wegen ihrer

Endometriose nicht einmal klar ist, ob eine erfolgreiche Schwangerschaft überhaupt möglich ist. Kannst du mir so weit folgen?«

»Ja, natürlich«, krächzte er.

»Wenn dem so ist, dürfte sie gerade verdammt verzweifelt sein und sich sehr einsam fühlen. Soll sie diese Entscheidung allein treffen? Alle Konsequenzen allein tragen? Es geht immerhin um ein mögliches neues Leben, da sollte man nicht leichtfertig handeln.«

Paul schluckte gegen den Kloß an, der sich plötzlich in seinem Hals gebildet hatte.

»Aber selbst wenn es so ist, wie du es dir ausmalst, wenn sie dich also bewusst angelogen und dich als Samenspender für ihren unterstellten Kinderwunsch missbraucht hat, hast du trotzdem Pflichten und Rechte. Du bist nicht nur falsch abgebogen, du hast dich an den Rand einer steilen Klippe manövriert, mein Lieber. Meiner Meinung nach gibt es nur einen Weg.«

Paul war sich nicht sicher, ob er das hören wollte, doch im Grunde wusste er es ja selbst. »Ich muss zurückfahren und mit ihr reden.«

»Genau. Aber vorher solltest du dir überlegen, wie es um deine Gefühle steht.«

»Hm«, brummte er.

»Gefühle sind keine Naturwissenschaften, darauf solltest du also Zugriff haben.« Maura schien das tatsächlich witzig zu finden.

Wenn es denn so einfach wäre. Paul vermisste Ainslee in jeder Sekunde, und es wurde kein bisschen besser, je mehr Zeit verstrich. Eher schlimmer. Er vermisste die Gespräche mit ihr, den Duft ihrer Haare, ihre klugen Ansichten, ihren anschmiegsamen Körper, ihren Ehrgeiz, ihr großes Herz – ihre Liebe. Seine Gefühle hatten nicht nachgelassen. Er liebte sie immer noch genauso heftig und kompromisslos wie vor acht Tagen. Aber er konnte auch nicht ignorieren, dass sie ihn womöglich verarscht hatte. Er wollte es nicht glauben, aber es war der erste Gedanke, der ihm in den Sinn gekommen war, und das sagte ja wohl einiges aus, oder? Dass er seinen Instinkten nicht vertrauen konnte oder dass er ihnen dringend Gehör schenken sollte? Dass er falsch abgebogen war? Oder gerade noch die Kurve gekriegt hatte? Pure Spekulation.

»Nicht so viel denken, fühlen!«, ermahnte ihn Maura, die ihm sein inneres Chaos offensichtlich an der Nasenspitze ansah. »Woran denkst du als Erstes, wenn du den Namen Ainslee Ferguson hörst?«

»An die Liebe meines Lebens«, antwortete er wie aus der Pistole geschossen. Es war die Wahrheit und doch längst nicht alles.

»Und ist es okay, die Liebe deines Lebens so zu behandeln, wie du es gerade tust?«

»Auf wessen Seite stehst du eigentlich?« Paul merkte, wie er ärgerlich wurde. Maura tat so, als sei alles ganz simpel und unkompliziert, aber das war es nicht.

»Auf deiner. Immer auf deiner Seite. Aber könntest du damit leben, wenn es irgendwann ein Kind gibt, das deine Gene in sich trägt, aber seinen Vater nicht kennenlernen wird, weil der ein störrischer Prinzipienreiter ist, der dazu neigt, alles zu zerdenken und nicht zu handeln?«

Das war ein ganz mieser Tiefschlag, der genau seine Unsicherheiten triggerte, und Paul war sich sicher, dass seine Stiefmutter ihn völlig bewusst ausgeteilt hatte. Unwillkürlich dachte er an die kleine Emily. Es war wirklich rührend, zu beobachten, wie sehr sich Oliver und Felix von ihrer Adoptivtochter bezaubern ließen. Ihm ging es ja kaum anders. Wenn ihn das Baby mit seinen großen, dunklen Augen ansah, fühlte sich das an, als würde es direkt in seine Seele blicken. In einem solchen Moment würde er alles für seine Nichte tun. »Nein«, presste er schließlich seine Antwort hervor. Nein, damit könnte er ganz sicher nicht leben.

»Worauf wartest du also noch?«

»Du hast recht. Ich mach die eine Sache noch fertig, dann packe ich und fahre zurück.«

»Guter Plan.«

VÄTERFREUDEN

»DAS IST DAS MIT ABSTAND sonderbarste Date meines Lebens.« Isla rührte Zucker in ihren Tee.

»Was vielleicht daran liegt, dass es streng genommen kein Date ist, sondern eher eine Selbsthilfegruppe oder Schicksalsgemeinschaft«, erwiderte Ainslee und rümpfte angewidert die Nase, als Isla einen weiteren Löffel Zucker in ihre Tasse gab. »Was machst du da? Der Tee kann auch nichts dafür.«

»Offensichtlich habe ich jetzt schon die Kontrolle über mein Leben verloren«, stellte Isla fest und trank einen Schluck von der süßen Brühe. »Ich habe noch nie Zucker in meinen Tee getan – und jetzt frage ich mich, warum. Es schmeckt fantastisch!« Dann schlug sie die Hände vors Gesicht, und kurz darauf bebten und zuckten ihre Schultern. Weinte sie etwa?

»Alles klar?«, erkundigte sich Ainslee vorsichtig, nur um gleich darauf festzustellen, dass Isla nicht etwa schluchzte, sondern hysterisch kicherte. »Okay, du hast recht. Das ist komplett durchgeknallt.«

Sie hatten ihre Arzttermine hinter sich und waren nun in einem gemütlichen Pub in Inverness eingekehrt, um … Tja, um was? Um sich zu sammeln?

»Ehrlich, wenn ich noch ein Mal den Satz ›Es ist ein Wunder‹ höre, gibt es eine Herztransplantation bei vollem Bewusstsein mit meinem Lieblingsmesser.«

»Nicht, dass ich Gewalt gutheiße, aber mir geht's ähnlich. Trotzdem ist der Zuckertee abartig.«

»Du bist eine Banausin«, stellte Isla fest und schüttelte dann den Kopf. »Ich kapiere es immer noch nicht.«

Auch da ging es Ainslee ganz genauso. Die Gynäkologin hatte die Schwangerschaft bestätigt und die achte Woche angenommen. Eine Zählweise, die sie immer noch verwirrte, denn sie hatte doch erst vor gut fünf Wochen zum ersten Mal mit Paul geschlafen, aber offenbar hatte es so seine Richtigkeit. Alles sah bestens aus. Von Endometriose-Herden war nichts zu erkennen, und die Ärztin hatte ihr freudestrahlend versichert, dass einer gesunden Schwangerschaft nichts im Wege stand. Tatsächlich hatte sie zweimal das Wort »Wunder« in den Mund genommen. Isla war bei der Untersuchung an ihrer Seite gewesen, weil sie beide das nicht allein durchstehen wollten. Anschließend war Isla drangekommen. Sie war genauso weit wie Ainslee, und auch bei ihr wurde ein Wunder diagnostiziert. Ein beinahe größeres noch.

»Mir war nicht klar, dass meine Eierstöcke prähistorisch sind und ich buchstäblich auf den letzten Follikel hin einen Treffer gelandet habe«, sagte sie. »Ich bin doch gerade erst dreiunddreißig, aber offensichtlich schon kurz vor den Wechseljahren.«

»Echt krass.« Ainslee scheuchte den Kellner weg, der schon zum zweiten Mal an den Tisch kam, um die Essensbestellung aufzunehmen. »Wir haben uns noch nicht entschieden.«

»Stimmt das?« Isla hob eine Braue.

»Ich meine, was wir essen wollen«, präzisierte Ainslee. Auf der Fahrt von Kirkby nach Inverness hatten sie im Auto markige Sprüche von sich gegeben, bei denen es um Selbstbestimmung, richtige und falsche Zeitpunkte, richtige und falsche Väter und die Möglichkeit einer glücklichen Kinderlosigkeit gegangen war. Davon war nicht mehr viel übrig. Wenn Ainslee ganz ehrlich war, hatte sie sich unbewusst ohnehin schon längst dafür entschieden, dieses Kind zu bekommen. Sie war nicht sonderlich religiös, glaubte nicht wirklich an Schicksal und Prophezeiungen, aber mal ehrlich – wenn sich entgegen allen Wahrscheinlichkeiten ein neues Leben bei ihr einnistete, konnte sie es dann wirklich ablehnen? Es töten?

»Ich weiß genau, was ich will«, behauptete Isla. »Eine möglichst große Portion Fish and Chips und noch mehr Tee.« Sie signalisierte dem Kellner, dass sie bereit waren, und orderte dann: »Zweimal Fish and Chips, für mich noch eine Kanne Tee und …«

»Wasser für mich«, erbat sich Ainslee. »Lieber wäre mir ehrlich gesagt ein Bier. Oder noch lieber ein Gin Tonic. Aber davon können wir uns für die nächsten Monate getrost verabschieden.«

»Du solltest wirklich den süßen Tee probieren. Der ist köstlich.« Isla grinste, doch ihr Blick hatte einen etwas irren Glanz. »Scheiße, ich dreh durch!«

»Ich auch.«

»Wir ziehen das jetzt also ernsthaft durch?«

»Sieht ganz so aus. Ich meine, es kann immer noch was schiefgehen. Wir sind ja nicht nur Wunder, sondern beide auch Risikoschwangerschaften«, zitierte sie die Ärztin, die Islas greise und Ainslees krankhaft veränderte Reproduktionsorgane für diese Einschätzung verantwortlich machte.

»Ich werde mir auf jeden Fall eine zweite Meinung holen«, erklärte Isla augenrollend. »Wenn es nach Frau Doktor Wunder geht, müsste ich meinen Job nämlich sofort an den Nagel hängen – und dazu bin ich definitiv nicht bereit. Dafür habe ich viel zu hart gearbeitet.«

»Kann ich verstehen. Aber es wird sich bestimmt eine Lösung für deinen Restaurantbetrieb finden, und ich sitze ja ohnehin die meiste Zeit. Was aber angeblich auch nicht ideal ist.« Sie seufzte und wunderte sich über sich selbst. Über die Fürsorge, die sie plötzlich gegenüber diesem Embryo mit dem rasch pochenden Herzen empfand. Dass dieser Wurm in ein paar Monaten ein richtiges Baby sein sollte, begriff sie allerdings immer noch nicht. Und doch wollte sie alles vermeiden, was dem Würmchen schaden konnte. Verrückt, oder?

»Es gibt vermutlich für alles eine Lösung. Schlimmstenfalls verliere ich einen Stern.« Isla zuckte mit den

Schultern. »Na und? Dann erkoche ich ihn mir eben wieder – und außerdem bekomme ich ja einen …« Sie schlug sich eine Hand vor den Mund und sah Ainslee erschrocken an. »Ich hätte jetzt fast etwas total Kitschiges gesagt.«

Ainslee lachte. »Daran ist der Tee schuld. Ehrlich, wenn das dein neues Ernährungscredo ist, hast du es verdient, den Stern zu verlieren. Vielleicht solltest du nun endlich Jons Rat folgen und coole alkoholfreie Drinks kreieren?«

Bei der Erwähnung von Jons Namen wurden Islas Augen ganz weich. »Er wird ausflippen, wenn ich ihm davon erzähle.«

»Solange er nicht so austickt wie Paul, ist alles gut …« Ainslee hasste sich dafür, wie sehr sie Paul vermisste, wie sehr sie sich nach seiner Nähe sehnte und wie viel lieber sie das alles mit ihm durchgestanden hätte als mit Isla. Er hatte sie mit seiner Reaktion dermaßen verletzt, und trotzdem verzehrte sich ihr dummes Herz nach ihm.

»Männer sind manchmal durch und durch scheiße«, befand Isla jedoch recht nüchtern. »Vor allem die Kerle aus meiner Familie. Die Schoten, die sich Alex und Lennox schon geliefert haben – und von meinem Vater will ich gar nicht erst anfangen. Versteh mich nicht falsch, ich will Paul ganz bestimmt nicht in Schutz nehmen, das war ein beinahe unverzeihlicher Arschloch-Move, aber es fällt mir trotzdem schwer, zu glauben, dass er wirklich so mies ist, wie es scheint.

Ich bin mir fast sicher, dass er sein Herz trotzdem am rechten Fleck hat.«

Das glaubte Ainslee auch, aber es blieb ja noch das größere Problem. »Er will halt um keinen Preis Kinder haben«, gab sie zu bedenken. »Ich kann das nachfühlen, so ging es mir ja auch. Und ganz sicher werde ich ihn nicht dazu zwingen, eine Rolle zu übernehmen, die er nicht spielen will.«

»Das hätte er sich überlegen müssen, bevor er ohne Gummi mit dir geschlafen hat«, beharrte Isla. »So leicht darf er sich nicht aus der Verantwortung stehlen. Mal abgesehen davon könnte es ja auch sein, dass er seine Meinung ändert. Soll gelegentlich passieren.«

»Mag sein, aber das halte ich bei Paul für unwahrscheinlich. Er ist ja sehr stolz auf seine Prinzipien.«

»Der soll sich seine Prinzipien sonst wohin stecken! Und wenn du erst Schlossherrin von Monroe Manor bist, kannst du ihn immer noch bei Wasser und Brot in den Kerker stecken, bis er zu Verstand kommt.«

»Schöne Idee, aber erstens gibt es im Herrenhaus keinen Kerker, sondern nur ein Kino im Keller, und zweitens hoffe ich, dass dieser Kelch an mir vorüberzieht. Für uns alle hoffe ich das, denn erst mal wäre ja meine Mutter die Besitzerin.«

»Ich würde mir nicht zu viele Sorgen machen. Robin ist zweifellos bereit, sämtliche fremden Besitzansprüche durch alle Instanzen zu bekämpfen.« Isla klang sehr überzeugt, so sehr, dass Ainslee beschloss, daran zu glauben. »Aber ich frage mich, was zwei ausgehungerte Schwangere tun müssen, um in dieser Kneipe endlich etwas zu essen zu bekommen!«

• • •

Es war später Nachmittag, als Paul das schreiend bunte Ortsschild von Kirkby passierte. Nachdem Maura ihm am Vormittag den Kopf gewaschen hatte, konnte es ihm plötzlich gar nicht mehr schnell genug gehen. Er hatte in Windeseile seine Sachen gepackt, Duncan gesucht, der mit Ivy auf der Farm unterwegs gewesen war, hatte seine Hündin ins Auto gescheucht und war davongebraust, damit er die nächste Fähre nach Ullapool noch erwischte. Dort hatte er einen riesigen Blumenstrauß gekauft. Das totale Klischee, aber ihm war nichts Besseres eingefallen, und mit leeren Händen wollte er auf keinen Fall bei Ainslee aufschlagen. Er hoffte, dass die Rosen die anderthalbstündige Autofahrt einigermaßen überstanden hatten – idealerweise sogar besser als er selbst, denn das Herz klopfte ihm bis zum Hals, seine Hände waren vor Nervosität schweißnass, und rasiert hatte er sich zuletzt vor dem Pressetermin vor einer guten Woche.

Ainslees Wagen stand vor dem Cottage, doch das musste nichts heißen. Sie war ja fast immer zu Fuß unterwegs. Außerdem war es Dienstag, da ging sie später immer noch zum Yoga, wie er wusste. Vermutlich war sie gerade mit Jules Gassi. Und ganz bestimmt wollte sie ohnehin nicht mit ihm reden.

Trotzdem parkte er hinter ihrem Auto, ließ die vor Freude fiepende Ivy aussteigen, nahm den Strauß vom Beifahrersitz und ging zur Tür. Dort atmete er ein paarmal tief durch. Ehe er jedoch klingeln oder klopfen konnte, bellte Ivy ungeduldig, und Jules antwortete prompt. Dann öffnete sich die Tür, und für ein paar Sekunden lenkten ihn die beiden ausgelassenen Pudel von allem anderen ab. Doch dann fiel sein Blick auf Ainslee. Sie trug das gleiche weiße Sommerkleid, das sie bei ihrer ersten Begegnung im Wald vor gut zwei Monaten angehabt hatte. Ihr langes Haar fiel in üppigen Wellen offen über ihre Schultern, und ihre grünen Augen schimmerten. Ihr Anblick raubte ihm wie immer den Atem. Aber da war noch etwas anderes. Sie wirkte längst nicht mehr so verzweifelt und verwirrt wie letzte Woche, aber sie war blass, und ihre Lippen waren aufeinandergepresst.

»Darf ich vielleicht reinkommen?«, bat er.

Wortlos trat sie beiseite, sodass erst die Hunde ins Haus flitzten und dann Paul eintrat. Sie schloss die Tür und sah ihn fragend an.

Paul wertete es als gutes Zeichen, dass sie ihn überhaupt reingelassen hatte. Womöglich war sie dann auch offen für seine Entschuldigung, doch irgendwie waren all die Worte, die er sich während der langen Fahrt im Kopf zurechtgelegt hatte, wie weggefegt. »Ich …«, begann er schließlich. »Du …«, versuchte er es erneut und brach wieder ab.

Sie hob eine Braue, schwieg jedoch immer noch.

»Wie geht es dir?«, brachte er schließlich die wichtigste Frage hervor.

»Okay«, entgegnete sie wenig aussagekräftig. Sie wollte es ihm offensichtlich nicht leicht machen. Das verstand er, doof war es aber trotzdem.

»Gut. Da bin ich froh«, sagte er und stellte fest, dass er immer noch den eingepackten Blumenstrauß umklammert hielt. Er entfernte das Papier und war erleichtert, dass die Rosen nach wie vor taufrisch aussahen. »Die sind aus Ullapool.«

»Aha.«

»Also, natürlich sind sie nicht dort gewachsen, sondern nur gekauft. Ich habe keine Ahnung, woher sie tatsächlich stammen, aber …« Er klappte hastig den Mund wieder zu, damit nicht noch mehr Unsinn herauskam. Stattdessen streckte er ihr den Strauß entgegen. »Für dich.«

»Okay.« Sie nahm die Blumen und ging mit ihnen in die Küche. Dort legte sie den Strauß auf die Arbeitsfläche und suchte im Schrank nach einer passenden Vase. Paul beobachtete sie dabei, wie sie ohne Eile Wasser hineinfüllte und dann die Stängel anschnitt. Offenbar wollte sie ebenfalls Zeit schinden – oder ihm die Möglichkeit geben, endlich mit den längst fälligen Worten rauszurücken.

»Ich habe mich letzte Woche benommen wie ein Vollarsch«, begann er schließlich wieder. »Es tut mir so leid, dass ich dich damit verletzt habe. Es tut mir leid, dass ich abgehauen bin. Ich weiß nicht, ob ich mein Verhalten jemals wiedergutmachen kann, aber will, dass du weißt, dass du auf mich zählen kannst.« Er schluckte. »Egal, wie du dich entscheidest.«

»Bist du immer noch davon überzeugt, dass ich dir ein Kind unterschieben will?« Ihre Stimme war ruhig, doch der schneidende Unterton war nicht zu überhören.

»Nein«, antwortete er schlicht. Weil es die Wahrheit war. Doch vermutlich sollten noch ein paar Erklärungen folgen.

»Gut.« Sie arrangierte die Rosen in der Vase und stellte sie auf den Tisch. »Ich muss jetzt mit Jules raus. Willst du mitkommen?«

»Sehr gerne.« Er atmete hörbar aus und fühlte sich ein klein wenig besser. Ainslee hatte ihn nicht vom Hof gejagt, sondern sich seine Entschuldigung angehört. Ob sie ihm verzeihen konnte, stand auf einem anderen Blatt, aber wenigstens war ein Anfang gemacht.

Ohne weitere Worte zu verlieren, liefen sie über den Dorfplatz in Richtung Kirche, wo ihnen Anna entgegenkam, die sie interessiert musterte und dann lächelnd Ainslee fragte: »Sehen wir uns nachher beim Yoga?«

»Auf jeden Fall«, betonte Ainslee. »Bis später.« Dann tastete sie nach Pauls Hand.

Die Berührung ihrer Finger jagte Glücksimpulse durch seinen Körper, die er nicht mehr für möglich gehalten hätte. »Gott, Ainslee, ich hab dich so unendlich vermisst!« Der Schmerz in seiner Stimme überraschte ihn selbst.

»Ich dich auch«, gab sie jedoch zu seinem Erstaunen zu und sagte dann eine ganze Weile nichts mehr.

Doch das war in Ordnung für Paul. Er genoss es einfach, in ihrer Nähe zu sein, ihre Hand in seiner zu fühlen, dieselbe Luft zu atmen – demselben Weg zu folgen. Letzteres hoffentlich in mehr als nur einem Sinn. Die Hunde liefen voraus, Jules immer noch außer sich vor Begeisterung, Ivy deutlich gechillter.

Als sie den Wald betraten, sprach Ainslee erneut: »Ich weiß, ich sollte es dir nicht so leicht machen, aber ich bin so froh, dass du wieder hier bist.«

Er blieb stehen und nahm sie in den Arm. »Du solltest es mir wirklich nicht so leicht machen«, murmelte er in ihr Haar. »Das habe ich nicht verdient.« Er wollte nichts mehr, als sie zu küssen, doch sie schob ihn weg, um ihm in die Augen blicken zu können.

»Stimmt, das hast du nicht. Aber ich bin zu der Erkenntnis gekommen, dass ich nicht meine Mutter bin und du keiner ihrer üblichen Vollkatastrophen-Männer. Ja, du hast mich sehr verletzt, und die Vorstellung, dass du wirklich an meiner Aufrichtigkeit zweifeln und denken könntest, ich hätte dein Vertrauen missbraucht, bringt mich fast um. Ich habe keine Beweise, aber irgendwas in mir ist sich sicher, dass du das nicht bist. Vielleicht habe ich letzte Woche auch zu vorschnell gehandelt und hätte dir erst Zeit geben müssen, den Schock zu überwinden. Denn ein Schock war es. Für dich und für mich.«

Womit hatte Paul so eine Frau verdient? Er hatte keine Antwort, aber er war zutiefst beeindruckt von ihrer inneren Stärke. Entgegen allen äußeren Indizien hatte sie beschlossen, den Mann in ihm zu sehen, in den sie sich verliebt hatte. Den Mann, der er unbedingt sein wollte. »Ich weiß nicht, wie du das schaffst«, sagte er mit ziemlich belegter Stimme.

»Was?«

»Einen guten Menschen in mir zu sehen.«

Sie lächelte und schüttelte den Kopf. »Ganz ehrlich? Ich habe nicht die geringste Ahnung. Normalerweise wäre in so einer Situation ich diejenige gewesen, die davonläuft. Das habe ich immer so gemacht, wenn es schwierig wurde. Aus Angst, verletzt zu werden, nehme ich an. Aber das ist idiotisch. Man wird immer verletzt – und verletzt seinerseits. Wir sind Menschen, wir können nicht anders. Aber wir können an uns arbeiten, und wir können verzeihen. Außerdem, und da kann ich nur für mich sprechen, habe ich in der kurzen Zeit hier in Kirkby tiefere Wurzeln geschlagen als an jedem anderen Ort zuvor. Ich geh hier nicht weg. Und ich wünsche mir, dass auch du bleibst und wir gemeinsam …«

»Gemeinsam?« Pauls Kehle war so zugeschnürt, dass er kaum noch atmen und noch weniger sprechen konnte. Er hatte Angst vor dem, was wohl gleich kam. Und zwar vor allen denkbaren Möglichkeiten.

»Wir gemeinsam einen Weg in die Zukunft finden«, sprach sie weiter – ohne seine Ängste zu benennen. Oder nein, das stimmte nicht. Die Hauptangst, dass er sein Leben ohne sie verbringen musste, hatte sie ihm genommen.

»Ich möchte das auch«, krächzte er. »Mehr als alles auf der Welt will ich mein Leben an deiner Seite verbringen, mit allen denkbaren Ecken und Kanten, Höhen und Tiefen, Erfolgen und Niederlagen, mit unseren Hunden.« Er rang nach Luft. »Und mit unserem Kind«, fügte er noch hinzu. Eine unerklärliche Panik stieg plötzlich in ihm hoch, als ihm schlagartig klar wurde, wie ernst er den letzten Satz meinte. Er wollte dieses Kind um jeden Preis, aber was, wenn …?

Ainslee antwortete nicht, sondern nahm wieder seine Hand und ging weiter. Meter für Meter, Minute um Minute. Paul wagte kaum, zu atmen und zu denken, war sich aber zunehmend sicher, dass er demnächst einen Hirnschlag erleiden würde, wenn sie ihn nicht bald erlöste. Dann fand er sich plötzlich an der romantischen Waldquelle wieder, wo Ainslee und er sich vor drei Wochen nach dieser fantastischen Outdoor-Nummer ihre Liebe gestanden hatten.

»Dieser Ort gilt als heilig«, sagte sie endlich. »Dass er magisch ist, haben wir neulich ja am eigenen Leib erfahren. Wenn alles gut läuft, werden wir nächstes Jahr Ende März Eltern. Und so irre, absolut unwahrscheinlich, geradezu schockierend diese Tatsache auch ist, wir werden irgendwie damit klarkommen müssen.« Sie nahm seine rechte Hand und legte sie auf ihren völlig flachen Bauch.

»Was sind deine Pläne für heute?«, wollte Ainslee am nächsten Morgen beim Frühstück von ihm wissen.

Nach ihrer gestrigen Offenbarung an der Quelle, die sein Leben erneut aus der Bahn geworfen hatte – jedoch auf die denkbar beste Art –, waren sie in den Ort zurückgekehrt, und Ainslee war kurz darauf zu ihrer heiligen Yogastunde verschwunden. Er hatte die Gelegenheit zum Rasieren und für eine Dusche genutzt und war anschließend zum Abendessen in den Pub gegangen. Dort hatte er auf die Yoga-Truppe gewartet und seine Liebste glücklicherweise überreden können, nach einem raschen Snack nach Hause zu gehen. Dort hatten sie sich ausführlich versichert, wie glücklich sie waren, einander wiederzuhaben.

»Ich schätze, ich bin meinem Vater und der restlichen Familie eine Erklärung dafür schuldig, dass ich eine gute Woche komplett abgetaucht war.« Er seufzte, doch ehrlich gesagt machte ihm diese Aussicht keine Sorgen. Ainslee hatte ihm verziehen, sie würden ein Baby bekommen, alles andere war gleichgültig. Oder fast. »Und vielleicht gehe ich mit Ivy noch zum Tierarzt. Irgendwie scheint sie mir anders zu sein.«

»Ja, mir ist auch schon aufgefallen, dass sie ein bisschen matt wirkt und nicht ganz so wild mit Jules spielt. Ist sie vielleicht scheinschwanger? Das kommt bei Hündinnen doch recht oft vor, oder?«

»Ja, kann sein. Ich lass das aber lieber mal abklären, nicht dass was Ernsteres dahintersteckt. Allerdings müsste ich dafür nach Inverness fahren.«

»Musst du nicht. Kendrick ist ein sehr fähiger Tierarzt, und montags, mittwochs und freitags hat er am Nachmittag Kleintiersprechstunde. Die Praxis ist nagelneu und top ausgestattet.«

»Gute Idee. Und was steht bei dir an?«

»Ich muss heute unbedingt wieder arbeiten. Am Montag war ich nur einen halben Tag im Atelier, gestern gar nicht. Ich kann das nicht alles auf Harriet abwälzen.«

»Aber übertreib es nicht, ja? Versprich es mir.« Er blickte sie eindringlich an.

»Versprochen.« Sie beugte sich zu ihm und küsste ihn. »Aber jetzt muss ich dringend los. Wir sehen uns später.« Dann pfiff sie nach Jules und war kurz darauf verschwunden.

• • •

»Wie darf ich dein fast debil strahlendes Lächeln interpretieren?«, erkundigte sich Harriet, als sie gegen Mittag ins Atelier kam. Am Vormittag war sie bei einer anderen Weberei gewesen und hatte fertige Stoffballen abgeholt und neue Garnrollen geliefert.

»Ich habe keine Ahnung, wovon du sprichst«, entgegnete Ainslee betont blasiert und brach dann gleich selbst in schallendes Gelächter aus.

»Du hast einen Knall.« Harriet grinste und wuchtete den einen Ballen, den sie schon hochgeschleppt hatte, ins Regal.

»Gewöhn dich besser dran. Das sind bestimmt die Hormone. Und wenn man Frau Doktor Wunder und Co. Glauben schenken darf, wird es noch viel schlimmer werden.«

»Wer ist Frau Doktor Wunder?«, wollte Harriet wissen. »Halt, nein, vergiss es. Interessiert mich nicht. Aber heißt das, dass …?« Ihre blauen Augen wurden noch größer als ohnehin schon.

»Ja, das heißt es. Ich werde es behalten!«

Harriet quiekte vor Begeisterung und stürzte sich auf Ainslee, um sie zu umarmen.

»Das freut mich so sehr!«, rief sie. »Also, versteh mich nicht falsch, ich hätte dich in jedem Fall unterstützt, aber das sind wirklich gute Nachrichten. Du wirst eine wundervolle Mutter werden, auch wenn du das selbst vielleicht noch nicht glaubst.«

Ainslee war sich da zwar immer noch nicht ganz sicher, aber sie war gerührt davon, wie überzeugt ihre Freundin klang. »Danke, es ist lieb, dass du das sagst.«

»Das ist nicht lieb, das ist die Wahrheit.« Harriet drückte ihr einen Kuss auf die Wange. »Und du kannst jederzeit auf meine Hilfe zählen. Jetzt und natürlich auch, sobald das Kind da ist. Hach, das ist so aufregend!«

»Ja, das ist es in der Tat«, gab Ainslee zu. »Aber das ist nicht der Grund für meine gute Laune.«

»Nicht?«

»Nein. Also, vielleicht ein bisschen. Aber noch macht mir die ganze Ich-werde-Mama-Sache eher Angst. Gestern kam Paul, und wir haben uns versöhnt.«

»Ich hoffe, er hat kapiert, was für ein Arsch er war?«

»Hat er. Auch wenn er kein Arsch ist, sondern sich nur wie einer benommen hat«, beharrte Ainslee auf dem feinen Unterschied.

»Das ist doch das Gleiche.«

»Nein. Echte Arschlöcher ändern sich nicht so leicht, aber gute Männer, die sich ausnahmsweise wie ein Arschloch benehmen, haben eine Chance.«

»Wenn du das sagst …« Harriet war für solcherlei Feinheiten nicht zu haben. »Und wie steht er zum Nachwuchs?«

Ainslee merkte, wie sich wieder ein Strahlen auf ihrem Gesicht ausbreitete. Dieser Moment gestern im Wald, als er ihr gestanden hatte, dass er das Kind unbedingt haben wollte, hatte sich für alle Zeiten in ihre Seele gebrannt. Sie hatte ihm schon vorher verziehen, aber in diesem Augenblick war es vollkommen um sie geschehen. Deswegen hatte sie ihn dann auch zur Quelle gelotst, um an diesem magischen Ort ihre gemeinsame Familie zu besiegeln. Seitdem fühlte sie eine Verbindung zu Paul, die stärker war als jedes Eheversprechen.

»Okay, ich ziehe die Frage zurück«, kicherte Harriet vergnügt. »Hach, wie mich das freut! Manchmal braucht es einfach ein bisschen Drama, damit sich alle Puzzleteile an der Stelle zusammenrütteln, an die sie gehören.« Ihr verliebtes Lächeln verriet, dass sie gerade an ihren ganz eigenen emotionalen Schleudergang vor ein paar Monaten dachte.

»Vielleicht hast du recht, auch wenn ich eigentlich gerne darauf verzichtet hätte. Aber erstaunlicherweise habe ich in diesen Tagen so viel über mich selbst gelernt und über die Dinge, die *mir* wichtig sind. Das wäre womöglich nicht passiert, wenn Paul nicht so überreagiert hätte. Er hat den Abstand wohl auch gebraucht.«

»Ich sag's ja, auch im Schlechten steckt was Gutes. Gibt's eigentlich Neuigkeiten an der Herrenhaus-Front?«

»Nein. Bislang nicht. Aber ich habe das Gefühl, dass sich alles zum Guten wendet.«

»Und gut wäre …?«

»Gut wäre, wenn alles so bliebe wie bisher. Ich möchte mich nicht mit so einem riesigen Anwesen herumschlagen müssen. Und vor allem möchte ich mich nicht mit meiner Mutter als Schlossherrin herumschlagen. Versteh mich nicht falsch, ich liebe meine Mum, aber … Belassen wir's dabei, dass es nicht gut wäre, ja? Außerdem glaubt Isla, dass Robin notfalls ohnehin durch alle Instanzen gehen würde, um Monroe Manor im Familienbesitz zu halten.«

»Du wärst eine formidable Schlossherrin«, behauptete Harriet im Brustton der Überzeugung. »Aber ich kann verstehen, dass du darauf keine Lust hast. Mir wäre es auch am liebsten, wenn alles so bliebe, wie es ist. Woran arbeitest du?«, wechselte sie abrupt das Thema.

»An einer Vorlage für die Siegesrosetten im Kirkby-Tartan, die dein Liebster haben will. Die meisten sind echt kompliziert und sehen mit den Karos wirklich bescheuert aus, aber so langsam nähere ich mich einem Prototyp, der funktionieren könnte.« Sie zeigte Harriet eine der Schleifen.

»Ja, die ist hübsch«, befand Harriet. »Ich hab Collum gesagt, dass er sich auf die normalen Turnier-Dinger beschränken soll, die man überall kaufen kann, aber davon will er nichts wissen. Es muss für ihn eben bis ins kleinste Detail passen.« Sie seufzte. »Aber danke, dass du dich drum kümmerst. Ich konnte mich bis eben nicht aufraffen.«

»Kein Ding. Mir ist gerade alles lieber als Kilts. Ich mach noch ein kleines Tutorial, und dann kann eine unserer Näherinnen loslegen.«

»Guter Plan. Wie viele Kilts stehen denn noch aus?«

»So zwanzig?« Ainslee stöhnte. »Und es ist nicht so, dass die Liste kürzer wird. Die Herren ordern jetzt auch noch welche in ihren Familienmustern.«

»Ich fühle mit dir. Aber irgendwann wird diese Welle abebben, und wir können endlich andere Dinge machen. Ich sag's nicht gerne, aber langsam kann ich auch den Kirkby-Tartan nicht mehr sehen.«

»Das solltest du vor allem nicht laut sagen.« Ainslee zwinkerte ihrer Geschäftspartnerin zu. Sie war so froh, dass sie einen fröhlichen Schlagabtausch wieder genießen konnte.

Sie wussten beide, dass sie sich niemals am Kirkby-Tartan sattsehen und es niemals wirklich müde werden würden, Kilts zu nähen. Dafür liebten sie ihren Job viel zu sehr. Aber es tat gut, einfach mal ein wenig Dampf abzulassen.

»Keine Sorge, meine Lippen sind versiegelt. Ich schaue jetzt mal zu, dass ich unserem Prachtstück noch ein paar Meter entlocke. Bis später.« Harriet wandte sich um und lief durch die offene Flügeltür in den nächsten Raum, wo Gordon, der computergesteuerte Webstuhl, treu und brav seiner Arbeit nachging. Noch ein Zimmer weiter stand das Museumsstück, mit dem bei der Auktion in Aberdeen vor einem halben Jahr alles angefangen hatte.

Das Leben war gar nicht so schlecht, befand Ainslee und machte sich an eine weitere Sieger-Rosette.

Dann klingelte ihr Handy.

Zwanzig Minuten später parkte sie vor Kendrick McIntoshs Tierarztpraxis, die im Anbau von seinem und Shonas Haus untergebracht war. Paul hatte nicht gesagt, worum es ging, sie nur eindringlich gebeten, sofort zu kommen und auch Jules mitzubringen. Nun war sie voller Sorge, dass Ivy ernsthaft krank sein könnte und am Ende sogar ein finaler Abschied anstand. Warum sonst sollten sie und ihr Hund gleich in die Praxis kommen?

Mit wild klopfendem Herzen betrat sie die Praxis und meldete sich bei der jungen Helferin an, die sie vergnügt angrinste. Okay, das sah jetzt nicht nach der ganz großen Tragödie aus.

»Na, du Schwerenöter«, begrüßte die junge Frau Jules und kraulte ihm die Ohren. »Ich hoffe, du bist bereit für das, was dich erwartet.«

Ainslee hatte keine Ahnung, wovon die Frau sprach, und räusperte sich, um ihre Aufmerksamkeit auf sich zu lenken. »Wohin sollen wir?«

»Direkt ins Sprechzimmer, bitte. Die Damen und Herren warten schon.«

Während Ainslee noch darüber nachdachte, von welchen Damen und Herren wohl die Rede war, drängelte sich Jules bereits vorbei und lief, ein fröhliches Bellen ausstoßend, in den Raum.

»Ach du Schande«, entfuhr es ihr. Das Behandlungszimmer wirkte einigermaßen überfüllt mit insgesamt vier Hunden, vier Männern, der Arzthelferin und ihr selbst.

Außer Paul, Ivy und Kendrick waren noch Jon mit seiner Polly und George Stewart mit einer seiner Airedale-Hündinnen da, die Ainslee nie wirklich auseinanderhalten konnte. Kendrick grinste breit, die anderen Männer wirkten ziemlich konsterniert und warfen Jules, der die Hündinnen begeistert begrüßt hatte, düstere Blicke zu.

»Kann man so sagen«, entgegnete Kendrick vergnügt. »Ich schätze, wir haben den Übeltäter identifiziert.«

»Ähm …?« Ainslee verstand nur noch Bahnhof.

»Ivy, Polly und Joy sind alle trächtig«, redete der Tierarzt weiter. »Ungeplant, möchte ich hinzufügen. Die drei befanden sich während ihrer Standhitze in der Obhut von George.«

»Ähm?« Viel klarer wurde es Ainslee nicht.

»Erinnerst du dich, als wir im Wald waren und Jules uns ausgebüxt ist?«, half ihr Paul auf die Sprünge.

Wie könnte sie diesen Tag jemals vergessen? Hitze stieg in Ainslee auf, als sie daran dachte. »Aber da ist Jules jagen gegangen. Er war ewig verschwunden, und dann haben wir ihn … oh.« Ihr fiel ein, dass sie ihn nach stundenlanger Suche schließlich leicht derangiert in der Küche von Monroe Manor vorgefunden hatten.

»Er war wohl nicht jagen. Sondern hat die drei Mädels beglückt«, sagte Kendrick trocken. Er schien das wahnsinnig witzig zu finden.

»Aber wie konnte das passieren? Ich dachte, die Hündinnen waren sicher in einem Extra-Raum eingesperrt?« Ainslee schaute George irritiert an.

»Von ›eingesperrt‹ war nie die Rede, aber offensichtlich ist mindestens einer der vier in der Lage, Türen zu öffnen.« George räusperte sich, und Paul und Jon blickten betreten beiseite.

»Jules öffnet keine Türen«, betonte Ainslee. Zumindest hatte er das bislang noch nie gemacht. Oder nicht so, dass sie ihn dabei erwischt hätte.

»Jedenfalls hat Hamish gesehen, dass Jules bei den Mädchen im Raum war, und hat ihn rausgezogen und in die Küche gebracht«, berichtete George weiter. »Davon hat er mir allerdings auch erst vorhin erzählt, als ich mir Sorgen um Joy gemacht habe.«

»Wie auch immer, Jules darf sich in ungefähr fünf bis sechs Wochen über zahlreichen Nachwuchs freuen. Über reinrassige Königspudel, trendige Newfypoos und … ähm … Aire-Doodles?« Kendrick lachte.

»Ach du Scheiße«, entfuhr es Ainslee. Aber nicht nur wegen der zu erwartenden Welpenschar, sondern weil ihr einfiel, was Madame Apollonia ihr in Stirling prophezeit hatte. »Die Hexe hatte recht!« Sie lachte nun ebenfalls.

»Welche Hexe?«, fragten Jon, George und Kendrick wie aus einem Mund. Nur Paul schien sie zu verstehen.

»Madame Apollonia?«, hakte er nach.

»Ja. Sie hat mir prophezeit, dass ich von adligem Geblüt bin, den Mann meines Lebens verstoßen habe und ihn nur mit Mühe wieder zurückgewinnen konnte und …«

»So viel Mühe hat dich dieser Punkt jedenfalls nicht gekostet«, unterbrach Paul sie mit einem liebevollen Lächeln.

»Und dass ich mich über zahlreichen Nachwuchs freuen kann. Ehrlich, das klang vor ein paar Wochen alles derart absurd, dass ich ihr am liebsten die schöne Stola wieder weggenommen hätte, die sie als Honorar wollte. Aber jetzt … stimmt irgendwie alles, oder?« Sie sah mit einem verwunderten Lächeln in die Runde. Dann fiel ihr noch etwas ein. »Muss Jules jetzt etwa für seinen Nachwuchs Alimente bezahlen?«

MEIN AUGENSTERN

ZWEIEINHALB WOCHEN SPÄTER

»Herzlich willkommen zum ersten Clan Gathering von Kirkby«, schallte George Stewarts Stimme aus der Lautsprecheranlage.

Er und seine Frau Heather trugen originale Kleidung aus dem achtzehnten Jahrhundert, die Harriets Zwillingsschwester Lila vor zwei Jahren auf dem Speicher des Herrenhauses gefunden hatte. Harriet und Ainslee hatten sich in den letzten Tagen mit Feuereifer darangemacht, die wundervollen Stücke aufzuarbeiten und an die heutigen Träger anzupassen.

Heather und George waren nicht nur die offiziellen Gastgeber, sondern hatten auch eine wichtige Rolle übernommen. Die gesamte Veranstaltung war einem Turnier nachempfunden, bei dem sich die tapfersten Highlander der Region im Kampf um das Herz der selbstbewussten, spröden Tochter des mächtigen Clan-Chiefs messen mussten. Hailey gab die wilde Tochter, und Ainslee wusste, dass der finale Showdown zwischen ihr und Keramikmeister Sean übermorgen hoch zu Ross stattfinden würde. Doch auch alle anderen Veranstaltungen und vor allem die Spiele der Highland Games standen unter diesem Motto. Ainslee mochte den konzeptuellen Ansatz, weil dann alle auf das finale Ereignis hinfieberten und jeder seine Rolle hatte. Sie beispielsweise war eben nicht nur eine Handwerker-Darstellerin wie in Stirling, sondern die offizielle Hofschneiderin.

»Ehe ich ein paar Worte zum Ablauf der nächsten Tage sage«, sprach George weiter, »will ich einigen besonderen Menschen danken, ohne die dieses Ereignis nicht hätte stattfinden können.«

»Er genießt das richtig«, raunte Paul Ainslee ins Ohr.

»Völlig zu Recht«, gab sie leise zurück. George und Heather saßen wie König und Königin auf einem Podium, das auch den echten Royals zur Ehre gereicht hätte. Schreiner Davie Tomlinson und sein Team hatten fantastische Arbeit geleistet und tolle Stände und Pavillons gezaubert, die zweifellos bei vielen zukünftigen Veranstaltungen zum Einsatz kommen würden.

»Am meisten Dank gebührt unserem großartigen Bürgermeister Collum McDonald, ohne dessen Engagement es das ›Kirkby Clan Gathering‹ überhaupt nicht gäbe. Collum, wir sind dir alle etwas schuldig!« George wartete geduldig, bis der donnernde Applaus abebbte. »Natürlich danke ich auch allen begeisterten Helfern – viele davon aus meiner Familie –, die auf unseren etwas verschnarchten Ländereien dieses großartige Turnierareal geschaffen haben, mit Markt,

Taverne, Handwerksbetrieben und … ähm … sonstiger Unterhaltung.« Sein Blick fiel dabei auf Madame Apollonia, die mit ihrem Raben Ralph auf der Schulter ein paar Meter von Ainslee und Paul entfernt stand und recht selbstzufrieden wirkte. Kein Wunder, nach der präzisen Prophezeiung.

»Es würde viel zu weit führen, sie einzeln namentlich zu benennen, obwohl sie es alle verdient hätten. Also beschränke ich mich darauf, meinen Neffen Paul Starling herauszuheben, der pünktlich zum Turnierbeginn für sehr gute Nachrichten gesorgt hat.«

Ainslee drückte bei diesen Worten Pauls Hand. »Dafür kann auch *ich* dir nicht genug danken«, flüsterte sie ihm ins Ohr.

»Ihr habt bestimmt mitbekommen, dass vor ein paar Monaten ein Dokument aufgetaucht ist, das Zweifel daran geweckt hat, dass wir Stewarts tatsächlich die rechtmäßigen Eigentümer von Monroe Manor sind. Zwischenzeitlich sah es sogar ganz danach aus, als wären eigentlich Ainslee Ferguson und ihre Mutter die Besitzerinnen, weil sie in direkter Linie vom letzten Earl of Montrose abstammen. Wie Paul jedoch weiterrecherchiert hat, war es so, dass unsere direkten Vorfahren, also die Familie Stewart, jahrhundertelang die Eigentümer des Anwesens waren, ehe wir unsererseits von den Montroses übervorteilt wurden. Unter uns, ganz habe ich diesen Sachverhalt immer noch nicht begriffen, aber es ist wohl nicht nur rechtlich, sondern auch historisch eindeutig belegt, dass die Familie Stewart Monroe Manor als ihr Zuhause betrachten darf. Weil wir uns aber auch unserer Vergangenheit verpflichtet fühlen, haben wir Ainslee ein lebenslanges Wohnrecht eingeräumt und hoffen, dass sie mit ihrer Familie bald einziehen wird. Und natürlich wird auch die *Kirkby Tartan Mill* für immer bleiben können.«

Erneut erschallte begeisterter Applaus, obwohl Ainslee keine Ahnung hatte, warum genau. Denn so aufregend diese Aussichten für sie selbst waren, so wenig spannend dürften sie für die Besucher sein, denen es ja eigentlich herzlich egal sein konnte, wie es um die Besitzverhältnisse am Herrenhaus stand.

»George hat mir gestern übrigens zwei Optionen dargelegt, die infrage kämen«, sagte Paul leise. »Entweder können wir die Etage über der Weberei nach unseren Wünschen ausbauen oder ein Apartment im Haupthaus beziehen.«

»Ja, das hat er mir auch schon erzählt, aber ehrlich gesagt kann ich mir da gerade noch keine Gedanken drüber machen. Ich weiß nicht, ob ich wirklich im Herrenhaus leben möchte«, entgegnete Ainslee. Sie war komplett überwältigt von den Ereignissen der letzten Wochen.

»Irgendwo werden wir wohnen müssen«, befand Paul jedoch recht pragmatisch. »Und da meine Wohnung in Inverness für uns beide, die Hunde und unser Baby eindeutig zu klein ist und ich dir außerdem die Pendelei nicht zumuten will, wird es auf Kirkby hinauslaufen. Was spricht da gegen eine schöne Wohnung auf Monroe Manor? Für Kinder und Hunde ist das ideal.« Er küsste sie. »Und für Lady Ainslee Munro einfach nur angemessen.«

Ainslee fand es faszinierend, wie schnell sich Paul an die neuen Umstände gewöhnt hatte. Viel schneller als sie selbst, die immer noch nicht ganz begreifen konnte, dass ein Baby in ihr heranwuchs und ihr Hund für reichlich Welpensegen gesorgt hatte. Polly mit ihrem dichten Fell sah man noch nicht viel an, aber Joy und Ivy bekamen langsam sichtbar gerundete Bäuche. In knapp drei Wochen durfte man sich in Kirkby wohl auf locker dreißig putzige Hundebabys freuen. Sie selbst war vor allem erleichtert darüber, dass die *Kirkby Tartan Mill* bleiben konnte, wo sie war, und weiteren geschäftlichen Erfolgen nichts mehr im Wege stand. Was die Wohnsituation betraf, würden sie und Paul auch eine gute Lösung finden, da war sie sich absolut sicher. Doch nun wollte sie sich erst einmal auf das zweifellos turbulente Wochenende konzentrieren, das vor ihnen lag. Für alles andere war danach auch noch Zeit.

Eine laute Dudelsack-Fanfare ertönte und ließ jedes Getuschel im Publikum und auch Ainslees Gedanken verstummen.

»Nachdem nun die Vorrede erledigt ist, spreche ich als Clan-Chief weiter«, kündigte George an und wirkte plötzlich tatsächlich nicht mehr wie der joviale Gastgeber, sondern wie ein beeindruckender

Lokalfürst. »Meine Tochter, die holde Lady Hailey, soll verheiratet werden. Doch niemand konnte bisher ihren hohen Ansprüchen an Mut, Verwegenheit und Treue genügen. Daher habe ich dieses Turnier ausgerufen, um einen angemessenen Prinzen für meinen Augenstern zu finden!«

Ein aufgeregtes Raunen ging durch das Publikum, als bei diesen Worten Hailey auf dem stattlichen dunkelbraunen Macbeth herangaloppiert kam. Ein spektakulärer Anblick, denn Hailey trug ein hellblaues Taftkleid, das Ainslee genäht hatte, und eine Schärpe im Kirkby-Tartan. Ihre langen rotblonden Locken fielen über ihre Schultern, und in einer Hand hielt sie ein riesiges Schwert.

»Ich werde entscheiden, wen ich am Ende heirate, Vater«, rief sie kämpferisch und warf ihrem Onkel einen wilden Blick zu. »Und der Prinz muss *mir* beweisen, dass er meiner wert ist!« Sie schwang das Schwert über dem Kopf und sprengte dann wieder davon.

George schüttelte mit väterlich betrübter Miene den Kopf, und Ainslee bewunderte ihn immer mehr für sein schauspielerisches Können. Das war wirklich großes Kino. »Wie dem auch sei«, sagte er. »Das letzte Wort ist noch lange nicht gesprochen.« Er seufzte theatralisch, und Ainslee sah, dass sich Heather mit aller Macht ein Kichern verkneifen musste. Und auf einmal stand auch Harriet auf dem Podium – tatsächlich in einem kunterbunten Hofnarren-Kostüm.

»Ehe die Spiele offiziell beginnen, möchte unser Hofnarr noch ein paar Worte loswerden.«

»Oh, oh«, murmelte Ainslee, die plötzlich ahnte, was gleich passieren würde.

»Was ist?«, wollte Paul wissen.

»Warte es ab.«

»Liebe Gäste, liebe Familie«, übernahm Harriet das Mikrofon. »Ich habe gelernt, dass es Tradition ist, dass der Narr ein paar launige Worte abgibt, ehe es so richtig zur Sache geht. In diesem Fall ist es die Närrin, und meine Worte gelten nur einer Person.«

Wieder verstummte das Getuschel im Publikum, und es war so still, dass man eine fallende Stecknadel hätte hören können.

»Das tut sie jetzt nicht wirklich«, murmelte Ainslee und merkte, dass sich ihr eigener Herzschlag dramatisch erhöhte, obwohl sie doch nur Zuschauerin war.

»Collum McDonald – normalerweise seid Ihr der Mann für die ganz großen Gesten, und wie Sir George schon bemerkt hat, ohne Euren Mut und Eure Beharrlichkeit wären wir alle nicht hier. Ich möchte hinzufügen, dass mich vor allem Eure Bescheidenheit in dieser Situation betört, denn Ihr habt großmütig auf einen Platz auf dem Podium verzichtet. In meinem Herzen seid Ihr jedoch die uneingeschränkte Nummer eins. Collum, willst du mich heiraten?«

Es dauerte einen Atemzug, dann hörte Ainslee, wie Collum laut rief: »Ich dachte, du fragst nie! Natürlich will ich!« Damit rannte er zur Bühne, schwang sich sportlich hinauf und riss unter dem ohrenbetäubenden Jubel der Zuschauer seine Närrin in die Arme und küsste sie. »Hiermit sind die ersten Highland Games offiziell eröffnet«, rief er dann ins Mikrofon, hob Harriet hoch und trug sie von der Bühne.

• • •

»Das war überraschend«, hörte Paul eine wohlbekannte Stimme an seinem Ohr. Er drehte sich um und fand sich seinem breit grinsenden Bruder Oliver gegenüber. Neben ihm stand Felix, der Baby Emily in einem Tragegeschirr vor dem Bauch trug, außerdem Duncan, Maura, Marlin, Alex und Colleen.

»Aber langsam verstehe ich, warum du dich in diesem Dorf so wohlfühlst«, redete Oliver weiter. »Die Leute sind auf bezaubernde Art durchgeknallt.«

»Was macht ihr denn hier?«, fragte Paul verblüfft. »Ihr habt doch gesagt, dass ihr es nicht schafft, herzukommen.«

»Das war eine Finte«, erklärte Alex vergnügt. »Wir haben das von langer Hand eingefädelt und eine Familienzusammenführung geplant. Oliver, Felix und Emily schlafen bei uns in Harriswood House, Duncan und Maura auf Monroe Manor.«

Paul war sprachlos, aber ihm wurde ganz warm ums Herz. All seine Lieben waren zusammen. Seine alte Familie und seine neue – aber vor allem die Frau seines Lebens und Mutter seines Kindes. Besser konnte es nicht mehr werden.

»Wir wollten unbedingt Ainslee kennenlernen«, erklärte Maura und zog sie in ihre Arme, ohne sich lang mit Begrüßungsfloskeln aufzuhalten.

»Und deine anderen Geschwister, deine Cousinen, Tanten und Onkel«, fügte Duncan hinzu.

»Das ist die beste Überraschung überhaupt, vielen Dank.« Paul strahlte seine Sippe gerührt an.

»Die beste gibt es erst heute Abend«, übernahm Marlin das Wort. »Da geht der ganze Clan gemeinsam bei Isla essen – ich habe gehört, dass du es immer noch nicht geschafft hast, einen Tisch bei deiner Schwester zu organisieren.«

»Asche auf mein Haupt.« Paul zog Ainslee an sich. Sein Leben fühlte sich gerade verdammt perfekt an.

»Woran denkst du?«, fragte er Ainslee viele Stunden später, als sie nach dem sensationellen und wahnsinnig fröhlichen Abend in *The Scottish Thistle* zu Fuß nach Monroe Manor liefen, um den Hunden noch ein wenig Bewegung zu gönnen.

»Daran, wie viel Glück ich in den letzten Monaten hatte«, erwiderte sie. »Ich habe bei der Auktion Harriet kennengelernt, und wir haben spontan die *Kirkby Tartan Mill* gegründet, die schon jetzt erfolgreicher läuft, als ich es mir jemals hätte erträumen können. Dann habe ich dich getroffen – und schon damals bei unserer ersten Begegnung im Wald …«

»Als du mir deinen Tee übers Hemd gekippt hast«, unterbrach Paul sie lächelnd.

»Als ich dir meinen Tee übers Hemd gekippt habe«, fuhr Ainslee fort, »ahnte ich, dass du mein Leben erneut verändern würdest. Ich gebe zu, dass mir dieses Gefühl damals eher unheimlich war, weil ich nicht einschätzen konnte, in welche Richtung die Veränderung gehen würde.« Sie lachte leise. »Wenn ich nur fünfzig Prozent davon vermutet hätte, wäre ich wohl schreiend davongelaufen und hätte mich kein einziges Mal umgeblickt.«

»Ich bin sehr froh, dass es nicht so gekommen ist«, erklärte Paul und legte seinen Arm um ihre Schultern. »Denn ich will nie wieder ohne diese Veränderungen leben müssen.«

»Ich auch nicht«, sagte sie und küsste ihn kurz auf die Wange. »Aber ich muss dir etwas gestehen.«

Pauls Puls erhöhte sich schlagartig. Würde sie ihm jetzt eröffnen, dass sie ihn tatsächlich mit dem Baby geködert hatte? Nein, das glaubte er nicht, und selbst wenn, wäre es in Ordnung für ihn. Sein Herzschlag normalisierte sich wieder. »Was denn?«

»Als ich mich zum Essen umziehen wollte, bin ich Madame Apollonia in die Arme gelaufen. Sie hat mich wissend angelächelt und ungefragt bestätigt, dass unser Baby gesund zur Welt kommen wird.«

»Das ist eine echte Erleichterung!« Paul merkte, wie ihm ein Stein vom Herzen fiel. Dafür, dass er sich bis vor wenigen Wochen niemals hätte vorstellen können, Vater zu werden, sorgte er sich jetzt ganz schön massiv um sein ungeborenes Kind. Verrückt.

»Ja, total. Aber das ist noch nicht alles. Sie hat auch sehr deutlich gesagt, wohin wir ziehen sollen.«

»Ach ja?«

»Ja. Nicht über die Weberei, denn diese Räume hätten eine andere Bestimmung, sondern in die große Wohnung im dritten Stock des Herrenhauses.«

»Nicht die im zweiten Stock? Neben der von Robin und Sky und deren Kindern?«, fragte Paul überrascht.

»Nein, da war sie sehr bestimmt.« Ainslee seufzte gespielt theatralisch. »Das wird die Hölle, wenn ich erst mit dickem Bauch und dann mit Baby und Kleinkind auf dem Arm ständig diese Massen von Treppen steigen muss.«

»Das schaffen wir«, behauptete er. »Notfalls trage ich dich rauf und runter.« Um seine Worte zu beweisen, hob er sie hoch und trug sie ein paar Meter.

»Besser nicht«, kicherte sie, als er sie keuchend wieder absetzte. »Du siehst vielleicht aus wie ein unbesiegbarer Highlander, aber du bist doch nur schwächlicher Bücher-Nerd.«

»Schwächlich?«, grollte er. »Ich zeig dir gleich schwächlich.« Er packte sie erneut und küsste sie, bis sie um Atem rang.

»Ich nehme alles zurück, mein Held«, japste sie.

»Das gefällt mir besser, Mylady! Aber zurück zur Wohnung im dritten Stock. Die ist riesig. So viel Platz brauchen wir doch gar nicht.«

»Laut Madame Apollonia schon«, entgegnete Ainslee. »Und nach den jüngsten Erfahrungen neige ich dazu, ihr zu glauben. Du brauchst ein Arbeitszimmer, und vielleicht behalten wir ja einen der Welpen …«

»Oder wir brauchen irgendwann drei Kinderzimmer. Dann würde es Sinn machen.« Er blieb stehen und umfasste ihr Gesicht mit beiden Händen. »Es klingt bestimmt total verrückt, aber diese Möglichkeit würde mich besonders glücklich machen.«

»Das stimmt. Es ist verrückt. Du bist verrückt. Und ich bin verrückt nach dir«, sagte sie. »Lass uns einfach abwarten, was die Zukunft bringt.«

»Das machen wir. Aber mit dir an meiner Seite gibt es nichts mehr, was mir noch Angst machen könnte.« Und damit küsste er sie erneut.

– ENDE –

Oder noch nicht ganz, denn seien wir ehrlich: Es gäbe noch eine Menge zu erzählen. Schreiner Davie beispielsweise, der nicht nur in »Die Glückskuh von Kirkby« einen wichtigen Auftritt hatte, sondern beim Turnier auch für das perfekte Setting gesorgt hat, hat sein Single-Dasein satt. Und was ist mit Zahnarzt Brodie, der in »Die Weberei von Kirkby« erwähnt wurde? Susan, die als Erzieherin Kirkbys

Kindergarten leitet, hat mir kürzlich eine irre Idee ins Ohr geflüstert, und natürlich wollen wir wohl alle wissen, was mit Ainslees und Islas Babys wird. Außerdem hat mir eine liebe Freundin gesteckt, dass sie sehr gern eine Geschichte namens »Die Käserei von Kirkby« lesen würde …

Wofür in diesem Buch so gar kein Platz mehr war, ist der Besuch von Seans Geschwistern Philippa und Dominic (bekannt aus »Island Dreams – Der Garten am Meer« und »Lausche den Klängen deiner Seele«), die mit ihren Familien extra zu den Highland Games nach Kirkby gereist sind, um ihren kleinen Bruder zu besuchen. Es könnte gut sein, dass ich darüber in den nächsten Wochen oder Monaten auch noch etwas schreibe – als exklusive Bonusszene für meine »Letters from Kirkby«-Abonnent*innen. Es lohnt sich also auf jeden Fall, diesen kostenlosen Newsletter zu abonnieren, denn darin erfährt man sofort ALLE Neuigkeiten aus dem Kirkby-Universum. Und so viel kann ich versprechen: Es werden noch einige kommen!

Wenn du es noch nicht getan hast, dann klicke rasch auf www.charlottemcgregor.de, und freu dich über reichlich Anekdoten aus deinem schottischen Lieblingsdorf. Wir lesen uns!

Deine Charlotte

PS: Wenn dir diese Geschichte gefallen hat, freue ich mich über eine Sternebewertung oder Rezension auf den üblichen Online-Plattformen. Das hilft anderen Lesenden, sich auch für Kirkby zu entscheiden. Und natürlich freue ich mich wie verrückt, wenn du mich und meine Geschichten auch ansonsten weiterempfiehlst. Tausend Dank.

FIGURENREGISTER

Menschen:

Ainslee Ferguson: 33, lange rote Locken, grüne Augen, Schneiderin und Expertin für historische Stoffe und Webtechniken. Hat mit Harriet Harper die *Kirkby Tartan Mill* gegründet und will sich ganz auf ihr Unternehmen konzentrieren. Der einzige Mann an ihrer Seite ist Jules, ihr imposanter Großpudel, der alle Eigenschaften in sich vereint, die Ainslee bei menschlichen Männern vermisst – bis sie Paul trifft, der ihre Welt aus den Angeln hebt.

Paul Starling: 35, dunkelbraune Haare, blaugraue Augen, promovierter Historiker mit den Spezialgebieten Kultur und Erbe der schottischen Highlands, Gälisch und Clangeschichte. Leidet an einer formidablen Identitätskrise, die einen neuen Höhepunkt erreicht hat, als er erfuhr, dass sein leiblicher Vater Marlin Fraser noch lebt. Halt gibt ihm seine Großpudelhündin Ivy – bis er Ainslee trifft, die seine Welt aus den Angeln hebt.

Harriet Harper: Ainslees Geschäftspartnerin in der *Kirkby Tartan Mill*, wird ihr immer mehr zur guten Freundin und Vertrauten. Mit Bürgermeister Collum McDonald liiert.

Collum McDonald: Kirkbys umtriebiger Bürgermeister, der ständig versucht, alles im Griff zu behalten.

Marlin Fraser: Hufschmied, Schafzüchter, ehemaliger Popstar, heimlicher Patriarch von Kirkby und Pauls leiblicher Vater.

Betty Murray: Thrillerautorin und Marlins Lebensgefährtin.

Heather Stewart: Marlins Schwester, »Schlossherrin« von Monroe Manor.

George Stewart: Heathers Ehemann.

Angus Stewart: Georges Vater, Gründer der Anwaltsdynastie »Stewart & Sons«.

Maura und Duncan Starling: Pauls Stiefeltern, die ihn lieben wie ihr leibliches Kind.

Oliver Starling: Pauls Halbbruder. Lebt mit seinem Mann Felix und Adoptivtochter Emily als Schafzüchter auf der Hebriden-Insel Lewis.

Gwendolyn Ferguson: Ainslees Mutter, lebt in Aberdeen, Tochter von Brenda Munro.

Kristie Fraser: Besitzerin von *Kristie's Old Bakery* und einer Tanzschule für Highland Dancing. Außerdem Ainslees Mitbewohnerin.

Yeshi: neue Mitarbeiterin von Sky Forresters Organisation STEADFAST, erobert Kristies Herz.

Hailey Fraser: Kristies Schwester, unerschrockene Pferdefrau und Freundin von Ainslee.

Sean Gordon: Keramikmeister und Mann an Haileys Seite.

Alex Fraser: ältester Sohn von Marlin, leitet das Bed & Breakfast *The Cosy Thistle*.

Colleen Fraser: Eventplanerin von Kirkby und Alex' Ehefrau.

Aidan und Roya Fraser: Kinder von Alex und Colleen.

Isla Fraser: Sterneköchin in *The Scottish Thistle*, älteste Tochter von Marlin und Freundin von Ainslee.

Jon Grant: Pubwirt von *The Wise Pelican*, Verlobter von Isla. Weiß alles, was in Kirkby vor sich geht.

Lennox Fraser: Vollblutmusiker und Marlins jüngster Sohn.

Anna Campbell: Ärztin, Schokocroissant-Junkie, gute Freundin von Ainslee und die Frau an Lennox' Seite.

Shona Fraser McIntosh: Gründerin von Kirkbys Destillerie, jüngste Halbschwester von Paul, verheiratet mit Kendrick.

Kendrick McIntosh: viel beschäftigter Tierarzt und Ehemann von Shona.

Madame Apollonia (bürgerlich Apollonia Miller): Wahrsagerin und Hexe mit erstaunlicher Treffsicherheit.

Robin Stewart: Chefin der Anwaltskanzlei »Stewart & Sons«, Tochter von Heather und George, Ehefrau von Sky.

Sky Forrester: Gründer der Antikorruptionsorganisation STEADFAST, Ehemann von Robin.

Ayana und Alex Forrester: Kinder von Robin und Sky.

Rosalynd Forrester: Skys Großmutter – man munkelt, dass etwas zwischen ihr und Angus Stewart laufen könnte.

Molly und Hamish: Köchin und Butler auf Monroe Manor.

Leslie Turner: Gemeindesekretärin, ohne die Kirkby aufgeschmissen wäre.

Jack McTavish: Dorfpfarrer und Marlins bester Freund.

Davie Tomlinson: Schreiner, der schwerstens für die Highland Games geschuftet und es dadurch irgendwie auf diese Liste geschafft hat.

Willow MacAlpine: fünfjährige Tochter von Highland-Rinder-Züchterin Adley Mac Alpine.

Ivy Richards (alias »Menschen-Ivy«): Kellnerin in *The Wise Pelican.*

Zweifellos habe ich jemanden vergessen – mea culpa!

Tiere:

Jules: dreijähriger rotbrauner Großpudelrüde, der Ainslee nicht von der Seite weicht und ihr ein treuerer Begleiter ist als alle Männer bisher.

Ivy: vierjährige schwarze Großpudelhündin, die Paul nicht von der Seite weicht und ihm eine treuere Begleiterin ist als alle Frauen bisher.

Abby und Joy: temperamentvolle Airedale-Terrier-Hündinnen von Heather und George.

Polly: Neufundländerin von Isla und Jon.

Tito: Jack Russell Terrier von Aidan Fraser, versierter Hütehund.

Elvis: stattlicher Maine-Coon-Kater von Ärztin Anna.

Ralph: Hexenrabe von Madame Apollonia.

Und natürlich zahllose weitere Hunde, Schafe, die Seidenhühner Thelma und Louise, die »Glückskuh« Poppy und, und, und.

CULLEN SKINK

IN BEINAHE JEDEM KIRKBY-BAND gibt es eine Szene, in der irgendjemand vom »himmlischen Fischeintopf« im Pub schwärmt, doch es hat tatsächlich bis zu diesem Band gedauert, bis ich die traditionelle schottische Schellfischsuppe mit ihrem echten Namen erwähnt habe: Cullen Skink ist Pauls Lieblingsgericht und einer der Gründe, warum er sich immer mehr für Kirkby erwärmt. Der Eintopf stammt aus dem Nordsee-Örtchen Cullen im nordöstlichen Schottland und hat sich längst als ein schottisches Nationalgericht etabliert, das es in den meisten Pubs zu essen gibt. Natürlich kann auch Ainslee dieser Suppe (und Paul) genauso wenig widerstehen wie ich. Das folgende Rezept habe ich getestet und für sehr lecker befunden. Für vier Portionen braucht man folgende Zutaten:

700 g festkochende Kartoffeln
400 g Süßkartoffeln (man kann es aber auch nur mit festkochenden Kartoffeln zubereiten, dann ca. ein Kilo)
2 Zwiebeln
1 Stange Lauch

600 ml Vollmilch
300 ml Sahne
Ca. 300 g Räucherfisch (wer es etwas »substanzieller« mag, kann gerne mehr nehmen. Traditionell wird Schellfisch verwendet, es gehen aber auch Scholle oder Forelle)
30 g frischer Ingwer
2 Knoblauchzehen
1 getrocknete Chilischote
40 ml Rotweinessig
40 ml Portwein
4 TL Zucker
4 EL neutrales Pflanzenöl

Kartoffeln schälen und in mundgerechte Würfel schneiden. Die Zwiebeln fein würfeln. Lauch gründlich waschen und in Ringe schneiden.

Ingwer und Knoblauch schälen und klein hacken. Chilischote fein zerbröseln.

Das Öl in einem großen Topf erhitzen, das Gemüse dazugeben und etwa fünf Minuten andünsten. Ingwer, Knoblauch und Chili dazugeben und weitere fünf Minuten dünsten. Anschließend mit Milch und Sahne ablöschen. Auf niedriger Flamme ca. zwanzig Minuten köcheln. Dezent mit Salz würzen.

Portwein, Rotweinessig und Zucker in einem kleinen Topf erhitzen und so lange einkochen, bis eine sirupartige Konsistenz entsteht. Den Sirup anschließend zum Eintopf geben und gut einrühren.

Nun den geräucherten Fisch grob zerteilen und mit dem Eintopf vermischen. Noch einmal mit Salz abschmecken und servieren.

HERRENHÄUSER IN SCHOTTLAND

IN SCHOTTLAND GIBT ES unzählige Schlösser, Burgen, Paläste und Herrenhäuser. Wie viele es tatsächlich sind, weiß keiner so genau – was auch an der Bezeichnung liegt. Manche Gebäude sehen aus wie Burgen oder Schlösser, werden aber vergleichsweise schlicht als Herrenhaus bezeichnet. Bei anderen ist es genau umgekehrt. Ein winziges, fast unscheinbares Haus kann auch mal ein »Castle« sein.

Einigen Quellen zufolge gibt es in Schottland mehr als dreitausend Castles. Und als Castle gelten all jene Gebäude, die zu Verteidigungszwecken und zum Wohnen gleichermaßen erbaut wurden. Schaut man sich die blutige Geschichte der Clan-Fehden und der Schlachten mit den Engländern an, dürfte das im Grunde auf fast jedes Haus zutreffen.

Es ist also schwierig, eine genaue Definition zu finden – von genauen Zahlen ganz zu schweigen. Andererseits ist es damit praktisch ausgeschlossen, durch Schottland zu reisen und keinem feudalen Gemäuer zu begegnen. Sie sind wirklich überall, selbst in den abgelegensten Ecken der Highlands und der Inseln. Natürlich auch in Kirkby. Monroe Manor scheint zwar für das Laienauge locker als Schlösschen oder Burg durchzugehen, ist aber »nur« ein Herrenhaus – vermutlich, weil es niemals als Trutzburg gegen feindliche Clans dienen musste, sondern immer ein Wohnhaus war. Wenn auch mit schillernder Vergangenheit und Gegenwart und wechselnden Besitzern.

All das kommt auch im wahren schottischen Leben gar nicht mal so selten vor, sodass kaum ein Castle heute noch im Besitz der Familie ist, die es einst erbaut hat. Sehr viele dieser Häuser kann man übrigens besichtigen, selbst die, die noch bewohnt sind. Der Grund liegt auf der Hand: Der Unterhalt ist wahnsinnig kostspielig, und man muss eigentlich ununterbrochen renovieren, um die historische Bausubstanz gut in Schuss zu halten. Für Schottland-Besucher ist das eine gute Nachricht, denn auf diese Weise bieten sich unzählige Möglichkeiten, sich fürstlich verwöhnen zu lassen und sich in alte Zeiten zu träumen. Man kann auf Schlössern heiraten (wie auf Monroe Manor), hinter meterdicken Mauern in alten Himmelbetten schlummern, in denen womöglich schon die aufregendsten Dinge passiert sind. Man kann sich für unvergessliche Tage in luxuriösen Fünf-Sterne-Hotels einmieten und sich wie eine Lady oder ein Lord fühlen. Es gibt Bed & Breakfasts in einigen Anwesen und sogar Campingplätze in ehemaligen Schlossgärten. Für jeden Geschmack und jedes Budget ist etwas dabei.

Auf der Website des schottischen Fremdenverkehrsamts VisitScotland (visitscotland.com) gibt es sogar Vorschläge für Reisen, bei denen man in kurzer Zeit möglichst viele und beeindruckende Burgen und Schlösser besichtigen kann. Besonders hoch ist die Castle-Dichte übrigens in Aberdeenshire. Ainslee Ferguson, die aus Aberdeen stammt, kennt die Gegend sehr gut und hätte sicher ein paar tolle Tipps – die sie mir leider nicht verraten hat, doch glücklicherweise bin ich selbst ganz gut im Recherchieren. Die Region gilt als »Schottlands Burgenland«, und auf dem »Castle Trail« kann man innerhalb von sechs Tagen neunzehn der schönsten und aufregendsten Burgen besichtigen. Auch Balmoral Castle, das Lieblingsschloss von Queen Elizabeth II., liegt in Aberdeenshire. Dort ist sie im September 2022 auch verstorben. Es gehört der königlichen Familie, und vielleicht wird es nun zu einem jederzeit öffentlich zugänglichen Museum umgestaltet. Bislang konnte man lediglich im Frühjahr und Frühsommer den Garten besuchen, ehe die Königin zu ihrem Sommerurlaub anreiste.

DANKE

LIEBE LESERIN, LIEBER LESER,

diese Zeilen schreibe ich, während das Corona-Virus in mir wütet. Drei Jahre konnte ich ihm widerstehen, jetzt hat es mich erwischt. Menno. Außerdem habe ich gerade ein Déjà-vu, weil ich mich an die Danksagung vom letzten Band erinnert fühle, in der ich meinen Bänderriss im Finger beklagt habe. Der Finger ist leider immer noch etwas krumm, aber ich kann glücklicherweise wieder bestens tippen.

Mein erster und größter Dank gebührt DIR! Weil du dich, ohne mit der Wimper zu zucken, von einem ganz anderen Virus hast anstecken lassen: dem Kirkby-Fieber! Dir widme ich also diese Geschichte. Du bist die Beste!

Ich danke meiner Agentin Eva, die mich ermutigt hat, mit »Highland Happiness« weiterzumachen, und meiner Grafikdesignerin Sabine Albrecht, die für die zweite »Kirkby-Staffel« so zauberhafte Outfits designt hat.

Ohne die Kolleginnen in meiner WhatsApp-Schreibgruppe wäre ich zweifellos nicht so zügig durchgekommen mit Ainslees und Pauls Geschichte. Ich bin so froh, dass es euch gibt und wir nicht nur übers Schreiben reden, sondern überhaupt in (fast) jeder Lebenslage füreinander da sind. Ähnliches gilt auch für die WritingSassenachs – eine weitere Autorinnen-Gruppe, die es seit Anfang 2021 gibt und mit der wir die Lesewelt gemeinsam etwas bunter und häufig auch schottischer gestalten wollen. Ihr seid toll!

Danke an meinen Podcast-Partner Christian, der mich alle vierzehn Tage an den Tresen unseres »Literarischen Saloons« zerrt und mich dazu zwingt, auch mal über andere Dinge nachzudenken (und zu sprechen) als nur über meine Manuskripte.

Ein ganz besonderer Dank geht an Gundel alias Lilly, die mich bei unseren regelmäßigen Frühstücks- oder Kaffeetreffs weit in andere (Genre-)Welten entführt und mich auch sonst gerne aus meiner Komfortzone lockt.

Tausend Dank meinem genialen Adlerauge Julia. Sie hat mich inzwischen durch die meisten Bücher und sämtliche Pseudonyme begleitet und lässt mir keinen Unsinn durchgehen – weder inhaltlich noch orthografisch. Kein Roman mehr ohne dich, Julia! Ich mein's ernst!

Meine Lieben – die zweibeinigen genau wie die vierbeinigen, die blutsverwandten ebenso wie die Herzensfamilie – stehen hier zwar an letzter Stelle, aber ansonsten immer an Nummer eins. Ohne euch wäre alles sinnlos. Danke für alles.

Charlotte

PS: Hier folgt meine übliche Versicherung, dass ich natürlich auch all jenen von ganzem Herzen danke, die ich oben mal wieder vergessen habe. Es ist wie mit dem Figurenregister von Kirkby – es werden einfach immer mehr. Ihr seid großartig!

Noch ein PS: Ein ganz besonderer Dank geht an Christine und Justine – ihr wisst warum!

Ein letztes PS: Sollte dieser Roman dein Erstkontakt mit mir sein, dann freue ich mich, dass du bis hierher durchgehalten hast. Das stimmt mich auch milde optimistisch, dass du Spaß mit der Geschichte und mit mir hattest. Besuche mich doch auf meiner Website www.carinmueller.de (so heiße ich, wenn ich keinen Kilt trage). Da erfährst du alles über mich, meine Bücher, meine diversen Pseudonyme und meine vielen Abenteuer. Und zögere nicht, mir zu schreiben, denn ich liebe es, von dir zu hören und zu lesen.

ALLE KIRKBY-GESCHICHTEN AUF EINEN BLICK

SÄMTLICHE KIRKBY-GESCHICHTEN können für sich allein und unabhängig voneinander gelesen werden – doch wer kann das schon wollen? Den größten Spaß hat man sicherlich, wenn man sie in der richtigen Reihenfolge genießt:

Weihnachten in Kirkby:
Diese zuckersüße Kurzgeschichte spielt genau ein Jahr vor »Highland Hope – Ein Bed & Breakfast für Kirkby«. Es gibt sie kostenlos exklusiv auf meiner Website:
https://carinmueller.de/weihnachten-in-kirkby

Ein Sommer in Kirkby:
Dieser Kurzroman spielt wenige Monate vor »Highland Hope – Ein Bed & Breakfast für Kirkby«. Du bekommst ihn kostenlos in allen E-Book-Shops und auf meiner Website:
https://carinmueller.de/ein-sommer-in-kirkby

Lila Harper hat eine Mission: Um einen besseren Job als ihr Volontariat bei der Reitsportzeitschrift »Horse & Hound« zu ergattern, reist sie zu entfernten Verwandten nach Kirkby. Ein Artikel über das schillernde Herrenhaus Monroe Manor soll ihr Karrieresprungbrett werden.

Profireiter Cameron Sinclair wollte nie wieder nach Kirkby zurückkehren, doch sein wertvolles Springpferd Artemis verweigert auf einmal jede Zusammenarbeit. Jetzt kann nur noch sein alter Mentor, der Pferdeflüsterer Rupert Fraser helfen.

Doch dann kommt alles anders: Exzentrische Dorfbewohner, eine wütende Exfreundin, Mister Spock und ein mythisches Wasserpferd in Loch Leary können nicht verhindern, dass zwischen Lila und Cameron die Funken sprühen und die Liebe einschlägt.

Highland Hope – Ein Bed & Breakfast für Kirkby: Band 1 der ersten Kirkby-Staffel gibt es als Taschenbuch und E-Book überall im Buchhandel.

Im »Cosy Thistle« findet Colleen mehr als nur ein Zimmer …

Colleen Murray hat nichts zu verlieren, als sie Boston hinter sich lässt, um auf Wunsch ihres verstorbenen Vaters ein paar Monate in seiner schottischen Heimat Kirkby zu verbringen. Die Schönheit der Highlands und den eigenwilligen Charme der Dorfbewohner nimmt sie anfangs kaum wahr. Doch dann trifft sie Alex Fraser, den Besitzer des romantischen Bed & Breakfast.

Der alleinerziehende Vater ist nicht nur genau ihr Typ, sondern teilt auch ihre Leidenschaft fürs Reiten. Wird Colleen die Reise zu ihren Wurzeln dabei helfen, endlich ihren Platz im Leben zu finden? Das Glück scheint jedenfalls zum Greifen nahe. Bis Alex´ Vergangenheit ihn einzuholen und alles zu zerstören droht …

Highland Hope – Ein Pub für Kirkby:
Band 2 der ersten Kirkby-Staffel ist als Taschenbuch und E-Book überall im Buchhandel erhältlich.

Liebe geht durch den Magen … besonders, wenn man Essen so liebt wie Isla!

Isla Fraser ist leidenschaftliche Sterneköchin. Als der Gernegroß Rodney Swinton in der Nähe von Kirkby ein angesagtes Bistro eröffnet, muss sie um ihr Restaurant fürchten. Denn Rodney hat eine Rechnung mit ihr offen. Dann gerät sie auch noch mit dem eigentlich sehr charmanten Jon Grant aneinander, der den Pub des Örtchens zu neuem Leben erwecken möchte.

Da Jon mit seiner Neufundländerhündin Polly ins Bed & Breakfast von Islas Bruder zieht, können sich die beiden unmöglich aus dem Weg gehen … und fühlen sich bald unwiderstehlich zueinander hingezogen. Aber Jon ist ein alter Bekannter von Rodney und Isla muss sich fragen, auf wessen Seite er wirklich steht.

Highland Hope – Eine Destillerie für Kirkby:
Band 3 der ersten Kirkby-Staffel gibt es als Taschenbuch und E-Book überall im Buchhandel.

Shona liebt ihre Whisky-Brennerei ebenso wie ihr Alpaka. Als sie den Tierarzt Kendrick trifft, wird die Liebe hochprozentig!

Shona ist das Küken der Familie Fraser. Das einst wilde Party-Girl hat die stillgelegte Destillerie von Kirkby modernisiert und gerade ihren ersten eigenen Whisky abgefüllt. Bei all dem Trubel bemerkt sie nicht, dass ihr Alpaka Nessie zu tief ins Glas schaut und ausgerechnet dem Tierarzt Kendrick McIntosh vors Auto taumelt.

Dieser ist empört. Doch nachdem der erste Zorn verraucht ist, stellen die beiden fest, dass sie noch mehr verbindet als die Liebe zu den Tieren und zum Highland Dance. Durch ein tragisches Unglück lernen sie sich auf einmal von einer ganz neuen Seite kennen. Und auch Shonas Whisky erweist sich als wahrer Liebestrank …

Highland Hope – Eine Bäckerei für Kirkby:
Band 4 der ersten Kirkby-Staffel findest du als Taschenbuch und E-Book überall im Buchhandel.

Annabel bringt das Herz von Lennox zum Klingen … und gemeinsam verwirklichen sie ihre Träume

Die Landärztin Annabel Campbell hätte nie gedacht, dass sie sich so in das malerische Kirkby verlieben würde. Auch ihr Maine-Coon-Kater genießt die täglichen Besuche in der *Old Bakery*, in der Kristie das beste Shortbread von ganz Schottland backt. Hier trifft die optimistische Annabel auch immer wieder auf den rätselhaften Lennox Fraser.

Dieser fühlt sich als das schwarze Schaf der Familie. Insbesondere Vater Marlin ist strikt gegen Lennox´ Karriere als Musiker. Als Waise weiß Annabel wie es ist, sich alleine durchzukämpfen. Die beiden scheinen perfekt füreinander. Doch ein lang gehütetes Familiengeheimnis kann nicht länger verheimlicht werden und stellt alles auf den Kopf …

Die Glückskuh von Kirkby:
Dieser Kurzroman spielt zeitgleich mit dem Ende von »Eine Destillerie für Kirkby« und dem Anfang von »Eine Bäckerei für Kirkby« – ohne aber irgendwas von den Inhalten zu spoilern. Diese Geschichte gibt es derzeit als eBook exklusiv für die Abonnent*innen

meiner »Letters from Kirkby« (https://carinmueller.de/kirkby-letters) und als Hörbuch überall im Handel.

Wer an dieser Quelle seine wahre Liebe küsst, bleibt für immer mit ihr zusammen …

Zwanzig Jahre nach dem ersten Kuss kehrt Adley MacAlpine nach Kirkby zurück und begegnet prompt Michael Cunningham, dem sie mit süßen vierzehn an der geheimnisvollen Waldquelle ewige Liebe geschworen hat. Nur um kurz darauf mit ihren Eltern nach Neuseeland auszuwandern.

Zwei Jahrzehnte später ist alles anders. Beide sind erwachsen, das Leben hat für Erfahrungen und Narben gesorgt und Adley eine kleine Tochter geschenkt. Nun ist sie mit Willow in ihre alte Heimat zurückgekehrt, um den Bauernhof ihres verstorbenen Großvaters zu verkaufen – doch da ist Michael, und die Anziehungskraft zwischen ihnen flackert erneut machtvoll auf.

Kann es nach so langer Zeit eine zweite Chance geben?

Highland Happiness – Geschichten aus Kirkby:
Der Sammelband mit allen »Extras« außerhalb von »Highland Hope« und »Highland Happiness« gibt es als eBook und Taschenbuch überall im Handel.

Sehnsucht nach den schottischen Highlands?

Im Highland Dörfchen Kirkby ist immer reichlich los: Begleite in der Kurzgeschichte »Weihnachten in Kirkby« Fotografin Luci und Anwalt Ian zu einem romantischen Weihnachtsfest auf Monroe Manor. Sei in der Novelle »Ein Sommer in Kirkby« hautnah mit dabei, wie sich die ambitionierte Modejournalistin Lila in den Skandal-Profireiter Cameron verliebt. Und erfahre im Kurzroman »Die Glückskuh von Kirkby«, ob Cowgirl Adley und Bio-Bauer Michael nach zwanzig Jahren noch eine zweite Chance haben.

Außerdem: Rezepte, Anekdoten und eine exklusive Preview auf ein kriminelles Kirkby-Abenteuer.

Für alle Fans von »Highland Hope« und Highland Happiness« und all jene, die es werden wollen. Die Geschichten sind spoilerfrei und in sich abgeschlossen.

Highland Happiness – Die Weberei von Kirkby:
Band 1 der zweiten Kirkby-Staffel gibt es als Taschenbuch und E-Book überall im Buchhandel. Ein Hörbuch folgt ebenfalls.

Kann man Glück und Liebe in einem Stoff verweben?

Harriet Harper wagt den Sprung in eine ungewisse Selbstständigkeit. Die Textildesignerin verlässt Londons schnelllebige Modebranche und gründet in Kirkby eine Weberei, um nachhaltige, stilvolle Stoffe herzustellen – und ein paar persönliche Wunden zu flicken.

Die kühne Idee stößt vor allem bei Bürgermeister Collum McDonald auf Begeisterung. Er träumt laut von einem eigenen Dorf-Tartan und heimlich von der zauberhaften Harriet als First Lady von Kirkby. Doch so glücklich sein Händchen für den Ort ist, in Liebesdingen ist er erschütternd hilflos.

Gut, dass die Seidenhühner Thelma und Louise noch ein Wörtchen mitzugackern haben …

Highland Happiness – Die Töpferei von Kirkby: Band 2 der zweiten Kirkby-Staffel gibt es als Taschenbuch und E-Book überall im Buchhandel – und bald auch zum Hören.

Wenn die Liebe auf tönernen Füßen steht …

Hailey Fraser hält die Zügel in der Hand. Mit ihrem Vater managt sie das Reittrainingscenter in Kirkby und hat Pferde und Reiter voll im Griff – genauso wie ihre Männergeschichten. Bis auf Sean Gordon. Der berühmte Keramikmeister lebt zwar schon mehrere

Jahre im Ort, doch niemand kennt den zurückgezogenen Künstler wirklich.

Bei Vorbereitungen für die anstehenden Highland Games kommen sich die beiden näher und entdecken unter Schutzschichten aus Ton und Draufgängertum erstaunliche Ähnlichkeiten. Und eine überraschende Verbindung, die alles zu ruinieren droht. Mit einem Mal steht nicht nur ihr gemeinsames Glück auf der Kippe, sondern auch das von Haileys Schwester Kristie.

Muss sich Hailey zwischen ihrer Schwester und der Liebe entscheiden?

Highland Happiness – Das Herrenhaus von Kirkby: Band 3 der zweiten Kirkby-Staffel gibt es ab Juli 2023 als Taschenbuch und E-Book überall im Buchhandel – und zum Lauschen in allen Shops.

Wer bin ich wirklich?

Ainslee Ferguson ist es gewohnt, in viele Rollen zu schlüpfen. Als Darstellerin auf Historienmärkten bessert sie ihr bescheidenes Schneiderinnen-Einkommen auf. Erst in der Kirkby Tartan Mill auf Monroe Manor findet sie langsam zu sich – und zu Paul Starling, dessen Pudeldame Ivy sich in Ainslees Rüden Jules verknallt.

Paul ist oft in Kirkby, um seinen leiblichen Vater und seine Halbgeschwister kennenzulernen. Doch dann soll der smarte Historiker Gerüchten um die Besitzverhältnisse von Monroe Manor nachgehen und findet heraus, dass Ainslee womöglich die wahre Erbin ist – eine Erkenntnis, die im Dorf für allerlei Schockreaktionen sorgt.

Manchmal braucht es ein Erdbeben, um die Dinge geradezurücken …

Und danach? Das wird man sehen!

Wenn du nicht genug von Kirkby und seinen schrulligen Bewohnern bekommen kannst, dann schreib mir doch eine Mail an kirkby@charlottemcgregor.de. Ich freue mich immer riesig über Post von meinen Leser*innen.

Deine Charlotte

WER IST CHARLOTTE MCGREGOR?

»MIT SEHNSUCHTSORTEN KENNT SICH Charlotte McGregor aus. Schon in frühester Kindheit fühlte sie sich zu Städten und Ländern hingezogen, die sie nur aus Büchern oder Filmen kannte. Kein Wunder, dass sie aus ihrem Fernweh einen Beruf gemacht hat. Die Journalistin schrieb jahrelang Reiseberichte für Zeitungen und Magazine, ehe sie ihre Lieblingsorte auch in Romanen verewigte. Derzeit schlägt ihr Herz für Schottland, wo sie regelmäßig mit ihrem Mann durch Städte, Dörfer und die Highlands streift und sich voller Enthusiasmus auf Whisky, Haggis und Kilts stürzt.«

Mehr: www.charlottemcgregor.de

So lautet die offizielle Vita in meinen »Highland Hope«-Romanen. Das ist auch alles richtig – und doch nur die halbe Wahrheit. Denn ich bin inzwischen Viele, eine regelrechte Autorinnen-WG, was daran liegt, dass ich mich nur ungern in festgefertigte Schablonen pressen lasse. Mich interessieren einfach so viele unterschiedliche Themen. Also hier eine etwas detailliertere Selbstbeschreibung:

Es gibt Menschen, die sind werteorientiert, ich bezeichne mich gerne als »worteorientiert«, denn dem geschriebenen Wort gehört seit früher Kindheit meine ganze Aufmerksamkeit. Buchstaben, Worte, Wörter und Texte üben bis heute eine magische Faszination auf mich aus, denn die Wucht, die dieses vergleichsweise bescheidene Werkzeug aus sechsundzwanzig Lettern und einigen Satzzeichen ausüben kann, ist beträchtlich.

Meine große Leidenschaft gehört dem belletristischen Schreiben. Mein erster Roman ist 2009 unter meinem Klarnamen Carin Müller bei Goldmann erschienen. Seitdem folgten mehr als zwei Dutzend weitere Titel bei Publikumsverlagen und in Eigenregie als Selfpublisher. Die wenigsten davon unter meinem richtigen Namen, denn eine Sache habe ich inzwischen auch gelernt: Leser lieben Schubladen und die will ich auch bedienen.

Für den etwas unkonventionelleren Blick über den Tellerrand habe ich meine Website und meinen Blog. Dort veröffentliche ich jeden Montag einen neuen Artikel zu einem Thema, das mir gerade unter den Nägeln brennt. Ich würde mich sehr freuen, wenn du mal einen Blick darauf wirfst. Außerdem gibt es auf meiner Seite alles über mich, meine Bücher und meinen Podcast zu erfahren. www.carinmueller.de

Wenn du es noch nicht getan hast, lade ich dich herzlich dazu ein, meine Leser-Post https://carinmueller.de/newsletter/leser-post zu abonnieren. Dort informiere ich regelmäßig (zurzeit etwa einmal pro Monat) über alles, was sich gerade bei mir tut und empfehle außerdem tolle Bücher von KollegInnen.

Ich freue mich auch über regen Austausch mit meinen Lesern. Du findest mich auf allen sozialen Medien und kannst mir aber gerne auch eine Mail schreiben. Ich beantworte jede Anfrage: post@carinmueller.de

Alles Liebe,

Deine Carin aka Charlotte^2

PS: Auf den nächsten Seiten findest du einen kleinen Überblick über meine bisherigen Veröffentlichungen.

MEINE BÜCHER

Veröffentlichungen als Charlotte McGregor:

»Ein Sommer in Kirkby« – 2020, SP
»Highland Hope – Ein Bed & Breakfast für Kirkby« – 2021, Heyne Verlag
»Highland Hope – Ein Pub für Kirkby« – 2021, Heyne Verlag
»Highland Hope – Eine Destillerie für Kirkby« – 2021, Heyne Verlag
»Highland Hope – Eine Bäckerei für Kirkby« – 2022, Heyne Verlag
»Island Dreams – Der Garten am Meer« – 2022, Heyne Verlag
»Die Glückskuh von Kirkby« – 2022, SP
»Highland Happiness – Geschichten aus Kirkby« – 2022, SP
»Highland Happiness – Die Weberei von Kirkby« – 2023, SP
»Highland Happiness – Die Töpferei von Kirkby« – 2023, SP
»Highland Happiness – Das Herrenhaus von Kirkby« – 2023, SP

Veröffentlichungen als Charlotte Taylor:

Die Reihe »Hot Chocolate«
– 18 Titel, ab 2015, Bastei Lübbe
»San Francisco Millionaires Club – Ian« – 2017, SP
»San Francisco Millionaires Club – Derek«
– 2017, SP
»Robin – High in the Sky« – 2018, SP
»San Francisco Millionaires Club – Dan« – 2019, SP
»San Francisco Millionaires Club – Sammelband: Ian, Derek, Alistair, Dan« – 2020, SP
»Lebe, als gäbe es kein Morgen« – 2020, SP
»Lausche den Klängen deiner Seele« – 2021, SP
»Wandere auf unerforschten Pfaden« – 2021, SP
»L.A. Roommates 1 – Prickelnde Nächte und heiße Flirts« (Wiederveröffentlichung Teil 1 der »Hot Chocolate«-Geschichten) – 2022, Bastei Lübbe
»L.A. Roommates 2 – Wilde Herzen und süße Verführung« (Wiederveröffentlichung Teil 2 der »Hot Chocolate«-Geschichten) – 2022, Bastei Lübbe

Veröffentlichungen als Carin Müller:

»Mopsküsse« – 2009, Goldmann
»High Heels & Hundekuchen« – 2012, Goldmann
»Gefühlte Wahrheit – 2014, SP
»Hundstage« – 2014, SP
»Problemzonen« – 2015, SP

»Tage zwischen Ebbe und Flut«
– 2016, Droemer Knaur
»Hugo's Affairs – Wie war das mit den zauberhaften Anfängen?«
– 2022, SP (Wiederveröffentlichung von »Mopsküsse«)
»Hugo's Affairs – Wenn es nicht gut ist, ist es nicht das Ende!«
– 2022, SP (Wiederveröffentlichung von »High Heels und Hundekuchen«)

Veröffentlichungen als Nirac Rellum:

»Außenmission auf Kaipas V« – 2015, SP
»Ferien auf Tarkanus X« – 2017, SP

Einen kompletten Überblick über meine Romane – inklusive Cover und Klappentexte findest du auch hier in meinem Katalog. https://carinmueller.de/buecher